邯鄲記

湯顯祖　撰
王星琦　校注

三民書局

邯鄲記總目

引言

王星琦

湯顯祖的邯鄲記（一作邯鄲夢記）傳奇，無疑是一部傑作。這部駭世驚俗的戲曲作品，是湯氏晚年殫精竭慮之作，亦是其最後一部傳奇傑構。據徐朔方先生考證，邯鄲記作於萬曆二十九年（西元一六〇一年），時五十二歲，家居❶。與此前據唐傳奇枕中記敷演的戲曲作品相較，邯鄲記已完全脫卻了度脫劇的題旨，其以虛用實，幻中藏真，亦幻亦真，則至真出矣。邯鄲記雖以人們所熟悉的「黃粱夢」故事為大致框架，或言以唐人李泌和沈既濟的傳奇文枕中記為本事，卻遠遠逸出其樊籬，湯氏從唐代史籍文獻與明代現實社會生活中提煉出種種素材，更將個人身世閱歷以及萬曆間鮮活的官場時事巧妙地穿插其間，從而對當時社會上惡濁的世風與名利場中醜陋的怪現狀，加以深刻的揭露和無情的撻伐。故剝去度脫的外衣，我們完全可將此劇看作是一部時事劇，甚至視為萬曆間一段活的史實。

一

湯顯祖（西元一五五〇——一六一六年），字義仍，號海若，中年後自署清遠道人，亦號海若士、若士，晚年又號繭翁，江西臨川人。明代文學家、詩人、戲曲家。生於書香世家，少即聰穎過人，五歲

❶ 見徐朔方集第四卷湯顯祖年譜第四〇一頁、四八九頁，杭州，浙江古籍出版社，西元一九九四年版。

能屬對，十二歲能詩，十三歲從東鄉徐良傅（字子弼）學古文詞，十四歲補縣諸生，二十一歲秋試中舉。此後這位「湯氏寧馨兒」，被長輩期以「可致千里」的「汗血」，面臨的則是前程蹭蹬、仕途坎坷。先是萬曆五年丁丑會試，時湯顯祖二十八歲，已是名滿天下，人皆以得一見為幸的明星才子。宰相張居正得聞同受業於羅汝芳的湯顯祖和沈懋學（字君典）文名鵲起，「欲其子及第，羅海內名士以張之。……顯祖謝弗往，懋學遂與居正子嗣修偕及第」（臨川縣志卷四十二）。這是顯祖第一次會試不第，因其不屑於張居正之羅致也。沈懋學就範了，故能得以進士及第。萬曆八年庚辰會試，「江陵（張居正）子懋修與其鄉之人王篆來結納（顯祖），復啖以巍甲而不應。曰：『吾不敢從處女子而失身也。』」（鄒迪光臨川湯先生傳，下作「鄒傳」）張居正之子故技重演，湯氏依例不屑，結果自然是名落孫山，而張之三子懋修、長子敬修雙雙進士及第。所謂「啖以巍甲」，用白話說，就是確保榮登榜首。好一個「吾不敢從處女子失身也」！湯氏高風亮節，桀驁不馴，誘惑面前，絕不折腰。即使是在關涉士子仕途命運要務之時，亦「高節不附江陵」（寄荊州姜孟穎）。耐人尋味的是，沈懋學中狀元後不久，即遭遇了張居正「奪情」事件，他不得不告病辭官，可謂風光一時，悔恨終生，年僅四十四歲，便抑鬱而終。湯顯祖別沈君典詩云：「昨日辭朝心苦悲，壯年不得與明時。」並慶幸自己「有抗壯不阿之氣」（答余中宇先生），「假令予以依附起，不以依附敗乎？」（「鄒傳」）

萬曆十一年癸未，湯氏三十四歲，舉進士，聲名益著。次年，申時行、張四維二相亦欲將湯氏召致門下，照例被拒之。湯氏出為南京太常博士，後改官詹事府主簿，又遷禮部祠祭司主事，皆為高不過六品的閒職小官。嘗謂「顧僕一生拙宦」（寄李孺德），「自知才非世需」（與趙南渚計部），實際上乃是洞徹了現實社會的黑暗和官場的齷齪不堪，堅守自己人格尊嚴的表現。他的不依附任何權勢，正是一種清醒而冷峻的憤世嫉俗。

萬曆十九年（西元一五九一年）辛卯，明神宗朱翊鈞因彗星出現而言官不報，責備六科十三道言官欺蔽，謂「本該拿問重治，姑且從輕，各罰俸一年」。消息從北京傳至南京，湯顯祖遂奮筆寫了奏章論輔臣科臣疏，明確指出言官所以噤若寒蟬、如履薄冰，非有意欺蔽瞞報，而是由於宰輔申時行專權，謂萬曆即位以來，「前十年之政，張居正剛而有欲，以群私人囂然壞之；後十年之政，時行柔而有欲，又以群私人靡然壞之。皇上大有為之時可惜」。奏章中謂「皇上可惜者有四」，言外之意對皇上亦有微詞。一時間朝野震動，無異於晴天霹靂。神宗大怒，斥責湯顯祖藉故妄議國事，攻擊元輔，將其免職，貶謫到雷州半島最南端的徐聞縣去做典史，而且是「添注」，即編制之外，是實際上不辦事的閒職小官。這是湯氏仕途上一次重大的挫折，但也是他某種意義上的勝利，因為一篇稜角四射的奏疏，迫使一些腐敗官吏相繼辭職，連申時行、王錫爵也多次上書引退。湯顯祖多次會試失利，必待張居正去世的次年，即萬曆十一年（西元一五八三年）方能進士及第，使他對科場和仕途已然看透，故對於貶謫嶺南，也能釋然處之。他在寄帥維審膳部中說：「弟去嶺海，如在金陵。清虛可以殺人，瘴癘可以活人。此中殺活之機，於界局何與邪！」又云：「痁危之後，身寄轉輕。」❷帥維審，即帥機，曾任南京禮部精膳司郎中，其與湯顯祖交厚。又如在答徐聞熊令中云：「徐聞幾許閒田，添尉一口，可謂荒飽矣……萬里炎

❷湯顯祖集（詩文集）（下）第一二四五頁，上海，上海人民出版社，西元一九七三年版。下引此書尺牘部分，只括注篇名。

溟，冰雪自愛。」徐聞縣令熊敏，江西新昌（今宜豐）人，萬曆十八年任徐聞知縣。湯氏在徐聞，得到這位江西同鄉的許多關照，且往來於嶺海與臨川之間，時間不算很長，如同蘇軾一樣，「顧以竄迹炎方，遂乃銷聲於寒谷。……方懷宿好，更重新知。海上相望明月，祗用思存；山中惟有白雲，無堪持獻」（答余瑤圃）。在熊敏的支持和資助下，顯祖建起了貴生書院，為偏遠地區普及禮儀與文化。「還布衣於南國，作傲吏於本朝」（寄高太僕）。兩年之後，即萬曆二十一年（西元一五九三年）春天，湯氏奉調浙江遂昌知縣。

遂昌乃浙西南偏僻山區，較徐聞畢竟離家鄉近得多，湯氏倒也樂得清靜得閒，謂「人生忙處須閒，弟作縣何如，直是閒意多耳」（與周叔夜）。又云：「弟素不習為吏，喜遂昌無事，弟之懶雲窩也。」（寄馬心易比部）所言之「無事」，指的是有所為亦有所不為，政清安民且不擾民，即「弟邑治在萬山中，士民雅厚，既不習為吏，一意勸安之，訟為希止」（寄荊州姜孟穎）。興訟訴狀之事既稀而止，便是無事。於是「平昌❸令得意處別自有在，弟借俸讀書，亦自不惡耳」（答習之）。從這些與朋友的尺牘中，蓋見湯氏初至遂昌之心情。事實上他並非置於職責之外，一味嘯歌自遣，埋頭讀書，不僅有所為，而且清正廉潔，懲惡揚善，深得鄉民愛戴，乃至於去遂昌十數年後，鄉人還要為他「繪像立祠」。在答李舜若觀察中云：「斗大平昌，一以清靜理之。去其害馬者而已。士民惟恐弟一旦遷去，害馬者又怪弟三年不遷。」此「害馬者」當指鄉里惡人乃至有害於鄉人之事。湯氏「用古循吏治邑，縱囚放牒，不廢嘯

❸ 平昌，遂昌之別稱。遂昌縣志卷一：「平昌縣以去十五里兩山前後平疊如昌字，故名。」宋書州郡志載：孫權赤烏二年分太末縣時曾將遂昌更名曰平昌。

歌」❹。他除夕放囚歸家度歲，元宵則縱囚觀燈賞月。「在平昌四年，未嘗拘一婦人，非有學舍城垣公費，未嘗取一贖金」（與門人葉時陽）。其除夕遣囚詩云：

除夜星灰氣燭天，酴酥銷恨獄神前。
須歸拜朔遲三日，溘見陽春又一年。

湯顯祖於遂昌任上，建射堂、學舍、尊經閣、啟明樓、相圃書院以及滅虎祠等，親民勤政，絕非僅僅「借俸讀書」、「嘯歌自遣」，如此說，不過是自慰與自嘲之辭罷了。徐朔方先生說：「湯顯祖在遂昌五年，既消極而又積極，既無為而又有為。」❺所謂消極，乃指仕途之「乏絕坎坷」卻又不肯媕婀附俗，自認「一生拙宦」，「而疵賤已久，羸蹶日增。行路難，今世為甚」（與陸景鄴）。遂生歸去來兮之意。

萬曆二十六年（西元一五九八年），四十九歲的湯顯祖毅然棄官歸臨川，誠如鄒元標（南皐）所言：「茫茫海宇，遂不能容一若士。儻若士此中又不能容一海宇，即便為所弄矣。」❻這是鄒氏寬慰朋友之語，謂顯祖心胸闊大，能容海宇，不為惡濁世道所擺弄。翠娛閣本評鄒南皐語云：「應是慰寂落不刊

---

❹ 錢謙益：列朝詩集小傳本傳。

❺ 徐朔方：湯顯祖評傳第九十九頁，南京，南京大學出版社，西元二〇一一年版。

❻ 見湯顯祖集（詩文集）（下）第一三〇七頁，答馬心易引。

語。」又云：「妙為解縛。」鄒劄語當是湯氏棄官歸家後所作。從此，湯氏徹底告別仕途，歸家專心於文學創作，牡丹亭（還魂記）即寫於這一年。接著依次完成了南柯記與邯鄲記，連同早年寫就後來改定的紫釵記，合為「四夢」。

恰是歸家三年後，吏部考核以「浮躁」之名，將湯顯祖罷官免職，邯鄲記即作於這一年，當是有感而發。如此看來，邯鄲記傳奇應為憤而著書，矛頭有所指。說是夢語，實則為醒眼人著目。湯氏棄官家居後，貧困有加，日甚一日。晚年近二十載，由於一生仕途的偃蹇困頓，道釋兩家思想對其影響日趨深刻。萬曆四十二年（西元一六一四年），湯氏六十五歲，如同白居易晚年一樣，他與友人一道，結成棲蓮佛社，耽於佛事。而他早年則受到其祖父仙道思想熏陶，所謂「第少仙童色，空承大父言」（和大父雲蓋懷仙之作）。在送走二老雙親之後，先後寫了負負吟和訣世語，預感大限已至。負負吟云：

少小逢先覺，平生與德鄰。
行年逾六六，疑是死陳人。

訣世語可視為遺囑，為五言絕句七首，即所謂「七免」，如其詩序所言：「達人返虛，俗禮繁窒。」是對家人在其身後葬禮的囑託。「七免」乃指「祈免哭、免僧度、免牲、免冥錢、免奠章、免崖木、免久露」。一切的喪葬俗禮皆可免除，他在釋道教義的超脫中尋到了自己的歸宿。萬曆四十四年（西元一六一六年）丙辰六月望日，作絕筆詩忽忽吟，十六日亥時辭世，終年六十七歲。

湯顯祖著作等身，成就是多方面的。除戲曲作品玉茗堂「四夢」之外，當時他是以詩文辭賦等負盛名的。其早年的作品輯有紅泉逸草和問棘郵草兩種詩集；三十歲以後的作品輯成詩文集玉茗堂集。

二

湯顯祖的思想是相當複雜的。其早年主要是受到儒家學說和道家思想的影響，即所謂「家君恒督我以儒檢，大父輒要我以仙遊」（和大父遊城西魏夫人壇故址序）。青少年時代又以任俠與儒學自負，謂「人之大致，惟俠與儒。而人生之大患，莫急於有生而無食，尤莫急於有士才而蒙世難。庸庶人視之，曰：『此皆無與吾事也』」（蘄水朱康侯行義記）。

然而湯顯祖思想的形成，除卻家學的濡染，也是轉益而多師的結果。他十三歲時曾以左派王學再傳弟子羅汝芳為師，很早即接受到進步思想的熏陶，而江西在當時又是泰州學派最為盛行的地區。後來太倉人張起潛（字振之）任撫州同知，顯祖亦曾拜其為師：「予弱冠，而吳婁江起潛張公來丞郡。見予文而異之。予奏以為師……又數年，拜師於吉安。」❼這位振之先生，是以儒士而名世的，同時亦耽於道家思想，可謂兼於儒道。及待湯氏在南京禮部任職時，又結識了「名震東南」的紫柏大師達觀和尚，其釋家思想亦深刻影響了中年以後的湯氏。紫柏大師是以禪宗思想為利器，直指程朱理學的，與左派王學在思想上是呼應的。湯氏與紫柏大師的交往和友誼，較之與羅汝芳似更親密且久遠。此外，被視為「異端」的左派王學著名思想家李贄（號卓吾）對湯氏的影響也是不可忽視的。二人雖未曾謀面，卻以思想

❼ 送張伯昇世兄歸吳序，見吳郡文編卷一六四。伯昇為張起潛之子張際陽字。

神交，湯氏在詩文和書信中往往以尊崇的態度言及「卓老」。李贄在獄中被害致死，湯氏曾寫詩悼念這位傑出的前輩思想家。湯氏曾在答管東溟中謂：「如明德先生者，時在吾心眼中矣。見以可上人之雄，聽以李百泉之傑，尋其吐屬，如獲美劍。」明德，指羅汝芳，因其字惟德；可上人即達觀和尚，其法號為真可，紫柏乃其晚號；李百泉，即李贄，字宏甫，百泉為其別號。可見如此三人的思想，均在湯氏生平思想中銘刻下深深的烙印。隆慶四年（西元一五七〇年）秋，湯氏赴南昌參加鄉試，中舉，晚過雲峰寺蓮池，墜簪於池中，作蓮池墜簪題壁二首，後為達觀雲遊所見，以為題詩者未出仕即流露出隱逸之思，或有慧根宿緣，可度其出世❽。二十年之後，即萬曆十八年（西元一五九〇年）二人相見於南京，達觀云：「吾望子久矣。」自此，彼此成為至交，情深誼長。至於對李贄，湯氏更是崇敬有加，嘗言「有李百泉先生者，見其焚書，畸人也。肯為我求其書駘蕩否」？（寄石楚陽蘇州）足見其對這位異端的「畸人」及其激進思想的首肯心折。不消說，湯氏心悅誠服地將這種激進的思想接受下來並付諸自己的思想與行為。然而這種接受非是簡單的全盤照搬，而與個人的生活經歷相關，情況較為複雜。早年從羅汝芳那裡接受的左派王學思想，主要是「泰州學派」提出的百姓日用之學，取其用世治世，破除理學

❽ 湯顯祖蓮池墜簪題壁二首：

搔首向東林，遺簪躍復沉。
雖為頭上物，終是水雲心。（其一）

橋影下西夕，遺簪秋水中。
或是投簪處，因緣蓮葉東。（其二）

陋規舊習，這從其不棄於科考，以及後來憤筆論輔臣科臣疏，尤其是在徐聞建貴生書院，撰貴生書院說以及在遂昌時的勤政愛民，均可見其積極入世之所謂「赤子之心」。他強調貴生，標舉性情，以情抗理，謂「情有者理必無，理有者情必無，真是一刀兩斷語。使我奉教以來，神氣頓王。諦視久之，并理亦無，世界身器，且奈之何」（寄達觀）。在牡丹亭記題詞中亦有云：「嗟夫，人世之事，非人世所可盡。自非通人，恒以理相隔耳。第云理之所必無，安知情之所必有邪。」清人姚燮今樂考證云：「周亮工云：湯義仍牡丹亭劇初出，一前輩勸之曰：『以子之才，何不講學？』義仍應聲曰：『我固未常不講也。公所講，性；我所講，情。』」[9]這與其師羅汝芳所恪守的「性命」之學還是有很大區別的。如此以情抗理乃至將情與理強調到水火不相容的哲思，決定了他的文學思想。先是在南京禮部任職之時，顯祖即不遺餘力地對以王世貞為首的「後七子」展開了批判，他曾以六朝詩風來抗衡前後七子刻意摹擬盛唐人，又以宋人另闢蹊徑的詩風矯枉「詩必盛唐」的積習，說到底他反對任何復古擬古的風氣，以致全盤否定前後七子：「我朝文字……等贗文爾。」（答張夢澤）湯氏所言情，有時也作「性靈」、「靈氣」：「予謂文章之妙不在步趨形似之間。自然靈氣，恍惚而來，不思而至。怪怪奇奇，莫可名狀。非物尋常得以合之。」（合奇序）前二夢（紫釵記和牡丹亭）完成之後，顯祖於辭官後寫了南柯記和邯鄲記，自謂「二夢記殊覺恍惚。惟此恍惚，令人悵然……」（寄周梅宇）。又云：「二夢已完，綺語都盡。」（答羅匡湖）二夢無非言情，「恍惚而來」，即自然流出，便是「不思而至」，亦即「噫而風飛，怒而河奔。世能厄之於彼，而不能不縱之於此」（調象庵集序）。所謂「綺語都盡」，當指極盡言情之能事，是正語

[9] 中國古典戲曲論著集成（十）第二一〇九頁，北京，中國戲劇出版社，西元一九五九年版。

反說。綺語本為佛家語，原指外道邪言，不正之語。在理學家眼中，言情自然是與「存天理滅人欲」之信條背道而馳的。在復甘義麓中，湯氏亮明了自己的道學觀及情與性之不同，同時也說明了其戲曲創作理念：「弟之愛宜伶學二夢，道學也。性無善無惡，情有之。因情成夢，因夢成戲。戲有極善極惡，總與伶無與。伶因錢學夢耳。弟以為似道。」❿伶以演藝為業，以謀生存，豈非百姓日用之為道乎！戲曲中的人物及情節有善有惡，但與扮演角色的伶人無關，伶人只以此為生計。這不僅反映出百姓日用即理的民本意識及貴生思想，也透露出體恤庶民生計的情愫。擴而大之，乃是關心民瘼的深刻憂懷。這在其一首題作疫的詩作中足以得到證明。作品多用賦法，寫疫情之慘烈，以及百姓於災後的饑饉、流離：「西河屍若魚，東嶽鬼全瘦。江淮西米絕，流餓死無覆。」並且用對比與反襯手法，揭示出災民的無助與權豪之家的奢靡：「精華豪家取，害氣疲民受。」憂憤之情溢於言表。末了，如同論輔臣科臣疏一樣，將矛頭徑直指向了朝廷乃至皇帝：「君王坐終北，遍土分神溜。」這樣一種大無畏批判現實的精神，較之只是講學、空談性理的做法，稱得上是對泰州學派思想直截的實踐和身體力行。此與乃師羅汝芳的思想略有不同，在顯祖看來，情與性理既是對立的，但又是統一的。他認為創作戲曲作品也是一種講學，即所謂的「綺語」是不可偏廢的，這一點與其師友們的觀念亦自不同，然與李贄的思想卻是相通的。

❿ 甘義麓，字子開，江西永新人。萬曆五年進士，因得罪於張居正，仕宦幾經沉浮。「後先歸家二十餘年間，沉冥於酒，或寄之歌舞湖山雲烟間」（鄒元標：甘義麓墓銘）。

三

邯鄲記是一部以虛用實的諷刺性劇作。湯氏善於寫夢，嘗自言謂「因情成夢，因夢成戲」（復甘義麓）。傳奇文枕中記稱其事是在開元七年（西元七一九年），且呂翁者，非確指呂洞賓，湯氏取其為粉本，不僅極大豐富了其情節，更昇華了作品的現實針對性。晚年的湯顯祖寫南柯、邯鄲二劇，乃是有感而發，憤而為之。其對明中葉現實社會的種種惡濁現象及官場腐敗，不遺餘力地進行揭露與批判。我們知道，他素來富史才與史識，亦曾有治史之想。在答呂玉繩中說：「承問，弟去春稍有意嘉、隆事。忽一奇僧唾弟曰：『嚴、徐、高、張，陳死人也，以筆綴之，如以帚聚塵，不如任人間自有作者。』弟感其言，不復厝意。趙宋事蕪不可理，近芟之，紀、傳而止。志無可如何也。」這裡的「奇僧」，指的是可上人，即達觀和尚。湯氏不僅留意宋史，似更著意於當時的近當代史。而嚴（嵩）、徐（階）、高（拱）、張（居正），皆嘉、隆、萬時期執權柄者，謂留意此時官場污濁之事，「如以帚聚塵」，即無意義，不若由別人為之。達觀之意，是說有意於此，可不屑也。湯氏雖「不復厝意」於寫此段歷史，卻在戲曲作品中換了一種形式抒發了對這一時期史實的抨擊。吳梅在讀曲記邯鄲夢跋中說：「記中備述人世險詐之情，是明季官場習氣，足以考鏡萬曆年間仕途之況，勿粗魯讀過。」又在四夢傳奇總跋中說：「明之中葉，士大夫好談性理，而多矯飾，科第利祿之見，深入骨髓。若士一切鄙視，故假曼倩詼諧，東坡笑罵，為色莊中下一針砭。」例如第二十三齣「織恨」寫崔氏被遣入外機坊織錦，受到督造太監和外機坊大使百般凌辱。明史中關於外機坊織造之弊端記載屢屢見之，如章僑傳等。第二十七齣「極欲」

中稱「這梅香伏（扶）侍相公，也養下一子，叫做盧倚，因他年小，掛選尚寶司丞」。這與明史中所載張居正「陰一子尚寶丞」，何其相似？又第二十八齣「友歎」中，借蕭嵩的說詞稱盧生「忽然一病三月，重大事機，詔就牀前請決。皇上恩禮異常，至遣禮部官各宮觀建醮禳保」。此與明史張居正傳中所載「居正病，帝頻頒刺諭問疾，大出金帛，為醫藥資，四閱月不愈，百官并齋醮為祈禱……帝令四維等理閣中細務，大事即家令居正平章」毫無二致。曲海總目提要卷六云：「其摹寫沉著，貪戀於聲勢名利之場，亦頗以為張居正寫照。」此外，劇中盧生藉高力士之援以得中狀元，「則指萬曆丁丑張嗣修之榜眼，庚辰張懋修之狀元，皆由馮寶傳旨特擢也」（同上）。惟崔氏被遣入外機坊事，同書稱「崔氏織錦，蓋借用唐人繡作龜形以獻，得贖夫歸之事」⓫。湯氏熟讀史書，在劇中將唐朝史事與明代史跡雜糅而用，亦是一種藝術創造。劇中涉及唐朝史事就更多了，因其本事即是唐代故事。首先宇文融、蕭嵩、裴光庭以及高力士、王君㚟等均是史書中有傳的人物。枕中記中「盧生為時宰所忌，以飛語中之」的「時宰」，並未言明為何許人，湯氏拈出了宇文融來，有學者從明皇雜錄中的宇文融條，找到盧生的原型盧從願（字子龔），其仕途經歷以及其與宇文融之間的明爭暗鬥，與盧生經歷頗為相似。新唐書盧從願傳載：「御史中丞宇文融方用事，將以括田戶功為上下考，從願不許，融恨之，乃密白『從願盛殖產，佔良田數百頃』。帝自薄之，目為多田翁。」舊唐書其傳亦載之，文字略有不同，並稱「其後，上嘗擇堪為宰相者，或薦從願，上曰：『從願廣佔田園，是不廉也。』遂止不用」。盧從願宦海沉浮，終以吏部尚書致仕。根據史事，湯氏以浪漫筆調，多有虛構，增飾有加，將宇文融和盧生形象塑造得異常豐滿。

⓫ 事見太平廣記卷二七一張睽妻條。

劇中盧生於陝州開河二百八十里，「通船引牓」，「傳聞聖天子，為此欲東遊」，乃是借用唐玄宗時陝州太守韋堅鑿潭通漕、天子東巡、牙盤上食等事⓬。曲海總目提要又云「小番作間，蓋借用种世衡（字仲平）使王嵩間野利事」。种世衡為北宋名將，慶曆間曾用反間計利用野利遇乞兄弟反間除賊，事詳宋史列傳卷九十四种世衡傳。這又取諸於宋史。湯氏熟讀史書，在劇作中往往是信手拈來史事，加以妙筆點染，為劇情構架和塑造人物所用。自然，用時不是率性而為，必須藝術加工，參以作者個人對社會現象的深刻洞徹和人生的切實感悟，尤其是對明代官場惡濁風氣的透徹認知。如明代也不斷地治河，潘季馴（字時良）嘉靖至萬曆間曾四次主持治河，以功累官至太子太保、工部尚書兼右都御史，明神宗時曾降旨獎諭，還為他的兒子蔭封官職，曾因為張居正家屬受難上疏說情，被御史李植劾以黨庇張居正，「朋黨姦逆，誣上欺君」，神宗大怒，奪其誥命，削職為民。後又被舉薦為總理治河，直至第四次治河因年邁力衰而功敗垂成，未久致仕，至七十五歲過世。潘氏之治河事與其宦海沉浮的經歷，頗為值得玩味，即湯顯祖是熟悉明代治河事宜的，亦即劇中的盧生也有與潘氏經歷的某些相似之處。顯然，枕中記傳奇文只是為邯鄲記劇作提供了一個基本框架，大量的歷代史事和劇作者切實的人生體悟，以及高超的藝術表現力，綜合在一起，構成了這戲曲史上的一部傑作。

四

邯鄲記的思想內容非常豐富。首先是對當時的科舉制度作了辛辣的嘲諷和徹底的批判。科舉制度發

⓬ 事見新唐書卷一三四、舊唐書卷一三五韋堅傳。

展到明中葉，已然千瘡百孔，弊陋益甚。權貴們於場屋中徇私舞弊，貪贓枉法，或將自己的家人和親朋非以才學搶佔功名，或偷梁換柱以培植個人勢力，甚至賄賂公行，無視才能人品，而以錢財或裙帶關係取士。湯顯祖很早即對此惡劣時風滿腔憤懣，他在〈答余中宇先生〉中說：「某少年有伉壯不阿之氣，為秀才業所消，復為屢上春官所消。然終不能消此真氣。」並言「萬無以前名自喜」。他仕途多舛，對當時的科考腐敗是有切身體會的。在第六齣「贈試」中，盧生謂自己「書史雖然得讀，儒冠誤了多年」。且看〔朱奴兒〕曲：

（生）我也忘記起春秋幾場，則翰林苑不看文章。沒氣力頭白功名紙半張，直那等豪門貴黨。（合）高名望，時來運當，平白地為卿相。

當崔氏說起應試求取功名，使錢賄賂，投謁要津親戚，「有家兄打圓就方」，便可成事時，盧生不知「家兄」之意，崔氏曰：「家兄者，錢也。」盧生恍然大悟，謂以錢「引動朝貴，則小生之文字珠玉矣」。果然在第七齣中，盧生被定為卷首，應驗了崔氏的說法：金錢開路，「取狀元如反掌耳」。聯繫湯顯祖的應試經歷，他二十一歲即中舉，才學名動一時。此後兩次遭遇春試落第，蓋因不屑於夤緣攀附，胸有「伉壯不阿之氣」，即使試卷文藻染翰，才華出眾，免不了也要落第。如此連續受挫，使他看透了當時科舉制度的敗壞，故能在劇作中以鞭辟入裡之筆，暴露出當時科考的種種弊端。他對此既憤恨不已，又無可奈何，更不能力挽狂瀾去改變腐朽墮落的時風，只能在劇作中予以無情地鞭撻與嘲諷。他在憤恨之極時，也會偶出直言快語，第七齣宇文融的弔場詩云：

如此朝綱把握難，不容怒髮不衝冠。
則這黃金買身貴，不用文章中試官。

說到湯氏憤世嫉俗的快人快語，劇中尚有多處。吳梅先生云：「玉茗此劇為江陵發，篇中憤慨甚多。」⓭論者多以為劇中宇文融是影射張居正的。其實劇作不止是僅僅針對張居正，而是對明中葉整體社會現實中腐敗現象的憤慨。近人朱益藩在和檜門先生觀劇絕句第二十九中，甚至認為劇作有唐朝牛李黨爭的影子：「紛紛牛李相傾軋，請看邯鄲乍醒時。」⓮戲劇藝術中的人物和情節，不能一一坐實，一個人物形象的塑造或故事情節的構成，往往是從多方面汲取素材的。

湯顯祖在答馬心易的手劄中寫道：「此時男子多化為婦人，側行俛立，好語巧笑，乃得立於時，不然，則如海母目蝦，隨人浮沉，都無眉目，方稱盛德。」此語流露出冷眼瞥世，桀驁不馴的性情。劇中崖州司戶對待盧生的前倨後恭，是這番話的絕好注腳。應試也好，做官也罷，湯顯祖對這種人是極為鄙視的。他傲然處世，具有獨立自在的人格精神，不失清純簡遠的操守。在答黃貞父中，他感慨道：「世喪道久，微道力誰當憂之？憂身不治，正是世外人事，久當不復憂此身也。」司空見慣道之式微，世風

⓭ 見墨憨齋定本傳奇卷末邯鄲夢題評。
⓮ 轉引自毛效同編湯顯祖研究資料彙編（下）第一三三二頁，上海，上海古籍出版社，西元一九八六年版。

日下，既無可奈何，就只能置之事外，堅守自己獨立自在、無憂無慮的閒身了。

其次，湯氏在劇中通過盧生的僥倖發跡以及官場起落沉浮，揭露出封建時代上層社會的種種矛盾。官僚們勾心鬥角，爾虞我詐，表面上一本正經，背地裡互相傾軋。宇文融形象便是這類官僚的典型。他壓根兒看不起寒酸的山東秀才盧生，他的主意是讓裴光庭錄取為首卷，裴乃前朝宰相裴行儉之子。當高力士透露出滿朝勳貴都保盧生為第一時，宇文融立刻意識到盧生賄賂了滿朝權貴，唯獨沒有賄賂到自己，於是怒火中燒，遂對盧生怨恨有加。先是盧生三年狀元期滿，馳驛回青河郡與崔氏歡聚，被宇文融奏一本，聖旨命盧生去陝州鑿石開河，這苦差事是宇文融竄掇的，足見其陰險毒辣。不料盧生竟以「妙法」開河成功，勒石碑銘，立下「河功」。後番軍犯邊，宇文融又奏令盧生去戍邊征戰，結果是盧生用計殺退敵軍而大捷，勒石紀功而還，得以加官進爵。宇文融陰謀構害盧生，一而再，再而三，愈益狠毒。兩遭不成，第三遭直欲將盧生置於死地而後快。他上奏誣盧生「賄賂番將，佯輸賣陣，虛作軍功」。這次的所謂「飛語」，終於奏效，盧生被押赴雲陽市明正典刑。死到臨頭之際，盧生若有所悟，哭著對崔氏說：「吾家本山東，有良田數頃，足以禦寒餒，何苦求祿，而今及此？」他想起昔日「衣短裘，乘青駒，行邯鄲道中，不可得矣」。這番話值得仔細玩味，貪圖名利，窮奢極欲，一朝得勢，忘乎所以，不知進退，到頭來不意要搭上卿卿性命。在第四齣「入夢」中，呂洞賓問盧生：「何等為得意乎？」盧生曰：「大丈夫當建功樹名，出將入相，列鼎而食，選聲而聽，使宗族茂盛而家用肥饒，然後可以言得意也。」夢中的盧生可謂有得意也有失意，雲陽市面臨即將被斬首時，他懷念起邯鄲道上平淡生活的時光，追悔不已。原來仕途坎坷，世情詭異，窮通顯隱，適意難求。由於高力士和裴光庭等奏請說情，盧生被免於死罪，改為發配廣南鬼門關，崔氏也被沒為官婢，因之機坊。盧生夫婦吃盡了苦頭，宇文融算是贏得了一局。三年之後，盧生得以還朝，且被尊為上相，兼掌兵權。於是結了瘡疤忘了疼痛，又肥甘饜足，聲歌艷舞，驕奢極欲，享樂有加，直至一命嗚呼。

通過宇文融對盧生的不斷加害，可概見明代官場中朝臣間的明爭暗鬥。翻開明史，不乏類此等之人和事，高官中因互相排擠攻訐送了性命者有之，被謫貶偏僻之地者有之，被削職為民者更是不在少數。湯顯祖以藝術手法，揭櫫了這種歷史真實，明裡稱是唐朝，隱喻的卻是明代。

此外，劇中還通過盧生仕途的大起大落以及復又扶搖直上等情節，揭露了明代上層權貴的荒淫奢靡。如盧生還朝為「上相」，御賜宮閣、樓臺、湖山、海子約二十八所，宮中廄馬三十匹，良田三萬頃，園林二十一所，仙音院女樂二十四名，晚年的盧生因「採戰」而一病不起。類此情狀在「驕宴」、「雜慶」、「極欲」、「生寤」等齣中均有細緻描繪，茲不贅述。值得注意的是第十一齣寫民工開河，隱約透出湯顯祖體恤民生的情愫。民工服役，「分付十家牌：一人管十，十人管百。擂鼓儹工，不許懈怠」。眾唱道：「長途石塊，轉搬難耐。領官錢上役真尷尬，偷工買懶一樣費錢財。」（〈前腔〉）民工辛勞出力，功績卻是盧生的。便是民工的血汗錢，委官和甲頭也少不了從中剋扣，即是「轉搬多有折耗，顛倒刻減顧直」。劇作家順勢一筆，便揭露出官府治河勞民傷財，所謂「滴水能消得，民間費血財」（〈桂枝香〉）。這與湯氏在遂昌體察民情，遣囚歸家度歲等情形是息息相通的。

五

邯鄲記是湯顯祖晚年最後一部成熟的劇作。劇作家殫精竭慮，將自己一生體會與生命意義的思考凝聚在其中，稱得上是一部不可多得的發憤之作，其藝術成就在戲曲史上也是非常突出的。此劇在藝術特色上主要有以下四個方面：

其一，精潔凝鍊，疏密適宜，吸取了元劇的優長。元雜劇四折一楔子，結構緊湊，篇幅較短而內容充實，任何一本元人雜劇今若改編，均可成一部大戲。湯氏熟悉元劇，家藏元劇亦夥，研究深入，獨領其神髓。在邯鄲記中不難窺見劇作家得元劇藝術精神影響的痕跡，然卻猶同己出，形成了個人的獨特風格。吳梅顧曲麈談論北曲作法⑮云：「湯若士於胡元方言極熟，故北詞直入元人堂奧，諸家皆不能及。」邯鄲記中南北曲交相映帶，北曲尤為出色。且看第二十齣一曲〔北刮地風〕：

呀，討不的怒髮衝冠兩鬢花。咳，把似你試刀痕俺頸玉無瑕，雲陽市，好一抹凌烟畫。哎也，俺曾施軍令斬首如麻，領頭軍該到咱。幾年間回首京華，到了這落魂橋下。則你這狠夜叉也閒弔牙，刀過處生天直下。哎也，央及你斷頭話須詳察，一時刻莫得要爭差。把俺虎頭燕頷高提下，怕血淋浸展污了俺袍花。（中間夾白未錄）

⑮王衛民編校吳梅全集理論卷（上）第七〇頁，石家莊，河北教育出版社，西元二〇〇二年版。

此曲為盧生刑場將被殺頭時所唱，朗朗上口，雅俗無間，一徑北曲風味。與湯氏此前二夢的曲詞判然有別。有趣的是，邯鄲記中的科諢也一如元劇風致，劇中次要人物往往用之。

其二，此劇剪裁恰到好處。一些過場戲乾淨俐落，短小精悍，承上啟下，絕不拖泥帶水。而重頭戲齣目，則細緻真切，著意刻畫，使人如見其人，如聞其聲，彷彿猶臨其境。如第二齣「行田」、第九齣「虜動」、第二十八齣「友歎」等均寫得簡捷明暢；而第二十齣「死竄」、第十四齣「東巡」、第二十三齣「織恨」等，皆著筆細緻入微。吳梅中國戲曲概論論邯鄲記有云：「惟此記與南柯皆本唐人小說為之。直捷了當，無一泛語，增一折不得，刪一折不得。」⑯此論甚是，確非虛言。

其三，成功塑造了一系列的典型人物。盧生形象枕上夢中六十年，追逐名利，貪圖享樂，一味求得所謂人生得意，忽而得意，忽而失意，終以夢中既得意亦失意而歿。「開河」、「大捷」苦中有歡，得意一時；「飛語」、「死竄」命懸一線，失意至極；「召還」、「極欲」樂極生悲，命赴黃泉。盧生遭逢，倏而如此，遽然如彼，恍恍惚惚，亦幻亦真。不如此，焉能成夢？然此等寫法又確是現實的映照，格外真實。湯氏在寄鄒梅宇中說：「『二夢記』殊覺恍惚。惟此恍惚，令人悵然。」人生如夢，夢似人生。悲歡交錯、苦樂相生乃是人生常態。盧生一生的大起大落之所以令人悵然，是他貪戀榮華富貴之心太重，一朝攫取一點權利，執掌制誥，便「偷寫下了夫人誥命一通，混在眾人誥命內，朦朧進呈」，為自己的老婆竊取誥命夫人的「五花封誥」。他偷雞摸狗的事也幹得出來，追逐名利權勢可謂喪心病狂，無所不用其極。即使在病入膏肓的彌留之際，他想著的仍然是身後的名譽，擔心蕭、裴二公在修國史時記載自

⑯ 王衛民編校吳梅全集理論卷（上）第二八五頁，石家莊，河北教育出版社，西元二〇〇二年版。

己的功績「編載不全」，關心的是身後的加官贈謚和小兒子的「蔭襲」。最後他讓兒子草表，感戴皇恩，並與夫人「解了朝衣朝冠，收在容堂之上，永遠與子孫觀看」。盧生夢中一生，形象地概括了封建高官權貴的生存狀態。

崔氏形象不同於湯氏其他各劇的女性形象。「入夢」齣盧生眼中的崔家宅院是門庭闊綽，顯然是一富貴之家。崔姓乃唐朝五大姓崔盧李鄭王之首。崔氏初見盧生似乎一見鍾情。在盧生沐浴換裝之後，便決定嫁給「儘風華，衣冠濟楚多文雅」的不速之客。這看起來頗為突兀，不大合情理。西廂記中的崔鶯鶯儘管對張生也是一見鍾情，然二人結合卻是幾經周折的。然而湯顯祖寫的是夢境啊，且此崔氏也無老夫人在其間阻隔，況且「崔盧舊世家，兩韶華，偶逢狹路通情話」，亦非摶空捏造。湯氏本是寫情高手，前二記可證，但邯鄲記的主題不在於寫男女戀情。崔氏自主婚姻，無視於「父母之命，媒妁之言」的封建教條婚姻觀，是戲曲小說中不多見的另類形象，堪與白樸牆頭馬上中的李千金相媲美。所不同的是崔氏汲汲於名利和權勢，她竭力讓丈夫去求取功名，與丈夫一道追名逐利，並且出謀劃策，出資賄賂朝中權顯，利用親戚中要津，為丈夫仕途發跡鋪平道路。她看穿了官場腐敗與墮落，不失為一個有見識的女性。封建時代的士子，通過科考走上仕途，是唯一的進身之路，崔氏深明此理。為了丈夫的仕途通達，出人頭地，同時也是為了自己的榮華富貴。她不擇手段，大有不達目的不肯罷休之架勢。盧生遭讒被令往陝州開河，她陪同丈夫去吃苦；在丈夫被罪險些喪命、自己被遣入機坊成了官囚之時，她隱忍堅持，織成迴文詩以抒懷；丈夫得意之時，她自然也跟著夫貴妻榮，一同享樂。總之，崔氏形象並不完美，但卻是真實的。這樣的女性形象向來是被批判、被諷刺的對象，甚至視其為「祿蠹」，事實上應將其置於特定的歷史環境中來看，湯氏筆下崔氏的所做所為與心理情態，是當時社會女性的一種較為普遍的觀念形態，她不是反抗的叛逆，更不是什麼巾幗英雄，她只是一個社會存在的典型。從這樣的意義上看，崔氏形象的塑造是獨到的，也是成功的。

宇文融形象是權相中姦佞人物之寫照。因盧生非出於其門下，亦以詩語譏之，因而怨恨。非出其門即排擠、陷害對方，這是拉幫結派，培植一己之勢力。宇文融專橫跋扈，一手遮天。在第八齣中的下場詩道：「直待朝中難站立，始知世上有權臣。」他作總裁試官，明明知道蘭陵蕭嵩是奇才，能力在聞喜裴光庭之上，卻非要裴做頭名，將蕭降為第二，無非是裴被他視為自己的羽翼。結果是皇上親點盧生為第一，蕭二，裴三。於是他無奈之中惱羞成怒，加倍怨恨盧生，遂再三絞盡心機加害對方。明、清曲論家多認為劇中宇文融是「為張居正寫照」，實際上乃是湯氏綜合了明代甚至是歷代姦佞權相，藝術化了的一個典型人物形象。

劇中的一些次要人物，也通過賓白和科諢，活潑生動地展現出來，為關目之轉換和情節的發展起到巧妙的作用。如丑扮的崖州司戶，巴結有權勢的宇文融，奉宇文「密旨」加害盧生。及待盧生「欽取還朝」，「尊為上相」，這個眼中只認權勢的司戶，自行綁縛階前，乞求盧生饒恕他。湯氏在這裡順勢一筆，便揭示出人情之冷暖，世情之醜陋。盧生笑著對司戶說：「起來，此亦世情之常耳。」乍看似乎是輕鬆隨意一筆，實則是有深意的。吳吳山（名人，字舒鳧）在三婦評本牡丹亭卷首有云：「或問：賓白如何？曰：嬉笑怒罵，皆有雅致，宛轉關生，在一二字間。明劇本中無此白。其冗處，亦似元人；佳處，雖元人弗逮也。」說的是牡丹亭，以此語評邯鄲記賓白與科諢，似更恰切。第十九齣「飛語」中，宇文融上奏盧生「通番賣國」，「虛作軍功」，逼迫蕭嵩簽名花押，聯名同奏，不然就連蕭一併指作與盧生「通同賣國」，蕭嵩無奈，只能就範，此時蕭嵩有一段賓白：

下官表字一忠，平時奏本花押，草作「一忠」二字，今日使些智術，於花押上「一」字之下，加他兩點，做個「不忠」二字，向後可以相機而行。

亦幻亦真，幻中藏真，正是此劇的藝術特色。

關於邯鄲記藝術成就的評價，明清曲論家各置一詞，在充分肯定其為佳構的同時，又與湯氏其他劇作加以比較，眾說紛紜，分歧較大。馮夢龍云：「獨此（指邯鄲記）因情入道，即幻入真，閱之令凡夫濁子俱有厭薄塵埃之想。『四夢』中當推第一。」（墨憨齋定本傳奇邯鄲夢卷首）梁廷枏曲話卷三云：「『玉茗『四夢』，牡丹最佳，邯鄲次之，南柯又次之，紫釵則強弩之末耳。」黃周星製曲枝語謂：「『四夢』之中，邯鄲第一，南柯次之，牡丹亭又次之，若紫釵……要非臨川得意之筆也。」呂天成曲品將「四夢」俱列為上上品，謂「邯鄲夢，窮士得意，興盡可仙，先生提醒普天下措大，功得不淺，即夢中苦樂之致，猶令觀者神搖，莫能自主」其意亦似以邯鄲成就最高。王驥德之曲論雜論云：「至南柯、邯鄲二記，則漸消蕪類，俛就矩度，布局既新，遣詞復俊。其掇拾本色，參差麗語，境往神來，巧湊妙合，又視元人別一谿徑。技出矩度，匪由人造。」焦循劇說引鄭仲夔雋區云：「湯若士之邯鄲、屠緯真之曇花，別是傳奇一天地。」與王驥德的看法略同。張岱認為南柯、邯鄲「二夢」之「學問較前更進，而詞學較前反為削色。……故總於還魂逐美也」（答袁籜庵）。李調元雨村曲話於「四夢」中以還魂為第一。洪昇在揚州夢傳奇序中云：「臨川邯鄲亦臻其妙。豈非命意高、用筆神，為詞家逸品與！」類此之不同說法還有一些，各自的著眼點不同，結論自然歧異。筆者以為作品題材不同，不宜籠統比較，也很難區分出第一、第二來。還魂言情，邯鄲諷世，二者皆為詞家傑構，其浪漫精神是一致的。前者婉轉鋪排，由生入死，死而復生，一靈咬住，以情抗理，多有麗詞俊語；後者精粹凝鍊，汲取元人之長，潑辣尖新，極饒批判現實主義精神。正是所謂各各「自立同異」，「獨行其是」。故二者珠玉鑽石，各逞其美。

本書校勘，以明汲古閣刊六十種曲本為底本，參以明朱墨本等可見版本，尤借重於錢南揚先生校勘本。為避免繁瑣，校訂處不出校勘記，隨注文擇善而出。注文力求疏通原文，典故、名物及化用前人詩詞處，均指明出處，俗語和異難語匯，如道教丹術語等，盡可能解繹清楚，務在疏通明瞭。異體字俱依原本，偏僻字加以注音，地名注明今屬。舊本原有插圖二十九幅，附於每齣之後，第二十六齣原缺，本書一一複製，附於每齣之後。湯顯祖博學多才，注其作品頗有難度，注者雖知難而進，竭力而為，舛誤與疏陋在所難免，尚祈讀者方家有以匡正和指教。

湯顯祖　邯鄲夢記題辭

士方窮苦無聊，倏然而與語出將入相之事，未嘗不憮然太息，庶幾一遇之也。及夫身都將相，飽厭濃酲之奉，迫束形勢之務，倏然而語以神仙之道，清微閒曠，又未嘗不欣然而歎，惝然若有遺。譬若清泉之活其目，而涼風之拂其軀也。又況乎有不意之憂，難言之事者乎？回首神仙，蓋亦英雄之大致矣。邯鄲夢記盧生遇仙旅舍，授枕而得婦遇主，因入以開元時人物事勢，通漕於陝，拓地於番，讒構而流，讒亡而相。於中寵辱得喪生死之情甚具，大率推廣「焦湖祝枕」事為之耳。世傳李鄴侯泌作，不可知。然史傳泌少好神仙之學，不屑昏宦，為世主所強，頗有幹濟之業。觀察陝虢，鑿山通道，至三門集，以便餉漕。又數經理吐番西事。元載疾其寵，天子至不能庇之，以為匿泌於魏少遊所。載誅，召泌。懶殘所謂「勿多言，領取十年宰相」是也。枕中所記，殆泌自謂乎？唐人高泌於魯連、范蠡，非止其功，亦有其意焉。獨歎枕中生于世法影中，沈酣啽囈，以至於死，一哭而醒。夢死可醒，真死何及？或曰：「按記，則邊功河功，蓋古今取奇之二竅矣。談者殆不必了人，至乃山河影跡，萬古歷然，未應悉成夢具？」曰：既云影跡，何容歷然？岸谷滄桑，亦豈常醒之物耶？第概云如夢，則醒復何存？所知者，知夢遊醒，必非枕孔中所能辨耳。辛丑中秋前一日臨川居士題於清遠樓。（明天啟元年朱墨套印本邯鄲夢記）

齣目

邯鄲記❶

第一齣❷ 標引❸

【漁家傲】（末❹上）烏兔天邊纔打照，仙翁海上驢兒叫❺，一霎蟠桃❻花綻了，猶難

❶ 邯鄲記：湯顯祖這部傳奇別本題名多作邯鄲夢記，本書從汲古閣六十種曲本。

❷ 齣：亦作出，明清傳奇場次用語。明王驥德：「元人從折，今或作出，又或作齣，出既非古，齣復杜撰。」（校注古本西廂記凡例）或謂齣本齝字之訛。「蓋齝乃食之已久復出嚼之，今傳奇進而復出，故有取於齝云」（字彙補）。

❸ 標引：傳奇開始概括劇情大意之引首，亦稱「家門」、「正傳」、「開宗」、「標目」等，此劇朱墨本則作「開場」。

❹ 末：古代戲曲角色名稱。元劇中有正末，為男主角，明清傳奇中末色多為次要男角。通常第一齣多由副末開場，乃沿宋金雜劇慣例，此由末色開場，用意通同。

❺ 烏兔天邊纔打照二句：古代神話傳說中謂日中有三足烏，月中有玉兔，故烏指太陽，兔指月亮，又以「兔走烏飛」喻指日月交替。元盧摯〈雙調・蟾宮曲〉：「風雨相催，兔走烏飛，仔細沉吟，都不如快活了便宜。」打照，猶照面、交替，言晝夜輪回也。仙翁，這裡指仙尊張果老。參見第三齣呂洞賓白，張果老命呂去度脫一人，

道，仙花也要閒人掃。一枕餘甜❼昏又曉，憑誰撥轉通天竅❽？白日殘西❾還是早，回頭笑，忙忙過了邯鄲❿道。

以「供掃花之役」。傳說張果老常騎一白驢，日行萬里，停下時將驢折疊起來，置於巾箱之中，乘時噴水，驢即躍起。事詳明皇實錄卷下。民間亦有張果老倒騎驢的傳說。

❻蟠桃：神話傳說中的仙桃。漢東方朔海內十洲記：「東海有山，名度索山，上有大桃樹，蟠曲三千里，曰蟠木。」

❼一枕餘甜：猶一覺酣甜。餘甜，別本或作「餘酣」。

❽通天竅：古代占星術語，本指吉星所處方位。事詳清允祿等欽定協紀辨方書所引通書語。這裡是雙關語，呂翁所授盧生磁枕有孔竅，入而經歷了榮華富貴，世態炎涼，終是虛幻。而天竅又指天然穎悟，盧生黃粱一夢，翻然醒悟，突出一個「悟」字。明唐順之胡貿館記：「質於文義不甚解曉，而獨能為此，蓋其天竅使然。」

❾白日殘西：謂太陽西斜，即將落山。湯顯祖牡丹亭第二十四齣拾畫〔尾聲〕：「一生為客恨情多，過冷澹園林日午殘。」殘，音ㄘㄨㄛ，日落。

❿邯鄲：古郡名，即今河北省邯鄲市。邯，邯山也；鄲，盡也。邯山至此而盡，故名。春秋時邯鄲屬衛國，戰國時屬趙國。隋開皇間置縣，唐以後相沿。明、清為直隸廣平府所轄。

何仙姑獨遊花下，呂洞賓三過岳陽⓫。
俏崔氏坐成花燭，蠢盧生夢醒黃粱⓬。

⓫ 何仙姑獨遊花下二句：何仙姑為傳說中八仙之一。其說不一，或謂乃零陵人，本姓趙，名何，為呂洞賓所度脫，遂成為其弟子；一說為廣州增城女，食雲母而成仙；或又謂是永州何氏女，遇仙人與桃食之，遂不饑不渴，能知人禍福，鄉人神之，稱其為仙姑。事見續道藏呂祖志及宋魏泰東軒筆錄等。呂洞賓，亦傳說中八仙之一。名喦，一作巖，號純陽子。唐京兆人，一說為蒲州河中府永樂縣招賢村人。其生平事跡傳說很多，或謂其會昌間兩舉進士不第，遂浪跡江湖，得遇鍾離權，授以丹訣而成仙。曾隱居終南山修道，自稱回道人。或又謂其於咸通間曾進士及第，兩任縣令，後辭官隱居修行，不知所終。宋以後戲曲、小說以其傳說為題材的作品甚夥。元代道教興起，呂氏被封為「純陽演政警化孚佑帝君」，號稱「呂祖」，又被全真道奉為「五尊」之一，稱其為「純陽真人」。岳陽，此指岳陽樓，此樓始建於唐代，宋代重新修葺，因范仲淹所作岳陽樓記而聞名。傳說呂洞賓曾三過岳陽樓。其絕句詩云：「三醉岳陽人不識，朗吟飛過洞庭湖。」元馬致遠有呂洞賓三醉岳陽樓雜劇。

⓬ 俏崔氏坐成花燭二句：指劇中盧生入夢，娶崔氏女，享盡富貴榮華，覺來黃粱未熟，一場空幻。二句乃概括劇情，預示故事始末。坐成花燭，謂崔氏做主，招贅盧生，成其姻緣。黃粱，即粟米。五穀中的稷，亦稱穀子。單子葉禾本科作物，一年生草本。北方作物，耐旱。籽實脫殼後呈淡黃色，俗稱小米。粱，各本均誤作「梁」。

第二齣　行田❶

【破齊陣】（生❷上）極目雲霄有路，驚心歲月無涯❸。白屋❹三間，紅塵一榻，放頓愁腸不下。展秋牕腐草無螢火，盼古道垂楊有暮鴉❺，西風吹鬢華。

【菩薩蠻倒句】❻客驚秋色山東宅，宅東山色秋驚客。盧姓舊家儒，儒家舊姓盧。隱名何借問？

❶ 行田：察看農田。此第二齣朱墨本作第一折，以下類推。

❷ 生：傳奇中角色行當名，沿宋元南戲而來，為劇中男主角，往往扮演讀書人之類正面形象，相當於元雜劇中的正末。

❸ 極目雲霄有路二句：這齣戲生扮盧生出場，抒發了自己懷才不遇、志不得伸的忿懣與牢騷。雲霄有路，亦作青霄有路，指仕途自有出路。雲霄，喻指仕宦高位。元張壽卿紅梨花第一折：「你只說秀才無路上雲霄，卻不道文官把筆平天下。」又，元石君寶曲江池「楔子」：「萬丈龍門則一跳，青霄有路終須到。」驚心歲月無涯，言仕途淹蹇，功名不遂，不知何時是盡頭。

❹ 白屋：白茅覆蓋的房屋。指貧寒之士簡陋的居所，亦喻指庶民與寒士。清李漁玉搔頭締盟：「故此把白屋寒儒，都認做青雲貴客了。」

❺ 展秋牕腐草無螢火二句：化用唐李商隱隋宮詩句：「於今腐草無螢火，終古垂楊有暮鴉。」晉人車胤家貧而好學，曾於螢囊光下苦讀。事詳晉書車胤傳。後世遂以「秋牕螢火」喻寒士苦讀。此二句亦是盧生自言家貧困頓。

問借何名隱？生小誤癡情，情癡誤小生。小生乃山東盧生是也。始祖籍貫范陽郡❼，土長根生；先父流移邯鄲縣，村居草食。自離母穴，生成背厚腰圓；未到師門，早已眉清目秀。眼到口到心到❽，於書無所不窺；時來運來命來，所事何件不曉？數什麼道理，繭絲牛毛，我筆尖頭一些些都箑的進，挑的出❾；怕那家文章，龍牙鳳尾，我錦囊底一樣樣都放的去，收的來。呀，說則說了百千萬般，遇不遇兮二十六歲。今日才子，明日才子，李赤是李白之兄❿；這科狀元，那科狀元，梁九乃梁八之

❻ 菩薩蠻倒句：〔菩薩蠻〕是詞牌名，其來源可見宋人王灼碧雞漫志。所謂倒句，乃指上下句之間，下句是上句的倒讀。傳奇中角色上場，依例要念上場詩，下場也要念下場詩。這裡的「倒句」，有「打諢」意味，調劑劇場氣氛。

❼ 始祖籍貫范陽郡：范陽，古代郡名，也是唐代方鎮名，在今北京市西南，即河北幽州。范陽盧姓為唐初「五姓七族」之一。「五姓七族」皆是豪門望族：五姓為李、崔、盧、鄭、王；七族（七望）指隴西、趙郡李氏；清河、博陵崔氏；范陽盧氏；滎陽鄭氏；太原王氏。盧生追籍述祖，以示其家世曾經是顯貴。第四齣中崔氏亦稱「俺世代榮華，不是尋常百姓家」，說明崔、盧姻親，乃是門當戶對。

❽ 眼到口到心到：謂讀書之方法與要訣。眼到是閱覽，口到是誦讀，心到是專注。南宋朱熹訓學齋規有云：「讀書有三到，謂心到、眼到、口到。心不在此，則眼看不仔細，心眼既不專一，卻只漫浪誦讀，決不能記，記亦不能久也。三到之中，心到最急。心既到矣，眼口豈不到乎？」

❾ 我筆尖頭二句：謂筆尖頭能進能出，無所不能。一些些，猶言所有的，一切。箑，音ㄕㄚˋ，扇子，這裡用作動詞。

❿ 李赤是李白之兄：這句有插科的意味。李赤，確有其人。唐柳宗元李赤傳：「李赤，江湖浪人也。嘗曰：『吾善為歌詩，詩類李白，故自號為李赤。』」

弟⓫。之乎者也，今文豈在我之先；亦已焉哉，前世落在人之後。衣冠欠整，稂不稂，莠不莠⓬，人看處面目可憎；世事都知，啞則啞，聾則聾，自覺得語言無味。真乃是人無氣勢精神減，家少衣糧應對微⓭。所賴有數畝荒田，正直秋風禾黍。諒後進難攀先進，誰想這君子也，如用之⓮？學老圃混著老農，難道是小人哉，何須也⓯？到九秋天氣，穿扮得衣無衣，褐無褐，不湊膝短裘敝貂⓰；往三家

⓫ 梁九乃梁八之弟：梁八、梁九，均未詳何許人。或疑梁八為宋人梁顥（見李曉、金文京校注邯鄲夢記校注頁七），可存疑。

⓬ 稂不稂二句：語出詩經小雅大田：「既堅既好，不稂不莠。」毛傳：「稂，童粱也；莠，似苗也。」稂，同蓈，禾粟的癟子。所謂「童粱」，即禾之秀而不實者。莠，俗稱狗尾草，生禾粟之中，似禾非禾，亦秀而不實。孟子盡心下：「惡莠恐其亂苗也。」稂、莠均為害苗之惡草。

⓭ 微：輕賤。此指因貧窮而顯得微賤。

⓮ 諒後進難攀先進三句：語出論語先進：「子曰：『先進於禮樂，野人也；後進於禮樂，君子也。如用之，則吾從先進。』」按：關於「先進」、「後進」這兩個術語，歷來說法不一，筆者從楊伯峻先生說，即「進」的意思是進學。先學習禮樂再去做官的人是庶族之士；先做了官再學習禮樂是承襲父兄蔭庇的卿大夫子弟。孔子說如選用人才，他贊成選前者，前者是所謂「野人」，後者則是所謂「君子」。這裡盧生是將「進」作出仕之義，謂如能先出仕做官，何必去做君子？湯顯祖於此有意從俗解，以狀盧生急切想出仕做官的心情。亦略有插科戲謔之意。

⓯ 學老圃混著老農三句：語出論語子路：「樊遲請學稼。子曰：『吾不如老農。』請學為圃。曰：『吾不如老圃。』樊遲出。子曰：『小人哉，樊須也。』……」這一段是孔子主張為政者「好禮」、「好義」、「好信」，則民從而安之，就不必自己去耕種了。此處盧生所言是反詰孔子，何以學種莊稼和蔬菜就成了小人？湯氏這裡亦故意從俗理解「小人」之義以戲謔，其實孔子的「小人」之義不過是指普通人罷了，乃是與為政者相對而言的。

店⑰兒，乘坐著馬非馬，驢非驢，略搭腳青駒似狗。呀⑱，雖則如此，無之奈何？不免鞴上蹇驢⑲，散心一會。（鞴驢）（驢鳴介）我此驢也相伴多年了，再不能勾駟馬高車⑳，年年邯鄲道上也。（行介）

【柳搖金】青驢緊跨，霜風漸加。克膝㉑的短裘，揸㉒不住沙塵刮。空田噪晚鴉，牛背

⑯ 到九秋天氣四句：九秋，深秋。元無名氏看錢奴第一折：「為什麼桃花向三月奮發，菊花向九秋開罷？」衣無衣，褐無褐，語出詩經豳風七月：「無衣無褐，何以卒歲？」褐，以粗布製成的簡陋短衣，為古代貧窮人的衣著。不湊膝，即不過膝蓋，謂其短也。

⑰ 三家店：鄉間小客店。元代小客店凡三間，中間一間略寬敞，為稍有錢的客商歇息處，兩端局促而簡陋的，則是小商販落腳處，亦稱「黑石頭店」。元無名氏硃砂擔第二折：「我這店喚做三家店，又喚做黑石頭店。這兩頭的兩個店，都是小本錢的客商下在裏面，那大本大利的都在我這店裏安下。」

⑱ 呀：別本多作「咳」。

⑲ 鞴上蹇驢：鞴，原作「鞲」，據別本改。鞴，猶套，即為牲畜裝備鞍具繩套等。下文鞴驢，原作「鞞驢」，當因形近而訛，亦據別本改。元關漢卿竇娥冤第二折：「我一馬難將兩鞍鞴。」蹇，跛也，亦指行走遲緩的駑馬或驢子。

⑳ 駟馬高車：亦作「駟馬高蓋」、「駟馬軒車」、「駟馬赤車」等。傳漢司馬相如將赴長安，曾題柱以明志。晉常璩華陽國志：「昇仙橋在成都城北十里，即司馬相如題橋柱曰：『不乘赤車駟馬，不過汝下也。』」明高則誠琵琶記路途勞頓：「儻或他駟馬高車，前呼後擁，見奴家這般襤褸，不肯相認，可不擔閣了奴家。」

㉑ 克膝：過膝蓋。克，勝也。上文說「不湊膝短裘」，這裡又說「克膝」，似乎矛盾。故「克膝」可理解為剛剛過膝蓋或僅至膝蓋。言衣著寒酸也。

㉒ 揸：原義為抓取，或五指伸張開。這裡是遮擋之意。元楊梓敬德不服老第一折：「我也曾揸鼓奪旗，抓將挾人。」

上夕陽西下㉓。秋風古道，紅樹槎牙㉔，槎牙，唱道是㉕秋容如畫。

日已向晚，且西村暫住，明日再田上去。

返照入閭巷，憂來共誰語？
古道少人行，秋風動禾黍㉖。

㉓ 空田噪晚鴉二句：化用唐錢起送崔十三東遊。原句為：「丹鳳城頭噪晚鴉，行人馬首夕陽斜。」

㉔ 槎牙：亦作「杈牙」、「槎枒」、「楂牙」，樹枝歧出錯落貌。明李東陽悼手植檜次匏庵先生韻：「槎枒插高空，突兀撐重門。」此句別本或作疊句。

㉕ 唱道是：亦作「暢道是」，猶真的是，端的是。元吳昌齡東坡夢第四折：「唱道是即色即空，無遮無障。」

㉖ 返照入閭巷四句：這四句下場詩襲用唐耿湋秋日絕句，惟第三句原詩作「無人行」。閭巷，鄉間小巷，亦指鄉里。唐白居易輓歌詞：「晨光照閭巷，轜車儼欲行。」

第三齣 度世

（扮呂仙褡褳❶葫蘆枕上）【集唐】蓬島何曾見一人，披星帶月斬麒麟。無緣邀得乘風去，迴向瀛洲看日輪❷。自家呂巖，字洞賓，京兆❸人也；忝中文科進士❹。素性飲酒任俠，曾於咸陽❺市上，酒

❶ 褡褳：亦寫作「褡褳」、「褳搭」等。一種長方形布袋，中間開口，可搭在肩上，前後均可盛物。

❷ 蓬島何曾見一人四句：「集唐」是集句詩體之一。集句體實為一種再創作，即將前人不同詩句重新組合起來，成為一首新的作品，其形式上以絕句為多。這四句上場詩便是如此，湯顯祖在傳奇創作中上下場詩常採取這種形式。首句出自唐靈澈東林寺酬韋丹刺史，將原詩「林下」改為「蓬島」，見全唐詩卷八一〇；第二句出自唐呂巖七言詩，改原詩「折」字為「斬」字，見全唐詩卷八五七；第三、四兩句亦出自呂巖七言絕句，第三句改原詩「何緣」為「無緣」，第四句改「迴訪」為「迴向」。蓬島，指東海蓬萊三島，即傳說中所謂的海上三仙山：蓬萊、方丈、瀛洲，為神仙之居所。見史記秦始皇本紀。

❸ 京兆：唐代府名。開元元年（西元七一三年）改長安所在的雍州為京兆府，治所在長安、萬年（今陝西省西安市），轄二十二縣，其行政長官為京兆尹，這是府治作為行政區劃的開始。

❹ 文科進士：唐進士考試有多科，以考詩賦為主的取士科目即是文科進士。

❺ 咸陽：古縣名，秦置。秦孝公十二年（西元前三五〇年）定都咸陽。因其位於嵕山之南，渭河之北，山水俱陽，故稱。漢都長安，改咸陽為渭城。唐時咸陽為京兆府所轄縣。

中殺人，因而亡命。久之貧落，道遇正陽子鍾離權❻先生，能使飛昇黃白之術❼，見貧道行旅消乏，將石子半斤，點成黃金一十八兩，分付貧道仔細收用。貧道心中有疑，叩了一頭，稟問師父：師父，此乃點石為金❽，後來仍變為石乎？師父說：五百年後，仍化為石。貧道立取黃金拋散，雖然一時濟我緩急，可惜誤了五百年後遇金人。師父啞然大笑：呂巖，呂巖，一點好心，可登仙界。遂將六一飛昇之術❾，心心密證，口口相傳。行之三十餘年，忝登了上八洞神仙❿之位。只因前生道緣深重，此

❻ 鍾離權：傳說中的八仙之一，道號正陽子。自謂生於漢，傳其能點石成金以濟眾生，曾度脫呂洞賓。其究竟是何時之人，說法不一，甚至史上有無其人也無法證實。其人其事，均出於民間附會。可參見宣和書譜、宋史、夷堅志等有關八仙傳說的記載。

❼ 飛昇黃白之術：道教的煉丹之術。黃指黃金；白指白銀。丹砂經燒煉可化為金銀，稱黃白之術。道教謂丹藥煉成而服之，再施以法術，便能羽化而昇仙。

❽ 點石為金：亦作「點鐵成金」、「點石化金」。本指「黃白之術」，丹砂，石也，燒煉可成金，故言。景德傳燈錄靈照禪師：「還丹一粒，點鐵成金。」後附會成仙人手指隨意點頑石，即刻成金。

❾ 六一飛昇之術：六一，是「六一泥」的省稱，亦稱「六乙泥」、「神泥」等。是道教煉外丹時固濟封釜之泥，其配方最早見於黃帝九鼎神丹經，是六種加一種材料燒製而成，取義「天一生水，地六成之」。詳見晉葛洪抱朴子金丹。唐王維和宋中丞夏日遊福賢觀長天寺詩有句：「墨點三千界，丹飛六一泥。」

❿ 上八洞神仙：即「上八界洞府」仙境中的神仙。道教中的神仙有「上八洞」、「中八洞」、「下八洞」的序列，然不同時期排列上說法不一，或謂傳說中的八仙均為上八洞神仙。八仙傳說大致始於唐代，宋元八仙，所列並不相同，至明代，吳元泰撰八仙出處東遊記傳，八仙姓名才固定下來。

生功行纏綿⓫。性頗混塵，心存度世。近奉東華帝⓬旨，新修一座蓬萊山門，門外蟠桃一株，三百年其花纔放，時有浩劫剛風，等閒吹落花片，塞礙天門。先是貧道度了一位何仙姑，來此逐日掃花。近奉東華帝旨，何姑證入仙班，因此張果老⓭仙尊又著貧道駕雲騰霧，於赤縣神州再覓一人⓮，來供掃花之役。道猶未了，何姑笑舞而來也。(何仙姑持箒上) 好風吹起落花也！

【賞花時】翠鳳毛翎札箒叉⓯，閒踏天門掃落花。你看風起玉塵砂⓰，猛可的⓱那一層

⓫ 此生功行纏綿：謂修行過程不易，輾轉曲折。聯繫下文「性頗混塵，心存度世」二句，可知其在出世入世之間的躑躅不決，既「道緣深重」，又「性頗混塵」，「行之三十餘年」，方始修成正果。纏綿，這裡是兩難、決絕不易之意。

⓬ 東華帝：即東華帝君，又稱東王公、東皇公等，神話傳說中與西王母相並稱的男神，二神分別掌管男仙、女仙的名籍。詳見太平廣記卷一引仙卷拾遺。

⓭ 張果老：道教傳說中八仙之一。姓名本作張果，因其自稱生於堯時，初唐時即自謂已數百歲，故以老稱之。嘗隱於中條山，唐太宗、高宗聞其名，屢招之而不出，武則天再三請其出山，亦佯死而不就。唐玄宗曾授其為「銀青光祿大夫」，並賜號「通玄先生」，均不屑。後雲遊四方，乘一白驢，日行數萬里，休則將驢折疊起來，置於巾箱之中，乘時以水噀之，驢則活起。按：張果實有其人，新唐書有張果傳。成仙之事，則為民間附會傳說。詳可見唐鄭處誨明皇實錄卷下以及唐劉肅大唐新語卷十等。

⓮ 赤縣神州二句：赤縣神州，亦作「神州赤縣」，中國的別稱。史記孟子荀卿列傳：「中國名曰赤縣神州。赤縣神州內自有九州，禹之序九州是也，不得為州數。中國外，如赤縣神州者九，乃所謂九州也。」此句「覓」字下別本均有一「取」字。

雲下，抵多少門外即天涯⑱。

（見介）洞賓先生何往？（呂）恭喜你領了東華帝旨，證了仙班。果老仙翁誠恐你高班已上，掃花無人，著我再往塵寰，度取一位，敢支分殺人也⑲！（何）洞賓先生大功行了。只此去未知何處度人？蟠桃宴⑳可趕的上也？

---

⑮ 翠鳳毛翎札箒叉：指以竹枝紮成的掃帚。「翠鳳毛」，竹枝的美稱。元倪瓚所繪竹石圖晚亭圖卷有明宋克題識詩：「三春雷雨蒼龍角，萬里雲霄翠鳳毛。吟得君家圖畫裏，虛窗風月夜蕭騷。」

⑯ 風起玉塵砂：玉塵，本指仙境玉屑，亦指花瓣，故此句雙關。上文言掃花，風起花瓣翩翩，似玉屑紛紛揚揚。唐張籍同嚴給事聞唐昌觀玉蕊近有仙過因成絕句之一：「千枝花裏玉塵飛，阿母宮中亦見稀。」

⑰ 猛可的：亦作「猛可裏」、「猛可地」，謂猛然間，突然地。元鄭廷玉忍字記第一折：「猛可裡擡頭把他觀覷了，將我來險笑倒。」

⑱ 抵多少門外即天涯：抵多少，猶言「彷彿是」、「勝似那」。元馬致遠陳摶高臥第二折：「則與這高山流水同風韻，抵多少野草閒花作近隣。」此句化用唐劉禹錫和令狐相公別牡丹詩句，原詩有句：「莫道兩京非遠別，春明門外即天涯。」

⑲ 敢支分殺人也：敢，這裡猶言「簡直是」、「分明是」。支分，即指使、打發。殺，同煞。這句意思是支派的差事太麻煩，略有怨尤和不忿之意。

⑳ 蟠桃宴：神話傳說中西王母於三月三日在瑤池宴請各路神仙的蟠桃宴會。這一故事宋元時已廣為流傳，戲曲、小說中往往敷演之，元鍾嗣成有蟠桃會雜劇（佚）。亦借指盛大宴會或祝壽宴會。宣和遺事前集：「蟠桃宴罷流瓊液，勑賜流霞賞萬民。」

【么】你休再劍斬黃龍一線差㉑，再休向東老貧窮賣酒家㉒，你與俺高眼向雲霞。洞賓呵，你得了人早些兒回話；遲呵，錯教人留恨碧桃花㉓。（下）

㉑ 劍斬黃龍一線差：呂洞賓劍斬黃龍事是一樁公案，其事見於佛家「燈錄」中，如聯燈會要、五燈會元以及指月錄等均有記述。略云：呂洞賓雲遊黃龍山，「值黃龍晦堂禪師昇座」，呂「睹紫雲成蓋，疑有異人，乃入謁」。於是佛道之間展開了一場機鋒問答。辯論間一言不合，呂執劍刺向黃龍禪師，然「飛劍脇之，劍不能入」，後呂在辯論中服膺，寫下一首參黃龍機悟後呈偈，後二句是：「自從一見黃龍後，始覺從前錯用心。」此偈收在全唐詩卷三十二，署呂巖。這樁公案之虛實，見解不一，佛家以為是，道家以為非。陳攖寧先生對此曾詳細考證，結論是：這件公案為小說家言，無研究價值。全唐詩中收入的偈子，亦須存疑。這裡全句是何仙姑勸戒呂洞賓謹慎行事，不可再犯劍斬黃龍那樣的錯誤。一線差，即一念之差。

㉒ 東老貧窮賣酒家：全唐詩卷一〇〇載有呂巖題沈東老壁詩：「西鄰已富憂不足，東鄰雖貧樂有餘。白酒釀來緣好客，黃金散盡為收書。」宋胡仔苕溪漁隱叢話前集卷五十八及宋趙令畤侯鯖錄卷四均載此詩。據傳此詩是呂洞賓用石榴皮題在湖州東林沈氏老人家壁上的。東老，即沈氏老人，其家貧而自樂，喜釀酒好客。呂過湖州曾與沈東老對飲，終日不醉，薄暮題詩而去。惟宋人引錄呂巖此詩標題與全唐詩不同，且謂題壁事在熙寧元年，呂巖是唐人，莫非仙人無量壽祿，由唐而入宋？殊為可疑。這句是何規勸呂不要因貪杯而誤了度脫掃花人之事。

㉓ 碧桃花：因傳說中碧桃是西王母贈與漢武帝的仙桃，故碧桃花有特殊隱喻，指兩情歡悅。鄭光祖倩女離魂第一折：「比及盼子高來到，早辜負了碧桃花下鳳鸞交。」呂巖七言詩中亦有「自有物如黃菊蕊，更無色是碧桃花」。聯繫本劇末齣，呂洞賓度脫掃花人未回，何仙姑言「好悶人也」。鐵拐李喝道：「啐，做仙姑還有的想，我一拐打斷你笊籬根。」可知何對呂情牽意連。又，民間傳說中呂為「色仙」，此句自可意會。

（呂）仙姑別去，不免將此磁枕褡袱駕雲而去也。枕是頭邊枕，磁為心上慈。（下）（丑上）我這南湖秋水夜無煙，奈可乘流直上天。且就洞庭賒月色，將船買酒白雲邊㉔。（內笑介）小二哥發誓不賒，又賒了。（丑）賒的賒一月，買的買一船。小子在這岳陽樓前開張個大酒店，因這洞庭湖水多，酒都扯淡㉕了，這幾日賒也沒人來。好笑，好笑。（內叫介）小二哥，那不是兩個賒的來了。（丑）請進，請進。（扮二客上）一生湖海客，半醉洞庭秋㉖。小二哥，買酒。（丑應介）（客看壺介）酒壺上怎生寫著洞庭二字？（丑）盛水哩。（客笑介）也罷，拚我們海量，吞你幾個洞庭湖。（丑）二位較量飲。（一客）小子鄱陽湖㉗生意，飲八百杯罷。（一客）小子廬江㉘客，飲三百杯。（丑）這等，消我酒不去。八百鄱陽三百焦㉙，到不得我這把壺一個腰。（客）好大壺嘴哩。（做飲唱隨意介）（丑）又一個帶牛鼻子㉚

㉔南湖秋水夜無煙四句：出自唐李白陪族叔刑部侍郎曄及中書賈舍人至遊洞庭五首（其二）。個別字有改動，奈，原詩作「耐」；就，原詩作「向」。南湖，這裡指洞庭湖。

㉕扯淡：原意為虛妄的閒話，這裡猶沖淡，謂水多使酒淡而無味，是丑角的插科打諢語。

㉖一生湖海客二句：這兩句上場詩前句出於明王世貞張生歌為應和作：「張公一生湖海客，少年任俠章台陌。」後句化用唐李白陪侍郎叔遊洞庭醉後三首（其三）：「巴陵無限酒，醉殺洞庭秋。」

㉗鄱陽湖：古稱彭蠡、彭澤、官亭湖等。中國最大的淡水湖。在江西省北部，為贛江、修水等多條水之總匯。

㉘廬江：古郡名，隋置，治於合肥，唐廢。明代為縣治，屬廬州府。今屬安徽省合肥市。

㉙消我酒不去二句：消，消耗。「消我酒不去」，猶言（你們）喝不盡我的酒，謂其酒存量之多。焦，指焦湖。在廬江縣，位於巢湖西南岸。巢湖亦別稱焦湖。

㉚牛鼻子：古時對道士的戲稱。一說因道士所梳高髻形似牛鼻子，遂稱之；一說道教所奉始祖老子曾騎青牛西出函

的來了。

【中呂粉蝶兒】（呂上）秋色蕭疎，下的來幾重雲樹㉛，卷滄桑半葉淺蓬壺㉜。踐朝霞，乘暮靄，一步捱一步。剛則背上葫蘆，這淡黃生可人衣服㉝。

【醉春風】則為俺無挂礙的熱心腸，引下些有商量來的清肺腑㉞。這些時蹬著眼下山頭，把世界幾點兒來數，數。這底是三楚三齊，那底是三秦三晉，更有找不著的三吳三蜀㉟。

谷關，故稱。元范康竹葉舟第一折：「你這先生不要聽這牛鼻子說謊，我每日誦經到晚，肚裡常是餓的支支叫哩。」

㉛ 秋色蕭疎二句：「蕭」字別本多作「消」。下的來，謂秋色遍及雲樹，猶籠罩。

㉜ 蓬壺：即海上三仙山，其形似壺，故又有此稱。

㉝ 這淡黃生可人衣服：道教中黃色法衣為王者所服，在法衣中最為上等，天師聖主常著黃袍。金黃色從唐代起定為皇家顏色，稱作「帝黃色」。道士一般只能用淡黃色和杏黃色。呂洞賓當著淡黃色道衣。生可人衣服，是說淡黃道衣令人心生喜悅。

㉞ 則為俺無挂礙的熱心腸二句：謂自己熱心為人做事，結果惹下度脫掃花人的差使。清肺腑與熱心腸對舉，相反相成，含不情願勞煩之意。

㉟ 這底是三楚三齊三句：這底是，猶言這真是。底，副詞，的確。三楚，指東楚、西楚和南楚。所指地域說法不一，史記以彭城（今徐州）以東為東楚；以楚人復興之地淮北、沛、陳等地為西楚；以衡山、九江、江南、豫章、長沙等地為南楚。三齊，泛指今山東大部分地區。秦亡後，項羽分封齊國故地，封齊王族人田都為齊王，都

說話中間，前面洞庭湖了，好一座岳陽樓也！

【紅繡鞋】趁江鄉落霞孤鶩，弄瀟湘雲影蒼梧㊱。殘暮雨，響菰蒲㊲。晴嵐山市語，煙水捕魚圖。把世人心閒看取。

臨淄（今山東淄博東北）；封田市為膠東王，都即墨（今山東平度東南）；封田安為濟北王，都博陽（今山東泰安東南），是為「三齊」。三秦，即關中地區。項羽曾三分秦故地，封章邯為雍王，都廢丘（今咸陽以西及甘肅東部）；封司馬欣為塞王，都櫟陽（今咸陽以東）；封董翳為翟王，都高奴（今陝西省北部）。後泛稱陝西省為「三秦」。三晉，指戰國末期趙、魏、韓取代晉國，史稱「三家分晉」。三家分別都於大梁、新鄭、邯鄲，後遂將山西稱作「三晉」。三吳，歷來亦說法不一，約略泛指今江浙地區。晉以吳郡、吳興、會稽為「三吳」；唐以吳郡、吳興、丹陽為「三吳」；宋以蘇州、常州、湖州為「三吳」。唐李白贈昇州王使君忠臣詩有句云：「六代帝王國，三吳佳麗城。」如此，金陵（今南京）亦屬「三吳」。三蜀，漢初蜀郡分置廣漢郡，武帝又分置犍為郡，合稱「三蜀」。其地域約當今四川中部、貴州北部赤水河流域、三岔河上游以及金沙江下游以東與會澤以北地區。晉左思三都賦蜀都賦：「三蜀之豪，時來時往。」

㊱ 趁江鄉落霞孤鶩二句：落霞孤鶩，語出唐王勃滕王閣序，原句為「落霞與孤鶩齊飛，秋水共長天一色。」瀟湘，指瀟水與湘江。瀟水源於南九嶷山，經永州西匯入湘江。湘江為長江支流，其源頭有多種說法，較流行的是源出廣西靈川海洋鄉龍門界，向東北流經湖南東部入洞庭湖。蒼梧，即蒼梧山，九嶷山的別名。位於湖南省寧遠縣南六十里處，縱橫兩千餘里，與羅浮山相連接。史記五帝本紀：「舜南巡崩於蒼梧之野，葬於江南九嶷。」

㊲ 菰蒲：兩種水生植物。菰，即茭白，可食。蒲，即蒲草，可編蓆製扇，根莖亦可食。元鄭光祖倩女離魂第二折：「向斷橋西下，疎剌剌秋水菰蒲，冷清清明月蘆花。」

邊旁放著一座大酒店，店主有麼？（丑應介）請進，請進。（作送酒介）

【迎仙客】（呂）俺曾把黃鶴樓鐵笛吹㊳，又到這岳陽樓將村酒沽。好景，好景，前面漢陽江㊴，上面瀟湘蒼梧，下面湖北江東㊵。請了。（丑）請什麼子？（呂）來稽首，是有禮數的洞庭君主㊶。（丑）鬼話。（內雁叫介）（呂）聽平沙落雁㊷呼，遠水孤帆出。這其中正洞庭歸客傷

㊳ 黃鶴樓鐵笛吹：黃鶴樓，在湖北武昌蛇山頂上，相傳有仙人乘黃鶴停留於此。據報恩錄記載，此處原為辛氏開的一家酒肆，有道士經此，豪飲千杯，在壁上畫了一隻仙鶴，稱其可離壁起舞，以助客人酒興。此後辛氏酒肆賓客盈門，生意興隆。十年後道士駕黃鶴復來，乘興吹笛，跨鶴直上雲霄。辛氏感念仙人，於此造「辛氏樓」，亦即黃鶴樓。據相關記載，此樓始建於三國吳黃武二年（西元二二三年），唐代因崔顥一首黃鶴樓詩而聲名遠播，號為「天下江山第一樓」。唐呂巖題黃鶴樓石照詩云：「黃鶴樓前吹笛時，白蘋紅蓼滿江湄。」又，鐵笛，傳為隱者或道士所吹奏的樂器。元楊維楨〔小神仙曲〕十首（其二）：「道人吹鐵笛，半入洞庭山。」

㊴ 漢陽江：長江的別稱。元關漢卿單刀會第三折：「兩朝相隔漢陽江，寫著道魯肅請雲長，安排筵宴不尋常。」

㊵ 江東：地域名稱。指長江以東地區，古人以左為東，故亦稱江左。又，古以中原為中心，長江以南則為外圍，因而又稱江表。長江在今安徽南部轉向東北方向，以此段江流為標準確定東西和左右，所謂江東或江左所指區域便是長江下游的江南一帶。三國時江東泛指孫吳政權統治的區域，而狹意的江東則指吳郡、會稽郡、丹陽郡、豫章郡、廬陵郡、廬江郡等六郡，即今蘇南、皖南、浙江大部及江西東北部等範圍。

㊶ 來稽首二句：稽首，為古代的一種跪拜禮，即叩頭至地，是三叩九拜中最恭敬的禮節。周禮春官大祝賈公彥疏：「稽首，拜中最重，臣拜君之拜。」洞庭君主，指職掌洞庭湖的水神。唐李朝威的柳毅傳中，就以龍女之父為洞庭君主。這兩句是呂洞賓在說笑，令店家叩頭跪拜，稱自己是洞庭水神，為戲曲中的科諢。

心處，趕不上斜陽渡。

（呂作醉介）酒是神仙造，神仙喫，你這一班兒也知道喫什麼酒？（二客惱介）哎也，哎也，可不道㊸一品官，二品客，到不高如你？我穿的細軟羅緞，喫的細料茶食，用的細絲錁錠㊹。似你這般，不看你喫的，看你穿的哩，希泥希爛的。醒眼看醉漢，你醉漢不堪扶。（呂笑介）

【石榴花】俺也不和他評高下說精粗，道俺個醉漢不堪扶，偏你那看醉人的醒眼不模糊。則怕你村沙勢比俺更俗，橫死眼比俺更毒㊺。（二客云）野狐騷道㊻，出口傷人。還不去，還不去扯破他衣服！（呂）為什麼扯斷絲帶，抓破衣服㊼，罵俺作頑涎㊽騷道野狐徒？

㊷平沙落雁：本是琴曲名，此借大雁飛落和鳴以描摹洞庭秋景。

㊸可不道：猶豈不聞，難道不曉得。元孟漢卿魔合羅第四折：「可不道一言既出，便有駟馬難追。」

㊹細絲錁錠：細絲，即紋銀，因其鑄造時表面有紋理，故稱。醒世恒言賣油郎獨佔花魁：「日大日小，只揀足色細絲，或積三分，或積二分，再少也積下一分。」錁，音ㄎㄜˋ，即錁子，小塊的金錠或銀錠。紅樓夢第四十二回：「說著，便抽出繫子，掏出兩個筆錠如意的錁子來與他瞧。」

㊺則怕你村沙勢比俺更俗二句：村沙勢，亦作「村沙」、「村沙樣勢」，謂蠢笨、土氣粗鄙的樣子。元湯式〔湘妃引〕解嘲：「村沙的骨肉醜，風流的老也風流。」橫死眼，詈語，猶言不得好死的眼神。元王實甫西廂記第五本第三折：「橫死眼不識好人，招禍口不知分寸。」此二句是對二客的鄙視與奚落之語。

㊻野狐騷道：猶胡說八道。野狐，即「野狐禪」，為禪宗對不著邊際、妄稱開悟而流入空談邪說的譏諷之語。清吳敬梓儒林外史第十一回：「若是八股文章欠講究，任你做出甚麼來，都是野狐禪，邪魔外道。」騷，猶言臊臭的味道。野狐身上有異味，故言。

（客）好笑、好笑，便那葫蘆中，那討些子藥物？都是燒酒氣。

【鬬鵪鶉】（呂）**你笑他盛酒的葫蘆，須有些不著緊的信物。硬擎著你七尺之軀，俺老先生㊾看汝：**（客）看什麼子？無過是酒色財氣㊿，人之本等哩。（呂）**你說是人之本等，則見使酒的爛了脅肚，**（客）氣呢？（呂）**使氣的膿破胸脯**(51)，（客）財呢？（呂）**急財的守著家兄**(52)，

㊼ 為什麼扯斷絲帶二句：「帶」字葉譜本作「條」。此句前葉譜本和暖紅室本均有「俺和你乍相逢有甚麼傷觸」一句；後面「抓破衣服」句後多出「又不曾回半句閒言語」一句。

㊽ 罵俺作頑涎：頑涎，猶垂涎。喻指貪婪食色而流出口水。元石君寶曲江池第一折：「沒亂殺鳴珂巷亞仙，兜的又引起頑涎。」此句「罵」字前別本或有一「怎」字。

㊾ 老先生：古代對道士往往稱為先生，加一「老」字，更示尊敬。水滸傳第十五回：「只見一個莊客報說：『門前有個先生要見保正化齋糧。』」這裡的先生即指道士。

㊿ 酒色財氣：明萬曆十七年（西元一五八九年），大理寺評事雒于仁向皇帝上疏，以酒色財氣四箴諫之，曰：「嗜酒則腐腸，戀色則伐性，貪財則喪志，尚氣則戕生。」四箴曰：「醴醑勿崇；內嬖勿厚；貨賄勿侵；舊怨必藏。」萬曆皇帝怒，雒于仁被罷官。據明代曲論家著錄，湯顯祖曾作酒、色、財、氣四劇，惜今亡佚不傳。

(51) 則見使酒的爛了脅肚三句：使酒，酒後使性，所謂「使酒罵座」。三國演義第十四回：「飛（指張飛）醉後使酒，便發怒曰：『你違我將令，該打一百。』」使氣，恣性發怒，意氣用事。元史九敬先莊周夢第一折：「貪財的只是兇，使氣的不善終。」

(52) 家兄：指金錢。晉魯褒錢神論：「親之曰兄，字曰孔方。」古銅錢中間有一方孔，故有戲謔之言，將錢稱作「孔方兄」。

（客）色呢？（呂）急色的守著院主[53]。

【上小樓】（呂）這四般兒非親者故，四般兒為人造畜[54]。（客）難道。人有了君臣，纔是富貴；有兒女家小，纔快活；都是酒色財氣上來的，怎生住的手？（呂）你道是對面君臣，一胞兒女，帖肉妻夫。則那一口氣不遂了心，來從何處來[55]？去從何處去？俺替[56]你愁，俺替你想，敢四般兒那時纔住。

（客）一會子[57]先生一些陰陽晝夜不知。（呂笑介）你可知麼？

【么】問你個如何是畢月烏[58]？（客）月黑了就是。（呂）如何是房日兔[59]？（客想介）醉了房

---

[53] 院主：本指官員或財主之類富貴人家的女兒，這裡當指嬌妻美色。明西周生醒世姻緣傳第十六回：「一個說：『我保的這家院主，實實沉魚落雁，勢同梁冀榮華。』」

[54] 四般兒為人造畜：四般兒，指酒色財氣。造畜，猶造孽，謂扭曲了人性，變得如畜生一樣。

[55] 來從何處來：針對客所謂「都是酒色財氣上來的」而言，意思是若耽於酒色財氣，君臣、兒女、妻夫等一切，就無從談起了。意即既無來處更無去處了。此句朱墨本奪「從何」二字。

[56] 替：朱墨本誤作「贊」。

[57] 一會子：當作「二會子」。李曉、金文京注本以為「二會子」指會道門分子，亦即左道旁門之徒。這裡是客誣稱呂洞賓為「二會子」，並引宣和遺事亨集云：「這和尚必是南方二會子左道術，使此妖法唬朕。」（見李曉、金文京邯鄲夢記校注第二十二頁，上海古籍出版社，西元二〇〇四年版）此說可取。「一會子」，別本或作「一會了」。

[58] 畢月烏：古代占星術中星宿名，即畢星，亦稱「畢宿」、「天畢」。二十八星宿之一，為西方白虎七宿之五。其有

兒裏吐去。（呂）你道如何是三更之午？十月之餘？一刻之初⑥⓪？（客）聽他什麼？只噇⑥①酒。（呂笑介）問著呵，則是一班兒嘴禿速⑥②。難道偏則我，出家人有五行攢聚⑥③。

星八顆，分布之形狀似古代田獵用的長柄畢網，故名。古人以為其主兵、主雨。

59 房日兔：亦為星宿名，即房星，亦稱「房宿」。二十八宿之一，蒼龍七宿之第四宿。因其有四星，古時以為其主車馬，故又稱「天駟」、「房駟」。

60 你道如何是三更之午三句：三更之午，道教內丹術崇尚天人合一思想，修煉方式是以人體為鼎爐，以精氣神（魂魄）為藥物，取法乾坤二卦，順時應天，經長時間潛心苦練，即可在體內凝煉成內丹。三更為子時，即俗言之夜半。子時乃陽之首，主腎；午時為陰之首，主心。人體自是一小天地，小宇宙。清代著名內丹家劉一明撰、閔一得參證修真辨難後編參證云：「人秉天地而生，一身即具天地造化，自有陰陽。」又云：「占經云：『不必天邊尋子午，身中自有一陽生。』」可知子午，即陰陽也。十月之餘，亦為內丹家術語，又作「十月關外」。是指內丹修煉所謂的「十月胎圓」之後，以婦女十月懷胎取譬。宋張伯端悟真篇：「是知太一含真氣，十月胎圓入聖基。」內丹家謂一年之中，除卻卯酉兩個月不可行火候修煉，其餘十個月皆可。因而所謂十月之餘，即是養胎圓滿，內丹煉成。一刻之初，道教丹法講究火候和時機，元代全真道士、也是一位曲家王玠崔公入藥鏡注解云：「一刻周天，水火相濟，鼎內丹結，自然而然也。若差之毫髮，不成丹矣。」又云：「一刻功夫，奪一年之節候。」可知「一刻之初」之至關緊要，抓住一刻之機，即可「顛倒陰陽只片時」，功到自然成。

61 噇：音ㄔㄨㄤˊ，亦作「饞」。謂毫無節制地大吃大喝。元康進之李逵負荊第二折：「你看這廝，到山下去噇了多少酒，醉的來似踹不殺的老鼠一般。」

62 嘴禿速：亦寫作「嘴篤速」、「嘴禿嚕」。這裡是信口開河、胡謅八扯之意。

63 五行攢聚：道教內丹家以陰陽五行相生相剋而成萬物之原理為基礎，陰陽五行聚而運行，順應其變乃丹術要義。

（眾瞧介）包兒裏是個磁瓦枕，打碎他的！（呂）怎碎的他呵？（客）是什麼生料，碎不的他？

【白鶴子】（呂）是黃婆土64築了基，放在偃月爐65。封固的是七般泥66，用坎離67為藥

聯繫上文客所言「先生一些陰陽晝夜不知」，這裡呂洞賓連發三問，二客全然不懂，可謂對牛彈琴。

64 黃婆土：道教內丹術語。內丹家謂坎離之運用，要靠中土調合，五行稟中土，木火金水，皆為土之子。一年中，四季的最後一個月為土，土呈黃色，取溝通陰陽五行之意，故稱「黃婆」，或稱「黃媒」。清王夫之楚辭通釋：黃婆土「乃水火金木之樞，故謂之黃婆。鈐魂映魄，專氣存神，皆此之開合為用，故謂之媒」。宋夏元鼎（賀新郎）：「四象五行攢簇處，全藉黃婆真土。」又，丹術中認為人脾內之涎能養其他腑臟，故將涎亦稱「黃婆」。唐呂巖七言詩：「九盞水中煎赤子，一輪火內養黃婆。」

65 偃月爐：道教內丹術之釜爐。內丹家以乾為心，坤為身，又以身心為鼎爐，坎離為藥物。宋內丹家李簡易玉溪子丹經指要：「鼎器者，陽爐陰鼎也，玉爐金鼎也。一曰神室，一曰上下釜，一曰黃房，一曰偃月爐，亦曰坎離匡廓，又曰玄關一竅。異名眾多，不可枚舉。」

66 七般泥：即「六一泥」。道教煉丹時封固爐鼎的調合物。七般，是取六加一之意。丹經中記載七種物質，有不同說法。通常較為確定的說法是：東海左顧牡蠣殼、鹵鹼、戎鹽、礬石、赤石脂、滑石凡六種。或又謂其中有胡粉、雄黃、蚯蚓土、毒砂等，可見「六」或許為概數，而「一」是調合劑，有以為是苦酒的，亦未可知。另，中醫藥物中也有以「六一泥」名之的，亦名「蚓螻」、「地龍泥」等，俗稱「蚯蚓糞」。主治熱瘧等，見本草綱目。參見本齣注9。

67 坎離：原為八卦中的兩卦，坎為水，離為火。道教內丹術用以代指藥物，亦指鉛汞。內丹家用卦象解釋丹術功理，廣義而言，坎離就是陰陽，陰陽就是性命。而性命即身心，身心非他，就是祖氣元神。坎全精凝氣，離安神守真。坎離相交，身心安泰。唐呂巖百字碑：「氣回丹自結，壺中配坎離。」

物。

（客）怎生下火？

【公】（呂）扇風囊隨鼓鑄，磁汞料寫流珠68。燒的那粉紅丹色樣殊69，全不見枕根頭一線兒絲痕路。

（客笑介）枕兒兩頭大窟弄70，先生害頭風71出氣的？

【公】（呂）這是按八風開地戶，憑二曜透天樞72。（客）到空空的73亮。（呂）有甚的空籠

---

68 扇風囊隨鼓鑄二句：乃謂磁枕燒製工藝及所用材料。扇，同「搧」。風囊，鼓風器具，類於風箱，然非木製，而是以獸皮（多用羊皮）造就，今藏區仍有使用的。鼓鑄，鼓風冶煉金屬，這裡指燒製磁枕。磁，同「瓷」。汞，即水銀。流珠，亦指汞。唐張九垓張真人金石丹砂論真汞篇：「汞者，水銀之異名也。亦曰太陽流珠，亦曰長子，亦曰河上姹女，今人飛成輕粉，亦作熟珠用之。」此句「汞」原誤作「永」，據別本改。

69 粉紅丹色樣殊：謂磁枕用料中有朱砂，燒製出來色彩很美。樣殊，指形象別致。朱砂的主要成分是硫化汞 (HgS)，呈紅色，故亦稱丹砂。

70 兩頭大窟弄：是說磁枕兩端有孔竅。弄，別本或作「籠」。今當通作「窿」。

71 先生害頭風：「先生」二字朱墨本作「敢是」，即想必是之意。害頭風，即因風寒而引起的頭痛癥。

72 這是按八風開地戶二句：八風，本指八方之風。見淮南子、說文解字等，一說為八種季候風，見易緯通卦驗等，所指不一。這裡當指「八風穴」，針灸穴位，故前置「按」字。人的足背五指縫隙間，左右共有八個穴位，故稱。地戶，亦多義。一說指地的門戶，與「天門」相對。天門在西北，地戶在東南。道教內丹術則以地戶指人的「尾閭」。正統道藏正一部太上元寶金庭無為妙經二炁章：「天門者，泥丸也；地戶者，尾閭也。」尾閭，即人體尾

樣枕江山，早則是連環套通心腑。

列位都來盹上一會麼？（客）寡漢74睡的。（呂笑介）到不寡哩。

【么】半凹兒承姹女75，並枕的好妻夫。（客）有甚好處？（呂）好消息在其中，但枕著都有個回心處。

（客）難道有這話？我們再也不信。（呂）此處無緣76，列位看官們請了。

【快活三】不是俺袖青蛇77膽氣粗，則是俺憑長嘯海天孤。則俺朗吟飛過洞庭湖，度的

骨尖端與肛門相連的中點處。炁，古同「氣」。或又指下丹田。見正統道藏洞真部文昌大洞仙經。二曜，指日月。亦作「二耀」。古代天象以日月與五星（木、火、土、金、水）合稱七曜，日月之明謂之光、星辰之輝均謂之曜，合起來稱為七曜。天樞，星名，即北斗第一星。亦為針灸或按摸穴位名，位於臍旁左右二寸處，主治便秘、腹痛等。此二句是在說磁枕的妙處，特別是它對人體養生的作用。

73 到空空的：謂磁枕從竅看進去裡面通明。「的」字下別本或有一「發」字。

74 寡漢：指無配偶的單身男子，即俗稱光棍漢。明陸采懷香記緘書愈疾：「女孩兒家不該與寡漢往來。」

75 半凹兒承姹女：半凹兒，形容磁枕的形狀，中間低凹，兩端較高。承，枕著。姹女，本指年少美女。內丹術中借指汞，即藥物，這裡雙關。

76 此處無緣：釋、道皆講緣分，謂世間一切均有因果，人與人之間命中注定了遇合之機緣。這裡是說在洞庭地方度脫掃花人不可能了。

77 青蛇：青蛇，喻指寶劍。傳呂洞賓曾遇仙人授以劍術，號稱「劍仙」。呂巖有絕句詩：「朝遊北越暮蒼梧，袖裏青蛇膽氣粗。三醉岳陽人不識，朗吟飛過洞庭湖。」（全唐詩卷八五八）宋鄭景望蒙齋筆談卷下亦載此詩。

是有緣人人何處？（下）

（眾笑介）那先生被我們囉唕(78)的去了，我們也去罷。相逢不飲空歸去，洞口桃花也笑人(79)。（眾下）

（呂上）好笑，好笑，一個大岳陽樓，無人可度，只索望西北方迤逗(80)而去。

【十二月】(81)這是你自來的辛苦，一口氣許了師父。少不得逢人問渡，遇主尋塗。是不是口邋著道詞，一路的做鬼妝狐。

呀，一道清氣，貫於燕之南，趙之北。不免捩轉雲頭，順風而去。

【滿庭芳】非關俺妄言禍福，怎頭直上非煙非霧(82)，腳踏下非楚非吳，眼抹裏這非赤也非烏(83)？莫不是青牛氣函關直豎？莫不是蜃樓氣東海橫鋪(84)？沒羅鏡分金指度，打向假

(78) 囉唕：騷擾、吵鬧。水滸傳第二回：「這廝們既然大弄，必然早晚要來俺村中囉唣。」

(79) 相逢不飲空歸去二句：宋釋惟一頌古三十六首（其一）有句：「相逢不飲空歸去，明月清風也笑人。」後元吳昌齡東坡夢雜劇第一折化用此詩，將後句改作「洞口桃花也笑人」。劇情是東坡與佛印置於山洞中論辯的故事。至明無名氏集句作增廣賢文，亦收此二句。湯顯祖在牡丹亭中曾提及增廣賢文，這裡是以熟句為下場詩也。

(80) 迤逗：亦作「迤邐」。謂沿途緩緩而行。「逗」字別本或作「逗」。

(81) 十二月：此曲原本作〔鮑老兒〕，誤，據清葉堂納書楹曲譜改。此曲曲文「師父」二字上別本有一「俺」字。師父，指張果老。邋，念誦。

(82) 非煙非霧：語出史記天官書，謂有喜氣也。宋万俟詠三臺清明應制：「望鳳闕，非煙非霧，好時代，朝野多歡，遍九陌，太平簫鼓。」湯顯祖南柯記第二十二齣：「遙望十里前，見葱葱佳氣，非霧非烟。」

隨方認取(85)。呀，卻原來是近清河(86)，邯鄲全趙那邊隅。

仔細看來，是邯鄲地方，此中怎得有神仙氣候也？

【耍孩兒】史記上單注著會歌舞邯鄲女(87)，俺則道幾千年出不的個藺相如(88)。卻怎生祥雲氣罩定不尋俗，滿塵埃他別樣通疎？知他蘆花明月人何處？流水高山客有無(89)？俺到

---

(83) 腳踏下非楚非吳二句：非楚非吳，是說邯鄲在北，非是楚、吳位於東南地域。非赤非烏，與上句互文同意，言邯鄲不似南方那樣炎熱。赤烏指太陽。眼抹裏，猶目光中。

(84) 莫不是青牛氣函關直豎二句：相傳老子當年騎青牛出函谷關，關令尹喜請其作道德經。後遂以青牛為神牛，青牛氣則指仙氣。直豎，猶顯現。蜃樓氣，亦指仙氣。古人看到由於海上大氣光學現象所顯示的影像很神奇，便視其為仙境。「橫鋪」與「直豎」互文，均為展示之意。

(85) 沒羅鏡分金指度二句：羅鏡，亦作「羅經」，即羅盤。分金指度，以刻度辨別指示。打向，即指示的方向。假，假使，有姑且之意。二句乃言沒帶羅盤，權且以隨經之地再作辨認。

(86) 清河：古郡縣名，漢置清河郡，唐永昌元年清河縣與永濟渠東同屬於河北道貝州，天寶元年罷州復為清河郡。清河在邯鄲的東北方向一百三十公里處，今屬河北省邢臺市。

(87) 史記上單注著會歌舞邯鄲女：史記呂不韋列傳載，呂曾以邯鄲歌舞姬獻與子楚，其時姬已有身孕。後姬生子政，遂為夫人。子楚為莊襄王，封呂為相，政為太子。政襄為秦王，即秦始皇也。漢趙壹非草書：「趙女善舞，行步媚蠱，學者弗獲，失節匍匐。」

(88) 藺相如：戰國時趙國名臣。他曾與大將軍廉頗一武一文輔佐趙王。「完璧歸趙」、「將相和」以及「澠池會」等故事流傳廣遠，家喻戶曉。詳可見史記廉頗藺相如列傳。

那有權術，偷鞭影看他驢橛，下探竿識得龍魚[90]。

【煞尾】[91]欠一個蓬萊洞掃花人，走一片邯鄲城尋地主[92]。但是有緣人，俺盡把神仙許。則這熱心兒，普天下遇著他都姓呂[93]。

---

89 知他蘆花明月人何處二句：前句借用伍子胥臨危渡江事，暗喻可度之人藏在隱蔽之處。子胥脫楚奔吳，後有追兵，情急之中幸有漁父將其渡過江去。漁父去尋麥飯為其充饑，子胥生疑，便藏進蘆葦叢中。事詳吳越春秋。流水高山，亦作「高山流水」。本為琴曲名。列子湯問中說，伯牙善鼓琴，鍾子期善聽琴曲的弦外之音。伯牙鼓琴，或念在高山，或念在流水，「伯牙所念，鍾子期必得之」。後世遂以流水高山喻指知音。後句意在可度之人難求。

90 偷鞭影看他驢橛二句：暗用禪宗合頭語，意謂決心要找到可度的人。偷鞭影，指悄悄持皮鞭，看能否鞭驢奮起。驢橛，栓驢的木樁子。禪家有言曰：「一句合頭語，千古繫驢橛。」龍魚，喻人才，這裡指可度之人。魚跳越過龍門，即成龍。繫在木樁上的驢，藏於深水中的魚，都要作用以力方能蛻變。此隱喻尋覓可度之人須專力用心焉。

91 煞尾：原本此曲作〔尾聲〕，按曲譜〔耍孩兒〕曲後例用〔煞尾〕，此據葉譜本改。

92 地主：這裡指邯鄲城裡的可度之人。

93 普天下遇著他都姓呂：是呂洞賓自言度脫人之多，他要度脫天下所有的有緣之人。

日月祕靈洞，雲霞辭世人。
為結同心侶，逍遙下碧空94。

94 日月祕靈洞四句：末句「碧空」他本多作「碧雲」，朱墨本四句下場詩為：「一駕祥雲下玉京，臨凡覓度掃花人。大抵乾坤多一照，免教人在暗中行。」「日月」二句用唐李白送李青歸華陽川詩頷聯。「為結」句化用唐徐彥伯采蓮曲詩句，原句為「既覓同心侶，復采同心蓮」。「逍遙」句化用唐獨孤及夏中酬於逖畢耀問病見贈詩句，原句為「鸞鶩何處來，雙舞下碧空」。

第四齣　入夢

（丑上）北地秋深帶早寒，白頭祖籍住邯鄲。開張村務❶黃粱飯，是客都談處世難。小子在這趙州橋❷北開一個小小飯店，這店前店後田莊，半是范陽鎮盧家的。他家往來歇腳，在我店中。也有遠方客商，來此打火❸。目今點心時分❹，看有甚人來？（呂背褡褳枕笑上）一粒粟中藏世界，半升鐺裏煮乾坤❺。貧道打從岳陽樓上，望見一縷青氣，竟接邯鄲。迤逦尋來，原來此氣落在邯鄲縣趙州橋西盧

❶村務：指鄉村小酒店。元武漢臣生金閣第一折：「寒凜凜望長天一色粉粧鋪，遠迢迢遇不著個窮親故，急煎煎覓不見個荒村務。」亦作「酒務」。元無名氏硃砂擔第一折：「這是一個小酒務兒。小二哥，有酒麼？」此句中黃粱的「粱」字朱墨本等均誤作「梁」。

❷趙州橋：又稱安濟橋，座落在今河北省趙縣洨河之上，當地人稱之謂大石橋。始建於隋代大業年間（西元六〇五—六一八年），由著名工匠李春設計建造，是世界上現存最早、保存最完整的古代敞肩石拱橋。

❸打火：謂在外客商在客店裡生火做飯，亦指合夥出錢在客店中用餐。元王實甫西廂記第四本第四折：「天明也，喒早行一程兒，前面打火去。」又，元馬致遠黃粱夢第一折：「兀那打火的婆婆，央做飯與我吃。」

❹目今點心時分：即眼下是吃早點的時候。目今，亦作「目即」，亦即當下。元金人傑追韓信第一折：「目今秦失其鹿，不知久後鹿死誰手。」

❺一粒粟中藏世界二句：用唐呂巖七言詩句，原詩後一句為：「二升鐺裏煮山川。」鐺，古時的一種溫熱器，如酒

生之宅。貧道即從人中觀見盧生相貌，精奇古怪，真有半仙之分，便待引見而度之。則為此人沈障❻久深，心神難定。因他學成文武之藝，未得售於帝王之家❼。以此落落其人，悶悶而已，此非口舌所能動也。（想介）則除是如此，如此，纔有個醒發之處。俺先到店窩兒候他也。

【鎖南枝】**青蛇氣，碧玉袍，按下了雲頭離碧霄。驀過❽趙州橋，蹬上這邯鄲道。**（內雞鳴犬吠介）（呂）好一座村莊，犬吠雞鳴，頗堪消遣。（丑見介）客官請坐。（呂）**俺把擔囊放，塵榻高。比那岳陽樓，近多少？**

（丑）道丈何來？（呂）我乃回道人❾，借坐一會。（背介）那人騎一匹青驢駒來也。（噀訣❿介）那驢兒雞兒犬兒和那塵世中一班人物，但是精靈合用的，都要依吾法旨聽用，不得有違。勑⓫！

鐺、茶鐺。俗亦稱一種烙餅或炒菜用的平底淺鍋，如餅鐺。唐杜牧阿房宮賦：「鼎鐺玉石，金塊珠礫，棄擲邐迤。」

❻ 沈障：亦寫作「沉障」。本為中醫沉翳內障之省稱，指隱於瞳內深處的一種眼病，引申指遮蔽。魏書廣陵王羽傳：「高祖臨朝堂議政事，謂羽曰：『遷都洛陽，事格天地，但汝之迷，徒未聞沉障耳。』」這裡是指盧生耽於仕途功名利祿，為塵俗觀念所障閉。

❼ 因他學成文武之藝二句：宋元俗語，多見於宋元以來戲曲小說中。元無名氏馬陵道「楔子」：「自古道，學成文武藝，貨於帝王家。必然見俺二人學業成就，著俺下山，進取功名。」

❽ 驀過：穿越、跨過。

❾ 回道人：呂洞賓自號「回道人」。

❿ 噀訣：謂誦念咒語。噀，誦也。唐薛用弱集異記葉法善：「扈從者多疾，凡噀咒，病皆愈。」

⓫ 勑：音ㄔˋ，同「勅」，亦寫作「敕」。本指帝王詔書，亦作命詞，即命令。此字朱墨本作「叱」。

【前腔】（生短裘鞭驢上）風吹帽⑫，裘敝貂，短禿促青驢鞴斷了稍⑬。（丑）盧大官人。（生）町疃⑭裏一週遭⑮，那轆軸⑯畔誰相叫？原來邸舍中主人，我且坐一會去。驢繫這椿橛上，喫些草。（丑）知道了。（生見呂介）輕提手，當折腰⑰。但相逢，這面兒好。

（生）店主人，這位老翁何處？（丑）回回國⑱來的。（生）老翁容貌，不像回回。（呂）貧道姓回，從

⑫ 風吹帽：用晉孟嘉重陽節登高風吹落帽事。征西大將軍桓溫與群僚登高宴飲，陣風吹落了參軍孟嘉的帽子，然他醉而未覺。大將軍命在座的孫盛當場寫文章嘲弄孟嘉，不料微醺的孟嘉即刻為文回敬解嘲，贏得滿座一片贊賞聲。事詳晉書孟嘉傳。後世遂以風吹落帽以喻人的氣度灑脫，才思敏捷。唐杜甫有句云：「羞將白髮還吹帽，笑倩旁人為正冠。」

⑬ 短禿促青驢鞴斷了稍：短禿促，即短而近乎禿，這裡指驢子身上經常鞴鞍上套磨損的樣子。鞴，原作「鞲」，據文意改。參見第二齣注⑲。稍，別本或作「梢」。

⑭ 町疃：町，田埂或田邊小路。疃，亦寫作「畽」，指村舍旁空地。詩豳風東山：「町疃鹿場。」宋朱熹詩集傳：「町疃，舍旁隙地也。」

⑮ 一週遭：指一定範圍中，猶「一帶」。

⑯ 轆軸：即井上汲水的轆轤。

⑰ 輕提手二句：即拱手作揖，躬身行禮。折腰，是俯首屈尊之意，陶淵明辭去彭澤令時曾言：「吾不能為五斗米折腰，拳拳事鄉里小人邪。」這裡當指禮節性的舉止。

⑱ 回回國：指信仰伊斯蘭教的國家，見元史和元典章。回回，主要是指信仰伊斯蘭教的人，明、清兩代文獻中亦指回族，俗亦稱回回。有時則指伊斯蘭教。呂洞賓自稱「回道人」，故店家如此說。

岳陽樓過此。足下高姓？（生）小子盧生是也。久聞的個岳陽樓，景致何如？（呂）有岳陽樓記⑲一篇，略表白幾句你聽：夫巴陵勝狀，在洞庭一湖。啣遠山，呑長江；浩浩蕩蕩⑳，橫無際涯；朝暉夕陰，氣象萬千。此則岳陽樓之大觀也。北近㉑巫峽，南極瀟湘，仙客騷人，多會於此。覽物之情，得無異乎？若夫霪雨霏霏，連月不開；陰風怒號，濁浪排空；日星隱曜，山岳潛形；商旅不行，檣傾楫摧；薄暮冥冥，虎嘯猿啼。登斯樓也，則有去國懷鄉，憂讒畏譏，滿目瀟㉒然，感極而悲者矣。至若春和景明，波瀾不驚；上下天光，一碧萬頃；沙鷗翔集，錦鱗游泳；岸芷汀蘭，郁郁青青。而或長煙一空，皓月千里；浮光躍金，靜影沈璧；漁歌互答，此樂何極。登斯樓也，則有心曠神怡，寵辱皆忘，把酒臨風，其樂洋洋者矣。（生）好景致也！老翁記的恁熟㉓，諷誦如流，可到了幾次？（呂）不多，三次了。有詩為證：朝遊碧落暮蒼梧，袖有青蛇膽氣粗。三過岳陽人不識，朗吟飛過洞庭湖。（生）老翁好吟詠也。則朝遊碧落暮蒼梧，蒼梧在南楚地方；碧落在那裏？（呂）若論碧落路程，眼

⑲岳陽樓記：本為宋范仲淹一篇名文，這裡大段引用令曲論家們頗為不解。臧晉叔評點云：「道人述一篇岳陽樓記，唐時仙人亦喜讀宋人文鑑耶？」實際上湯氏焉能不知就裡？戲曲作品貴在有趣，顯然湯顯祖這裡是有意為之，以發人一謔。

⑳蕩蕩：范仲淹原文作「湯湯」。

㉑北近：各本和范仲淹原文俱作「北通」。

㉒瀟：別本或作「蕭」。

㉓恁熟：如此熟練。恁，那麼、這般。

前便是。（生笑介）老翁哄弄莊家㉔哩。（呂）這等，且說今年莊家如何？（生）謝聖人在上，去秋莊家，一畝打七石八斗；今歲整整的打勾了九石九哩。（呂）這等你受用哩。（生笑介）可是受用了。（生忽起自看破裘歎介）大丈夫生世不諧，而窮困如是乎？（呂）觀子肌膚極腴，體胖無恙，談諧方暢，而歎窮困者，何也㉕？

（生）老翁說我談諧得意，吾此苟生耳，何得意之有？（呂）此而不得意，何等為得意乎？（生）大丈夫當建功樹名，出將入相，列鼎而食㉘，選聲而聽㉙，使宗族茂盛而家用肥饒，然後可以言得意也。

【前腔】你身無恙，生事饒㉖，旅舍裏相逢如故交。暢好的不妝喬㉗，正用歡言笑。因何恨？不自聊。歎孤窮，還待怎生好？

㉔ 莊家：即莊戶人家，指以農耕為生計的農戶。元杜仁傑〔般涉調・耍孩兒〕莊家不識勾闌套曲云：「風調雨順民安樂，都不似俺莊家快活。」

㉕ 觀子肌膚極腴五句：襲用太平廣記卷八十二引唐陳翰異聞集呂翁句。腴，音ㄩˊ，同「腴」。又，腴腴，姿媚貌。暢，順暢、流利。腴，同腴。別本或作「膩」。

㉖ 生事饒：生事，猶生計。唐白居易觀稼：「停杯問生事，夫種妻兒穫。」饒，豐裕也。

㉗ 暢好的不妝喬：暢好，亦作「唱好」、「暢道」等，猶正好，恰是。元石君寶秋胡戲妻第三折：「兀的是誰家一個匹夫，暢好是膽大心麄。」妝喬，扭捏、做作，裝腔做勢的樣子。明西周生醒世姻緣傳第三回：「我又沒曾將豬毛繩綑住了你，你為甚麼這麼妝喬布跳的？」

㉘ 列鼎而食：古人形容權貴之家的奢侈生活。元馬致遠薦福碑第四折：「今日個列鼎而食，煞強如淡飯黃齏。」

㉙ 選聲而聽：亦指權貴之家的奢侈生活。唐沈既濟枕中記：「士之當世，當建功樹名，出將入相，列鼎而食，選聲

【前腔】俺呵身遊藝，心計高，試青紫當年如拾毛㉚。到如今呵俺三十算齊頭，尚走這田間道。老翁，有何暢，叫俺心自聊？你道俺未稱窮，還待怎生好？（生作癡介）我一時困倦起來了。（丑）想是饑乏了，小人炊黃粱為君一飯。（生）待我榻上打個盹。（睡介）少個枕兒。（呂）盧生，盧生，你待要一生得意，我解囊中贈君一枕。（開囊取枕與生介）

【隔尾】㉛看你困中人無智把精神倒，你枕此枕呵，敢著你萬事如期意氣高。店主人，你去煮黃粱要他美甘甘清睡個飽。（呂下）（生作睡不穩介）（看枕介）

【懶畫眉】這枕呵，不是藤穿刺繡錦編牙，好則是玉切香雕體勢佳。呀，原來是磁州㉜燒出的瑩無瑕，卻怎生兩頭漏出通明罅？（抹眼介）莫不是睡起瞢瞪㉝眼挫花？

而聽，使族益昌而家益肥，然後可以言適乎？」這裡一段話均從枕中記化出。

㉚ 試青紫當年如拾毛：猶言將高官厚祿不放在眼裡，視其輕如鴻毛。青紫，本指高官顯位者所服衣帶的顏色。漢制：公侯印綬為紫，九卿為青。後遂以青紫喻顯赫的官位。唐杜甫夏夜歎：「青紫雖被體，不如早回鄉。」此句首字「試」疑為「視」字同音之訛。

㉛ 隔尾：原本為〔尾聲〕，按葉譜本改。

㉜ 磁州：即磁州窰，古代北方最大的一個民窰體系，位於今河北省邯鄲市磁縣觀臺鎮與彭城鎮一帶，宋代磁縣屬磁州。磁州窰磁器是北方陶磁的代表，素有「南景德，北彭城」的美譽。磁枕是磁州窰的傳統產品，今亦有燒製者。此句中「瑩」字他本或訛作「塋」。

㉝ 瞢瞪：或作「瞢騰」、「迷瞪」，指神思恍惚、視線模糊。瞢，音ㄇㄥˊ，通「夢」。明邵璨香囊記南歸：「客夢闌

（瞧介）有光透著房子裏，可是日光所照㉞。

【前腔】則這半間茅屋甚光華，敢則是㉟落日橫穿一線斜？須不是㊱俺神光錯摸眼麻查㊲。待我起來瞧著，（起向鬼門㊳驚介）緣何即留即漸㊴的光明大，待俺跳入壺中細看他。（做跳入枕中）（枕落去）（生轉行介）呀，怎生有這一條齊整的官道？（行介）好座紅粉高牆。

珊，鄉心迢遞，瞢騰似被餘酲。」下面的「眼挫花」，謂看不清楚。挫，本義為摧折，這裡是因迷濛而眼花之意。

㉞ 日光所照：此句中的「照」字，各本均作「映」。

㉟ 敢則是：亦作「敢是」、「敢則」。揣測之詞，意謂莫不是、大概是。元王曄桃花女第一折：「你可也敢則是飽諳世事慵開口。」

㊱ 須不是：猶言決不是，一定不是。元關漢卿竇娥冤第一折：「須不是笋條、笋條年幼，剗的便巧畫蛾眉成配偶。」

㊲ 神光錯摸眼麻查：神光，即眼神、目光。錯摸，即模糊。麻查，或作「麻茶」，亦指模糊不清。元陳草庵〔山坡羊〕小令：「笑喧譁，醉麻查，悶來閒訪漁樵話。」

㊳ 鬼門：指「鬼門道」，亦作「鼓門道」。古代戲曲演出中用以稱舞臺上的上、下場門，即所謂的「出將」、「入相」處。因戲中所扮角色多為古人，是已作古之人，故稱「鬼門」或「古門」，俗或稱「鼓門」。清姚燮今樂考證緣起鬼門引元柯九思論曲云：「構肆中戲房出入之所，謂之『鬼門道』。言其所扮者皆已往昔人，出入於此，故云『鬼門』。愚俗無知，以置鼓於門，改為『鼓門道』，後又訛為『古』，皆非也。」

㊴ 即留即漸：亦作「即裏漸裏」、「即溜即漸」。猶言漸漸、逐漸。元無名氏〔柳營曲〕風月擔：「統鏝情忺，愛錢娘嚴，少不得即裡漸裏病厭厭。」

【朝天子】一徑香風軟碧沙❹⓪，粉牆低轉處有人家。門開在這裏，待我驀將進去。閃銅環呀的轉簷牙❹①。滿庭花，重重簾幙鎖煙霞。甚公侯貴衙，甚公侯貴衙。門簾以內，深院大宅了。門兒外瞧著：前面太湖石山子❹②，堂上古畫古琴，寶鼎銅雀，碧珊瑚，紅地衣。

【前腔】堂院清幽擺設的佳，似有人朱戶裏，小牕紗。（內叫介）什麼閒人行走？快拿！快拿！（生慌介）急迴廊怕的惹波查❹③。（內叫介）掩上門，快拿！快拿！（生慌介）怎生好？門又閉了。且喜旁邊有芙蓉一架，可以躲藏。省喧譁，如魚失水旱蓮花。且低回首❹④自家，且低回首自家。

（老旦❹⑤上叫介）那人何處也？小姐早上。

---

❹⓪ 碧沙：沙字別本或作「紗」。

❹① 簷牙：指建築翹起的簷角，所謂的「飛簷」。宋張元幹〈青玉案〉燕趙端禮堂成：「月轉簷牙雲繞棟。」

❹② 太湖石山子：指人工用太湖石堆砌成的假山。清吳敬梓儒林外史第四十回：「三間楠木廳，一個大院落，堆滿了太湖石的山子。」

❹③ 波查：口舌，爭端。明徐渭南詞敘錄：「波查，猶言口舌。北音凡語畢，必以『波查』助詞，故云。」

❹④ 低回首：各本俱無「首」字，下疊句亦同。

❹⑤ 老旦：戲曲中角色行當名，指扮演老年婦女的角色。元雜劇中作「卜兒」，明清傳奇中為「老旦」，後世戲曲沿用之。

【不是路】（旦引貼上）㊻浪影㊼空花，陌上香魂不住家。仙靈化，差排門戶粉胭㊽搽。（旦）奴家清河崔氏㊾之女是也。這兩個：一個是老媽，一個是梅香。住這深院重門，未有夫君。誰到簾櫳之下，走藏何處也？（老）影交加，那人呵，多應躲在芙蓉架。（叫介）那漢子還不出來！拿去官司打折了他。（生作怕慌上介）休要拿，小生在此。（老）甚麼寒酸，還不低頭！（捉生低頭跪介）（老）俺這朱門下，窮酸恁的無高下，敢來行踏！敢來行踏！

（旦）問漢子何方人氏？姓甚？名誰？

【前腔】（生）黃卷生涯，盧姓山東也是舊家。閒停踏，偶然迷誤到尊衙。（旦）家中有甚麼人？（生）自嗟呀㊿，也無妻小無爹媽，長則是向孤燈守歲華。（老）你沒有妻子，在這裏狗頭狗腦。（生）小生怎敢！須詳察，書生老實知刑法，敢行調達51？敢行調達？

㊻ 旦引貼上：崔氏女攜丫鬟梅香上場。旦，戲曲角色行當名，元雜劇扮女主角的為「正旦」，明清傳奇女主角省作「旦」。此外旦角還有「副旦」、「外旦」、「貼旦」等多種。貼，即貼旦，扮演次要的女性角色，如丫鬟一類人物。明徐渭南詞敘錄：「貼，旦之外貼一旦也。」

㊼ 浪影：朱墨本「影」作「裏」。

㊽ 粉胭：「胭」別本或作「脂」。

㊾ 清河崔氏：為唐初「五大姓」之一，乃名門望族。因崔氏在朝為官者眾，因有「崔半朝」之說。至唐末五代始走向沒落。參見第二齣注❼和第三齣注86。

㊿ 嗟呀：歎息。三國演義第四十五回：「（曹操）乃謂眾將曰：『二人怠慢軍法，吾故斬之。』眾皆嗟呀不已。」

（旦）叫那漢子擡頭。（生）不敢。（老）小姐恕你擡頭。（生瞧介）原來是個52女郎。（老）咄！敢。（旦）俺世代榮華，不是尋常百姓家。你行奸詐，無端窺竊上陽花53。（生）不敢。

【前腔】（旦）梅香和俺快行拿！（貼）沒有索子。（旦）鞦韆索子上高懸掛。（貼）沒甚麼行杖。（旦）搊54杖鼓的鞭兒和俺著實的撾。（生）苦也！苦也！（老）要饒麼！（生）可知道要饒。（老）這等，漢子叩頭告饒。（旦）非奸即盜，天條一些去不的55。老媽媽，則問他私休？官休？私休不許他家去，收他在俺門下，成其夫妻；官休送他清河縣去。（老對生介）替你告饒了。小姐分付：官休？私休？

51 調達：即挑達，亦作「佻撻」、「挑闥」。輕薄放縱之意。宋朱熹詩集傳：「挑，輕儇跳躍之貌。達，放恣也。」按，湯顯祖精通佛、道兩家學說，這裡將挑（佻）達寫作「調達」，當是有意為之。佛經中的調達尊者（提婆達多），為阿難之兄，佛之從弟，曾犯五逆之罪，與佛陀敵對，成為惡比丘，因而墮入地獄。後幡然悔悟，在地獄中口念南無，聲誦佛號，整日不倦，終於功德圓滿，轉世為佛。或許是湯氏行文於此，潛意識中調達之事與挑達之意有相似之處，故而為之。此備一說，待考。

52 個：此「個」字朱墨本作「小」。

53 上陽花：本指上陽宮中美姬，這裡喻指高貴的崔氏。上陽宮是唐高宗時建於洛陽的宮苑，南臨洛水，北連禁苑。唐白居易有上陽白髮人詩，其序云，楊貴妃專寵，六宮美色無復進幸，被遣入上陽宮。明阮大鋮燕子箋寫像：「怎肯學毛延壽，批點壞上陽花。」

54 搊：束緊，拘牢。這裡是抓取之意。

55 非奸即盜二句：唐代律條明確規定夤夜擅入他人居所，即有奸、盜嫌疑，可刑杖八十。詳見清薛允昇唐明律合編卷十八「夜無故入人家」條。天條一些去不的，謂律條一點也不能含混，即必須遵守。

私休，不許你家去，收留你在這裏，與小姐成其夫妻；官休，送你清河縣去。（生）情願私休。（老）一讓一個肯。（回介）稟小姐：秀才情願私休。（旦）這等，恕他起來。（老）小姐放你起來。（生起笑）（旦看羞介）老媽，快下了簾兒，俺好看他不上。**酸寒煞，你引他去迴廊洗浴更衣罷，再來回話，再來回話。**

（老）秀才，小姐分付：迴廊外香水堂洗澡去。（生笑介）好不揹56人，既在矮簷下，怎敢不低頭57！（下）

【前腔】（老引生上）**這香水渾家58，把俺滌爪修眉刷淨了牙。**（老）便道是你渾家，還早哩。**相擡刮59，這階前跪下手兒叉。**（生拱立）（老回話介）稟小姐：那漢子洗浴更衣了。（旦）那人怎麼？（老）**儘風華，衣冠濟楚多文雅。**（旦低問介）內才怎的？（老低笑介）**便是那話兒郎當60，**

56 揹：刁難、要挾。

57 既在二句：宋元俗語，亦是戲曲小說中熟語。明吳承恩西遊記第二十八回：「這是『既在屋檐下，怎敢不低頭』。三藏只好雙手合著與他見個禮。」

58 香水渾家：香水，指洗浴，即前文所言香水堂洗澡。南宋吳自牧夢粱錄卷十三「團行」：「開浴堂者，謂香水行。」渾家，宋元俗稱妻子之謂。元李文蔚燕青博魚第一折：「渾家王臘梅，元不是我自小裡的兒女夫妻。」

59 擡刮：或作「擡貼」、「擡帖」。猶言湊合、將就。元曾瑞〔哨遍〕秋扇：「最難甘遞互相擡貼，賣弄他風流蘊藉。只能驅一握掌中風，幾曾將煩暑除絕。」

60 那話兒郎當：戲曲中的插科打諢。那話兒，隱語，指男性的陰莖。郎當，這裡是不堅挺之意。

你可也逗著他。（旦笑介）休胡哈61！梅香捲簾。（貼捲簾介）（旦）俺盈盈暮雨，快把這湘簾掛。（生跪）（旦扶起介）男兒膝下62，男兒膝下。

（旦）盧生，盧生，奴家憐君之貧，收留你為伴，無媒奈何？（老）老身當媒，佳期休誤。（內鼓樂）（老贊63拜介）（貼）新人新郎進合歡之酒。（旦把酒介）

【賀新郎】羞殺兒家，早64蓮腮映來杯斝65，驟生春滿堂如畫。人瀟灑，為甚麼閒步天台看晚霞？拾的個阮郎門下66。低低笑，輕輕哈，逗著文君寡67。（合）雲雨事，休驚怕。

【前腔】（生）三十無家，邯鄲縣偶然存劄68，坐酸寒衣衫藞苴69。妝聾啞，誰承望顛

61 胡哈：猶胡言亂語。亦作「胡柴」。明吳承恩西遊記第四十一回：「那潑猴頭，我與你有甚親情，你在這裡滿口胡柴，綽甚聲經兒。」

62 男兒膝下：為「男兒膝下有黃金」成句之省。

63 贊：即禮贊。古時婚禮上主持儀式者。

64 早：他本均誤作「旱」。

65 斝：音ㄐㄧㄚˇ，為古代青銅酒器，三足，有鋬（音ㄆㄢˋ，把手），圓口呈喇叭形，用於盛酒或溫酒。

66 為甚麼閒步天台看晚霞二句：用劉晨、阮肇天台山遇仙女事，反客為主，以喻崔氏得識盧生。南朝宋劉義慶幽明錄有云：劉、阮二人入天台山採藥，遇二仙女，結為夫婦，居半年始返鄉，子孫已歷七世。

67 逗著文君寡：用漢司馬相如琴挑卓文君事。卓文君為蜀郡卓王孫之女，新寡，因窺司馬相如撫琴，心甚悅慕，後私奔之。事詳史記司馬相如列傳。

倒英雄在絳紗，無財帛單鎗入馬⑦⓪。能粗細，知高下，你穩著心兒把⑦①。（合前）

（老旦）好夫妻進洞房花燭。（行介）

【節節高】（眾唱）⑦②崔盧舊世家，兩韶華，偶逢狹路通情話。教洗刮，沒爭差，無喇塌⑦③。帽兒抹的光光乍⑦④，燈兒照的嬌嬌姹。崔家原有舊根牙，盧郎也不年高大。

【前腔】天河犯客槎猛擒拿，無媒織女容招嫁⑦⑤。休計掛，沒嗟呀，多喜洽。檀郎蘸眼⑦⑥鶯紅乍，美人帶笑吹銀蠟。今宵同睡碧牕紗，明朝看取香羅帕⑦⑦。

---

⑥⑧ 存劄：猶言立足、安身。存，在也。劄，音ㄓㄚ，站立。

⑥⑨ 藞苴：意為粗率、不像樣子，略同於邋遢，今廣東人常用之，音變為ㄌㄚˇ ㄓㄚˇ。宋朱熹朱子語類卷十一：「溈山作書戒僧家整齊，有一川僧最藞苴，讀此書云：『似都是說我。』」藞，音ㄌㄚˇ，同藞。

⑦⓪ 誰承望顛倒英雄在絳紗二句：是盧生的自我解嘲。意謂或文場、或沙場，才是英雄施展能力的地方，未聞閨房中逞英雄的。而且自己是淨身闖入崔家。絳紗，這裡指女子閨房。

⑦① 能粗細三句：謂能屈能伸，識時務，暫且把心放下。

⑦② 眾唱：原本無此二字，據別本補。

⑦③ 喇塌：即邋遢。

⑦④ 帽兒抹的光光乍：帽兒光光是宋元民間俗語，指婚禮上裝扮整齊的新郎，也是將要做新郎的隱語。元無名氏連環計第三折：「劖的你和夜月待西廂，父子每都要帽光光，做出喬模樣。」乍，這裡是光鮮耀眼之意。

⑦⑤ 天河犯客槎二句：晉張華博物志中說，天河與海相通，有人年年八月乘槎而去，在天上看到了牛郎織女。槎，木筏也。此處「犯」字，疑為「汎」之誤。無媒織女，喻指崔氏。

【尾聲】果然是，春無價，盼暮雨為雲初下榻。（旦）盧郎呵，這是俺和你五百歲因緣78到了家。

偶然高築望夫臺79，倀倀80書生走入來。

今夜不須磁作枕，輕抽玉臂枕郎腮。

---

76 檀郎蘸眼：檀郎，本指美男子晉人潘岳，因其小字檀奴，後世多以檀郎指情郎。明笑笑生金瓶梅詞話第五十一回：「何時借得東風便，刮得檀郎到枕邊。」此以檀郎借指盧生。蘸眼，猶耀眼。清洪昇長生殿驚變：「戀香巢秋燕依人，睡銀塘鴛鴦蘸眼。」

77 今宵同睡碧牕紗二句：寫盧、崔洞房歡情。碧牕紗，亦作碧紗牕，富貴人家牕子的美稱。紅樓夢第二十六回：「（寶玉）覺得一縷幽香，從碧紗牕中暗暗透出。」香羅帕，絲織品的熏香手巾，戲曲小說中多作為女子的定情之物。元張可久〔中呂・齊天樂過紅衫兒〕湖上書所見：「可憐咱，肯承諾，羞弄香羅帕。」這裡隱指少女新婚留在帕上的初紅。

78 五百歲因緣：舊俗諺云：姻緣五百年前定。元王實甫西廂記第一折：「呀！正撞著五百年前風流業冤。」元關漢卿裴度還帶第四折：「你道是五百年前宿緣分，……終不道我為媳婦拜丈人。」因，同「姻」。

79 望夫臺：亦稱「望夫山」。北魏酈道元水經注江水：「江水東逕琵琶山南，山下有琵琶灣，又東逕望夫山南。」方輿記云：「夫行役未回，其妻登山而望，每登山，輒以藤箱盛土，積日累功，漸益高峻，故以名焉。」

80 倀倀：迷茫而不知所措的樣子。清吳敬梓儒林外史第九回：「兩公子不勝倀倀，立了一會，只得仍舊過橋，依著原路回到船上，進城去了。」

第五齣 招賢

【霜天曉角】❶（外蕭嵩❷美髯上）江南雲樹，冷落青門庶❸。萋萋芳草似憐予，有路長安怎去？

【集唐】千秋萬古共平原，生事蕭條空掩門。試問酒旗歌板地，有誰傾蓋待王孫❹？小生蘭陵蕭嵩，

❶ 霜天曉角：按曲譜此曲應為八句，這裡略去四句。明清傳奇中不乏此等用例。

❷ 外蕭嵩：外，戲曲角色行當名，此指扮演次要的男性角色。王國維古劇腳色考：「曰沖，曰外，曰貼，均係一義，謂於正色之外，又加某色以充之也。」蕭嵩，字喬甫，南蘭陵（今江蘇武進）人，梁武帝蕭衍之後裔。唐開元間為兵部尚書領朔方節度使，因其平吐蕃之亂有功，累遷為相，拜中書令，封為徐國公。後以尚書右丞相罷歸，又復拜為太子太師。新唐書有傳。

❸ 江南雲樹二句：雲樹，喻友朋闊別遠隔相互思念。唐杜甫春日憶李白：「渭北春天樹，江東日暮雲。」青門庶，指漢召平，本為秦東陵侯，秦亡後，種瓜於長安城東青門，世稱「東陵瓜」，或稱「青門瓜」。庶，指下層平民。召平由曾地位顯赫淪為種瓜平民，故以「庶」字稱之。

❹ 千秋萬古共平原四句：首句出自唐劉長卿詩哭陳歙州（一作哭李使君），見全唐詩卷一五一。「共」字原為「葬」。次句出自唐韋應物詩寓居澧上精舍寄與張二舍人，見全唐詩卷一八七。「條」字原作「疏」。第三句出自唐李賀酬答詩，見全唐詩卷三九二。末句出自唐韋莊柳谷道中作卻寄，見全唐詩卷六九五。

字一忠；梁武帝蕭衍❺之苗裔，宋國公蕭瑀❻之曾孫。只因岸谷遷移，滄桑變改。文武之道頓盡，琴書之興猶存。且是美于鬚髯，儀形偉麗。有人相我，爵壽雙高❼。這不在話下了。有個異姓兄弟，叫做裴光庭❽，乃金牙大總管封聞喜縣公裴行儉❾之晚子，兼是當朝武三思❿之女壻。古今典故，深所諳知。但此弟長有一點妬心，也是他平生毛病。幾日不見，想待到來。

❺ 蕭衍：字叔達，小字練兒，南蘭陵人，漢相國蕭和二十五世孫，出生於秣陵（今江蘇南京），梁朝建立者，在位四十八年，在南朝諸帝中位列第一。晚年耽於佛事，被因死於建康臺城。謚武皇帝，廟號高祖。

❻ 蕭瑀：字時文，梁昭明太子蕭統曾孫，梁明帝蕭巋第七子，隋煬帝蕭皇后之弟。入唐後封宋國公，拜為民部尚書（即戶部尚書）。因其剛直不阿，曾六次拜相，六次被罷免。貞觀後期，唐太宗恢復其爵位，又「特進」加授金紫光祿大夫，圖像入凌烟閣。

❼ 且是美于鬚髯四句：舊唐書蕭嵩傳有云：「嵩，美鬚髯，儀形偉麗。」又云，嵩與吳郡陸象山是連襟，時象山已是洛陽尉，兼其是宰相之子，而嵩尚未入仕途。宣州夏榮善相術，對象山說：「陸郎十年內位極人臣，然不及蕭郎一門盡貴，官位高而有壽。」

❽ 裴光庭：字連城，右衛大將軍裴行儉之子。早年以門蔭入仕，歷任太常寺丞、鄖州司馬、兵部郎中等，後任兵部侍郎。唐玄宗開元間拜相，歷任吏部尚書，加弘文館學士，後又加光祿大夫，封正平縣男。卒，追贈太師，謚忠獻。

❾ 裴行儉：字守約，降州聞喜（今山西聞喜東北）人。隋禮部尚書裴仁基次子，唐代名將，精通兵法，善用人，亦兼擅書法。曾拜為安西大都護，累官至禮部尚書兼檢校右衛大將軍，封聞喜縣公。

❿ 武三思：并州文水（今山西文水）人，唐武則天之侄。諂媚武則天，封梁王，兼修國史。後在宮廷政變中被李重俊所殺。

【前腔】（末⓫裴光庭袖詔旨上）插架奇書，將相吾門戶。袖中天子詔⓬賢書，瞞著蕭郎前赴。

自家裴光庭是也。從來飽學未遇，幸逢黃榜⓭招賢。自揣可中狀元，則怕蕭兄奪取。心生一計，將這紙黃榜袖下了，不等他知，一徑辭他前去。（見介）（外）兄弟，我近來情懷耿耿，有失款迎。（末）你兄弟心事匆匆，特來告別。（外）呀，有何緊急至此？（末）天大事都可說與仁兄，只這些是小弟機密事，不敢告聞。請了。（外）賢弟，袖中簌簌之聲，何物也？（末）沒有甚的。（外扯看介）是黃紙。（末笑介）是本疏頭⓮。（外扯看介）奉天承運皇帝詔曰：天下文士，可於本年三月中旬，赴京殿試⓯。朕親點取，無遲。呀，原來一紙招賢詔書，為何賢弟袖著？（末）實不瞞兄，此榜文御史台⓰行下本屬。

⓫ 末：戲曲角色行當名。傳奇中多以末色扮演次要男性角色，或中年以上男性角色。王國維古劇腳色考：「至元劇，而末旦二色支派彌多。正末副末之外，有沖末、小末，而小末又名二末。」這裡的「末」，當為「副末」之屬。

⓬ 詔：別本或作「辟」。

⓭ 黃榜：皇帝親頒公告，用黃紙或黃絹書寫，故稱。元虞集贈趙先生：「天門一日觀黃榜，茅屋三年掩柴扉。」

⓮ 疏頭：本指僧道做道場時祝禱文，亦指敬神佛時募捐的冊子。此處是說笑之詞。明西周生醒世姻緣傳第十一回：「我適才到了城隍廟叫崔道官寫了疏頭，送到衙內看過，要打七晝夜。」又，紅樓夢第三十九回：「我明日做一個疏頭，替你化些布施。」

⓯ 殿試：又稱「廷試」、「御試」、「廷對」等。是科舉考試的最高級程序，由唐代開始實行，殿試的第一名稱作狀元。因其為皇帝親臨大殿策試，故名。

學，學裏先生把與愚弟看。愚弟想來，別的罷了，仁兄才學蓋世，聽的黃榜招賢，定然要去。因此悄悄的袖了這詔旨⑰，瞞兄往京，單填小弟名字銷繳⑱了。（外笑介）可有此話？秀才無數，何在我一人？

【皂羅袍】（末）提起書生無數，俺三言兩句，壓倒其餘。那蒼生一郡眼無珠，則你春風八面人如玉。哥，你兄弟才學，要中頭名狀元；你去之時，把我綽下⑲第二了。（外笑介）原來如此。（末）嫦娥所愛，無過兩儒。將來並比，端然一輸⑳。因此上裴航要閃住你蕭郎路㉑。

---

⑯ 御史台：古代官署名。又稱「蘭台」、「憲台」等。西漢時御史大夫官署稱御史府，東漢後稱御史台，為中央監察機構。唐時武則天曾一度改名為肅政台，明代又改稱都察院，然文章中往往仍稱御史台。如明黃道周節寰袁公傳：「及在御史台，值他御史觸上怒，將廷杖，諸御史詣政府乞伸救，輔臣以上意為辭。」

⑰ 詔旨：別本此二字下有四個墨釘痕跡，或脫一句，存疑。

⑱ 銷繳：指繳回公文並注銷交差。水滸傳第五十一回：「拜見了知縣回了話，銷繳公文批貼。」

⑲ 綽下：猶落下。綽，本意為抓取、拿起，這裡是「退到」之意。

⑳ 嫦娥所愛四句：科舉考試考中者稱之為蟾宮折桂，蟾宮即月宮。嫦娥這裡代指月宮，月宮有桂樹，折桂喻高中榜首，故「嫦娥所愛」喻指金榜題名。兩儒指蕭嵩和裴光庭。端然一輸，謂兩強相爭，必有一贏一輸。端然，必然，一定。

㉑ 裴航要閃住你蕭郎路：裴光庭此言是說自己要避開蕭嵩獨自去赴殿試。裴航，唐裴鉶傳奇文中的人物，他於藍橋驛巧遇雲英，欲娶其為妻，雲英祖母稱須以玉杵臼為聘禮，裴航輾轉求得玉杵臼，遂與雲英雙雙入玉峰洞成仙。

【前腔】（外）不道狀元難事，但一緣二命，未委何如㉒？你把招賢榜作寄私書，遮天袖掩賢門路㉓。別的罷了，賢弟在場屋㉔中，我筆尖可以饒讓些㉕。俺把筆花高吐㉖，你真難展舒。俺把筆尖低舉，隨君掃除。便金階對策㉗也好商量做。

（末）這等，多承了！店中飲一杯狀元紅㉘去。

閃住，猶阻礙。此裴光庭以裴航自喻，意為自己將攜雲英仙去，即撇開蕭嵩一人赴殿試。這裡以藍橋驛隱喻京城殿試，又以裴光庭與裴航同姓作比，堪稱巧思。

㉒不道狀元難事三句：是說狀元只有一個，二人比並，結果難以逆料。不道，猶姑且不說。未委，豈知、難料。元楊果〔仙呂・翠裙腰〕綠幬愁：「未委歸期約幾時，先拆破鴛鴦字。」

㉓你把招賢榜作寄私書二句：謂將朝廷招賢文告當成了私人信件，想一手遮天阻塞仕途。

㉔場屋：亦稱「科場」，科舉考試的考場。唐人稱貢院為場屋，後世因之。宋蘇軾寄傲軒：「仕進固有餘，不肯踐場屋。」

㉕饒讓些：「些」字下別本或有一個「子」字。

㉖筆花高吐：喻將筆墨功夫充分發揮出來。宋王炎次韻楊秘監館中留題：「庭下滿生書帶草，胸中宜吐筆頭花。」

㉗對策：指殿試時對皇帝所問有關國策的答辯。南朝梁劉勰文心雕龍議對：「對策者，應詔而陳政也。」宋葉適提刑王公墓志銘：「初，龍圖閣學士太子詹事王公十朋，以太學生對策，請收還威福，除秦檜蔽塞之政，天子即日施用。」

㉘狀元紅：浙江紹興所產傳統花雕名酒。本為花名，牡丹、花鏡、菊等，皆有狀元紅之名。士子上京赴考，高中狀元回鄉報喜，開罈慶賀，遂以花雕極品名之狀元紅。

【尾聲】（外）狀元紅吸不盡兩單壺，俺和你雙雙出馬長安路。兄弟呵，則這些時把月宮花㉙談笑取。

王孫公子不豪奢，雪案螢窗㉚守歲華。
但是學成文武藝，都堪貨與帝王家。

㉙ 把月宮花談笑取：意為科舉及第，名登榜首。月宮花，古以科舉及第稱之謂折桂，新科狀元例應帽插宮花，跨馬遊街。

㉚ 雪案螢窗：舊指刻苦攻讀。雪案，用孫康家貧，映雪讀書事。初學集卷二引宋齊語云，孫康因貧困，用不起火燭，經常在月色映照雪光下苦讀，終於有所成就。螢窗，用車胤以螢火蟲置於囊中照明夜讀事，參見第二齣注❺。

第六齣　贈試

【遶池遊】❶（旦上）偶然心上，做盡風流樣，懶妝成又偎人半晌。（老貼笑上）營勾了腰肢，通籠繡帳❷，聽得來愁人夜長。

【醜奴兒】（旦）紅圍粉簇清幽路，那得人遊？（老）天與風流，有客窺簾動玉鉤。（貼）探香覓翠芙蓉架，官了私休。（合）此處人留，蝶夢❸迷花正起頭。（老）姐姐，天上弔下一個盧郎。（貼）不是弔下盧郎，是個驢郎。（旦）蠢丫頭，說出本相。思想起我家七輩無白衣女壻❹，要打發他應舉，你道如何？（老）好哩，姐夫得官回，你做夫人了。

❶ 遶池遊：「池」字原誤作「地」，據別本改。

❷ 營勾了腰肢二句：營勾，亦作「勾營」、「贏勾」，即勾引之意。元戴善夫風光好第三折：「好也羅！學士，你營勾了人，卻便粧忘魂。」通籠，又作「通朧」、「曈曨」，形容光線暗澹不明，湯顯祖紫釵記第四十九齣：「正好夢來時，戶通籠一覺回。」此二句謂盧、崔二人已入洞房交歡。

❸ 蝶夢：本指莊生夢蝶事，「不知周之夢為蝶歟，蝴蝶之夢為周歟？」這裡泛用之，以喻夢境之迷離惝恍。

❹ 七輩無白衣女壻：又作「三輩兒不招白衣女壻」，元王實甫西廂記第四本第二折：「我如今將鶯鶯與你為妻，則是俺三輩兒不招白衣女婿，你明日便上朝取應去。」白衣，指平民。

【卜算子】（生上）長宵清話長，廣被風情廣❺。似笑如顰在畫堂，費盡佳人想。

（見介）（旦）【集唐】盧郎，你不羨名公樂此身❻，（生）這風光別似武陵春❼。（旦）百花仙醞能留客❽，（生）一面紅妝惱煞人❾。（旦）盧郎，自招你在此，成了夫婦。和你朝歡暮樂，百縱千隨，真人間得意之事也。但我家七輩無白衣女壻，你功名之興，卻是何如？（生）不欺娘子說：小生書史雖然得讀，儒冠❿誤了多年。今日天緣，現成受用，功名二字，再也休提。（旦）咳，秀才家好說這話。且問你會⓫過幾場來？

【朱奴兒】（生）我也忘記起春秋⓬幾場，則翰林苑⓭不看文章。沒氣力頭白功名紙半

❺ 廣被風情廣：謂兩情相攜，溫柔鄉中風情無限。廣被，這裡指寬大的被子，後面的「廣」，則是多、無盡的意思。風情廣，猶言風情無限。

❻ 不羨名公樂此身：出自唐韓翃贈李翼詩，「名公」二字原詩作「空名」，見全唐詩卷二四五。

❼ 風光別似武陵春：出自唐方干陸州呂郎中環溪亭詩，「別」字原詩作「便」，見全唐詩卷六五〇。

❽ 百花仙醞能留客：出自唐王昌齡題朱煉師山房詩，見全唐詩卷一四三。

❾ 一面紅妝惱煞人：出自唐李白贈段七娘詩，見全唐詩卷一八四。

❿ 儒冠：本指儒生的冠冕，此代指儒業與仕途。元張可久〔中呂．齊天樂過紅衫兒〕道情：「人生底是辛苦，枉被儒冠誤。」

⓫ 會：即會試，亦即科舉時代集中全國舉人會同考試，由禮部主持，考中者稱為「貢士」，第一名稱作「會元」。舉子取得「貢士」資格，方可參加殿試。

⓬ 春秋：科舉考試分為鄉試、會試、殿試三個級別。鄉試為每三年一次，稱大比之年，因在秋季舉行，故稱「秋

張⑭，直那等豪門貴黨。（合）高名望，時來運當，平白地為卿相。

（旦）說豪門貴黨，也怪不的他。則你交遊不多，才名未廣，以致淹遲。奴家四門親戚，多在要津⑮，你去長安，都須拜在門下。（生）領教了。（旦）還一件來，公門要路，能勾容易近他？奴家再著一家兄⑯相幫引進，取狀元如反掌耳。（生）令兄有這樣行止。（旦）從來如此了。

【前腔】（旦）有家兄打圓就方⑰，非奴家數白論黃⑱。少⑲他呵，紫閣金門⑳路渺茫，

闈」，考中者為舉人，獲得參加會試的資格。會試於春季舉行，所謂「桃花浪暖舉子忙」，即「春闈」，亦即「禮部試」。故這裡的「春秋」，是指鄉試與會試。

⑬ 翰林苑：即翰林院，又稱翰林學士院。唐代設立的帶有學術性的官署，逐漸演變為草擬重要詔牘的機構，任職者稱待詔。唐玄宗曾精心選拔擅長文學的官員為待詔。

⑭ 功名紙半張：謂功名虛幻，毫無價值。元汪元亨〔中呂・朝天子〕歸隱：「榮華夢一場，功名紙半張，是非海波千丈。」

⑮ 要津：本義為衝要渡口，喻指仕途通達，占據顯要地位，掌握權柄。古詩十九首今日良宴會：「何不策高足，先踞要路津。」唐杜甫麗人行：「簫鼓哀吟感鬼神，賓從雜遝實要津。」

⑯ 家兄：對金錢的戲稱。參見第三齣注52。

⑰ 打圓就方：古代銅錢圓形，中間是方孔，故言之。這裡語意雙關，前文言京城「有四門親戚」，疏通關節，夤緣攀附是要使錢的。「打」、「就」謂找門路，託關係之意。

⑱ 數白論黃：白指白銀，黃指黃金，承上文，仍是說使錢好辦事。明周楫西湖二集巧妓作父成名中曾引用此段云：「只要有錢，事事都好做。有邯鄲記曲為證：『有家兄打圓就方，非奴家數白論黃……』從來道，家兄極有行

上天梯有了他氣長。（合前）

（生）這等，小生到不曾㉑拜得令兄。（旦）你道家兄是誰？家兄者，錢也。奴家所有金錢，儘你前途賄賂。（生笑介）原來如此，感謝娘子厚意。聽的黃榜招賢，盡把所贈金資，引動朝貴，則小生之文字字㉒珠玉矣。（旦）正當如此。梅香，取酒送行。

【雁來紅】㉓（送酒介）寬金盞瀉杜康㉔，緊班騅送陸郎㉕。他無言覷定把杯兒倘，再四

止，若把金珠引動朝貴，那文章便字字珠玉矣。」亦作「數黑論黃」。王季思先生云：「此語元劇屢見，有爭論計較之意，本自博者之以黃黑子較論勝負也。」（見王注西廂記第五本第四折注㉓。元王實甫原文為：「那吃敲才怕不口裏嚼蛆，那廝待數黑論黃，惡紫奪朱。」湯顯祖這裡易「黑」為「白」，意便雙關，既涉錢財，又有討價還價、爭論計較之意。

⑲ 少：各本於「少」字下均有一個「了」字。

⑳ 紫閣金門：泛指宮廷權顯之所在。紫閣，即中書省，是專事發布政令的中央機要官署，唐代將中書省改稱「紫薇省」，中書令則稱「紫薇令」，其府第便稱作紫閣。唐元稹酬盧秘書：「夢雲期紫閣，厭雨別黃梅。」金門，即金馬門，本為漢代宮門名。史記滑稽列傳：「金馬門者，宦者署門也，門旁有銅馬，故謂之曰『金馬門』。」因金馬門又代指翰林院，故為士子們傾心夢寐以求之地。宋黃庭堅〔晝夜樂〕詞有云：「情知玉帳堪歡，為向金門進取。直待腰金拖紫後，有夫人、縣君相與。」

㉑ 不曾：「曾」字別本或誤作「會」。

㉒ 字字：原奪一「字」字，此據各本補。

㉓ 雁來紅：葉譜本作〔普天綠過紅〕，稱其為〔普天樂犯綠襴衫、雁過沙、紅娘子〕。

重斟上，怕溼羅衫這淚幾行。（合）凝眸望，開科這場，但泥金㉖早傳唱。

【前腔】（生）葫蘆提㉗田舍郎，仗嬌妻有志綱㉘，贈家兄送上黃金榜。握手輕難放，少別成名恩愛長。（合前）

【尾聲】（旦㉙拜介）指定衣錦還鄉似阮郎㉚，此去呵，走章臺㉛再休似以前胡撞㉜，俺留

㉔ 杜康：即少康，古代傳說中釀酒的始祖。漢許慎說文解字：「古者少康初作箕帚、秫酒。少康，杜康也。」後世遂以杜康代指酒。魏武帝曹操短歌行：「何以解憂？唯有杜康。」

㉕ 緊班騅送陸郎：班騅，即斑騅，指一種毛色青白相雜、或身上有花斑的駿馬。宋郭茂倩樂府詩集卷四十七清商曲辭四明下童曲：「陳孔驕赭白，陸郎乘斑騅。」清王琦彙解：「陳孔，謂陳宣、孔範；陸謂陸瑜，皆陳後主狎客。」可知這裡的陸郎乃指陸瑜。瑜，字干玉，陳後主寵臣，拜太子洗馬，中書舍人，官至東宮學士，曾從汝南周弘正習老、莊之學。後世以「斑騅」喻離人作別之詞。唐李賀夜坐吟：「明星爛爛東方陲，紅霞稍出東南涯，陸郎去矣乘斑騅。」此句當是化用唐李商隱對雪二首（其二）「關河凍合東西路，斷腸斑騅送陸郎」而來，將盧生比作陸郎。

㉖ 泥金：以金箔或金屬碾成粉，再和以生漆或膠，製成顏料後塗在紙上，謂之泥金箋。這裡指考中進士報喜的泥金帖子。宋張元幹〔喜遷鶯〕詞：「姓標紅紙，帖報泥金，喜信歸來俱捷。」

㉗ 葫蘆提：亦作「葫蘆題」，猶言糊塗，元曲中屢見之熟語。元張國賓薛仁貴第一折：「薛仁貴本等是個莊農，倒著他做了官；我本等是官，倒著我做莊農，軍師好葫蘆提也。」

㉘ 有志綱：猶言有主見，有章程。

㉙ 旦：這裡原無「旦」字，據文意補。

著這一對畫不了的愁眉待張敞㉝。
開元天子㉞重賢才，開元通寶是錢財。
若道文章空使得，狀元曾值幾文來？

㉚ 衣錦還鄉似阮郎：舊以富貴或發跡後，著貴重服裝回家鄉炫耀，謂之衣錦還鄉。阮郎，指與劉晨同入天台山採藥遇仙女的阮肇。後世戲曲小說中往往以阮郎喻指情郎。參見第四齣注65。

㉛ 章臺：本為秦國宮殿名，漢時其殿下有街名亦曰章臺。章臺街因多秦樓楚館，歌妓雲集，故後世以「走馬章臺」指涉足色情場所，以章臺柳指歌妓。宋黃庭堅〈清平樂〉：「且樂樽前見在，休思走馬章臺。」此為崔氏擔心盧生留戀煙花柳巷之語。

㉜ 再休似以前胡撞：此句「似」字下原奪一「以」字，據別本補。以前，指盧生闖入崔府宅院。

㉝ 張敞：字子高，漢河東平陽（今山西臨汾）人，官至京兆尹。漢書張敞傳云：「又為婦畫眉，長安中傳張京兆眉憮。」畫眉事驚動了皇上，問之，敞對曰：「夫婦之私，有過於畫眉者。」後世遂以「張敞畫眉」喻指夫妻恩愛。

㉞ 開元天子：指唐玄宗李隆基。此劇背景託為唐開元年間。下句「開元通寶」，指開元時期流通的貨幣。

第七齣　奪元

【夜行船】（淨宇文融❶上）宇文後魏留支派❷，猶餘霸氣遭逢聖代。號令三台❸，權衡十宰❹，又領著文場氣概。

❶ 淨宇文融：淨，戲曲角色行當名。由宋金雜劇院本中副淨演變而來。王國維古劇腳色考云：「余疑淨即參軍之促音，參與淨為雙聲，軍與淨似疊韻，參軍之為淨，猶勃提之為披，邾婁之為鄒也。」元雜劇中謂之副淨，可扮男女之次要角色，明清傳奇中淨角多扮男性次要角色。宇文融，京兆萬年（今陝西臨潼）人。唐開元間曾官監察御史，開元十七年（西元七二九年）拜黃門侍郎，同中書門下平章事，甚得朝廷所望。然在位僅百日，即被罷職，貶為汝州刺史，又流嚴州，卒於途中。

❷ 宇文後魏留支派：宇文氏本為北方鮮卑族一部，是南匈奴的一個分支，後漢化改姓為氏。後魏即北魏，西元三八六年拓跋氏重建代國，易國號為魏，史稱北魏，亦作後魏。待其統一北方，與南朝對立，史稱南北朝時期。西元五三四年，北魏分裂為東魏和西魏，後東魏為北齊所取代，西魏為北周所取代，北周即是宇文泰之子宇文覺所篡奪的政權，是為北周之孝閔帝。宇文融為隋禮部尚書平昌公宇文弼的玄孫。其先祖與北周皇室並非一脈，只是在後魏和北周政權中做過官。

❸ 號令三台：「台」，原作「臺」，據朱墨本改。古代以尚書為中台、御史為憲台、謁者為外台，合稱三台。唐代則以尚書省為中台、中書省為西台、門下省為東台。號令三台，謂權勢顯赫。

【集唐】 猶得三朝托後車，普將雷雨發萌芽。中原駿馬搜求盡，誰道門生隔絳紗❺？下官乃唐朝左僕射❻兼檢括天下租庸使❼宇文融是也。性喜奸讒，材能進奉。日昨黃榜招賢，聖人可憐見，著下官看卷進呈。思想一生，專以迎合朝廷，取媚權貴。卷子中間有個蘭陵蕭嵩，奇才，奇才。雖是梁武帝之後，異代君臣，管我不著；又有個聞喜裴光庭，正是前宰相裴行儉之子，武三思之壻，才品次些，我要取他做個頭名，蕭嵩第二。早已進呈，未知聖意若何？早晚近侍到來，可以漏洩聖意。左右，門外伺候。

---

❹ 權衡十宰：權衡，猶諧調。十宰，泛指朝廷各權力機構。史載宇文融精明幹練，知人善任，「甚允朝廷之望」。「十」字別本或作「士」。

❺ 猶得三朝托後車四句：此四句為「集唐」。首句出於唐李商隱宋玉詩，見全唐詩卷五四〇。原詩後二句為：「可憐庾信尋荒徑，猶得三朝托後車。」第二句出自唐韓愈次鄧州界詩，見全唐詩卷三四四。原詩結二句為：「早晚王師收海嶽，普將雷雨發萌芽。」第三句出自唐薛逢開元後樂詩，見全唐詩卷五四八。原詩結二句為：「中原駿馬搜求盡，沙苑年來草又芳。」第四句出自唐錢起登劉賓客高齋詩，見全唐詩卷二三九。原詩結二句為：「日陪鯉也趨文苑，誰道門生隔絳紗？」四句乃言自家文韜武略，為輔佐君王股肱重臣。

❻ 左僕射：職官名。秦漢時所設置，分左、右僕射，為中央機關各辦事部門總管首長。因唐代不設尚書令，左、右僕射即相當於尚書省長官。射，音ㄧㄝˋ。

❼ 檢括天下租庸使：總攬全國稅務租賃的長官。唐玄宗於開元十一年（西元七二三年）設置的以宇文融為首長的職官，是為租庸使之職之始。後楊國忠等曾繼任，其司職主要是為朝廷斂財。唐德宗時始廢，唐僖宗時復置，至五代後唐明宗李嗣源時徹底廢除。

【粉蜨兒】（老旦高力士❽上）綠滿宮槐，隨意到棘闈簾外❾。

（丑報介）司禮監❿高公公到門。（淨慌走接介）（淨）早知老公公俯臨，下官禮合⓫遠接。（老）老先⓬過謙了，日下看卷費神思哩。（淨）正要修一密啟，稟問老公公：未知御意進呈第一可點了誰？（老）有點了。（淨）是裴光庭麼？（老）還早。（淨）是蕭嵩？（老）再報來。（淨）後面姓名，下官都不記

❽ 高力士：唐玄宗時宦官。祖籍潘州（今廣東高州），本名馮元一。因其乖巧善逢迎，頗為唐玄宗所寵，累官至驃騎大將軍，開府儀同三司，封至渤海郡公。唐肅宗時曾被流放黔中道。寶應元年（西元七六二年）三月，聞唐玄宗駕崩，吐血而死。追贈揚州大都督，陪葬泰陵。此以老旦扮之，乃因太監聲音與女性相類。此句於高力士三字下別本或有「引隊子」三字。

❾ 綠滿宮槐二句：周代於外朝種植槐、棘，以為朝臣列班次序。周禮秋官：「面三槐，三公位焉。」後世因以宮槐指朝臣列班之處，亦指宮廷周遭。棘闈，指科舉時代考場。為防止考生作弊或閒雜人等靠近，考場四周以荊棘圍起來，故有此稱。元王實甫西廂記第一本第一折：「將棘圍守暖，把鐵硯磨穿。」按：〔粉蜨兒〕曲應是六句，這裡省去四句。

❿ 司禮監：明代設置的官署，為宦官掌握的二十四衙門之一。主要負責宮廷禮儀，批閱奏章等事宜，可代皇帝「批紅」，權力有時凌駕於內閣大臣之上。司禮監以「掌印太監」為首，下設「秉筆太監」數人，明代幾乎所有的著名太監都出自司禮監。

⓫ 禮合：按禮儀應該。合，即合該，亦即應該。

⓬ 老先：即老先生。明代太監稱呼卿大夫為老先，不加生字。此稱呼古已有之。清翟灝通俗編稱謂：「漢書梅福傳：『叔孫先，非不忠也。』師古曰：『先，猶言先生也。』」

懷了。（老）可知道。

【一封書】都經御覽裁，看上了山東盧秀才。（淨想介）山東盧秀才？（老）名喚盧生。知他甚手策，動龍顏含笑孩⑬？（淨）老公公，看見當真點了他。（老）親看御筆題紅在，待翦宮袍賜綠來⑭。（合）御筵排，榜花開，也是他際會風雲直上台⑮。

（淨）奇哉，奇哉。這等，裴、蕭二人第幾？（老）蕭第二，裴第三。

【前腔】（淨背介）卷首定蕭、裴，怎到的寒盧那狗才？（回介）是他命運該，遇重瞳著

⑬ 知他甚手策二句：手策，猶言手段，本事。元張國賓薛仁貴第二折：「絳州城顯氣概，龍門鎮施手策。」動龍顏含笑孩，謂皇帝含笑的樣子。說文：「孩，小孩笑也。」老子第二十章：「我獨泊兮，其未兆；沌沌兮，如嬰兒之未孩。」未孩，即尚不會笑。

⑭ 親看御筆題紅在二句：科考中考生答卷用墨筆書寫，稱墨卷；考官的評語用朱筆題寫，稱朱批或題紅。御筆題紅則是指皇帝用硃砂筆在考卷上的批示。待翦宮袍賜綠來，謂等著朝廷分發官服。唐制，新科進士賜綠袍，故新科進士有「綠衣郎」之稱。翦，同剪，即量身剪裁。元本高明琵琶記新進士宴杏園：「綠袍乍著君恩重，黃榜初開御墨鮮。」

⑮ 榜花開二句：唐宣宗大中年間始，禮部取士例錄取冷僻姓氏者二、三人，稱作「色目人」，亦稱「榜花」，見宋錢易南部新書丙集，亦見於清翟灝通俗編卷二十五「榜花」條。盧姓較偏僻，故言。際會風雲，亦作風雲際會。喻難得的好機運。周易乾文言：「雲從龍，風從虎，聖人作萬物睹。」唐杜甫夔府書懷四十韻：「社稷經綸地，風雲際會期。」

眼攃⑯。（老）老先不知，也非萬歲爺一人主裁，他與滿朝勳貴相知，都保他文才第一。便是本監，也看見他字字端楷哩。（淨）⑰可知道了，他的書中有路能分拍⑱，則道俺眼內無珠做總裁。（合前）

（老）告別了。明日老先陪宴。

【尾聲】杏園紅你知貢舉的須陪待⑲。（淨）還要請老公公主⑳席纔是。（老笑介）我帶上了穿宮入殿牌㉑，則助的你外面的官兒御道上簪花㉒那一聲采。（下）

---

⑯ 重瞳著眼攃：重瞳，謂眼中雙瞳孔，古以為是一種貴人之相。舜、項羽皆重瞳。史記卷七項羽本紀：「吾聞之周生曰：『舜目蓋重瞳子』，又聞項羽亦重瞳子，羽豈其苗裔邪？」裴駰集解引尸子：「舜兩眸子，是謂重瞳。」亦泛指帝王的眼睛。明馮夢龍醒世恒言陳多壽生死夫妻：「應制詩是進御的，聖天子重瞳觀覽，還該要有些氣象。」這裡是以重瞳代指唐玄宗李隆基。

⑰ 淨：朱墨本誤作「老」。

⑱ 書中有路能分拍：書中有路猶言仕途有路。能分拍，指對朝中勛貴能拉上關係，疏通關節，分別對待。

⑲ 杏園紅你知貢舉的須陪待：杏園紅，即杏園宴。杏園，唐代賜宴新科進士的園林，故址位於今西安大雁塔南面。五代王定保唐摭言慈恩寺遊賞賦詠雜記：「神龍以來，杏園宴後，皆於慈恩寺塔下題名。」唐朱慶餘贈鳳翔柳司錄詩：「杏園北寺題名日，數到如今四十年。」知貢舉，指主持進士會試的主考官。詳可見清趙翼陔餘叢考禮部知貢舉。

⑳ 主：別本或作「上」。

㉑ 穿宮入殿牌：指可以隨時出入宮禁的腰牌。元無名氏抱妝盒第二折：「幾曾出禁門外，便不帶穿宮入殿牌，但行

（宇文弔場）可笑，可笑，咱看定了的狀元，誰想那盧生以鑽刺㉓搶去了，偏不鑽刺於我！

如此朝綱把握難，不容怒髮不衝冠。

則這黃金買身貴㉔，不用文章中試官㉕。

處誰敢嫌猜！」

㉒ 簪花：指新科進士帽上插花。清陳康祺郎潛紀聞卷三：「新進士釋褐於國子監，祭酒、司業皆坐彝倫堂，行拜謁簪花禮。」

㉓ 鑽刺：即鑽營。指以不正當手段謀求私利。明馮夢龍警世通言卷十八老門生三世報恩：「肯用力鑽刺，少不得做個府佐縣正，味著心田做去，儘可榮身肥家。」

㉔ 則這黃金買身貴：指通過賄賂獲得仕途官位。唐李賀啁少年：「生來不讀半行書，只把黃金買身貴。」啁，音ㄓㄡ，嘲笑、戲謔。

㉕ 不用文章中試官：宋元以來諷刺科考弊端之俗諺。清李漁十二樓三與樓第二回：「俗語二句說得好：『不要文章中天下，只要文章中試官。』」

第八齣　驕宴

（丑廚役頭巾插花上）小子光祿寺❶廚役，三百名中第一。刀砧使得精細，作料下得穩實。饅頭摩的光泛，線麵打得條直。千層❷起的潑鬆，八珍❸配得整飭。何止五肉七菜，無非喫一看十。喫了的眠思夢想，但看的垂涎咽液❹。休道三閣下堂餐，便是六宮中也是我小子尚食❺。這開元皇帝最喜我葱

❶ 光祿寺：官署名。掌祭祀、朝會、宴饗、酒醴膳饈之事，起於秦漢，至南北朝始稱光祿寺。隋唐時為宮中九寺之一，其長官為光祿寺卿，含少卿、丞、主簿各一人。

❷ 千層：即千層餅。一種酥脆、蓬鬆的餅食。

❸ 八珍：歷代關於八珍的說法不同。周禮天官有所謂「珍用八物」、「八珍之齊」之說，據東漢鄭玄注，八物為淳熬、淳母、炮豚、炮牂、擣珍、漬、熬和肝膋，然這應是八種烹飪方法。後世則多以龍肝、鳳髓、豹胎、鯉尾、鴞炙、狸唇、熊掌、酥酪蟬為八珍。前兩種本屬子虛烏有，或以白馬之肝和雄雉之髓代之。這裡所言八珍，實為泛指宮中花樣繁多的美食。

❹ 看的垂涎咽液：各本於「看的」二字下均有一個「都」字。「液」字朱墨本作「饐」。

❺ 休道三閣下堂餐二句：三閣，是中書省、門下省和尚書省三個內閣機構的省稱。堂餐，亦稱「堂食」。指唐朝政事堂議事後的公膳。據清昭槤嘯亭續錄定數：「太平廣記載：『唐張文瓘居中書數年，未能食一堂餐，以為命蹇。』」六宮，泛指皇宮中后妃們的寢宮。唐白居易長恨歌：「回眸一笑百媚生，六宮粉黛無顏色。」尚食，本

花灌腸❻，太真娘娘最喜我椒風扁食❼。止因御湯裏抓下個虱子，被堂上官打下小子革役。虧的過房外甥營救，叫小子依舊更名上直。（內問介）外甥是誰？（丑）是當今第一名小唱❽，在高公公名下秉筆，秉筆。你❾問我今日為何頭上插花？來做新進士瓊林宴❿席。前路是半實半空案果，後面是帶熟帶生品食。那裏有壽祭牛肉？那裏討宣州大栗⓫？一碟菜五六根黃虀，半瓶酒三兩盞醋滴。官廚飯一

為掌帝王膳食的官署名，秦始設置，歷代名稱不一，唐代屬殿中省，轄尚食等六局。金元時尚食局屬宣徽院，明改屬光祿寺，旋廢。永樂後，盡由宦官職掌，稱尚膳監。這裡用作動詞，謂嬪妃們的膳食也由他來負責操持。

❻ 葱花灌腸：清翟灝通俗編飲食引齊民要術云：「有灌腸法，細剉羊肉及葱鹽椒豉，灌而炙之，與今法了無異也。」

❼ 太真娘娘最喜我椒風扁食：此句原無「最」字，據別本補。太真娘娘，即上文開元皇帝李隆基（唐明皇）妃子楊玉環，因其曾為女道士，故有「太真」之稱號。椒風，本為漢宮闈名，漢班固漢書佞幸傳董賢：「又召賢女弟以為昭儀，位次皇后，更名其所為椒風，以佩椒房云。」顏師古注：「皇后殿為椒房，欲佩其名，故云椒風。」後世泛指嬪妃居所。扁食，方言中水餃一類麵食的稱謂。亦指餛飩，各地叫法不同，如廣東則稱「雲吞」。

❽ 小唱：宋代的一種演唱技藝。宋耐得翁都城紀勝瓦舍眾伎：「唱叫小唱，謂執板唱慢曲、曲破。大率重起輕殺，故曰淺斟低唱。與四十大曲舞旋為一體。」唐代無小唱之伎，劇中唐人為小唱有如前呂翁誦宋人文章，戲劇不必事俱按實，有趣而已矣。況且湯氏此劇明寫唐代故事，意卻在針砭明代官場。

❾ 你：別本於此「你」字上或有一「丑」字，或有「丑笑介」三字，俱為衍文。

❿ 瓊林宴：御賜新科進士的宴席。建於開封的瓊林苑，是北宋皇帝賜宴新科進士的地方，故有此名。後世雖非於開封舉行宴會，但其名仍因之。元以後亦稱「恩榮宴」，然更多沿襲宋人稱謂。

⓫ 宣州大栗：宣州，即今安徽宣城。其地盛產板栗，特別是廣德、寧國、涇縣所產，更為有名。據西元一六〇二年

兩匙兒，邊傍放著些半夏法製⓬。（內問介）為甚來？（丑）你不知秀才們一個個飽病難醫，待與他燥些脾胃⓭。說便說了，今日天開文運，新狀元賜宴曲江池⓮。聖旨就著考試官宇文老爺陪宴，前面頭踏⓯早來也。

【謁金門前】（淨上）風雲定，恩賜御筵華盛。我也曾喫紅綾春宴餅⓰，年華堪自省。

蘇頌圖經本草記載：「栗處處有之，而兗州、宣州最佳。」諺云：「西湖鯉魚無錫酒，宣州栗子龍井茶。」

⓬ 半夏法製：明李時珍本草綱目卷十七之六「半夏」，附「法製半夏」方子，謂此方可「清痰、化飲、壯脾、順氣」此指御膳中以半夏法製方做成的藥膳。

⓭ 燥些脾胃：謂以半夏法製御膳去除濕氣。半夏味辛、性溫，有燥濕功效。南北朝時北齊名醫徐之才云：「燥可去濕，桑白皮、赤小豆之屬是也。」

⓮ 曲江池：位於長安東南，唐代賜宴新科進士之所在。秦為宜春苑，漢稱遊樂園，因河水至此蜿蜒曲折，故稱。隋文帝以為曲名不正，更名芙蓉園，唐復名為曲江。開元中更加疏鑿，成為遊賞勝地。唐白居易上巳日恩賜曲江宴會即事：「翰苑主恩重，曲江春意多。」

⓯ 頭踏：亦作「頭答」、「頭達」。指官員出行時前導的儀仗隊列。清孔尚任桃花扇逮社：「排頭踏青衣前走，高軒穩扇蓋交抖。」金董解元西廂記諸宮調卷七：「得箇除授先到家，引看幾對兒頭答，見俺那鶯鶯大小大詐。」「大小大詐」，凌景埏注：「猶如說多麼大的體面。」

⓰ 紅綾春宴餅：古代宮廷中一種珍貴的餅餌。亦稱「紅綾餅餤」，簡作「紅綾餤」、「紅綾餅」，因其以紅綾包裹，故名。宋葉夢得避暑錄話卷下：「唐御膳以紅綾餅餤為重。昭宗光化中，放進士榜，得裴格等二十八人，以為得人。會燕曲江，乃令太官特作二十八餅餤賜之。盧延讓在其間。後入蜀為學士。既老，頗為蜀人所易。延讓詩素

我宇文融，今日曲江陪宴。可奈⑰新科狀元，乃是落後之卷，相見好沒意兒。後生意氣，且自趨奉他一二。叫光祿寺祗候人⑱，筵宴可齊？（丑叩頭介）都齊了，只有教坊司⑲未到。（旦眾上）折桂場中開院本，插花筵上喚官身⑳。稟老爺：女妓叩頭。（淨）報名來。（貼）奴家珠簾秀㉑。（旦）奴家花嬌秀。（老旦㉒）我叫做鍋邊秀。（淨）怎生這般一個名字？（丑）小的知他命名的意兒，妓女們琵琶過

平易近俳，乃作詩云：『莫欺零落殘牙齒，曾喫紅綾餅餤來。』事亦見說郛卷三紀異錄紅綾餅餤，唯兩句詩為徐寅即席所賦，且為僖宗朝事，然食紅綾餅被視為榮耀之舉卻無異。

⑰ 可奈：猶怎奈，這裡有可恨意味。元關漢卿竇娥冤第二折：「可奈那竇娥百般的不肯隨順我。」

⑱ 祗候人：泛指官府中的小吏或雜役。別本於此三字下或有一個「役」字。

⑲ 教坊司：唐宋官場宴飲應酬有官妓女樂陪侍，掌管的官署謂之教坊司，隸屬於禮部，專事負責藝人培養和皇宮中的樂舞、戲曲演出。明代的教坊司中女樂身分地位較低，清吳敬梓儒林外史第五十三回：「自從太祖皇帝定天下，把那元朝功臣之後都沒入樂籍，有一個教坊司管著他們。」

⑳ 折桂場中開院本二句：折桂場，指新科進士宴飲場所。院本，本指金元時期行院演出所依據的腳本，亦代指當時戲曲演出的形式。元陶宗儀南村輟耕錄卷二十五：「金有院本、雜劇、諸宮調。院本、雜劇，其實一也。」金院本演出，以諧謔調笑為主，與宋雜劇相彷彿。唐無院本，這裡的院本泛指歌舞戲曲演出。喚官身，元代因襲前代一種管理樂籍人的制度，女樂歌妓須應召到官府「當番承應」，供奉演出。元關漢卿謝天香第二折：「往常喚官身可早眉黛舒，今日箇叫祗候喉嚨響。」

㉑ 珠簾秀：本為元雜劇著名演員。元夏庭芝青樓集：「珠簾秀，姓朱氏，行第四，雜劇為當今獨步，駕頭、花旦、軟末泥等，悉造其妙。」元雜劇演員名字中多有一個「秀」字。這裡冒名則是插科打諢，下文「花嬌秀」、「鍋邊秀」，亦是俳諧戲謔。

手曲過嗓，家常飯到只伸掌。只這名叫做鍋邊秀，便是小的光祿寺廚役竈下養。（淨）原來是個火頭㉓哩。（丑）著了，來和老爺退火㉔。（淨）哇！狀元已到，妓女們遠遠迎接。

【謁金門後】（生外末引隊子上）**走馬御街遊趁㉕，雁塔標題名姓㉖。**（旦眾接介）教坊司女妓們迎接狀元。（生眾笑介）起來，起來。（生）**勞動你多嬌來直應，遶花鶯燕請㉗。**

（淨迎介）列位狀元請進。（拜介）應圖求駿馬，驚代得麒麟。白日來深殿，青雲滿後塵㉘。

㉒ 老旦：此處「旦」字原誤作「貼」，據別本改。

㉓ 火頭：指燒飯的廚役。清翟灝通俗編藝術：「今謂掌炊爨者，曰火頭。」

㉔ 退火：猥褻隱語，亦是科諢。故淨以厲色斥之。哇，音ㄌㄡ，表示喝斥、鄙棄的歎詞。

㉕ 走馬御街遊趁：御街，京城中皇帝出行的街道。唐李洞贈入內供奉僧：「數條雀尾來南海，一道蟬聲噪御街。」趁，遊走也。類篇：「走，謂之趁。」

㉖ 雁塔標題名姓：雁塔，即大雁塔。位於長安市南慈恩寺中。五代王定保唐摭言卷三：「進士題名，自神龍之後，過關宴後，率皆期集於慈恩塔下題名。」另據明郎瑛七修類稿卷二十「雁塔題名」載：「至於題名之說，一云韋肇及第，偶爾題名寺塔，遂為故事；一云張莒本寺中閒遊，戲題同年之名於塔。然人雖不同，其義其時則一也。故宋制進士及第，必賜名於桂籍堂，擬唐慈恩之題也。」

㉗ 多嬌來直應二句：多嬌，指教坊司諸妓。直應，猶應承、支應。鶯燕，亦指諸妓。清李漁意中緣毒餌：「雖居鶯燕之場，時切雎鳩之慕。」

㉘ 應圖求駿馬四句：前二句出自唐杜甫上韋左相二十韻。「應圖駿馬」為一典故，三國魏曹植曾將一匹大宛寶馬奉獻給魏文帝，事詳曹植獻文帝馬表。後世遂以此典喻指求得可堪重任的傑出人材。後二句出於唐杜甫寄李十二白

恭喜三公高才及第，老夫不勝榮仰。（生）叨蒙聖恩。（外末）皆老師相進呈之力。（淨）御賜曲江喜筵，真盛事也。（生）敢問往年直宴，止是幾個老倒樂工，今日何當妙選？（淨）今日狀元乃聖天子欽取，以此加意而來。（生）原來如此。（淨）看酒。（丑）花開上林苑，酒對曲江池。

【降黃龍】（淨送酒介）天上文星，唱好是金殿雲程，玉堂風景㉙。皇封御酒，玳筵㉚中如醉，日邊紅杏㉛。（生）崢嶸㉜，想像平生，這一舉成名天幸。（外末）拚歡娛酒淹衫袖，帽斜花勝。

【前腔】（眾旦）難明，天若無情，怎折桂人來，嫦娥送㉝？影人間清興，是紅裙怎不

二十韻。「青雲滿後塵」，仇兆鰲注：「青雲，指文士之追隨者。」此四句下原有一「（淨）」，錢南揚先生疑其為衍文，當刪除。

㉙ 唱好是金殿雲程二句：唱好是，猶正是、恰是。金殿雲程，謂仕途順遂，登上高官厚祿之階。唐熊皎贈胥尊師：「雲程去速因風起，酒債還遲待藥成。」玉堂，漢宮名，後亦泛指華麗的宮殿，宋以後又稱翰林院為玉堂。清文康兒女英雄傳第一回：「至於那人金馬，登玉堂，是少年朋友的事業，我過了景了。」

㉚ 玳筵：即玳瑁筵，指豪奢的筵席。元王實甫西廂記第二本第二折：「今日東閣玳筵開，煞強如西廂和月等。」

㉛ 日邊紅杏：唐新科進士，於杏園宴飲後，始去雁塔題名。杏園位於大雁塔之南。故新科進士有「杏園客」之稱。唐韋莊送范評事入關：「為報明年杏園客，與留絕豔待終軍。」

㉜ 崢嶸：本意為山勢高峻，引申為仕途得意，官高位顯。元湯式〔一枝花〕卓文君花月瑞仙亭：「那生，可稱，一崢嶸便到文園令。」

㉝ 嫦娥送：朱墨本「送」字作「偷」。按：錢南揚校記云：「朱墨本『偷』字旁注『送』字，乃據臧懋循改本。」

把，綠衣郎敬㉞？低聲，我待侍枕銀屏，迤逗㉟的狀元紅並。但留名平康㊱到處，也堪題咏。

（淨）狀元，這妮子要請狀元，老夫為媒。（生笑介）（淨）官妓，狀元處乞珠玉㊲。（生）使得，題向那裏？（貼）奴家有個紅汗巾兒在此。（生題詩）（淨表白介）香飄醉墨粉紅催，天子門生帶笑來㊳。自是玉皇親判與，嫦娥不用老官媒㊴。（眾）狀元好染作㊵也。（淨）則就中語句，有些奚落老夫哩。

而李曉、金文京校注本則將下面「影」字屬上文。

㉞ 是紅裙怎不把二句：紅裙，指美女。此處指在場諸妓。綠衣郎，指盧生。參見第七齣注⑭。

㉟ 迤逗：亦作「拖逗」。意為引誘、挑起。元康進之李逵負荊第一折：「待不吃呵，又被酒旗兒將我來相迤逗。」

㊱ 平康：唐代長安里巷名，即平康里，亦稱平康坊、平康巷。為妓女聚居之地，因其靠近北門，故又稱「北里」。五代王仁裕開元天寶遺事卷二：「長安有平康坊者，妓女所居之地，京都俠少，萃集於此。……時人謂此坊為風流藪澤。」

㊲ 乞珠玉：即索求題贈。珠玉，指名人口占詩句或現場題贈。唐李白贈劉都使：「吐言貴珠玉，落筆回風霜。」

㊳ 香飄醉墨粉紅催二句：醉墨，酒後所作詩文或醉中揮毫作書畫。唐陸龜蒙奉和襲美醉中偶作見寄次韻：「憐君醉墨風流甚，幾度題詩小謝齋。」粉紅，代指「乞珠玉」的官妓。天子門生，意為進士及第乃由天子殿試所欽定，故稱。元馬端臨文獻通考選舉五：「惟臨軒親試，謂之天子門生，雖父兄為考官亦不避。」

㊴ 官媒：指經官府批准，以說媒為業的女人，亦指代表官方行男女婚姻之事的機構。古代稱作媒官、媒氏、媒互人等，最早始於西周。元喬吉兩世姻緣第三折：「那裏有娶媳婦當筵廝啗啞，也合倩個官媒打話。」此因宇文融是官員，故義含雙關。

（外）盧年兄未必有此。（末）官妓再看酒。

【黃龍袞】同登學士瀛㊶，滿把瓊漿領。是虎為龍，都是風雲慶㊷。為誰奚落？為誰傒幸㊸？遶雁塔，共題名，瞻清景。

（扮報子上）報，報，報，盧爺奉聖旨欽除翰林學士，兼知制誥㊹；蕭爺、裴爺俱翰林院編修㊺；著

㊵ 染作：本指為布匹、絲綢染色漂洗的工匠，亦為宮廷掌染洗的作坊。這裡借喻為詩文作得出色、精采。

㊶ 同登學士瀛：此句葉譜本疊一句。以初唐「十八學士登瀛洲」事而顯示榮耀。唐太宗李世民曾在長安城設文學館，延四方文士杜如晦、房玄齡、虞世南等十八人討論政事與文學，又命閻立本為十八學士畫像，題作十八學士寫真圖，由褚亮題贊，後人謂之「十八學士登瀛洲」。

㊷ 是虎為龍二句：舊以進士及第稱作榮登「龍虎榜」。新唐書歐陽詹傳：「舉進士，與韓愈、崔群、王涯、馮宿、庾承宣聯第，皆天下選，時稱龍虎榜。」風雲慶，猶「風雲際會」。易經中有「雲從龍，風從虎」之語，故龍虎與風雲往往連用，所謂「龍虎風雲會」。

㊸ 傒幸：猶言覬覦。此處含妒忌之意。元無名氏硃砂擔第一折：「哥也，我則怕沿路上歹人傒幸。」

㊹ 欽除翰林學士二句：欽除，皇帝親自授與。除，拜官、命職。翰林學士，始於南北朝時。唐代主要負責起草詔令及重要文案，並參與機要政事，玄宗朝地位很高，被稱作「內相」。知制誥，往往由翰林學士或中書舍人兼之。開元末年，改翰林供奉為學士院，翰林入院一歲，則遷知制誥，專掌內命，典司詔告。舊唐書韋郊傳：「郊文學尤高，累歷清顯，自禮部員外郎知制誥，正拜中書舍人。」

㊺ 翰林院編修：職官名。皇帝的秘書機構和文學侍從。主要從事誥敕起草、國史纂修、實錄、會要等工作。至宋代，沿唐制設史館修撰、同修撰等編修官，樞密院也設有編修官。明清時修史、著作、圖書簿籍等併歸翰林院。

教坊司送歸本院。（淨）恭喜了。

【前腔】詩題翰墨清㊻，鐙撒雕鞍逞。風暖笙歌，笑語朱簾映。生成濟楚，昂然端正。便立在，鳳樓㊼前，人索稱。（生外末揖上馬介）㊽

【尾聲】（淨）三公呵，御樓高接著帽簷平，撒靴尖走上頭廳㊾，也不枉了你誤春雷㊿十年窗下等。（眾下）

（淨弔場51笑介）好笑，好笑，世間乃有盧生。中了狀元，為因不出我門下，談容高傲。我好趨52奉他，嫦娥有意，老夫可以為媒，乞其珠玉。他題詩第二句天子門生帶笑來，明說不是我家門生，這也

㊻ 詩題翰墨清：此句葉譜本亦疊一句。詩題，指寫給官妓的四句詩。翰墨清，謂詩文清暢雋美。

㊼ 鳳樓：樓閣的美稱，泛指宮中建築，亦借指朝廷。南朝宋鮑照代陳思王京洛篇：「鳳樓十二重，四戶八綺窗。」

㊽ 生外末揖上馬介：原本無此七字，據朱墨本補。

㊾ 撒靴尖走上頭廳：謂大搖大擺登上寶座。撒靴尖，形容走路趾高氣揚，走上頭廳，指得授高官。頭廳，指宰相，亦泛指高官。唐尚顏欲將再遊荊渚留辭岐下司徒：「今朝回去精神別，為得頭廳宰相詩。」又，宋元俗語亦稱高官厚祿者為頭廳。元王實甫破窰記第一折：「傳說卻築牆板，翻做了頭廳相。」

㊿ 春雷：科舉考試中的會試，例在春季舉行，中得進士往往喻為春雷鳴響。元王實甫西廂記第四本第三折：「從今經懺無心禮，專聽春雷第一聲。」

51 弔場：古代戲曲術語。一齣戲結尾處，角色紛紛下場，剩下一二角色念下場詩，稱作弔場；或一齣戲中一個場面結束，由某一角色念幾句說白，以便轉換到另一個場景。

52 趨：別本俱作「取」。

罷了；第四句嫦娥不用老官媒，呵呵，有這般一個老官媒不用麼？待我想一計打發他。他如今新除㊼，中了聖意，權待他知制誥有些破綻之時，尋個題目處置他。

書生白面好輕人，只道文章穩立身。
直待朝中難站立，始知世上有權臣。

㊼ 新除：猶新授。古以官員任職為除或拜。

第九齣 虜動

【北點絳脣】（淨末番將相上）沙塞茫茫，天山直上❶，三千丈。龍虎班行，出將還留相。

（末）吾乃吐蕃❷丞相悉那邏❸是也。（淨）吾乃吐蕃大將熱龍莽❹是也。贊普❺升帳，在此伺候。

【前腔】（外番王引眾上）白草黃羊，千廬萬帳❻，歸吾掌。氣不降唐，穩坐在泥金炕❼。

❶ 天山直上：形容天山之高峻，直上雲天。天山，位於歐亞大陸腹地，世界七大山系之一，也是最大的獨立緯向山系。因其終年積雪，亦稱雪山或白山，匈奴則謂之天山，唐時又名折羅漫山。唐人稱伊州（今新疆哈密）、西州（今吐魯番盆地）以北的山脈為天山。

❷ 吐蕃：古代西藏地方政權，西元七世紀至九世紀建立於青藏高原，其強盛時勢力及於西域和河隴地區，包括今西藏和青海、新疆昆侖山一帶、四川西部、雲南西北部以及克什米爾東部、印度錫金邦、不丹王國等。吐蕃的稱謂，始見於唐代漢文史籍。

❸ 悉那邏：西元八世紀時吐蕃驍將，舊唐書中其名作悉諾邏恭祿。唐玄宗開元十五年（西元七二七年），他曾大舉犯唐，占據瓜州（今敦煌），後為王君㚟所擊敗。

❹ 熱龍莽：亦為吐蕃將領，舊唐書其名作燭龍莽布支。

❺ 贊普：吐蕃國王的稱號，藏語本義是「天」的意思。新唐書吐蕃傳：「其俗謂雄強曰贊，丈夫曰普，故號君長曰贊普。」此稱謂有宗教含義，強調權力來自上天，所謂「君權神授」。按：「贊普」二字前應有一個「合」字。

（見介）青海灣西駕駱駝，白蘭山外雪風多❽。一枝金箭催兵馬，占斷兒家綠玉河❾。自家吐蕃贊普

❻白草黃羊二句：白草，西域一種優良的牧草，分布於中亞、西亞地區和大陸北方大部地區，其乾熟後呈白色，故名。唐岑參白雪歌送武判官歸京：「北風卷地白草折，胡天八月即飛雪。」黃羊，沙漠和草原上的一種野生羊，毛呈黃白色，腹下黃色，故名。唐杜甫送從弟亞赴河西判官：「黃羊飫不羶，蘆酒多還醉。」明李時珍本草綱目獸一「黃羊」：「黃羊出關西、西番及桂林諸處。」千廬萬帳，形容大漠草原人煙湊集。廬，即穹廬，亦即古代遊牧民族居住的氈房。帳，穹廬亦稱氈帳。漢書匈奴傳：「匈奴父兄同穹廬臥。」顏師古注：「穹廬，旃帳也。其形穹隆，故曰穹廬。」旃，同氈。穹隆，亦作穹窿，天空也。按：此〔前腔〕曲原為〔么篇〕，依譜當作〔前腔〕，據葉譜本改。

❼泥金炕：炕是北方用磚或土坯砌成的睡臥之處，上面鋪蓆，下面有煙道與煙囱相通，冬季可以燒火取暖。泥金炕，謂上面貼了金箔，或塗以合膠的金粉，極言主人的炕高貴豪華。明丁耀亢續金瓶梅第三十七回：「一時間又是異樣香茶、素果點心，俱是一尺高盤，擺在泥金炕桌上。」這裡是說番王身分非是常人，所居奢華。

❽青海灣西駕駱駝二句：青海灣，指青藏高原東北部的青海湖，古稱西海，由祁連山脈斷層陷落而形成，為中國最大的內陸鹹水湖。初唐時這裡是吐蕃活動的中心，唐與吐蕃於此大戰多次。唐杜甫詩云：「君不見，青海頭，古來白骨無人收。」（兵車行）唐李白關山月：「漢下白登道，胡窺青海灣。」白蘭山，山名，即今黃河源西北布爾汗布達山。原為羌人所居，東晉以後屬吐谷渾，唐代時為吐蕃所併。白蘭，本為古族名，為羌族之一支，因其居於山地，遂稱其居地為白蘭山。唐武平一送金城公主適西番：「聖念飛玄藻，仙儀下白蘭。」

❾綠玉河：歷史地名，又名黑玉河。即今和田河西源喀拉喀什河，為西域古于闐國故地。新五代史卷七十四四夷附錄第三「于闐」引晉高居海使于闐記：「河源所出，至于闐分為三：東曰白玉河，西曰綠玉河，又西曰烏玉河。三河皆有玉而色異。」

是也。我國始祖禿髮烏孤，曾為南涼皇帝⑩。家母金城公主⑪，來作西番贊婆。種類繁昌，部落強盛。與唐朝原以金鵝為誓⑫，奈邊將長以鐵馬相加。正待宣你兩人，商量起兵一事。（末淨）我國東接松涼，西連河鄯，南吞婆羅，北抵突厥⑬；勝兵十萬，壯馬千羣。（末）臣那邏調度國中，（淨）臣龍

⑩ 禿髮烏孤二句：禿髮烏孤，十六國時期南涼的建立者。西元三九七年，河西鮮卑酋長禿髮烏孤稱西平王，建都西平（今青海西寧），兩年後遷都於樂都（今青海樂都），所轄在今甘肅西部及青海部分地區，史稱南涼。禿髮為鮮卑族姓氏，不同於拓跋，但二者同宗同源。烏孤西元三九七年至三九九年在位，晉書有傳。南涼西元四一四年為西秦所滅。朱墨本「孤」字作「孫」，誤。

⑪ 金城公主：本名李奴奴，唐中宗李顯養女，其生父為邠王李守禮。守禮為唐高宗李治之孫，唐室宗室、親王，本名李光仁，武則天時被封為嗣雍王。景龍四年（西元七一〇年），唐中宗命左驍騎大將軍楊矩護送金城公主入吐蕃和親，嫁與吐番贊普赤德祖贊。金城公主在吐蕃生活了三十年，繼文成公主之後，為漢、藏和親、增進唐蕃「舅甥之盟」做出了貢獻。事詳舊唐書中宗本紀。

⑫ 金鵝為誓：指吐蕃向唐獻金鵝盟誓。金鵝，黃金製酒器。唐貞觀十八年（西元六四四年），唐太宗遠征遼東高麗回師，吐蕃王松贊干布鑄金鵝一隻，派人入唐獻賀，並奉表云：「陛下發駕，少進之間，已聞歸國。雁飛迅速，不及陛下速疾。奴忝預子婿，喜百常夷。夫鵝猶雁也，故作金鵝奉獻。其鵝黃金鑄成，其高七尺，中可實酒三斛。」（據舊唐書。新唐書文字略有不同）貞觀二十二年（西元六四八年），右衛率府長史王玄策出使西域，為中天竺所劫掠，松贊干布聞訊，立即派兵千餘人，又請尼婆羅出騎兵七千餘，擊敗中天竺。此之謂唐蕃金鵝之盟，互助友好。事亦見宋錢易南部新書「辛部」。

⑬ 東接松涼四句：唐時吐蕃所轄地域。松、涼，指松州（今四川松潘）和涼州（今甘肅武威）；河、鄯，指河州（今甘肅臨夏回族自治州）和鄯州（今青海樂都、西寧、湟中一帶）。婆羅，又作「尼婆羅」、「婆羅門」。天竺屬

莽攻略境外。逢城則取，遇將而擒。唐朝不足慮也。（外）進兵何地為先？（末）先取河西，後圖隴右⑭。（外）這等，就著龍莽將軍徑取瓜沙⑮，丞相從後策應。眾把都⑯們，聽令而行。（眾應介）

【清江引】普天西，出落的番回將，大將熱龍莽。番鼓兒緊緊幫，番鐃的點點當，汗

小國，曾與唐朝有朝貢關係。明羅日褧咸賓錄西夷志卷三：「婆羅門，即古獅子國。東晉時通焉，天竺時屬國也。……唐總章、天寶間朝貢不絕。」突厥，古族名，起源於阿爾泰山西南的遊牧部族。周書異域傳下突厥：「突厥者，蓋匈奴之別種，姓阿史那氏。」西元五二二年建立突厥汗國，後分裂為東西兩部。突厥的稱謂，蓋因「金山（即阿爾泰山）形似兜鍪，俗號兜鍪為突厥，因以為號」（隋書卷八十四）。

⑭ 先取河西二句：河西，原本指黃河以西地區，漢唐時多指甘肅、青海以西地區。唐玄宗時設河西節度使，管轄甘肅及河西走廊周邊一帶，治所在涼州。「安史之亂」後曾歸入吐蕃。隴右，本指隴山（即六盤山）以西、黃河以東地區，亦作隴西（古以右為西）。泛意指甘肅全境及新疆大部，漢唐時及於青海部分地區，唐亦設方鎮，治所在鄯州。「安史之亂」後亦曾歸入吐蕃。

⑮ 瓜沙：即瓜州、沙州，均為敦煌古名。其地名歷史沿革多變。原為月氏戎地，漢武帝元年分酒泉置，「列四鎮據兩關」時為敦煌郡所轄。唐初武德間先置瓜州，後改為西沙州。貞觀七年去「西」字，為沙州。天寶元年（西元七四二年）復為敦煌郡，乾元間又改為沙州。西元八世紀末至九世紀中期，這裡曾一度屬吐蕃。而今之瓜州縣，隸屬於甘肅省酒泉市，東連玉門市，西接敦煌市，西北與哈密相接，南北與肅北毗鄰。歷史上這裡是絲綢之路之重鎮，也是東進西出的交通樞紐。稱瓜州，乃因其盛產美瓜；稱沙州，謂其已入瀚海沙漠也。

⑯ 把都：亦作「把都兒」、「巴都兒」、「八都兒」、「把都禿兒」、「霸都魯」等，蒙古語的音譯，意為勇士、武士。元馬致遠漢宮秋第三折：「把都兒，將毛延壽拿下，解送漢朝處治。」

呼呼海螺螄吹的響。

【前腔】倒天山⑰，靠定了那邏相，就裏機謀廣。令旗兒打著羌，刀尖兒點著唐，錦繡樣江山做一會子搶。

十萬生兵⑱不可當，劖騎單馬射黃羊⑲。陰山⑳一片紅塵起，先取涼州作戰場。

⑰ 倒天山：別本於「倒」字上或有一「〔外〕」字。

⑱ 生兵：猶生力軍，指作戰中勇猛的軍隊。宣和遺事後集：「張浚恐兀朮增益生兵，是夜遁去。」亦特指番兵。清洪昇長生殿偵報：「生兵入帝畿，野馬臨城闕。」

⑲ 劖騎單馬射黃羊：劖，音ㄔㄢˇ，光著、徒身。劖騎，騎不鞴鞍具之馬。此句化用唐令狐楚少年行四首（其一）詩句。原詩首二句為：「少小邊州慣放狂，驏騎番馬射黃羊。」意為騎馬不如鞍轡。

⑳ 陰山：位於今內蒙古自治區中部，由大青山、烏拉山和狼山三部分構成陰山山脈。

第十齣　外補

【七娘子】（旦引貼上）狀元郎拜滿❶了三年限，猛思量那日雕鞍。又早春風一半❷，展妝臺獨自撚❸花枝歎。

【好事近】無路入天門，買斷金錢誰說❹？（貼）逗得翰林人去，送等閒花月❺。（旦）夢回鴛枕翠生寒，始悔前輕別。（貼）一種崔徽情緒❻，為斷鴻愁絕❼。（旦）梅香，我家深居獨院，天賜一位夫

---

❶ 拜滿：任職期限已滿，古稱任用官職為拜官。

❷ 春風一半：謂春事已過半。五代南唐潘佑〔失調名〕詞：「樓上春寒山四面，桃李不許誇爛漫，已輸了春風一半。」據清徐釚詞苑叢談紀事一所載，潘氏此詞是應後主李煜命而作，有弦外之音，即南唐「時已失淮南故云」，亦即表面上言春事過半，暗寓失地過半也。

❸ 撚：同「捻」。或可作「拈」，用手指捏住搓轉。

❹ 無路入天門二句：天門，這裡指宮廷之門，亦即仕進之門。唐劉希夷餞李秀才赴舉：「日月天門近，風烟夜路長。」買斷金錢，指用金錢鋪路獲取功名。二句謂盧生仕途本無路，靠崔家錢財通關節而中狀元。

❺ 送等閒花月：謂虛度了美好時光。花月，猶歲月。元馮子振〔正宮・鸚鵡曲〕都門感舊：「都門花月蹉跎住，恰做了白髮傖父。」

❻ 崔徽情緒：因相思而產生的愁苦情緒。唐代蒲州歌妓崔徽，與裴敬中相愛。既別，徽苦苦思念敬中，遂請畫家丘

君，歡心正濃，忽動功名之興，我將家資打發他上京取應，一口氣得中頭名狀元，果中奴之願矣。只為聖恩留他，單掌制誥，三年之外，方許還鄉。奴家相思，好不苦呵！

【針線箱】沒意中成就嬌歡，儘意底團笙弄盞❽。問章臺人去也如天遠，小樓外幾曾抛眼。早則是一簾粉絮鶯梢斷❾，十里紅香燕語殘❿。纔凝盼，閒愁閒悶，被東風吹上眉山⓫。

（丑報子上）報，報，報，狀元到。（下）（旦驚喜介）兒夫錦旋，快安排酒筵。

夏為自己寫真圖像，寄與敬中，謂崔徽一旦不及卷中人，且為郎死矣。後抱恨而終。事詳宋曾慥類說卷二十九引張君房麗情集崔徽。唐元稹崔徽歌序亦載此事。元張可久〔越調・寨兒令〕西湖晚晴：「神仙太乙蓮，圖畫崔徽面，才思班姬扇。」

❼ 斷鴻愁絕：孤獨怨抑幾近絕望。斷鴻，失群的孤雁。這裡當含雙關意味，古有鴻雁傳書之說，故斷鴻又有書信斷絕之意。

❽ 團笙弄盞：喻夫妻相攜相得，一起娛樂，圍座品茶。笙，非專指樂器笙，當指笙歌，引申為娛樂。這裡的「團」，為一起、共同之意。

❾ 早則是一簾粉絮鶯梢斷：早則是，猶早已是。粉絮，指柳絮。鶯梢斷，言黃鶯已離開樹梢，鳴聲遠去。此句言春事將盡。

❿ 十里紅香燕語殘：十里紅香，指到處姹紫嫣紅。燕語殘，與上句「鶯梢斷」對舉，亦謂時序已近暮春。唐司空圖退居漫題七首（其三）：「燕語曾來客，花催欲別人。莫愁春已過，看著又新春。」

⓫ 眉山：喻美女的秀眉。唐韓偓半睡：「眉山暗澹向殘燈，一半雲鬟墜枕棱。」

【望吾鄉】（生引隊子上）翠蓋紅茵，香風染細塵。花枝笑插宜春鬢⑫，驕驄⑬上路人偏俊。盼望吾鄉近，揮鞭緊，問路頻，崔家正在這清河郡。

（見介）（旦）盧郎，榮歸了！（生）夫人喜也！一鞭紅雨促歸程，（旦）不忿朝來喜鵲聲。（生）官誥五花⑭叨聖寵，（旦）名揚四海動奴情。（旦）聞的你中了狀元，留你中書⑮三年掌制誥⑯，因何便得錦旋？（生）你不知，小生因掌制誥，偷寫下了夫人誥命一通，混在眾人誥命內，朦朧進呈，僥倖聖旨都准行了。小生星夜親手捧著五花封誥，送上賢妻，瞞過了聖上來也。（旦）費心了！盧郎，你因何得中了頭名狀元？（生）多謝賢卿將金貲廣交朝貴，竦動了君王，在落卷中翻出做個第一。（旦）哎

---

⑫ 宜春鬢：古有宜春髻子，本指古代婦女於立春日所戴的頭飾，稱作「花勝」，上書「宜春」二字。宋代時朝廷命婦由朝廷頒發。湯顯祖牡丹亭第十齣「驚夢」：「你側著宜春髻子，恰憑闌。」這裡借指盧生得意歸來，宮帽插花，滿面春風。

⑬ 驕驄：指駿馬。宋辛棄疾〈江神子〉和人韻：「何處踏青人未去，呼女伴，認驕驄。」

⑭ 官誥五花：亦作「五花官誥」，指古代帝王封賜官員妻室、父母等的詔書，因裝裱於五色金花綾上，故稱。這一賜封制度始於晉代。受封的官員夫人，稱「誥命夫人」或「朝廷命婦」。下文的「誥命」、「五花封誥」、「縣君」意同。元石君寶秋胡戲妻第四折：「我將著五花官誥，駟馬高車。」

⑮ 中書：即中書省，古代中樞官署，掌管機要文件，發布皇帝詔書等的機關。唐代曾改稱「西台」、「鳳閣」、「紫薇省」，旋復舊稱。

⑯ 制誥：指皇帝的詔令，亦指承皇帝之命草擬詔令。唐元稹制誥序：「制誥本於書，書之誥命、訓誓，皆一時之約束也。」唐翰林學士加知制誥者起草詔令，故言盧生掌制誥。

也，險些第二了。

【玉芙蓉】（生）文章一色新，要得君王認。插宮花⑰，酒生袍袖春雲。春風馬上有珠簾問：這夫壻是誰家第一人？你夫人分，有花冠告身。記當初，伴題橋捧硯⑱虧殺卓文君。

【前腔】（旦）你天生巧步雲，早得嫦娥近。乍相逢，門兒掩著成親。秋波得似掩花前俊，暗裏絲鞭⑲打著人。俺行夫運，夫人縣君。只這些時，為思夫長是翠眉顰。

（內）報，報，報，差官到。（淨官上）東邊跑⑳的去，西頭走得來，常差官見。（見介）稟老爺：蹺蹊㉑了，原來老爺朦朧取旨，馳驛而回，被宇文老爺看破了奏上，聖旨寬恩免究。此去華陰㉒山外，

⑰ 插宮花：科舉時代殿試中選者，皇帝賜宴時賜花插帽。明高明琵琶記杏園春宴：「嫦娥剪就綠雲衣，折得蟾宮第一枝。宮花斜插帽檐低，一舉成名天下知。」

⑱ 題橋捧硯：此為盧生自詡之詞。題橋，是以司馬相如自喻。晉常璩華陽國志蜀志載，漢司馬相如初離蜀赴長安，曾於成都城北昇仙橋題句於橋柱云：「不乘赤車駟馬，不過汝下也。」捧硯，當是以唐代大詩人李白自喻。傳說李白在宮中醉酒，「曾龍巾拭吐，御手調羹，貴妃授硯，力士抹靴」（詳宋曾慥類說卷三十四引宋劉斧摭遺）。元姚燧〔雙調．壽陽曲〕咏李白：「貴妃親擎硯，力士與脫靴，御調羹就飧不謝。」

⑲ 絲鞭：本為絲製馬鞭的美稱，古代常作為締結姻緣的信物。元鄭光祖倩女離魂第三折：「剗地接絲鞭別娶了新妻室，這是我棄死忘生落來的。」

⑳ 跑：各本俱誤作「跪」。

東京㉓路上，有座陝州城㉔，運道二百八十里，石路不通。聖旨就著老爺去做知州㉕之職，鑿石開河。欽限走馬到任，不許停留。（生旦）有這等事，快備夫馬，夫妻們陝州去也。

【尾聲】則道咱書生祿米幾粒太倉陳，要平白地支管著河陽運㉖。兩人呵，也則索寶馬香車一路兒引。

㉑ 蹺蹊：亦作「蹺奇」、「蹺欹」、「蹺蹊」。奇怪、詭異、多變可疑之意。明洪楩清平山堂話本簡帖和尚：「只因這封簡帖兒，變出一本蹺蹊的小說來。」

㉒ 華陰：縣名。因境內西嶽華山而聞名。位於關中平原東部，秦晉豫三省結合地帶，東起潼關，西鄰渭南市，南依秦嶺，北臨渭水，自古即有「三秦要道，八省通衢」之稱。

㉓ 東京：亦稱「東都」，即洛陽。因其位於漢唐帝都之東，故稱。

㉔ 陝州城：陝州，漢代稱弘農郡，後魏置州。唐代時治所在河南陝縣（今三門峽市陝州區）。

㉕ 知州：古代職官名。宋以朝臣充任各州長官，全稱為「權知某州軍州事」，簡作「知州」。「權知」是暫時主管之意。明清以後知州始為正式任期的各州行政長官，主管一州的軍政事務。

㉖ 則道咱書生祿米幾粒太倉陳二句：首句意思是好景不長，未食幾日厚祿即外調去當苦差了。太倉，即儲糧大倉，這裡喻指在京師的高官厚祿。後句謂不情願外調。此句「著」字原作「看」，據朱墨本改。河陽，漢置縣名，治所在今河南孟縣西，隋移治所至孟縣南，位於黃河之南，故稱河陽。運，河運。指掌管疏浚河道之職事。

三載暮登天子堂㉗，一朝衣錦晝還鄉㉘。
催官後命開河路，食祿前生有地方。

㉗暮登天子堂：語出宋汪洙編神童詩。原詩云：「朝為田舍郎，暮登天子堂。將相本無種，男兒當自強。」元王實甫破窰記第一折：「平地一聲雷振響，朝為田舍郎，暮登天子堂。可不道寒門生將相。」

㉘衣錦晝還鄉：謂在本鄉做官，衣錦晝行，以便炫耀。漢班固漢書朱買臣傳：「上（漢武帝）拜買臣會稽太守，上謂買臣曰：『富貴不歸故鄉，如衣繡夜行，今子如何？』」唐宋之問送姚侍御出使江東：「飲水朝受命，衣錦晝還鄉。為問東山桂，無人何自芳？」

第十一齣　鑿陝

【普賢歌】（淨委官上）陝州城下水波波，運道上乾焦石落硌❶。州官來開河，工程一月多，點包兒❷今朝該到我。

小子麻哈❸人氏，考中京營識字❹。偶遇疏通事宜，加納陝州幕職。陝州一條官路，二百八十八里頑石。東京運米西京❺，費盡人牛腳力。轉搬多有折耗，顛倒刻減顧直❻。人戶告理難當，上官議開河

❶陝州城下水波波二句：古陝州瀕臨黃河，多有水患。波波，寒顫聲。楞嚴經卷八：「二習相陵，故有吒吒、波波、羅羅。」子璿義疏：「吒、波、羅等，忍寒聲也。」運道，通往開河工地的道路。朱墨本「道」字後無「上」字，錢南揚先生校記云：「案：『上』字蓋據臧懋循改本增入。」又，「落硌，朱墨本作『落落』。」落硌，山石高低錯落的樣子。

❷點包兒：即檢點工程進展情況，下文「點比工役」意同。

❸麻哈：地名。即麻哈縣。明弘治間置麻哈州，隸屬都勻府，治所在貴州麻江縣。

❹京營識字：指京師衛戍軍隊中負責簿籍文字工作的小官吏。京營，明代京軍編制，洪武初年設置，隸大都督府，後改隸五軍都督府。明成祖遷都北京後，分設京師京營和南京京營。京營中設識字軍，掌文書簿籍等。明實錄宣宗宣德四年甲申：「各倉文籍皆識字軍掌行，歷久弊多。」

❺西京：指長安。唐顯慶二年（西元六五七年）以洛陽為東都，稱長安為西都，亦稱西京。天寶元年（西元七四二

驛。州裏盧爺詳允，動支無礙工食。工程一月有餘，並不見些兒涓滴。小子當蒙鈞委，特來點比工役。諸餘作手都可，到是甲頭❼老賊。推呆賣老不來，來時打的他一直❽。

【字字雙】（丑扮甲頭拿紙錢上）我做甲長管十家，十甲。開河人役暗分花，點閘❾。排門常例❿有些些，喇雜⓫。管工官又把甲頭揸⓬，沒法。

年）定稱西京。見舊唐書卷三十八志地理一關內道京兆府。

❻ 轉搬多有折耗二句：「搬」字別本或作「撇」，誤，當以「搬」為是。折耗，即損耗。貨物在運送搬轉過程中的損失。顧直，亦作「雇直」。顧用人工的價錢。直，同值。顛倒刻減，謂想方設法剋扣雇工的工錢。宋蘇軾上神宗皇帝書：「又欲官賣所在坊場，以充衙前雇直。雖有長役，更無酬勞。長役所得既微，自此必見衰散。」

❼ 甲頭：即工頭，亦稱甲長，見下文。古代里甲制度，凡十戶為一甲，甲長一人，管理稅賦苗役等事宜。宋史卷一七七食貨上（五）「役法」：「令州縣坊郭擇相鄰戶三二十家，排比成甲，選為甲長，督輸稅賦苗役，一稅一替。」宋吳自牧夢粱錄卷十六「米鋪」：「肩駝腳夫，亦有甲頭管領。」

❽ 一直：猶言倒地挺直身體。

❾ 點閘：即查點。明馮夢龍編纂古今小說葛令公生遣弄珠兒：「限一年內務要完工，每日差廳頭去點閘兩次。」

❿ 排門常例：排門，指挨家挨戶排查。常例，指常例錢。元睢景臣〔般涉調・哨遍〕高祖還鄉：「社長排門告示，但有的差使無推故。」水滸傳第三十七回：「新到配軍，如何不送常例錢來與我！」

⓫ 喇雜：猶拉拉雜雜。謂差事繁多瑣屑。

⓬ 管工官又把甲頭揸：「又」字下朱墨本有一個「要」字。揸，抓取。指管工的頭目向甲頭索要錢物。清東魯古狂生醉醒石：「文官未免圖私，徵稅增耗，問事罰贖，一味揸錢。」

（見介）（淨惱介）這咱時，狗倈子孩兒⑬還不來伺候！（丑叩頭介）小的不敢。（淨）工程一月有餘，還不見你一點水⑭。（丑）不敢哩。水是地下的血，難道小的身上尿？（淨）狗奴！管水喫水，你推的沒有？（丑）小人有罪，權送一分紙錢。（淨惱介）狗才！紙錢是這紙錢？（丑）這是盧大爺因水道不通，領了眾夫甲三步一拜，將次到這禹王廟⑮來了。這紙錢是禹王老爺用的，難道老爺到用不的？（淨慌介）哎也，原來大爺行香⑯，這狗才不早通報。快去點香鋪席。

【縷縷金】（生領眾上）**山磊磊，石崖崖。鍬鋤流汗血，工食費民財。**（淨接生介）⑰**灑掃神王廟，親行禮拜。要他疏通泉眼度船簰⑱，再把靈官賽⑲。**

⑬ 狗倈子孩兒：倈子，是元雜劇中扮演小孩的角色，宋元俗稱兒童為倈兒或倈子。這裡為詈語，是委官對甲頭的蔑稱。倈，別本或作「弟」。

⑭ 還不見你一點水：這裡的「水」意含雙關，既指挖掘工程之水，亦指受賄的「油水」，即向甲頭索要錢財。

⑮ 禹王廟：自古以來禹王廟與關帝廟一樣，全國有多處，此當指位於今河南禹州的禹王廟，在三峰山古鈞臺後。

⑯ 行香：即燒香禮拜，亦稱「上香」。此指禮拜禹王，因大禹被尊奉為治水有方的神祇。

⑰ 淨接生介：錢南揚先生校記云：「應作（淨接介）（生）」。是。

⑱ 度船簰：度，通「渡」。船簰，即竹木綑綁的大筏。簰，音ㄆㄞˊ。

⑲ 再把靈官賽：葉譜本此句疊一句。靈官，是道教崇奉的護法尊神，為明代所設的道官，傳說有五百靈官，其中最有名的是「王靈官」，很多道觀鎮守山門的都是這個赤面髯鬚、身披金甲紅袍的護法神將，其地位相當於佛教中的韋陀。據明史卷五十志禮四「諸神祠」載：「永樂中，以道士周思德傳靈官法，乃於禁城之西建天將廟及祖師殿。宣德中，改大德觀，封二真君。成化初改顯靈宮，每年換袍服，所費不訾。」賽，即祭祀活動，如賽神、賽

（淨）香紙齊備。（生拜介）

【江兒水】⑳禹王如在，吏民瞻拜。石頭路滑倒把糧車兒礙，要鑿空河道引江淮（合）叫山神早開，河神早來，國泰民安似海㉑。

【前腔】（眾拜介）長途石塊，轉搬難耐。領官錢上役真尷尬，偷工買懶一樣費錢財。（合前）（生）祭完了。分付十家牌㉒：一人管十，十人管百。擂鼓儹工㉓，不許懈怠。（眾應介）（內鼓外作介）

【桂枝香】（生）則為呵太原倉窄，臨潼關隘㉔。未說到砥柱三門㉕，且掘斷蘆根㉖一

會、賽社，屆時也有賽龍舟等競技活動。

⑳ 江兒水：錢南揚先生校記：「葉譜題作〔古江兒水〕；其上原有『雙調』二字，衍，刪。」

㉑ 國泰民安似海：葉譜本「國」字上有一「願」字。

㉒ 十家牌：宋元以來牌甲制度：十戶為一牌，置牌以書戶數及其姓名。明沿其制，稱「十家牌法」。規定更趨細密，使保甲制更加完善。

㉓ 儹工：催促工期。儹，督促也。下文「催儹」意同。

㉔ 則為呵太原倉窄二句：太原倉為唐代著名糧倉。初為隋開皇三年（西元五八三年）置於陝州之常平倉，唐改名太原倉，為關東漕糧輸入長安之中轉站。此太原非指地名，乃因此倉建於地勢高平之處而得名。詳見元和郡縣志卷七「陝縣」條。臨潼關隘，臨潼為交通要衝，是通往晉、豫的關口，即潼關。隘，險要。此句「關」字別本或作「調」，誤。

帶。看泥沙石髓，看泥沙石髓，便陰陽違礙，也無如之奈！好傷懷，（眾）這辛苦，男女們當得的。（生）滴水能消得，民間費血財。

（內鼓介）（眾驚介）好了，好了。稟老爺：東頭水來了。（生喜介）真個洞洞㉗的水聲哩。

【前腔】（眾）黃河過脈，澠池分派。自從公主河西，直引到太陽橋外㉘。看涓涓碧水，看涓涓碧水，此時蒙昧㉙，定然滂沛。好開懷，（生）還有前山未開哩。（眾）望梅且止三軍

㉕ 砥柱三門：砥柱，亦作砥砫。山名。此山又稱三門山，是黃河急流中的一處石島礁，因其形似柱，故名。原在今河南三門峽，今已炸毀不存。北魏酈道元水經注河水四：「昔禹治洪水，山陵當水者鑿之，故破山以通河。河水分流，包山而過，山見水中，若柱然，故曰砥柱也。三穿既決，水流疏分，指狀表目，亦謂之三門矣。」所謂三門，指南鬼門、中神門、北人門。

㉖ 掘斷蘆根：宋樂史太平寰宇記卷一〇〇「連江縣．荻蘆山」載：「秦始皇令掘斷山脊，乃見蘆根一莖，長數丈，斷之有血，因名荻蘆山。」荻蘆山，即今福建連江縣東南九龍山。此借指開鑿水道須掘山劈嶺。

㉗ 洞洞：象聲詞，猶「咚咚」。

㉘ 黃河過脈四句：過脈，謂疏通相連水道。脈，這裡指水道。澠池分派，即由澠池分流。據水經注云，熊耳山際有池，池中有黽，是謂澠池。澠池亦是縣名，在河南西北部，北瀕黃河，與山西毗鄰，今屬三門峽市。公主河，水名。在今河南陝縣東北三門峽人門島東。唐開元中鑿此通漕，以避三門之艱險。太陽橋，歷史上的黃河之橋。唐李吉甫元和郡縣志陝縣：「太陽橋長七十六丈，廣二丈，架黃河為之，在縣東北三里。貞觀十一年，太宗東巡，遣武侯將軍丘行恭營造。」

㉙ 蒙昧：此喻指水流不充沛，還很弱小。

渴，逢靖權消一滴災㉚。（眾作鍬鑿不動介）呀，怎的來下不得銑？（看介）稟老爺：前面開的山是土山石皮，這兩座山透底石，一座喚名雞腳山，一座熊耳山，銑他不入的㉛。（生背想介）雞腳山熊耳山麼？昔禹鑿三門㉜，五行並用。（回介）雞腳和熊耳，你道鐵打不入，俺待鹽蒸醋煮了他。（眾笑介）怕沒這等大鍋？（生）不用的鍋，州裏取幾百擔鹽醋來。（眾應下）（扛鹽㉝上介）鹽醋在此。（生）取乾柴百萬束，連燒此山，

㉚ 望梅且止三軍渴二句：南朝宋劉義慶世說新語假譎：「魏武行役，失汲道，軍皆渴，乃令曰：『前有大梅林，饒子，甘酸，可以解渴。』士卒聞之，口皆出水，乘此得及前源。」此即「望梅解渴」故事，後借喻以虛幻之前景聊以自慰。據唐李復言續玄怪錄卷四李衛公靖云，李靖未聞達時，喜射獵，曾因於霍山中追逐鹿群而迷路，誤入龍王之居所。一老婦謂李靖曰：兒子二人外出未歸，恰逢天意符命，令吾家大郎即時行雨，以解百姓旱情。不得已權請李靖代大郎行雨。老婦取一小瓶，鞴好青驄馬，囑李靖取瓶中一滴為限，乘馬騰空行雨。不料李靖取二十滴灑下，平地水深二丈。老婦受譴，李靖亦慚怖不知所對。這裡是借以盼水勢滂沛之意。此句「權消」二字朱墨本誤作「靖權」。

㉛ 一座喚名雞腳山三句：雞腳山，又名「雞足山」，位於河南陝縣西南，山上有虎岩洞和萬曆石碑，碑鐫「漢文帝迎河上公駐蹕處」。熊耳山，位於今河南宜陽西，今陝縣西李村鄉境內。因其山突兀而立，東西雙峰並舉，狀似熊耳，故名。水經注洛水云：「洛水之北，有熊耳山，雙巒競舉，狀同熊耳，此自別山，不與禹貢導洛之自熊耳同也。」銑他不入的，謂鍁、鑿、鍬等奈何不得石山，即鑿不動堅硬的石頭。銑，或指小鑿（說文），這裡用作動詞，意同「鑿」。

㉜ 昔禹鑿三門：傳大禹治水時，曾鑿開三門，破山通河，使水疏通分流。參見本齣注㉕。

然後以醋澆之，著以鍬椎，自然頑石粰裂㉞而起；後用鹽花投之，石都成水。（衆笑介）有這等事。（放火介）

【大迓鼓】燒空儘費柴，起南方火電㉟，霹靂摧崖。呀，山色燒煤了㊱。（生）快取醋來。（衆鼓醋介）料想山神前身為措大㊲，又逢酸子措他來。這樣神通，教人怎猜。（衆笑介）怪哉，怪哉，看這雞㊳腳跟熊耳朵，都著酸醋煮粰了。（生）快下鍬斧，成其河道。（衆鼓鋤介）

【前腔】（生）鸛嘴啄紅崖㊴，似鱗皴甲綻㊵，粉裂烟開。一面撒鹽生水也。（衆鼓撒鹽介）知

㉝ 扛鹽：「鹽」字下疑奪一「醋」字。

㉞ 頑石粰裂：謂山石如同穀物皮被剝裂一樣。粰，「麩」的異體字。

㉟ 南方火電：火電，即閃電，此借指火。因傳說中的火神祝融為南方神，故言。管子五行：「得奢龍而辨於東方，得祝融而辨於南方。」

㊱ 燒煤了：即燒黑了。煤黑色，故言。

㊲ 措大：亦作「醋大」，古讀書人貧寒，往往稱作「窮酸」，因曰醋大。其來源說法不一，可參閱唐張鷟朝野僉載，明胡應麟莊嶽委談以及明謝肇淛五雜俎物三等。元王仲文救孝子第一折：「讀書的功名須奮發，得志呵做高官，不得志呵為措大。」

㊳ 雞：朱墨本誤作「樣」。

㊴ 鸛嘴啄紅崖：謂役工們一鑿一鍬開劈石山，有如鸛啄岩石一般。

㊵ 鱗皴甲綻：指山石碎裂，似魚鱗脫落龜甲綻開。皴，本指人的皮膚受凍而裂開。

他火盡青山在，好似雪消春水來。（鑿介）（驚介）河頭水流接來了。（眾笑介）水鳥初飛，通船引簰。

（生）百姓們，功已成矣，河已通矣，當鑄鐵牛於河岸之上，以輓重舟，頭向河南，尾向河北；一面催儹入關糧運，兼以招引四方商賈奇貨，聚於此州；一面奏知聖上，東遊觀覽勝景；也不枉陝州百姓之勞。（眾）多謝老爺！男女們插柳沿河，以添勝景。

【尾聲】（生）❹還把清陰垂柳兩邊栽，奏明主東遊氣概。（眾）大河頭鑄一個鐵牛兒千萬載。

省盡人牛力，恩波鑄鐵牛。
傳聞聖天子，為此欲東遊。

---

❹ 生：原本無「生」字，據朱墨本補。

第十二齣　邊急

【西地錦】（外扮老將引眾上）踏破冰淩❶海浪，撞開積石河梁❷。馬到擒王，旗開斬將，袍花點盡風霜。

坐擁貔貅❸膽氣豪，玉門關❹外陣雲高。白頭未掛封侯印，腰下長懸帶血刀❺。自家涼州都督羽林大

❶ 冰淩：此非指滴水成淩的冰柱，而是指黃河幹流和支流冬季出現的現象，即所謂「冰塞」、「冰壩」，也稱「冰淩」。春暖「冰淩」漸融，即「淩汛」開始，大塊「冰淩」緩緩流動，則稱作「流淩」。

❷ 積石河梁：積石，即積石山，亦稱積雪山，位於青海東南部，為昆侖山支脈，一直延伸至甘肅南部，是為大積石山，藏名阿尼瑪卿山，意為黃河之源頭。蒙語則日木素鄂拉。尚書禹貢載：「（禹）導河自積石，至龍門，入於滄海。」又有小積石山，位於甘肅臨夏西北，亦稱唐述山。唐時於此駐軍，稱積石軍。這裡的積石義有雙關，兼指頑石。河梁，即橋梁。傳漢李少卿與蘇武三首（其三）：「攜手上河梁，遊子暮何之。」

❸ 貔貅：古代傳說中的一種兇猛的瑞獸。別稱「辟邪」或「天祿」。往往作為軍旗上的圖案，象徵勇猛之師。唐張說王氏神道碑：「赳赳將軍，貔貅絕群。」清徐珂清稗類鈔：「貔貅，形似虎，或曰似熊，毛色灰白，遼東人謂之白熊。雄者曰貔，雌者曰貅。故，古人多連舉之。」元王實甫西廂記第二本「楔子」：「羨威統百萬貔貅，坐安邊境。」

❹ 玉門關：漢置關隘，故址在今甘肅敦煌西北八十公里的戈壁灘上。後遷至瓜州晉昌縣境內（今甘肅瓜州縣鎖陽

將軍王君㚟❻是也。瓜州常樂縣❼人氏。平生驍勇，善騎射。蒙聖恩，以戰功累陞今職。隴右河西，聽吾節制。長城一線，控隔吐蕃。近聞番兵大舉入寇，兵鋒頗銳。不知他大將為誰？待俺當頭出馬，俺好不粗雄也！

【山花子】老河魁❽福國安邦將，羽林軍個個精芒。按星宮頓開旗五方，陣團花太歲中

城），是為隋唐時期的玉門關。五代宋初又遷至最早關址，即向東二百公里的石關峽。此關為絲綢之路的必由關口，也是古代軍事上的重要關卡。其得名緣於西域輸入玉石必經於此。唐王昌齡玉門關蓋將軍歌：「玉門關城迥且孤，黃沙萬里白草枯。」

❺ 腰下長懸帶血刀：形容勇武軍士的豪邁與血性，即使不曾封侯拜帥，也不失軍人血性。元永嘉書會才人編撰劉知遠白兔記第十四齣途歎：「將軍未掛封侯印，腰下長懸帶血刀。」

❻ 羽林大將軍王君㚟：羽林大將軍，職官名。羽林軍，指皇家禁衛軍，漢武帝時設立。新唐書兵制：「高宗龍朔二年，始取府兵越騎、步射，置左右羽林軍，大朝會則執仗以衛階陛，行幸則夾馳道為內仗。」開元間王君㚟、張守珪以軍功拜右羽林大將軍，由是所有大將軍的榮寵，以羽林為最，宮中權力取決於誰掌握了羽林軍。王君㚟，字威明，瓜州常樂人，驍勇善騎射，開元十五年（西元七二七年）九月，吐番攻陷瓜州，王君㚟領軍破敗之。因功拜大將軍，封晉昌縣伯。後回紇四部反叛，君㚟遭伏擊被殺。事詳舊唐書卷一〇三列傳第五十三本傳。

❼ 常樂縣：古縣名。故址在今甘肅安西縣西。漢置冥安縣，隋開皇四年（西元五八四年）改涼興縣置，屬瓜州。唐武德四年（西元六二一年）改名晉昌縣，別置常樂縣。

❽ 老河魁：河魁，本指主將設置軍帳的方位。此借指河西節度使。魁，首領。此為王君㚟自詡之詞，著一「老」字，益見其自負之狀。王自開元二年（西元七一四年）至開元十五年（西元七二七年）任河西節度使，在位十三

央❾。（內鼓介）（合）鼓轟天如雷震張，鎗刀甲盔如日光，馬噴秋❿如雲飛戰場。倚洪福如天，大展邊疆。

（扮報子上）報，報，報，吐蕃有個大將熱龍莽殺過來了。（外）快整兵前去。（行介）

【清江引】大唐家有的是驍雄將，出馬休攔擋。軍兒走的慌，陣兒擺的長。定西番⓫，早擒下先鋒熱龍莽。（下）

（淨扮龍莽領眾上）（唱前⓬清江引普天西出落的云云）（外眾上打話介）（淨）吾乃番將熱龍莽是也。你是何小將，敢來迎戰？（外）吾乃大將王君㚟是也。出馬在此，早降，早降。（戰介）（番將佯敗）（外眾

年，故以老自居。唐李白司馬將軍歌：「身居玉帳臨河魁，紫髯若戟冠崔嵬。」

❾ 按星宮頓開旗五方二句：星宮，即天宮、星座，所謂「三垣、二十八宿」體系。這裡指依照星宿位置布陣。五方，指東西南北中五個方位。團花，是圖案的一種，以中心為基點，向周圍呈放射狀延伸，形成圓形紋飾的圖案。此指擺出陣勢的樣子。太歲，本為道教神明的尊稱，又是六十甲子中的值歲神，即每年輪流統領天下大事的神明。這裡指布陣的中心位置，即「團花」的圓心點，亦即陣勢中主帥的指揮地位。

❿ 馬噴秋：謂戰馬嘶鳴奮起。噴，潠也。秋，亦作「秋秋」，奔騰貌。漢書揚雄傳上：「秋秋蹌蹌，入西園，切神光。」顏師古注：「秋秋蹌蹌，騰驤之貌。」

⓫ 西番：亦作「西蕃」。唐代稱吐蕃為西番，後亦泛指西域及西北地區藏、羌等少數民族。這裡特指吐蕃。

⓬ 唱前：指龍莽上場要重複唱前第九齣的〔青江引〕曲。下文那邏出場亦要重複唱第九齣的〔青江引〕（〔前腔〕）曲。參閱第九齣「虜動」。

追下介）（末扮那邏領眾上⑬）（唱前清江引倒天山靠定了云云）吾乃吐蕃丞相悉那邏是也。領兵策應龍莽將軍，日前有書教他佯輸詐敗，唐兵必追，吾以⑭生兵遶出其後，破之必矣。把都們，一齊殺過關南轉西，以擒唐將。（眾應下）（淨上）（外追戰介）（末眾上叫介）王君㚟，王君㚟，且歇一馬，咱吐蕃丞相救兵在此。（外慌介）呀！中計了，中計了。三軍死戰！（淨末夾戰）（外敗被殺介）（淨末相見介）（淨）多承國相遠來，得此全勝。（末）唐軍戰敗，大將陣亡，便乘此威風，搶進玉門關去，不可有遲。

加鞭哨馬走如龍，斬將長驅要立功。
假饒一國長空闊，盡在吾家掌握中⑮。

---

⑬ 領眾上：「上」字原在下文「云云」之下，據前「淨扮龍莽領眾上」之例移前以統一。

⑭ 吾以：「以」字別本或作「乃」。

⑮ 假饒一國長空闊二句：假饒，即使、縱然。長空闊，謂地域廣大。二句是說大唐儘管疆域遼闊，也要納入吐蕃掌握之中，顯示出其野心之大。

第十三齣　望幸

【梨花兒】（淨扮驛丞❶上）陝州喏大的新河驛❷，老宰今年六十七。承差之時二十一，嗏，巴到尚書還要百個十。

小子陝州新河驛驛丞，生來祖代心靈。幼年充縣門役❸，選去察院祗承❹。也是其年近貴，那一位察院爺有情，有情。賞我背褡❺一個，與我承差❻一名。差到東西兩廣，不說南北二京。承差的威風休

---

❶ 驛丞：明清各州縣驛站均設驛丞一職，掌管儀仗、車馬及迎送之事，官秩無品級。清史稿職官志三驛：「驛丞，掌郵傳迎送。凡舟車夫馬，廩糗庖饌，視使客品秩為差，支直於府、州、縣，籍其出入。」明無名氏鳴鳳記驛裡相逢：「貶我為口外邊城典史，又被當道不容，改為廣西宜山驛丞。」

❷ 陝州喏大的新河驛：經查檢，新河驛不在河南陝州，而在陝西山丹衛。見明會典一二〇驛傳二。這裡或是湯氏之誤（戲劇作品不必寫實），或是指淨扮河驛為新任。

❸ 門役：即雜役。指官府中看守門禁、打更值夜的勤雜人員。三國演義第二回：「玄德幾番自往求免，俱被門役阻住，不肯放參。」

❹ 察院祗承：察院，即都察院。明初將唐宋以來御史台改稱都察院，設左、右都御史、副都御史等。都御史之職「專糾劾百司，辨明冤枉，提督各道，為天子耳目風紀之司」（明史職官志二）。都御史相當於唐代的監察御史，可稱作「察院」。祗承，猶「祗奉」。這裡指察院中祗從逢應的役吏。

論，役滿赴考銓衡❼。選中了吏部火房幹事，又犯了些不了事情❽。三年飛天過海❾，偷選了陝州新河驛驛丞。驛係潼關❿出口，錢糧津貼豐盈。幾領轎，幾擡扛，幾匹驢頭，律令般的紙牌勘合⓫；十

❺ 背褡：坎肩或馬甲一類的衣著。

❻ 承差：吏名，亦稱「承局」。對差役的尊稱。清洪昇長生殿驛備：「怕的是公吏承差，嚇的是徒犯驛卒。」又，明馮夢龍編纂古今小說月明和尚度柳翠：「寫罷，封了簡子，差一個承局，送與水月寺玉通和尚。」

❼ 銓衡：負責考核、選拔人才的職官。隋書高祖紀上：「公水鏡人倫，銓衡庶職，能官流咏，遺賢必舉。」明張言徐允巖詩序：「我明選舉既行，薦辟遂廢。一命必由銓衡，三事莫敢幕置。」元無名氏延安府第二折：「小官擢用人才，銓衡人物，褒貶必當。」

❽ 選中了吏部火房幹事三句：吏部，朝廷六部之首，主管文官的任免、考核、昇降、勳封、調動等事宜的官署。火房，指吏部、戶部等各司郎官接待與飲食休息之處，通常分前後堂當值執事。後堂設施華貴，裝修考究，閒人不得擅入，且有胥吏負責管理，明人謂之「火房」。明蘭陵笑笑生金瓶梅第七十八回：「宋御史喚至後廳，火房內賞茶吃。等寫了回帖，裝於套內封了，又賞了春鴻三錢銀子。」此句「吏」字朱墨本作「六」。不了事情，即不明不白之事，多指不正當或不光彩之事。

❾ 飛天過海：猶瞞天過海。此指以見不得人的伎倆謀取了驛丞的職位。

❿ 潼關：關隘名。古稱桃林塞，位於關中平原東端，因關西有潼水，故名之。古代潼關是連接西北、華北和中原的咽喉要道，也是長安的東大門，為軍事上非常重要的關塞。唐杜甫北征：「潼關百萬師，往者散何卒。」

⓫ 律令般的紙牌勘合：「令」字下各本均有一個「勑」（勅）字，「般」字朱墨本作「搬」。案：律令，當為「如律令」，本為漢代公文結末例用語，意為按律令執行。後被道教借用為咒語，云：「太上老君，急急如律令，勅！」其意是太上老君之勅令，天神地祇，均須遵從。紙牌勘合，謂符契驗對。古代文書上加蓋印信，執事雙方各持一

斤肉，十鍾酒，十個雞子，膿血樣的中火下程⑫。本等應付，少也要落幾段；折色分例⑬，多則是沒一成。因此往來公役，常被他唬嚇欺淩⑭。真乃一報還了一報，承差慣打驛丞。幾番要逃要死，貪些狗苟蠅營。各處⑮送來徒犯，便是送我幾個門生⑯。入門有拜見之禮，著禁有賣免之情⑰。不完月錢打死，費一張白紙超申。縱有查盤點視，除了刺字替身⑱。日久上司官到，搖船擺站缺人。到頭天樣

半，作為憑證，執行時二者併對，無誤方可行事。凡軍隊調遣、車駕人員進出禁中等，均須符對。勘合亦稱「合表」，古代戰爭中，交戰前要驗合表符。尉繚子踵軍令：「為戰，合之表，合表乃起。」又，新唐書志車服二：「皇太子以玉契召，勘合乃赴。」

⑫ 膿血樣的中火下程：此句「血」字下各本均有一「食」字。「的」字別本或作「似」。膿血樣的，形容午飯葷腥食物較多。中火，亦作「打中火」。謂途中吃午飯。清李漁奈何天籌餉：「這裏打中火的所在，大家買些酒飯，喫飽了再走。」下程，指招待客人的酒飯。清洪昇長生殿進果：「(副淨)：『下程酒飯在那裏?』(丑)：『不曾備得。』」

⑬ 折色分例：折色，本指用金銀、錢鈔、絲絹等改折以充稅糧賦役。明史食貨志二：「雲南以金、銀、貝、布、漆、丹砂、水銀代秋租，於是以米麥為本色，而諸折納稅糧者，謂之折色。」分例，官員當差在驛站休息或住宿時，按規定所供給的食物，謂之「分例」。元劉時中〔正宮・端正好〕上高監司〔貨郎〕曲：「更把贓輸錢分例米，多般兒區處的最優長。」

⑭ 欺淩：「淩」字下各本均有「幾番推躲不出，入房搜捉不寧」二句。

⑮ 各處：此二字之上，各本均有「你道」二字。

⑯ 門生：本指學生、弟子。這裡指被敲詐、可苛扣的對象。

⑰ 著禁有賣免之情：謂犯了禁條可以通過錢財免去處罰。

大事，撞著一個老太歲遊神⑲。（內介）老爺，是那位過往官到？（淨）哎也，你道是誰？當今開元皇帝，不安本分閒行。又不用男丁擺櫓，要一千個裙釵唱著采菱⑳。本州太爺親選了九百九十八個，少了的是押殿腳的頭稍二名㉑。老驛丞無妻少女，尋不出逼出了人的眼睛。遲誤了欽依當耍㉒，小子有計了，西頭梁斷處一條性命爛㉓繩。（弔頸介）（貼丑扮囚婦出救介）怎麼了？本官老爺縱不為螻蟻前

---

⑱ 不完月錢打死四句：承上文，若徒犯不交清每月的份子錢，便將其打死，寫一紙證狀了事。超申，指越級上報的文告。上面追究下來，便找一個徒犯頂替。刺字，古代的一種肉刑，於罪犯臉上或額頭刺字，再以墨塗之，稱作「黥刑」或「墨刑」。

⑲ 老太歲遊神：喻指朝廷巡視地方的官員。太歲，道教信仰中太歲神的簡稱，是道教值年神之一，一年一換，當年輪值的太歲神稱值年太歲，掌管人世間一年中一切吉凶禍福。又，古以木星為太歲，為歲星紀年法中一顆歲星。陰陽家以其所在方位為凶方，民間也將道教的太歲神視為凶神。遊神，道教謂有「遊奕神」降臨人間，巡察民情善惡。清尤侗西堂雜俎瑤宮花史小傳：「王母聞其以腴詞贈答，切責之，命遊神巡察，不許私至。」

⑳ 采菱：樂府清商曲名，即采菱曲，亦稱采菱歌。南朝梁武帝蕭衍曾改西曲，作江南弄七曲，其中有采菱曲一首，其辭有云：「歌采菱，心未怡，翳羅袖，望所思。」

㉑ 押殿腳的頭稍二名：押，這裡是率領之意。殿腳，即「殿腳女」，隋煬帝巡幸江南，製無數豪華舟楫，僅牽挽龍舟的美女即有上千人。唐顏師古隋遺錄云：「每舟擇妍麗長白女子千人，執雕板鏤金楫，號為『殿腳女』」。頭稍，領頭的和殿後的。

㉒ 遲誤了欽依當耍：猶言誤了皇上的旨意可不是玩的。欽依，即欽命。「依」字朱墨本作「限」。

㉓ 爛：別本或作「蘼」。

程㉔，也為這條狗性命麼？（淨醒介）便是這條狗命，說甚麼螻蟻㉕前程？（叩頭介）你二位不是乾娘義妹，怎生這救苦難觀世音㉖？（貼丑）奴家兩人，都是本驛囚婦。（淨）哎，有這等姿色的囚婦，一向躲在那裏？不來參見本官。且問你丈夫那裏去了？（貼）我丈夫叫短包兒，翦綹㉗去了。（淨）怎麼說？（貼）是老爺放他去，好還月錢。（淨）多承了。（丑）我丈夫是胡哈兒㉘，弔雞去了。（淨）好生意哩。（丑）也是老爺教他去。（淨）我要雞怎麼？（丑）下程中火呢。（淨）罷了，早是不曾選著你搖九龍舟去。若見老皇帝，說知此事，那皇帝連我的雞都怕喫了。話分兩頭，且問二位仙鄉何處？（貼丑）江南人氏。（淨）會打歌兒哩。（貼丑）也去的。（淨）一發妙！如今萬歲爺到來，九龍舟選下一千名殿腳菱歌女，止欠二名，恰好你二人運到㉙，勞你打個歌兒，將月兒起興，歌出船上事體，每句要「彎彎」二字，中兩句要打入「帝王」二字，要個尾聲兒有趣。（貼）使得。（貼歌介）月兒彎彎

㉔ 螻蟻前程：喻微不足道的前程，即渺茫的仕途功名。

㉕ 螻蟻：原本作「蟻役」，誤。據別本改。

㉖ 觀世音：梵文(Avalokiteśvara)音譯，亦譯作「觀自在」，民間往往省稱作「觀音」。佛教中救苦救難的大慈悲菩薩，智慧的象徵。無論在大乘佛教中還是在民間信仰中，都具有極其重要的地位。

㉗ 翦綹：亦作「翦柳」、「剪綹」。即偷竊、作賊。明西周生醒世姻緣傳第九十三回：「原來這人是剃頭的待詔，又兼翦柳為生，專在渡船上，乘人眾擁擠之間，在人那腰間袖內遍行摸索。」下文「弔雞」，亦指偷雞。後面淨與貼、丑對白，均是科諢。

㉘ 胡哈兒：「哈」字別本或作「哈」。

㉙ 運到：朱墨本作「遇到」，誤。

貼子天，新河兒彎彎住子眠。手兒彎彎抱子帝王頸，腳頭㉚彎彎搭子帝王肩。帝王肩，笑子言，這樣的金蓮大似船。（淨）歌的好，歌的好，中了㉛君王之意。（向丑介）你要四個「尖尖」。中間兩句也要「帝王」二字，也要個俏尾聲兒。（丑）污耳了。（歌介）月兒尖尖照見子鈃，鐵釘兒尖尖纂子篙。嘴兒尖尖好貫子帝王耳，手兒尖尖摸子個帝王腰。帝王腰，著甚麼喬？天上船兒也要俺地下搖。（淨）妙，妙，妙，就將你兩人答應老皇帝，則怕生當些㉜觸誤了聖體，要演習演習纔好。（貼丑）沒有演習所在。（淨）便把我當老皇帝演一演何如？（丑笑介）使得。（淨）我唱口號二句，你二人湊成。（歌介）俺驛丞老的似個破船形，抹入新河子聽水聲。（貼丑歌介）一櫓搖時一櫓子睡，則怕掘篙子撐不的到大天明。（內嚮道介）（淨）快走，快走，州裏太爺來了。

【西地錦】（生引隊子上）**峽石翻搖翠浪，茅津細吐金沙㉝。打排公館似仙家㉞，晝夜瞻迎鑾駕。**

㉚ 腳頭：「頭」字別本或作「兒」。

㉛ 中了：原本「了」字作「子」，誤。據別本改。

㉜ 生當些：猶言生疏些，不熟練。

㉝ 峽石翻搖翠浪二句：峽石，亦作「硤石」。唐代設峽石縣，縣治在今三門峽市陝州區菜園子鄉石門村，北宋時縣治遷至今陝州區硤石鄉。茅津，古黃河津渡。故址在今山西平陸縣西南古茅城之南茅津村，與陝津、大陽渡相通。詳見新唐書地理志二。

㉞ 打排公館似仙家：打排，打點、安排。唐劉禹錫題壽安甘棠館二首（其一）：「公館似仙家，池清竹徑斜。」

（淨見生介）【西江月】（生）鑾駕即時巡幸，新河喜得完成。東都留守報分明，祗候都須齊整。

（淨）一要錢糧協濟，諸般答應精靈。普天之下一人行，怎敢因而失敬？稟爺：萬歲爺爺若起岸而行，住何宮館？（生）原有先年造下繡嶺宮㉟，三宮六院，見成齊備；扈從文武，俱有公館；帳房人役錢糧，也有東京七十四州縣津分帖濟。則有一千名棹歌女子，急切㊱難全，怎生是好？（淨）止欠二名，驛丞星夜家中搬取嫡親姊妹二名，教他打歌搖櫓，已勾一千之數。（生）驛丞費心了。（眾稟介）驛官謊爺，是兩名囚婦。（生）好打！（淨叩頭介）雖則囚婦，頗有姿色，又能唱歌，急忙難討這等一對。

（生）也說得是。驛丞聽我分付：

【一封書】東來是翠華㊲，要曲柄紅羅繖㊳一把。（淨）驛裏到沒有這一件。（生）繡嶺宮鑾駕庫裏借來。御筵排怎麼？遶龍盤盡插花。（淨）則怕珍羞不齊，老皇帝也只得隨鄉入俗了。（生）我

㉟ 繡嶺宮：唐代宮室。是皇帝東巡時的行宮之一。遺今河南三門峽市陝州區菜園子鄉石門村南的繡嶺坡上。新唐書地理志二載：陝縣東南「有秀嶺宮，顯慶三年置。東有神雀台，天寶二年以赤雀見置」。明皇雜錄：「上幸東都，至秀嶺宮」。即指此。唐李洞秀嶺宮詞：「秀嶺宮前鶴髮翁，猶唱開元太平曲。」按：此詩或云唐李玖作。

㊱ 急切：「切」字別本或作「節」。

㊲ 翠華：天子出行，儀仗中以翠羽為飾的旗幟或車蓋。漢司馬相如上林賦：「建翠華之旗，樹靈鼉之鼓。」文選唐李善注：「翠華，以翠羽為葆也。」唐陳鴻長恨歌傳：「潼關不守，翠華南幸。」

㊳ 曲柄紅羅繖：亦為天子出行或駐蹕儀仗之物。繖，即「傘」。初為遮陽或避雨之傘具，後成為天子身分和尊嚴的象徵之物。元史祭祀志四：「是日質明，有司設金椅於省庭，一人執紅羅傘立於其左。」

自有象牙盤上膳千品，外間所獻，預備賞賜而已。（淨）還怕扈駕文武老爺管接不周。**文武官員猶自可，有那等勢燄的中貂**㊴**怎奈他？**（生）不妨，有個頭㊵。有個頭兒高公公，我已差人送禮，他自能約束。則我這裏要精細哩，**休當耍，莫爭差**㊶**，喫不盡直駕將軍一個瓜**㊷。還一事，分付各路糧貨船千百餘艘，著以五方旗色，編齊綱運㊸。逐隊寫著某路白糧，某州奇貨，每船上焚香，奏其本地之樂。（淨應介）（官走上報介）稟爺：掌頭行的㊹老公公到了，聖駕已駐三百里之外。（生忙介）快看馬來，迎駕去。

㊴ 中貂：即「侍中貂」。唐代門下省有侍中二人，是皇帝的近身侍從，正二品，因其官帽以貂尾為飾，故名。亦泛指皇帝身邊的寵臣。這裡指太監。南宋辛棄疾〈水調歌頭〉：「重試補天手，高插侍中貂。」

㊵ 有個頭：別本或作「看太監」。

㊶ 爭差：差錯，意外。清洪昇長生殿驛備：「此奉欽遵，切休得有爭差。」

㊷ 喫不盡直駕將軍一個瓜：直駕將軍，即駕前當值的護衛將軍。瓜，形制似瓜的手錘，一種兵器。帝王儀仗中也有一種銅製錘形長柄器物。這句是說如有差錯，小心吃扈駕武士的錘打。

㊸ 綱運：大宗貨物運輸，車輛、船隻須編組，一組稱作一綱，貨物亦須編目，謂之綱運。宋葉適上光宗皇帝劄子：「御前之軍，屯駐四處，鑄兵買馬，截撥綱運。」

㊹ 掌頭行的：即打前站的。天子出行，有專事負責提前到預定之處安排食宿等的官員。此指高力士。

地脈三河接，天臨萬乘通㊺。
有星皆拱北，無水不朝東㊻。

㊺ 地脈三河接二句：地脈，本指地形走勢，亦指水流在地下流淌，有如人身體裡血脈的分布。西遊記第二十八回：「烟波蕩蕩接天河，巨浪悠悠通地脈。」三河，說法不一，或指黃河、淮河、洛河。這裡當是泛指。天臨萬乘通，謂天子到來，鑾駕巡幸，新河開鑿已通。萬乘，指天子。周制，天子地方千里，出兵車萬乘。明朱權卓文君第三折：「小生譾薄之材，豈足以矜萬乘之耳目乎？」

㊻ 有星皆拱北二句：古代謠諺。意為百姓擁戴帝王，或指天下民心所向。唐羅鄴春晚渡河有懷：「萬里山河星拱北，百年人事水朝東。」又，宋普濟五燈會元卷二十安分庵主偈二首（其一）：「示眾：十五日已前，天上有星皆拱北。十五日已後，人間無水不朝東。已前已後總拈切，到處鄉談各不同。」

第十四齣　東巡

【太常引】（宇裴引隊上）天迴地遶聖躬❶勞，春色曉雞號。日華遙上赭黃袍❷，蓮花仙掌雲霄。（宇）下官御史中丞平章軍國大事❸宇文融是也。（裴）下官中書少監❹裴光庭是也。中書監蕭年兄在京監國❺，我二人扈駕東行。這是臨潼關外行宮，前面將次陝城了，州守乃是盧年兄也。（宇

---

❶ 聖躬：指皇帝。後漢書班固傳下：「俯仰乎乾坤，參象乎聖躬。」唐李賢注：「聖躬，謂天子也。」

❷ 春色曉雞號二句：化用唐人詩句。唐韓愈奉和庫部盧四兄曹長元日朝回（長汀也）：「天仗宵嚴建羽旄，春雲送色曉雞號。」日華，日光也。唐耿湋朝下寄韓舍人：「瑞氣迴浮青玉案，日華遙上赤霜袍。」

❸ 平章軍國大事：唐職官名，相當於宰相。據新唐書表第一宰相所載，唐因隋舊，以三省（尚書、中書、門下）長官為宰相，因官高權重，不常設置，便選任其他官員加「同中書門下平章事」之名，簡作「同平章事」，參預軍國大事。唐睿宗時又稱作「平章軍國重事」。加「大」、「重」皆謂其權位顯要也。中唐後，凡任宰輔者，均在其官位外加同平章事之職位。亦簡稱「平章」。

❹ 中書少監：亦唐代職官名，是中書監的副職。魏晉時中書省長官稱中書監和中書令，隋改中書省為內史省，廢監存令。唐恢復中書省之名，只設中書令不復設監，後復為舊稱。

❺ 監國：指皇帝外出巡察離開京城，由一重要人物暫時負責處理國事，是為監國。擔此任者往往是太子或皇帝的兄弟，特殊情況下也可以是位高權重的官員，如宰相之類的人物。

笑介）盧生在此三年，新河一事，未經報完，好難的題目哩。（裴）此君之才，下官所知。河工必成，當受上賞。（宇）河成不成，到彼便見。（內傳呼聖上升殿）

【遶池遊】❻（上引高力士眾上）黃輿左纛，又出三門道，聽行漏玉雞春曉❼。扇影❽全高，日華初照，（合）錦江山都迴環聖朝。

（眾叩頭呼萬歲介）（上）黼帳天臨御路開❾，離宮清蹕❿暫徘徊。曈曈谷暗千旗出，洶洶山鳴萬乘

---

❻ 遶池遊：原本「池」字誤作「地」，據別本改。

❼ 黃輿左纛三句：黃輿，指皇帝所乘車駕。因其用黃色綾緞裝飾，故稱。纛，皇帝車駕上的羽毛飾物，置於車左。又出三門道，謂非第一次經過三門峽一帶，據舊唐書玄宗本紀，唐玄宗於開元十一年、十九年、二十二年、二十九年曾多次東巡東都洛陽。行漏，指古代計時器具漏壺，即壺中插一有刻度的標桿，以水滴注，視水的高度計時，亦稱「漏箭」。唐盧綸皇帝感詞：「高旌花外轉，行漏樂前聞。」玉雞，傳說中的神雞，亦作雄雞的美稱。山海經神異經東荒經：「蓋扶桑山有玉雞，玉雞鳴則金雞鳴，金雞鳴則石雞鳴，石雞鳴則天下之雞悉鳴。」清黃鷟來癸未上元夜觀燈即席漫賦：「鎔鎔初日蕩海紅，玉雞三叫東方白。」

❽ 扇影：本指羽扇的影子，亦指月亮。這裡喻指初日噴薄時月影已高懸。宋呂希純元夕：「簫聲雲外起，扇影日邊低。」又，元周德清〔正宮・塞鴻秋〕潯陽即景：「晚雲都變露，新月初學扇。」

❾ 黼帳天臨御路開：用唐張說侍宴隆慶池應制成句。原詩前二句為：「靈池月滿直城隈，黼帳天臨御路開。」黼帳，指華美的屏帳。此指帝王之帳。唐沈佺期人日重宴大明宮賜綵縷人勝應制：「千官黼帳懷前壽，百福香匳勝裡人。」

❿ 清蹕：皇帝出行，前導開路清道，禁止閒雜人員通行，謂之「清蹕」。亦指帝王之車輦。文選顏延之應詔觀北湖

來⑪。寡人唐玄宗皇帝是也。車駕東巡洛陽，駐蹕潼關之外。今已早膳，高力士，傳旨起駕。（高傳旨行介）

【望吾鄉犯】⑫**電轉星搖，旌旗出陝郊。仙公河上誰傳道？三生帝女人悲杳**⑬**，萬乘親巡到。**（生跪伏介）知陝州事前翰林院學士兼知制誥臣盧生，領合州官吏百姓男女迎駕。（上問介）那知

田收詩：「帝暉膺順動，清蹕巡廣廛。」唐李善注引漢儀注：「皇帝輦動，出則傳蹕，止人清道。」唐沈佺期奉和聖製幸禮部尚書竇希玠宅：「不知行漏晚，清蹕尚裴迴。」

⑪ 曈曈谷暗千旗出二句：謂皇帝出行之排場。曈曈，亦作「曈曨」，謂黎明時晨光熹微、由暗轉明的光景。洶洶，本指波濤聲，這裡是帝王出行聲勢浩大的樣子。萬乘，指帝王。參見前第十三齣注㊺。此二句化用唐宋之問扈從登封途中作詩句。原詩頸聯為：「谷暗千旗出，山鳴萬乘來。」

⑫ 望吾鄉犯：葉譜本作〔望鄉歌〕，調〔望吾鄉犯排歌〕。

⑬ 仙公河上誰傳道二句：仙公，猶仙人、仙翁。唐杜甫奉漢中王手札報韋侍御蕭尊師亡：「少年疑柱史，多術怪仙公。」河上，即河上公，亦稱「河上真人」，戰國齊地琅琊一帶的方士。晉葛洪神仙傳河上公云：「河上公者，莫知其姓名也。」他是最早為老子道德經作注的隱士，著有河上公章句。傳說漢文帝曾在河邊結草為廬，精心研讀道德經，不解之處，多得河上公指點，並得到河上公親授素問二卷。漢文帝開闢的「文景之治」，據說也與河上公的教誨關係密切。三生，即佛家所說的三世轉生，亦即前生、今生和來生。帝女，當指有虞二妃，即帝堯二女娥皇、女英。舜巡視南方，死於蒼梧，二妃得知往尋，淚盡而死。晉張華博物志史補：「堯之二女，舜之二妃，曰湘夫人，帝崩，二妃啼，以淚揮竹，竹盡斑。」此二句為唐玄宗即興抒發，他曾在經河上公廟詩中云：「昔聞有耆叟，河上獨遺榮。跡與塵囂隔，心將道德併。」

州可是前日狀元盧生？（裴）是。（上）平身。（生）萬歲萬歲萬萬歲。（上）前面高聳聳的是何物？（生）出關路險，搭有天橋。（上）天橋麼？天將風雨。（生）所謂雨師灑道，風伯清塵。（上笑介）趲行⓮。

（合）看砥柱，望石橋，山川天險出雲霄。離宮渺，帳殿遙，二陵風雨在西崤⓯。

（上）傳旨且住，避雨片時。問陝州有何行殿⓰？（生）有萬歲巡行綉嶺宮。（上）怎見的？（生）有詩為證。（上）可奏來。（生）臣謹奏：春日遲遲春草綠，野棠開盡飄香玉。綉嶺宮前鶴髮翁，猶唱開元太平曲⓱。（上）聽此詩，昔年遊幸，如在眼前。（生）萬歲，喜天開日朗，鑾駕可行。（上）傳旨迤邐而進。

【絳都春】⓲**擂鼓鳴捎，望山程險處，過了天橋。則這些截斷了河陽京兆⓳，早捱過了**

⓮ 趲行：謂加速趕路。明徐渭雌木蘭第一齣：「大哥們，勞久待了，請就上馬趲行。」

⓯ 二陵風雨在西崤：二陵，即二崤。崤指崤山，有東西二崤，位於河南洛寧縣西北六十里處，東接澠池，西接陝縣。左傳僖公三十二年：「崤有二陵焉。其南陵，夏后皋之墓也；其北陵，文王之所避風雨也。」楊伯峻注：「二陵者，東崤山與西崤山也。」唐崔曙九日登望仙台呈劉明府容：「三晉雲山皆北向，二陵風雨自東來。」

⓰ 行殿：即行宮。天子外出巡視所居之宮殿。唐李昂戚夫人楚舞歌：「風花菡萏落轅門，雲雨徘徊入行殿。」

⓱ 春日遲遲春草綠四句：為唐李洞綉嶺宮詞成句，參見前十三齣注㉟。

⓲ 絳都春：「春」字下葉譜本有一「序」字。

⓳ 河陽京兆：河陽，古地名，在今河南孟縣西，黃河北岸。古以山之南水之北為陽，故稱。竹書紀年晉紀載：「周襄王會諸侯於河陽。」春秋亦載：僖公二十八年，「天王狩於河陽」。秦漢均置河陽縣，唐開元初，為東京畿邑，

臨潼跐蹬⑳的遙。大華如夢杳似蓮嬌㉑，倒映的這關門窄小。（生）臣盧生謹奏：聖駕已出潼關，到了河口，請登龍舟。（上）朕記此間舊是石路，何用龍舟？（生）臣已開河三百餘里，以備聖駕東遊。（上笑介）有此奇異之事，朕往觀之。（望介）呀，真乃水天一色也。龍輿瞻眺，真乃是，山色水光相照。

（內鼓吹）（上眾登舟介）（上）下了龍舟。（生）臣已選下殿腳采女千人，能為棹歌。（采女叩頭棹歌介）

【出隊子】君王福耀，謝君王福耀，鑿破了河關一線遙。翠絲絲楊柳畫蘭橈㉒，酒滴向河神吹洞簫。好搖搖等閒平地，把天河到了。

（上）美哉！棹歌之女也。

【鬧樊樓】說甚麼如花殿腳多奇妙，那菱歌起處，卻也魚沉鴈落㉓。似洛浦凌波㉔照，

屬河南府。唐武宗會昌三年（西元八四三年）設孟州，治河陽，故河陽也是孟州的別稱。元袁桷清明：「河南禁酒河陽飲，醉醒相看總有情。」京兆，府名。本為漢京畿的稱謂，後為長安的別稱。

⑳ 跐蹬：象聲詞。這裡指山路凸凹不平，車駕顛簸的聲響。

㉑ 大華如夢杳似蓮嬌：大華，即太華，亦即西嶽華山，位於陝西華陰縣南面。蓮嬌，當指華山蓮花峰。「夢」、「杳」，均謂遠觀華山，在縹緲朦朧間。

㉒ 蘭橈：船槳的美稱，亦可指畫船。宋歐陽修〔采桑子〕：「蘭橈畫舸悠悠去，疑是神仙。」

㉓ 魚沉鴈落：亦作「沉魚落雁」。喻指女子的美麗，使魚雁羞於比併。莊子齊物論云：「毛嬙，麗姬，人之所美也。魚見之深入，鳥見之高飛，麋鹿見之決驟，四者孰知天下之正色哉！」後人遂以附會女子美麗為「沉魚落雁」。

甚漢女明妝㉕笑，在處裏有嬌嬈。也要你臣子們知道：新河站偏他妝的恁好。（內奏樂介）（生）臣之妻清河崔氏，備有牙盤㉖一千品獻上。（上笑介）准卿奏。（生進酒介）臣盧生謹上千秋萬歲壽㉗。

【鶯畫眉】㉘金盞酌仙桃，滴金莖㉙湛露膏，臣膝行而進臨天表㉚。牙盤獻水陸珍肴，菱歌奏洞庭天樂㉛。（上笑介）（合）今朝有幸，雲霄裏得近天顏微笑。

元王仲誠〔中呂・粉蝶兒〕套：「人間罕有，沉魚落雁，月閉花羞，惠蘭性一點靈犀透，舉止溫柔。」

㉔洛浦凌波：三國魏曹植曾作洛神賦，描寫洛水女神宓妃之美。凌波，形容宓妃水上行走時輕盈柔美的步履。

㉕漢女明妝：漢女，漢水之神女。後漢書馬融傳：「湘靈下，漢女游。」李賢注：「漢女，漢水之神女。」明妝，明麗的裝束。宋賀鑄〔減字浣溪沙〕：「越紗裙染鬱金黃，薄羅依約見明妝。」

㉖牙盤：工藝精美的象牙托盤。舊唐書韋堅傳云，開元二十九年，玄宗皇帝東巡，陝郡太守韋堅迎駕，「堅跪上諸郡輕貨，又上百牙盤食，府縣進奏，教坊出樂迭奏，玄宗歡悅……」這裡是將韋堅事移諸盧生。

㉗萬歲壽：朱墨本「壽」字作「酒」。

㉘鶯畫眉：葉譜本作〔黃鶯學畫眉〕，調〔黃鶯兒犯畫眉序〕。

㉙金莖：本指漢武帝時製造的用以承接露盤的銅柱。唐杜甫秋興八首之五：「蓬萊宮闕對南山，承露金莖霄漢間。」亦指承露之盤或盤中之露。明葉憲祖碧蓮綉符第五折：「傾將石髓流，勝卻金莖賜。」

㉚臨天表：面臨天子所呈奏表。表，事項、目錄。

㉛洞庭天樂：即昇平歡慶之樂曲。洞庭，這裡是普天之意。莊子天下：「帝張咸池之樂於洞庭之野。」唐成玄英疏：「洞庭之野，天地之間，非太湖之洞庭也。」天樂，即「鈞天樂」，指天上的音樂、仙樂。列子周穆王：「王

（上）牙盤所進，分賜護從人等。卿平身。（生呼萬歲起介）（上）前面船隻數千，隊奏樂器，是什麼船？

（生）此皆江南糧餉，各路珍奇，逐隊焚香，奏他本土之樂。（上笑介）

【滴滴金】（眾）看幾千㉜艘排列的無喧鬧，一隊隊軍民齊跪著，頂香爐呫著細樂㉝。各路的貨郎兒，分旗號；白糧船㉞到了；有那番舶上回回跳㉟。江漢來朝，都到這河宗獻寶㊱。

實以為清都紫微，鈞天廣樂，帝之所居。」亦指宮廷音樂。唐李白宮中行樂詞八首之六：「春風開紫殿，天樂下珠樓。」

㉜ 看幾千：朱墨本無「千」字。

㉝ 呫著細樂：呫，念叨、言及。元趙顯宏〔南呂・一枝花〕行樂：「本性謙謙，到處干風欠，人將名姓呫。」葉譜本此句「細樂」前有一「迎」字，意為人們呫記著演奏細藥。細樂，指絲竹弦樂。與鑼鼓樂相對而言，弦樂細膩婉轉。

㉞ 白糧船：指運送粳米的船隻。明清漕運中徵得江南精品大米，供宮廷和京城官員食用。明史食貨志三：「蘇、松、常、嘉、湖五府，輸運內府白熟粳糯米十七萬四千餘石……令民運，謂之白糧船。」明徐渭送某公還南戶部：「積水游魚中庫板，白糧紅粟里人艘。」

㉟ 有那番舶上回回跳：番舶，亦作「蕃舶」。指域外如阿拉伯、波斯等的商船。唐司空圖雜題九首（其五）：「岸香蕃舶月，洲色海烟春。」回回跳，指伊斯蘭人樂舞。此句「有」字上葉譜本有一「更」字。

㊱ 江漢來朝二句：江漢，指長江、漢水，亦指江漢平原地區，這裡泛指江南。河宗，指黃河。古以黃河為四瀆

（上）二卿知昔日陝州之路乎？石嶺崎嶇，江南運糧㊲至此，驢馱車載，萬苦千辛。因此祖宗以來，遇糧運稍遲，俺君臣們巡狩㊳東都就食。不想今日有此盧生也。

【啄木兒】（上）他時路石徑喬，糧運關中車輓勞㊴。怕乾枯了走陸地蛟龍，誰撥轉個透海金鰲？（生）臣謹奏：這新河望萬歲賜以新名。（上）可賜名永濟河㊵。（生）萬歲。（上）㊶**是開元天子巡遊到，新河永濟傳徽號㊷，穩倩取歲歲江南百萬漕。**

（江、河、淮、濟）之宗。亦借指黃河中流地區和黃河水神（即河伯）。東漢班固漢書卷二十九溝洫志第九：「中國川原以百數，莫著於四瀆，而河為宗。」唐杜甫韋諷錄事宅觀曹將軍畫馬圖：「自從獻寶朝河宗，無復射蛟江水中。」

㊲運糧：別本或作「糧運」。

㊳巡狩：謂天子離開京都往外地巡察。孟子告子：「天子適諸侯，曰巡狩。巡狩者，巡所守也。」意為巡察諸侯為天子所守疆土，故亦作「巡守」。唐張九齡奉和聖製幸晉陽宮：「二月朔巡狩，群後陪清鑾。」

㊴車輓勞：車輓，亦作「車挽」。謂以牛車運輸物資。新唐書李石傳：「渠成，起咸陽，抵潼關，三百里無車輓勞，則轅下牛盡可耕，永利秦中矣。」

㊵永濟河：又稱「永濟渠」、「衛河」、「南運河」、「御河」。本為隋煬帝時所開大運河的渠道，在曹操開鑿白溝的基礎上，利用一些天然河流及黃河故道加以人工連綴而成。其源頭在山西太行山區，流經河南、河北，至山東臨清流入南運河，最後到天津匯入海河。

㊶上：朱墨本作「裴合」。

㊷徽號：皇帝所賜的美好稱號。徽號亦作「尊號」，本指對帝后表示尊崇褒美的稱號，始於唐代。如開元二十七年，

（上）前岸屹然而立，頭向河南，尾向河北者，何物也？（生）鐵牛㊸，以鎮水災。（上）宣裴光庭，卿長於文翰，可作鐵牛頌㊹，以彰盧生之功。（裴）萬歲，臣謹奏。（上）可奏來。（裴）天元乾，地順坤㊺。元一元而大武㊻，順百順而為牛。牛其春物之始乎？鐵乃秋金㊼之利乎？其為制也，寓精奇特，壯趾貞堅。首有如山之正，角有不崩之容。至乃融巨冶，炊洪蒙㊽。執大象㊾，驅神功。遂爾東

唐玄宗受尊（徽）號為「開元聖文神武皇帝」。這裡是指皇帝親賜名號。

㊸ 鐵牛：古人以金木水火土相生相剋的觀念，以為土可剋水，便以生鐵鑄成牛形以鎮水患，牛代表土。相傳大禹治水成功，就鑄一鐵牛沉入水底，後來改為將鐵牛立於水邊。舊題漢揚雄撰蜀王本紀中亦載有「江水為害，蜀守李冰作石犀五枚」。謂以此「厭水精」。唐杜甫石犀行：「君不見秦時蜀太守，刻石立作三犀牛。」可知以鐵牛鎮水患由來已久。宋蘇軾次韻子由送陳侗知陝州：「誰能如鐵牛，橫身負黃河。」

㊹ 鐵牛頌：唐賈至曾寫有陝州鐵牛碑頌，見唐文粹卷七十二。其中「當函關之路，望若隨仙，府桃林之墟，時得歸獸」等句，與劇中裴氏之頌無異，湯顯祖或參照之。

㊺ 天元乾，地順坤：賈至文作「乾象元，地勢坤」。意為萬物應天地而生，順陰陽而變。乾與坤為八卦中指代天地、日月和陰陽的卦象。

㊻ 一元而大武：指祭祀用的牛。禮記曲禮下：「凡祭宗廟之禮，牛曰一元大武。」漢鄭玄注：「元，頭也；武，跡也。」唐孔穎達疏：「牛若肥則腳大，腳大則跡痕大，故云『一元大武』也。」漢蔡邕宗廟祝嘏辭：「吉日齋宿，敢用潔牲：一元大武，柔毛、剛鬣。」

㊼ 秋金：古代陰陽家以五行對應四季、四方，金對應秋季和西方，故曰「秋金」或「金秋」。

㊽ 融巨冶炊洪蒙：謂鐵牛乃是以宇宙初始之元氣熔鑄而成的。洪蒙，宇宙初始混沌的狀態。

㊾ 執大象：語出老子道德經第三十五章：「執大象，天下往。」河上公注：「執，守也；象，道也。聖人守大道，

臨周畿，西盡虢略[50]。當函關之路，望若隨仙[51]；近桃林之塞，時同歸獸[52]。昔李冰鎮蜀，立石兕於江流；張騫鑿空，飲牽郎於漢渚[53]。蓋金為水火既濟，牛則山川舍諸[54]。所謂載華岳而不重，鎮河海

則天下萬民移心歸往也。」成玄英疏：「大象，猶大道之法象也。」

[50] 東臨周畿二句：周畿，指周室東遷後所建東都洛陽。畿，京畿、輔畿，指京都周遭地區。虢略，指古國西虢的邊界。古虢小國，均為周文王分封其弟之地，分東、西、北三虢。西虢在今陝西寶雞東。略，猶邊界。漢孔鮒小爾雅：「略，界也。」

[51] 當函關之路二句：函關，即函谷關，故址在今河南靈寶縣東北的王垛村，此為秦關，是歷史上最早的雄關要塞。漢關東移至洛陽新安縣，西距秦關百五十公里。還有一處魏關，遺址在距秦關五公里處，建三門峽大壩時已被淹沒。秦關故址今也只存關門。望若隨仙，是說老子當年曾騎青牛過函谷關，望眼前鐵牛，彷彿仙人青牛。

[52] 近桃林之塞二句：桃林，即桃林塞。古地區名，亦稱桃原。大致在河南靈寶以西，陝西潼關以東一帶（其故址歷來說法不一）。尚書周書成武云：周武王滅商後，「歸馬於華山之陽，放牛於桃林之野」；史記周本紀云：周武王「縱馬於華山之陽，放牛於桃林之虛」。唐王維送魏郡太守赴任：「蒼茫秦川盡，日落桃林塞。」歸獸，指將用於戰爭的牛馬放歸山林，意為天下安寧，偃武修文。尚書周書成武：「武王伐殷，往伐歸獸。」唐孔穎達傳：「往誅紂克定，偃武修文，歸馬牛於華山桃林之牧地。」

[53] 昔李冰鎮蜀四句：「李冰鎮蜀」二句，指李冰治水後立石犀以鎮水患事。參見本齣注[43]。「張騫鑿空」二句，史記大宛列傳：「於是西北國始通於漢矣，然張騫鑿空，其後使往者皆稱博望侯。」唐司馬貞索隱：「謂西域險阸，本無道路，今鑿空而通之也。」可知鑿空為開闢之意，即開啟了漢朝與西域之間的道路交通。飲牽郎於漢渚，謂因張騫通西域，使西域與漢朝方便交流了。牽郎，指遊牧民族。他們牽著馬匹、駱駝往來於絲綢之路上。漢渚，指漢地。

而不洩，其在茲與？臣光庭作頌。頌曰：杳冥精兮混元氣，爐鞴椎牛載厚地55。巨靈西撐角岧嵽，馮夷東流吼滂沛56。堅立不動神之至，層隄顧護人所庇。帝賜新河名永濟，玉帛朝宗千萬歲。（上笑介）奇哉！頌也。盧生刻之碑銘，汝功勞在萬萬年，不小也。（生）萬歲。

54 蓋金為水火既濟二句：金這裡指鐵，即鑄鐵牛之生鐵。水火既濟，卦象中陰陽和諧之象。坎為水，離為火，坎上離下，水火相濟，事無不成。既，已然；濟，成也。牛則山川舍諸，倒裝句，謂牛則舍諸山川，即牛棲息於山野之間。舍，居也；諸，之於也。

55 杳冥精兮混元氣二句：杳冥，這裡指神秘莫測的宇宙形態，即混沌初開時的渺茫無際。元氣，指天地萬物之本原，是構成生命與自然的根源之氣。元，始也。東漢王充論衡：「元氣未分，渾沌為一。」東漢班固白虎通義卷八天地：「天地者，元氣之所生，萬物之祖也。」鞴，鼓風吹火的皮囊，相當於後世風箱一類器具。與第二齣注19的「鞴」不同。遼釋行均編龍龕手鑒革部：「鞴，吹火具也。」唐施肩吾早春遊曲江：「羲和若擬動爐鞴，先鑄曲江千樹紅。」椎牛，亦作「槌牛」。即擊殺牛，或祭牲，或宴享，此指前者。唐陸龜蒙野廟碑：「大者椎牛，次者擊豕，小不下犬雞魚菽之薦。牲酒之奠，缺於家可也，缺於神不可也。」二句謂開天闢地以來，以牛祭祀，厚於大地生生息息。

56 巨靈西撐角岧嵽二句：巨靈，古代神話中劈開華山的河神。晉干寶搜神記卷十三：「二華之山，本一山也，當河，河水過之，而曲行。河神巨靈，以手劈開其上，以足蹈離其下，中分為兩，以利河流。今觀手跡於華嶽上，指掌之形具在；腳跡在首陽山下，至今猶存。故張衡作西京賦所稱『巨靈贔屓，高掌遠蹠，以流河曲』是也。」岧嵽，音ㄊㄧㄠˊ ㄊㄧˋ，亦作「岹嵽」，形容山勢之高遠。馮夷，亦作「無夷」、「馮遲」，傳說中的黃河水神。即河伯。晉葛洪抱朴子釋鬼篇：「馮夷，華陰人，以八月上庚日度河溺死，天帝署為河伯。」滂沛，水勢浩渺。

【三段子】(上)河源57恁高，動天河江潮海潮。詞源恁豪，翦文章金刀筆刀。盧卿呵，這柳堤兒敢配的甘棠召58；裴卿呵，你金牛作頌似河清照59。(眾跪介)(合)60禹鑿鴻碑也只感帝堯61。(內馬聲)(宇望介)岸上走馬，有何事情緊急哩？(小卒上)星忙來路遠，火速報君知。宇文爺，報子叩頭。(宇)有甚軍情？緩緩說來。

57 河源：亦作「河原」，即黃河源頭。史記大宛列傳：「于闐之西，則水皆西流，注西海；其東，水東流，注鹽澤，鹽澤潛行地下。其南則河源出焉。」唐李頻送邊將：「遙領短兵登隴首，獨橫長劍向河源。」

58 甘棠召：甘棠，是詩經召南中一篇稱頌召公政德的篇章。其辭曰：「蔽芾甘棠，勿翦勿敗，召伯所憩。」召，音ㄕㄠˋ，即周召公，亦稱「召伯」。又據史記燕召公世家：「周武王之滅紂，封召公於北燕……召公巡行鄉邑，有棠樹，決議政事天下，自侯伯至庶人各得其所，無失職者。召公卒，而民人思召公之政，懷棠樹不敢伐，歌咏之，作甘棠之詩。」這裡是唐玄宗以召公喻比盧生也。

59 河清照：河清，喻指黃河無水患。南朝宋鮑照曾作河清頌并序。照，指鮑照。宋書鮑照傳：「元嘉中，河、濟俱清，當時以為美瑞，照為河清頌，其序甚工。」後遂以「河清」喻盛世昇平，國泰民安。此謂裴光庭鐵牛頌堪比鮑照河清頌。

60 合：朱墨本作「(眾合)便是」。

61 禹鑿鴻碑也只感帝堯：鴻碑，即「禹王碑」，亦稱「岣嶁碑」。是歌頌大禹治水的功德碑。唐代時位於南嶽衡山岣嶁峰左側石壁上，唐人韓愈等曾賦詩題詠。宋代拓成複製品，勒碑立於湖南長沙嶽麓山北峰。碑刻文字為古篆文，九行，凡七十七字。這句是說大禹建治水功業，應感謝帝堯的賞識與信任，言外之意則是盧生開河功績也有當朝皇帝英明決策。

【滴溜子】62（卒）邊關上，邊關上，番軍來炒63。（宇）有大將王君㚟在哩。（卒）君㚟將，君㚟將，就中難道。（宇）難道是殺了？（卒）刻下，風聞非小。（宇）有玉門關哩。（卒）敢撞進了玉門關，那邊兒不要。（宇）不要那邊，難道要這邊？（卒起介）便要不的這邊廂，也商量怎了？（下）

（宇奏介）64臣宇文融啟萬歲：有邊報緊急，吐蕃殺進長城，王君㚟抵敵不過。伏乞聖裁。（上驚介）這等怎生處分？

【下小樓】65虛囂66，非常震擾。去長安路幾遙？急忙間扈駕的難差調。酸溜溜的文官班裏，誰誦過兵書去戰討？

（宇背笑介）開河到被盧生做了一功，恰好又這等一個題目處置他。（向奏介）臣與文班商量，除是盧生之才，可以前去征戰。（上）卿言是也。（生）兵凶戰危，臣不敢任。（上）寡人知卿，卿不可67辭。

---

62 滴溜子：錢南揚校云：此曲「原誤題作〔鬥雙雞〕，據葉譜改。案：朱墨本引臧懋循評語，〔鬥雙雞〕眉批云：『此調名〔滴溜子〕。』葉譜蓋有所本」。

63 炒：應作「抄」，謂來犯、侵擾之意。李曉、金文京校注本據唐振吾本改作「抄」。

64 宇奏介：「宇」字下別本或有一「密」字。

65 下小樓：「下」字原誤作「上」，據葉譜本改。

66 虛囂：猶虛張聲勢。

67 卿不可：「不」字上，別本或有一「萬」字。

即拜卿68為御史中丞，兼傾河西隴右四道節度使，掛印征西大將軍。星夜起程，無得遲誤。朕有御衣戰袍一領，賜卿御前穿挂了。謝恩！（生應起介）（內鼓吹）（生換戎裝謝恩介）新陞御史中丞兼領河西隴右四道節度使臣盧生見駕叩頭。（上）平身。卿去，朕無西顧之憂矣。

【耍鮑老】邊關事多應難料，且把個錦將軍裝束的俏。你頭插了侍中貂69，也只索從征調。（裴）汗馬功勞，比尋河外國70，那辛勤較。（宇）俺這裏玩波濤臨潼鬪寶71，你可也

---

68 拜卿：別本或無「卿」字。

69 侍中貂：唐代門下省設侍中二人，因其官帽上以貂尾為飾，故名。唐杜甫諸將五首（其四）：「殊錫曾為大司馬，總戎皆插侍中貂。」參見前第十三齣注39。

70 尋河外國：指漢「張騫泛槎」尋河源至天河傳說。明代曹學佺的蜀中廣記中，有一篇嚴遵傳，其中引述南朝梁宗懍荊楚歲時記中一個傳說，謂漢張騫出使西域尋河源，於河源盡頭見一女子在織錦，其丈夫在河邊放牛。女子告訴張騫，此非人間，並將一塊石頭讓張騫帶回，稱可往西蜀訪嚴君平，他會告訴你到了什麼地方。歸見嚴君平，君平曰：你所見女子及其丈夫，是織女與牛郎，石頭是織女織機上的支機石，那裡正是天河。此傳說不見今傳本荊楚歲時記。然「張騫泛槎」至天河事多見於古代戲曲小說中。事亦見唐趙璘因話錄卷五。

71 臨潼鬪寶：傳說秦穆公意欲稱霸爭雄，便假以周景王之名義，邀十七國諸侯帶著各自的寶物到臨潼鬪寶，贏者可稱王，其餘諸侯國須服輸稱臣。楚平王為難之時，少年伍子胥挺身而出，稱願隨從赴秦，治服秦王。他在臨潼會上輕易舉起千斤大鼎，擊敗秦國力士，使秦穆公陰謀未能得逞。古代戲曲小說中多有敷演此故事的作品，如元明間無名氏的十八國臨潼鬪寶雜劇、元李壽卿的伍員吹簫雜劇等。這裡指宇文融暗中要與盧生較量，使陰謀詭計排擠對方。

展雄樣逞英豪。（合）遵欽限，把陽關72唱好，是你封侯道。

（內鼓吹開船介）（上）盧生，盧生。

【尾聲】我暫把洛陽花73遶一遭，專等你捷音來報。那時節呵重疊的蔭子封妻74恩不小。（下）（生跪伏呼萬歲起介）分付眾將官：既然邊關緊急，欽限森嚴，就此起程，不辭夫人而去了。正是：昔日饑寒驅我去，今朝富貴逼人來。（下）（旦貼上）本來銀漢是紅牆，隔得盧家白玉堂。誰與王昌報消息？盡知三十六鴛鴦75。咱和梅香尋相公去來。呀，怎不見了相公也？

【賽觀音】我兒夫知何際？記不起清河店兒，拋閃下博陵崔氏76。（合）一片無情直恁水

---

72 陽關：根據唐王維送元二使安西詩意譜寫的一首古琴曲，即陽關三疊，亦稱陽關曲。亦指詞牌陽關曲，或稱渭城曲。這裡眾人言唱好陽關，是送別並企望盧生邊關建功封侯之意。

73 洛陽花：本指牡丹花。這裡指代東都洛陽。因洛陽牡丹花久負盛名。時唐玄宗巡幸陝州，將要返回東都，故言。

74 蔭子封妻：亦作「封妻蔭子」。指建功立業後妻子得到封號，子孫世襲官爵和特權，得到庇護。元戴善夫風光好第四折：「枉了我一年獨守冰霜志，指望你封妻蔭子。」

75 本來銀漢是紅牆四句：這四句是唐李商隱的絕句代應。銀漢，指銀河，即天河。紅牆，喻指姻緣之牆。清吳偉業琴河感舊之二：「五陵少年催歸去，隔斷紅牆十二樓。」白玉堂，即玉堂，亦即翰林院，此代指盧生官職。王昌，亦稱王郎。本為漢末邯鄲人，自稱漢成帝之子劉子輿，以圖大事，被漢宗室劉林等擁立為漢帝，定都於邯鄲，史稱趙漢。未久，劉秀率部攻破邯鄲，王昌兵敗被殺。三十六鴛鴦，當指王昌後宮嬪妃之多。宋郭茂倩樂府詩集相和歌辭三雞鳴：「鴛鴦七十二，羅列自成行。」謂「三十六鴛鴦」，乃指雌者居半也。

流西。〔貼問介〕一河兩岸老哥，見太爺那裏去了？〔內〕唐明皇央及太爺跨馬征番去了。〔旦哭介〕原來如此。

【前腔】為征夫添憔悴，平沙處關河鴈低，楊柳外夕陽烟際。〔合〕聽馬嘶聲還似在畫橋西。梅香，咱們趕上，送他一程。〔走介〕

【人月圓】跌著腳，叫我如何理？把手的夫妻別離起，等不得半聲將息，跨馬⑰征番直恁急。〔合〕征塵遠，空盈盈淚眼，何處追隨？

〔貼〕趕不上，且回州去，再作區處。

【前腔】去則去，要去誰鬮你？便婦女軍中頹甚氣⑱。咱回家今夕你何州睡？割不斷夫妻一肚皮。〔合〕淒涼起，除則是夢中，和你些兒⑲。

---

⑯ 博陵崔氏：漢至隋唐時期著名望族。其源為姜姓，因封地崔邑而姓崔氏。唐代有六房被列為「七姓十家」之一的「禁婚家」，尤以博陵第二房最為顯赫，唐初氏族志謂其為「天下第一門戶」。直至中晚唐，仍被視為「天下士族之冠」。隋大業至唐天寶、至德年間置博陵郡，即今河北定州。唐杜佑通典州郡博陵郡：「大唐為定州，或為博陵郡。領縣十一……」前文〔第四齣〕崔氏曾言清河崔氏，此又言博陵崔氏，實二郡相鄰，不謬也。

⑰ 跨馬：葉譜本於此二字前有一「去」字。

⑱ 婦女軍中頹甚氣：古代軍中幾無婦女，甚至有婦女處軍中士氣會受影響的說法。唐杜甫新婚別：「婦人在軍中，兵氣恐不揚。」

⑲ 和你些兒：錢南揚於此校云：「葉譜將〔賽觀音〕二、〔人月圓〕二二短套，另為一齣，題作尋夫。」

河功就了去邊州，人不見兮水空流。
山上有山何處望？一天明月大刀頭⑳。

⑳ 大刀頭：漢書卷五十四李陵傳云：李陵敗降匈奴，漢昭帝命李陵故交任立政等三人至匈奴招李陵。單于設宴招待漢使，「立政等見陵，未得私語，即目視陵，而數數自循其刀環，握其足，陰諭之，言可還歸漢也」。刀環在刀之頭，後遂以「大刀頭」作為「還」字的隱語。唐李商隱擬意：「空看小垂手，忍問大刀頭。」這裡是崔氏企盼盧生早日歸還之意。

第十五齣　西諜

（淨外扮將軍上）臺上霜威淩草木，軍中殺氣傍旌旗❶。我們河西節度使府中副將是也。大都督盧爺升帳，在此伺候。

【金瓏璁】（生引眾上）河隴❷逼西番，為兵戈大將傷殘。爭些兒❸，撞破了玉門關。君王西顧切，起關東掛印登壇，長劍倚天山❹。

【集唐】三十登壇眾所尊，紅旗半捲出轅門。前軍已戰交河北，直斬樓蘭報國恩❺。我盧生，自陝

---

❶ 臺上霜威淩草木二句：出自唐岑參九日使君席奉餞衛中丞赴長水詩，見全唐詩卷二〇一。霜威，岑參原詩作「霜風」。

❷ 河隴：即河西、隴右，亦即今甘肅西部地區。新唐書吐番傳下：「贊磨代之，為河西節度使，專河隴。」唐杜甫八哀詩贈左僕射鄭國公嚴國公：「飛傳自河隴，逢人問公卿。」參見前第九齣注⓮。

❸ 爭些兒：亦作「爭些子」。意為差一點兒、幾乎。元無名氏凍蘇秦第四折：「謝當今聖主重賢臣，我爭些兒有家難奔。」

❹ 長劍倚天山：戰國楚宋玉大言賦：「方地為車，圓天為蓋，長劍耿耿倚天外。」後遂以「長劍」云云形容壯士之豪邁氣概。宋辛棄疾〔水調歌頭〕送楊民瞻：「長劍倚天誰問，夷甫諸人堪笑，西北有神州。」

州而來，因河西大將王君㚟與吐蕃戰死，河隴動搖，朝廷震恐，命下官掛印征西。兵法云：臣主和同，國不可攻。我欲遣一人往行離間，先除了悉那邏丞相，則龍莽勢孤，不戰而下，此乃機密之事也。訪的軍中有一尖哨❻，叫做打番兒漢，講得三十六國番語，穿回入漢，來去如飛。早已喚來也。

【第一段】❼（旦扮小軍插旗上）**莽乾坤一片江山，千山萬水分程限。偏我這產西涼，直著邊關。也是我野花胎，這頭分辦❽。**

❺ 三十登壇眾所尊四句：「三十登壇」一句出自唐劉長卿獻淮寧軍節度使李相公詩，原詩前二句為：「建牙吹角不聞喧，三十登壇眾所尊。」見全唐詩卷一五一。「紅旗半捲」與「前軍已戰」二句，均出自唐王昌齡從軍行（其五），原詩為：「大漠風塵日色昏，紅旗半捲出轅門。前軍夜戰洮河北，已報生擒吐谷渾。」見全唐詩卷一四三。交河，原詩作洮河。交河，唐置交河郡，治所在高昌；洮河，在今甘肅境內。「直斬樓蘭報國恩」一句出自唐張仲素塞下曲五首（其三），原詩後二句為：「功名恥記擒生數，直斬樓蘭報國恩。」見全唐詩卷三六七。樓蘭，即古代西域的鄯善國，在今新疆若羌縣北，羅布泊西北，孔雀河道南岸。

❻ 尖哨：猶探子。相當於後世的偵察兵。明史卷八十九志第六十五兵一：「嘉靖元年復增城外把總一員，併歸為五，分轄城內東西二路……又十選一，立尖哨五百騎，厚其月糈。」

❼ 第一段：錢南揚校點本於此有一段說明云：「此套北曲聯套方式，出於拜月亭第七折，雖非湯顯祖杜撰，如世德堂本拜月亭總題作混江龍，容與堂本幽閨記分題作絳都春、混江龍、混江龍後；而且句格也多不合調。當時湯氏大概未加詳考，照本填詞，以致給後人造成許多困難。九宮大成卷二十八引本套，把它分為看花回、綿搭絮、青山口等等，逐段扭合，也未盡叶。今從葉譜，分為四段，不題牌名。本書第一段原題作北絳都春，二至四段，原總題作混江龍。」案：本齣六十種曲本四曲處理確為失當，錢校本不標曲牌，分作四段乃權宜之計，本書從之。

（見介）（生）呀，你便是打番兒漢。你可打的番？通的漢？

【第二段】（旦舞介）打番兒漢，俺是打番兒漢，哨尖頭有俺的正身迭辦❾。（生）祖貫是羌種？漢兒種？（旦）祖貫南番❿，到這無爺娘田地甘涼⓫畔，順風兒拜別了悶摩山⓬。你收了這小番兒在眼，一名支數口糧單。小番兒身才輕巧，小番兒口舌闌番⓭。小番兒曾到羊同党項⓮，小番兒也到那昆侖白蘭⓯。小番兒會吐魯渾般骨都古魯，小番兒會別失

---

❽ 偏我這產西涼四句：聯繫下文來看，此「尖哨」或是羌、漢混血兒，故自稱通悉多種語言。西涼，晉時五胡十六國之一。晉書地理志上：「武昭王（李暠）為西涼，建號於敦煌。」野花胎，喻指不同種族混血兒之謂。這頭分辦，以大蒜頭作比，言其血統之多元也。後文又謂其「祖貫南番」，或亦有域外穆斯林血統。

❾ 哨尖頭有俺的正身迭辦：哨尖頭，即探子頭兒。正身迭辦，即本人身分證明的文書。辦，朱墨本誤作「辨」。

❿ 南番：唐宋時對由海路而來的穆斯林商人的稱謂，其中包括阿拉伯、波斯等以及南亞、東南亞的穆斯林商人。南宋周密癸辛雜識中曾出現「南番」的稱謂。由陸路而來到南方經商的穆斯林商人，亦可稱其為「南番」。宋釋省回偈曰：「南番人泛船，塞北人搖艫。」

⓫ 甘涼：即甘州、涼州。漢置涼州，為十三刺史部之一。因處西部寒涼之地，故名。西魏廢帝三年（西元五五四年）改西涼州為甘州，因境內有甘峻山（一說地多甘草）而得名，治所在永平縣。隋改名張掖（今甘肅張掖）。唐代甘、涼二州為河西節度使所轄，永泰二年（西元七六六年）為吐蕃所據。

⓬ 悶摩山：亦作悶摩黎山、紫山，即巴顏喀拉山。位於青海中部偏南，昆侖山脈之南支。新唐書吐番傳：「曰紫山，直大羊同國古所謂昆侖者也。虜曰悶摩黎山，東距長安五千里，河源其間。」

⓭ 闌番：亦作「讕翻」。喻口才伶俐，能說會道。宋蘇軾戲用晁補之韻：「知君忍饑空誦詩，口頰讕翻如布穀。」

巴的畢力班闌⑯。小番兒會一留咖喇的講著鐵里，小番兒也會剔溜禿律打的山丹⑰。但教俺穿營入寨無危難，白茫茫沙氣寒。將一領荅思叭兒⑱頭毛上按，將一個哨弼力兒⑲

⑭ 羊同党項：羊同，亦稱作「象雄」。古部落名，羌族的別種。有大小二部，分布於西藏西北部。唐會要大羊同國：「大羊同，東接吐番，西接小羊同，北直于闐，東西千里，勝兵八九萬……至貞觀末，為吐番所滅。」党項，即党項羌，西羌族的一支，發源於今青海東南部。漢朝時大量內遷至河隴及關中一帶。有党項八部，其中拓跋氏最為強盛。唐代拓跋集團有了領地，被賜姓李，成為一個藩鎮，北宋時李元昊稱帝，建立西夏王朝。

⑮ 昆侖白闌：昆侖山，又稱昆侖虛，號稱第一神山，萬山之祖，許多神話傳說與其有關。唐岑參胡笳歌送顏真卿使赴河隴：「昆侖山南月欲斜，胡人向月吹胡笳。」白闌，亦作白蘭山，古山名。即今青海黃河源西北的布爾汗布達山。資治通鑑卷一一一晉紀三十二：東晉隆安二年（西元三九八年）「西秦乞伏益州與吐谷渾王視羆戰於度周川，視羆大敗，走保白蘭山」。即此山。參見第九齣注⑧。

⑯ 小番兒會吐魯渾般骨都古魯二句：吐魯渾，即吐谷渾，古西北遊牧民族，本為遼東鮮卑慕容部的一支，初唐時曾歸附為唐朝屬國，後為吐蕃所滅。骨都古魯，象聲詞，無義。別失巴，古城名，又譯作別十八里、鱉思馬、別石把等，維吾爾語為「五城」之意，元代亦稱「北庭」，故址在今新疆吉木薩爾境內。畢力班闌，亦象聲詞，猶劈裡叭啦。

⑰ 小番兒會一留咖喇的講著鐵里二句：一留咖喇、剔溜禿律，均為象聲詞。講著、打的，都是精通對方語言之意。鐵里，亦作鐵利、鐵驪，古部族名，唐代時黑水靺鞨諸部之一。初唐時鐵利人曾為一獨立小國，後被強大起來的渤海國吞併，成為鐵利府。遼代時改為鐵利州。其所處地域歷來說法不一，或以為在今松花江北、嫩江東側，或云在今依蘭縣一帶。山丹，古地名，亦作刪丹。漢置刪丹縣，北魏改為山丹，隋復稱刪丹，唐因之。宋入西夏，元為山丹州，明稱作山丹衛，屬陝西都司。故地在河西走廊中部，今屬甘肅張掖市。

脣綽上安。敢則是⑳夜行晝伏，說甚麼水宿風餐？

（生）養軍千日，用在一朝。我今日有用你之處，你可去得？（旦）

【第三段】止不過敲象牙，抽豹尾，有甚麼去不得也那顏㉑？（生）如今吐蕃國悉那邏丞相足智多謀，為我國之害。要你走入番中，做個細作，報與番王，只說悉那邏丞相因番王年老，有謀叛之意，好歹教那番王害了他。你去得？去不得？（旦）**這場事大難大難，你著俺行反間，向刀尖劍樹萬層山。你教俺趄也不趄㉒？頑也不頑？太師呵，你教俺沒事的詀㉓人反，將何動**

---

⑱ 荅思叭兒：伊斯蘭裝束中的頭巾。方齡貴先生以為是波斯語 Dastar 的音譯，指回回頭巾。見古典戲曲外來語考釋詞典。明郭勳輯雍熙樂府卷十三〔鬥鵪鶉〕大打圍：「土實番官都將荅思叭兒頭上纏。」

⑲ 哨弼力兒：哨，用作動詞，猶吹。弼力，當即篳篥的音譜，即觱篥，亦稱管子，一種軍中聯絡的器具，也是民間音樂中的樂器。

⑳ 敢則是：一定是，正是。元無名氏馬陵道第一折：「他那裏是羞我，敢則是羞你哩！」

㉑ 那顏：那顏，亦作「那衍」、「那延」。蒙古語 noyan 的音譯，意為長官、大人、王公、老爺等，也是貴族的通稱。法國學者勒內格魯塞草原帝國第六章載：西元一二三〇年，「窩闊台派由那顏綽兒馬罕統率的三萬蒙軍進入波斯」。湯顯祖牡丹亭第四十七齣圍釋：「溜金王患病了，請那顏進。」徐朔方、楊笑梅注：「那顏，一作諾顏，蒙古語官長的音譯。」

㉒ 趄也不趄：謂去還是不去？趄，音ㄕㄢˋ，走也。下文「頑也不頑？」意為幹還是不幹。頑，同玩，這裡是做（某事）之意。

㉓ 詀：同詁，巧言也。字彙補言部：「詀，疑詁字之譌，今俗書有此字。」詀亦有花言巧語意。西遊記第二十七

憚㉔？著甚麼通關？（生）但逢著番㉕兵，三三兩兩傳說去，悉那邏丞相謀反，自然彼中疑惑，要甚麼通關呢？（旦）天也，你教俺兩片皮把鎮胡天的玉柱輕調侃，三寸舌把架瀚海金梁倒放番㉖，俺其實有口難安。

（生）既然流言難布，我有一計：千條小紙兒寫下「悉那邏謀反」四大字㉗，到彼中遍處黏貼，方成其事。（旦）此計可中。

【第四段】則將這紙條兒，裹條兒窣地的莊嚴看㉘。呀，一千個紙條兒，拿著怎好？（生想回：「你是個好人，卻只要留心防著八戒詀言詀語，途中更要仔細。」這裡指以巧言唆使小番兒行反間計。

㉔ 動憚：亦作動撣、動彈。調行動、行使。元馬致遠岳陽樓第二折：「打打打，先生不動憚，更怕甚聖手遮攔。」

㉕ 番：朱墨本誤作「悉」。

㉖ 鎮胡天的玉柱輕調侃二句：古代戲曲小說中往往以「擎天白玉柱，駕海紫金梁」喻指朝廷股肱勳臣，國家棟梁脊檁。如元關漢卿哭存孝第三折：「他是那擎天白玉柱，端的是駕海紫金梁。」也有將這兩句拆開單用的，如元馬致遠漢宮秋第三折：「那裏也駕海紫金梁？枉養著那邊庭上鐵衣郎。」此處是變通用法，以「胡天」、「瀚海」切合環境，且有蔑視對方之意。番，葉譜本作「翻」。

㉗ 四大字：錢南揚校本於此處云：「案：『悉那邏謀反』應五字，而此云『四字』。蓋悉那邏又可簡稱『悉邏』，下齣白語作『悉邏謀反』，可證。這裏當衍一『那』字。」所案的是。

㉘ 裹條兒窣地的莊嚴看：「裹」字葉譜本作「紙」。說文：「窣，從穴卒出。」卒，同猝。這裡是說猝然從密處拿出紙條來。莊嚴看，猶仔細地注目看。

介）便是。俺有計了：打聽番中木葉山㉙下，一道泉水，流入番王帳殿之中，給你竹籤兒一片，將一千片樹葉兒，剌著「悉邏謀反」四個字，就如蟲蟻蛀的一般，上風頭放㉚去，流入帳下，他只道天神所使，斷然起疑。此乃御溝紅葉㉛之計也。（旦）妙哉！妙哉！**須不比知風識水俏紅顏，倒使著寒江楓葉丹。你道灘也麼灘，透燕支山外山**㉜。小番兒去也。（生）賞你一道紅，十角酒，三千貫响鈔㉝，買乾糧饃饃去。成事，賞你千戶告身㉞。（旦）**懷揣著片醉題紅錦囊**㉟**出關，撲著口星**

㉙ 木葉山：古地名，亦稱大土山。大致位於今內蒙古西拉木倫河與老哈河交匯處，為契丹人之發祥地，山上建有契丹始祖廟。清吳偉業贈陸生：「木葉山頭悲夜夜，春申浦上望年年。」

㉚ 放：朱墨本作「吹」。

㉛ 御溝紅葉：御溝，指皇城外的護城河。紅葉，即宮女題詩紅葉寄託相思故事，唐宋筆記中多有記載，情節相類而人物不同。如唐范攄雲溪友議卷十所載盧渥事：渥進京赴考，偶臨御溝，拾得紅葉一枚，上有題詩曰：「流水何太急，深宮盡日閑，殷勤謝紅葉，好去到人間。」後唐宣宗放宮女許配百官，渥得一人，正是題詩紅葉者。這裡不過是借指使紙條兒隨水流傳，非關情事，故後文言「須不比知風識水俏紅顏」。

㉜ 你道灘也麼灘二句：此二句均意有雙關。灘，既指流水，也指難意，謂行反間計之難。燕支，既是女子梳妝用的胭脂，又是山名。透，承上文「紅葉」之計，是滲透、流入之意。胭脂亦可喻指「俏紅顏」，此文心之縝密也。燕支山，又稱胭脂山、刪丹山、焉支山等，現代地理則稱作大黃山。在今山丹縣與永昌縣交界處，也是河西走廊中部的甘、涼交界處。唐李白幽州胡馬客歌：「雖居燕支山，不道朔雪寒。」

㉝ 賞你一道紅三句：一道紅，當指一匹紅色綢緞。十角酒，角是古代盛酒的器具，一角合四升。考工記梓人引韓詩云：「一升曰爵，二升曰觚，三升曰觶，四升曰角，五升曰散。」水滸傳第三十五回：「宋江道：『最好。你先

去星還㊱。到木葉河灣，則願遲共疾央及煞有商量的流水潺顏㊲，好和歹掇賺㊳他沒套數的番王著眼㊴。

切三斤熟牛肉來，打一角酒來。』」貫，一貫為一千紋。响鈔，指紋銀和銅錢，是與紙幣相對而言。元代時發行紙幣，謂之鈔。元無名氏殺狗勸夫第一折：「莫不是姓孫的無分，卻將這精銀响鈔與了別人。」

㉞千戶告身：千戶是金朝設置的世襲軍職，最初專授予漢人降臣，後亦用以稱女真軍事組織猛安（千夫長），統領謀克（百夫長），千戶隸屬於萬戶。元代相沿，以統兵多少分上中下千戶所。告身，即授予官職的聘書、憑證，相當於後世的任命狀。唐元稹為蕭相謝告身狀：「右，中使某乙至，奉宣進止，賜臣某官告身一通。」

㉟錦囊：用絲織品製成的袋子，本指古人用以裝信函、詩稿或機密文書。後喻指事先準備好的計謀。三國演義第五十四回：「汝保主公入吳，當領此三個錦囊，囊中有三條妙計，依次而行。」

㊱撲著口星去星還：古代夜行軍時要用布帛掩住嘴，以免發出聲響，暴露目標，謂之「撲口」。星去星還，謂趁夜色速去速回。

㊲央及煞有商量的流水潺顏：央及煞，亦作央及殺。央及，為祈求語，謂請求、祈願，故後綴以「有商量的」。煞，表示程度的副詞。元關漢卿望江亭第三折：「我央及你，你替我做個落花媒人。」潺顏，猶潺湲，水緩緩而流的樣子。宋釋德洪晚步歸西崦：「歸晚斷橋逢野水，更能揎手弄潺顏。」

㊳掇賺：亦作啜賺。哄騙、欺詐之意。明王玉峰焚香記辨非：「判官，與我逐一查那善惡文簿，要見何年何月何人套寫王魁家書，掇賺他夫妻離間。」

㊴沒套數的番王著眼：套數，本為曲牌聯套術語，有一定的規範格式。沒套數，引申為沒有心計，不諳謀略。著眼，使（番王）能看見。

（生）你道葉兒上寫甚來？

【煞尾】❹⓪無筆仗指甲紙使著木刀鑽，有靈心似蟲蟻兒猛把書文按。怎題的漢宮中無端士女愁❹①？則寫著錦番邦悉那邏丞相反。（下）

（生）番兒去的猛，此事必成。但整理兵馬，相機而進。

賢豪在敵國，反間為上策。

目睹捷旌旗，耳聽好消息。

---

❹⓪ 煞尾：原本作〔北尾〕，據葉譜本改。

❹① 怎題的漢宮中無端士女愁：意為非是「御溝紅葉」那樣題寫著宮女的怨詩。怎題的，猶非寫的。漢宮，這裡指唐宮，猶唐明皇被稱作漢皇。參見本齣注㉛。

第十六齣　大捷

【一枝花】（淨扮龍莽上）殺過賀蘭山❶，血染燕支塞。展開番主界，踏破漢兒牌❷。氆氌❸登臺，繡帽獅蠻帶❹，與中華鬬將材。三尺劍秋水摩楷，七圍帳蓮花寶蓋❺。

❶ 賀蘭山：又名阿拉善山。它橫亘於寧夏與內蒙古交界之處，是一座南北走向的自然山脈。其得名一說是因山勢雄偉壯觀，如萬馬奔騰，而蒙古語稱駿馬為賀蘭，故名；一說鮮卑賀蘭氏曾居於此而得名。唐賈島送李騎曹：「賀蘭山頭草，時動捲帆風。」

❷ 展開番主界二句：謂發兵於番地，開疆拓土，侵入漢地。漢兒牌，指番漢邊境上的界標牌。

❸ 氆氌：音ㄆㄨˇ ㄌㄨˇ，藏語音譯，指一種手工編織的羊毛用品，如毛毯、衣物等。明宋應星天工開物褐氈：「其氍毹、氆氌等名稱，皆華夷各方語所命。」紅樓夢第一〇五回：「見賈政同司員登記物件，一人報說：『枷楠壽佛一尊……氆氌三十卷、妝蟒十八卷、各色布三十捆……』」

❹ 獅蠻帶：又稱「獅蠻」、「獅蠻玉帶」、「八寶獅蠻帶」。指武將的腰帶，因其帶鉤上飾有獅子、蠻王圖案，故名。元紀君祥趙氏孤兒第三折：「按獅蠻拽札起錦征袍，把龍泉扯離出沙魚鞘。」三國演義第五回：「呂布出陣，頭戴三叉束髮紫金冠，體掛西川紅錦百花袍，身披獸面吞頭連環鎧，腰繫勒甲玲瓏獅蠻帶。」

❺ 三尺劍秋水摩楷二句：是說寶劍用清澈的秋水研磨，寬大的帳篷形似蓮花。摩，同磨。楷，當為「揩」之誤。葉譜本即為「揩」。摩揩，謂在石上磨劍。七圍，指七人圍坐，言其寬綽也。蓮花寶蓋，是對軍帳的美稱。

自家熱龍莽，吐蕃稱大將。撞破玉門關，把定了銅符帳❻。俺便待長驅甘涼，進窺關隴。則為俺國裏悉那邏丞相，他智勇雙全，一步九算，已差人商議去了。俺想自古有將必有相，一手怎做得天大事也。

【北雙令❼江兒水】悉邏相國，想起那悉邏相國。他生的有人物在，論番朝無賽蓋❽。有胸懷，好兵書，好戰策。他和俺答的來，我有他展的開。一個邊臺，一個朝階，合著這兩條龍翻大海。（眾）可也怕唐家江山廣大，人物乖巧？（淨）**漢兒傜乖，也不見漢兒傜乖。唐家多大，搶著看唐家多大。則俺恨不的展天山打破了漢摩崖❾。**

（番卒插令箭上）吉力煞麻尼，撒里哈麻赤❿。報復元帥：悉那邏丞相謀反，被贊普爺殺了。（淨驚介）

❻ 銅符帳：銅符，古代軍中用於證明身分、調兵遣將和傳達命令的憑證，符從中析為兩半，相關雙方各持一半，傳達指令時兩半對起來，符合無誤，方可執行。銅符一般製成動物形狀，或虎形、或魚形等。銅符帳，指執有發號施令銅符的軍事首領的帳篷。

❼ 北雙令：錢南揚校曰：「『北』字應在第一曲〔一枝花〕上；雙令，原誤作『二犯』，據葉譜改。」

❽ 無賽蓋：猶無人超過（他）。賽，比併。蓋，遮蔽，引申為超越。

❾ 漢摩崖：摩崖，指在山崖上刻畫，書法史上有所謂「摩崖書」。這裡只是代指漢邊境。

❿ 吉力煞麻尼二句：其意不詳，待考。或以為是蒙古語。視上下文推測，「吉力」一句當是緊急報知意。元曲中有「驚急列」一語，又作「驚急力」，形容事態意外與驚恐。李曉等校注本疑此句與「驚急列」相似，謂是「情況緊急時發出的驚呼聲」。又謂「下句的『哈麻赤』疑是『哈刺赤』，執皂雕旗的人，即打探情報的探子。」按：蒙

怎麼說？（丑再說介）（淨）誰見來？（丑）菩薩見。（淨）怎生菩薩見？（丑）元帥不知，本國有木葉山水泉，直透我王宮帳，流下有千片葉兒，蟲蛀其上，有「悉邏謀反」四大字，國王爺見了，差人出山巡視，並無一人。國王爺說道：天神指教了。請丞相爺⓫喫馬乳酒，腦背後銅鎚一下，腦漿迸流。（淨驚介）這等，丞相可死了？（丑）可不死了。（淨哭介）俺的悉邏丞相，天也！天也！（扮報子上）報，報，報，報，唐家盧元帥大兵殺過來了。（淨）這等，怎了？怎了？

【北尾】急番身撇馬⓬營門外，猛鼕鼕番鼓陣旗開。天可，可能⓭勾金蹬上馬敲重奏的凱？（下）（生引眾上⓮）（唱前清江引大唐家有的是驍⓯云云）自家奉詔征番，用智殺了丞相悉那邏，此時番將勢孤，可擒也。三軍前進！（下）（淨引眾上⓰）（唱前清江引普天西出落的⓱云云）（見介）（淨）來

⓫ 丞相爺：「爺」字朱墨本誤作「可」。

⓬ 番身撇馬：番，通翻。撇，掠過。謂上馬動作之迅疾。

⓭ 可能：「能」字原本誤作「前」，據別本改。

⓮ 生引眾上：「上」字原在下文「驍云云」之下，據文意移前。

⓯ 唱前清江引大唐家有的是驍：即重複唱第十二齣該角色所唱〔清江引〕曲。

⓰ 淨引眾上：「上」字原在下文「出落的云云」之下，亦據文意移前。

⓱ 唱前清江引普天西出落的：即重複唱第九齣該角色所唱〔清江引〕曲。

古語哈剌赤，又譯作「合剌赤」、「郃剌赤」，本是元代對所俘虜的欽察人之稱謂。蒙古滅欽察，命俘虜養馬和製馬奶酒進奉。所奉馬奶號「黑馬乳」，蒙古語黑色音哈剌，故稱欽察族人為哈剌赤。執皂雕旗者稱哈麻赤，則因旗為黑（皂）色也。李注可參考。

將何人？（生）大唐盧元帥。（淨）認得咱龍莽將軍麼？（生）正為認的你，纔好拿你哩。（淨）你有王君奠那廝手段麼？（生笑介）你家悉那邏那廝何在？（戰介）（番敗下介）（又上戰番敗下介）（生領眾殺上）呀，熱龍莽敗走了，我軍星夜趕去，遇城收城，遇鎮收鎮，殺出陽關以西。正是：饒他走上餤磨天⑱，也要騰身趕將去。（下）⑲

【北脫布衫】（莽領敗兵走上）想當初壯氣豪洶⑳，把全唐看的忒虛囂㉑。到如今戰敗而逃，可正是一報還一報。

把都們孩兒，怎了也！

【小梁州】（哭介）折沒煞萬丈旄頭氣不銷，鬼哭神號。明光光十萬甲兵刀，成拋調㉒，殘箭引弓弰㉓。

---

⑱ 餤磨天：或作「夜摩天」、「炎摩天」。梵語 Suyama 的略譯，佛教謂欲界六天之第三層天。此天為風輪所持，居三十三天之上。元無名氏博望燒屯第三折：「有你走處，有我趕處，饒你走到焰魔天，隨後駕雲須趕上，不問那裡趕將去。」

⑲ 下：此處原無「下」字，據別本補。

⑳ 豪洶：猶豪氣洶湧。洶，大水貌。

㉑ 虛囂：虛弱。湯顯祖牡丹亭第二十二齣旅寄：「方便處柳跎腰，虛囂，盡枯腸命一條。」

㉒ 拋調：本為拋棄、丟掉意，這裡謂敗退時潰不成軍之意。元商衜〔新水令〕套曲：「怎下得把奴拋棄。」

㉓ 弓弰：指弓的兩端末梢，亦作弓梢。唐王昌齡城傍曲：「射殺空營兩騰虎，回身卻月佩弓弰。」

（內鼓噪報介）漢兵到也。（㚱）走，走，走，那來的休得追趕！

【么】兔窩兒敢㉔盼得番兵到，錦江山亂起唐旗號，閃周遭㉕天數難逃。血雨漂，兵風噪，難憑國史說咱是漢天驕㉖。

罷了，罷了。千里之外，便是祁連山㉗，乃胡漢之界，待我想一計來。（內雁叫介）有計了：不免裂帛為書，繫於雁足之上，央他放我一條歸路。萬一回兵，未可知也。天，天，天，只可惜死了那邏丞相呵！

【耍孩兒】從來將相難孤弔，一隻手怎生提調㉘。如風捲葉似沙漂，死淋侵㉙無路奔

㉔ 兔窩兒敢：兔窩兒，指代番家老巢，即自己的大本營。敢，怎也。這裡有企盼之意。

㉕ 閃周遭：被包圍在陣地上無處躲藏，注定難逃。

㉖ 漢天驕：天驕，天之驕子的省稱。漢時匈奴曾以之自稱，後亦泛指強悍的少數民族首領。漢班固漢書匈奴傳上：「單于遣使遺漢書云：『南有大漢，北有強胡。胡者，天之驕子也。』」唐王涯塞上曲二首（其一）：「天驕遠塞行，出鞘寶刀鳴。」

㉗ 祁連山：狹義的祁連山指河西走廊南部最北面的山脈，又有南山、雪山、白山等稱謂。後亦泛指甘肅、青海之間地質地貌上相聯繫的一系列山脈。祁連本為匈奴語，是天的意思，故又稱天山。匈奴無名氏民歌云：「失我祁連山，使我六畜不蕃息。失我焉支山，令我婦女無顏色。」南朝徐陵關山月：「星旗動疏勒，雲陣上祁連。」

㉘ 提調：即指揮調度（軍隊）。水滸傳第十六回：「這也容易，我叫他二個都聽你提調便了。」

㉙ 死淋侵：亦作「死臨侵」，即如死了一般毫無生氣的樣子。元白樸牆頭馬上第三折：「被老相公向園中撞見者，諕得我死臨侵地難分說。」

逃。真乃是玉龍戰敗飄鱗甲㉚，野獸驚回溼羽毛。央及煞孤鴻叫，一兩句中腸打動，千萬個大國求饒。

【煞尾】南朝那一敲，西番這一囂㉛，老天天望不著咱那窠兒到。吐魯魯㉜羞煞咱百十陣的功勞，這一陣兒掃。

走上天山一看，殺氣無邊無岸。

做了跌彈班鳩㉝，說與寄書胡雁。

㉚ 玉龍戰敗飄鱗甲：化用宋張元咏雪詩句：「戰退玉龍三百萬，敗鱗殘甲滿天飛。」原本形容飛雪飄灑，這裡借喻兵敗潰散的紛亂景象。

㉛ 南朝那一敲二句：一敲，猶一擊、一戰。一囂，猶一敗、一潰。囂，本指喧鬧，此指潰敗時喧叫、雜亂的樣子。

㉜ 吐魯魯：象聲詞。這裡是形容敗兵逃竄時的狼狽相。

㉝ 跌彈斑鳩：謂斑鳩中彈跌落地上。喻指人受挫折而失意傷神。元關漢卿救風塵第二折：「一個個眼張狂似漏了網的游魚，一個個嘴盧都似跌了彈的斑鳩。」或謂「彈」應作後世的「蛋」解，斑鳩跌落了所孵蛋（卵），故落寞傷神，以為此成語訛釋已久。見李曉等邯鄲夢記校注本齣注㉗。

第十七齣　勒功

【夜行船】❶（生引眾上）紫塞❷長驅飛虎豹，擁貔貅❸萬里咆哮。黑月陰山，黃雲白草❹，是萬里封侯故道❺。

日落轅門鼓角鳴，千羣面縛出番城。洗兵魚海雲迎陣，秣馬龍堆月照營❻。我盧生，總領得勝軍十

❶夜行船：原為〔夜行船引〕，據葉譜本改。

❷紫塞：本指長城，亦泛指西北邊塞。晉崔豹古今注都邑：「秦築長城，土色皆紫，漢塞亦然，故稱紫塞焉。」唐陳子昂答韓使同在邊：「虜入白登道，烽交紫塞途。」

❸貔貅：見第十二齣注❸。

❹黑月陰山二句：陰山，位於內蒙古中部的山脈，東西走向，包括烏拉山、狼山、大青山等，為農牧交錯地帶，自古以來即是漢族與北方遊牧民族交往的區域，山脈間的寬谷為南北交通的通道。唐戴叔倫塞上曲二首（其二）：「漢家旌旗滿陰山，不遣胡兒匹馬還。」白草，見第九齣注❻。

❺萬里封侯故道：後漢書班超傳云：班超年輕時，相面者視其面相後曰：「生燕頷虎頸，飛而食肉，此萬里侯相也。」果然，班超後來奉命出使西域，建立功勛，官至西域都護，封為定遠侯。宋徐鈞班超：「人生適意在家山，萬里封侯老未還。燕頷虎頭成底事，但求生入玉門關。」

❻日落轅門鼓角鳴四句：用唐岑參獻封大夫破播仙凱歌六首（其四），見全唐詩卷二〇一。天寶十三載（西元七五

萬，搶過陽關，一面飛書奏捷，一面乘勝長驅，至此將次千里之程，深入吐蕃之境。但兵法虛虛實實，且龍莽號為知兵，恐有埋伏，不免一路打圍❼而去，直拿倒了龍莽，方為罕❽也。（眾應介）（行介）

【夜行船序】❾大展龍韜❿，看長城之外，沙塞飄搖。（眾）將軍令，驟雨驚風來到。迢

四年）冬，安西四鎮節度使封常清大破播仙（今新疆且末縣），岑參作組詩以志賀。面縛，即雙手背縛。此指俘虜的番兵。史記宋微子世家：「肉袒面縛。」唐司馬貞索隱：「面縛者，縛手於背而面向前也。」魚海，又名魚海子，即古之休屠澤、白亭海，在今甘肅民勤縣東北部內蒙古阿拉善右旗境內，今已淤涸。唐代時，此為番漢兵爭要地。唐杜甫秦州雜詩二十首之十九：「鳳林戈未息，魚海路常難。」龍堆，西域古沙丘名，即白龍堆，亦即今庫姆塔格沙漠，位於新疆羅布泊以東至甘肅敦煌間。漢書西域傳：「樓蘭國在東垂，近漢，當白龍堆，乏水草。」南朝梁劉孝威思歸引：「龍堆求援急，孤塞請先屯。」

❼ 打圍：即打獵。因獲取獵物要採取多人合圍的方法，故稱。這裡指用圍獵的陣勢乘勝追剿番兵殘餘。宋王鎡塞上曲：「馬嘶經戰地，雕認打圍山。」

❽ 方為罕：謂始稱全勝。罕，本義指一種捕鳥的網。說文：罕，「網也。」罕車，載有狩獵網具等的車。文選漢揚雄羽獵賦：「及至罕車飛揚，武騎聿皇。」唐呂向注：「罕車，獵車也。」聿皇，迅疾輕快貌。承上文，此處「方為罕」，意為鋪開合圍之網，方可言大捷。

❾ 夜行船序：原誤作〈惜奴嬌序〉，此據葉譜本改。

❿ 龍韜：古代兵書六韜之一。其書包括文、武、龍、虎、豹、犬六篇韜略，相傳為周朝呂望（即姜太公）所撰。此處只是泛指兵書謀略。唐羅隱秋日有酬：「宴罷嘉賓迎鳳藻，獵歸諸將問龍韜。」

迢，千里邊城，到處插上了大唐旗號。不小，看圖畫上秦關漢塞，廣長多少？

（小卒上）報，報，報，前面黑坳兒內飛鴉⓫驚起，恐有伏兵。（生）是也。上有黑雲，下有伏兵。快搜剿前去！（小番將領眾上）煞嘛嘛，克喇喇⓬。（戰介）（番敗走下介）（生）此賊，幾乎中他之計。

（眾）諒他小小⓭，何足道哉！

【黑麻序】難饒，點點腥臊⓮，費龍爭虎鬭一番搜剿。看風飛草動，殺的他零星落雹。（生）蕭條，血染了弓刀，風吹起戰袍。（雁叫介）（生射介）雁雲高，寶雕弓扣響，風前橫落。

（眾喝采介）呈上將軍，雁足之上，帶有數行帛書。（生看介）此地是天山⓯，天分漢與番。莫教飛鳥盡，留取報恩環⓰。（生笑介）諸軍且退後。（背介）此詩乃熱龍莽求我還師，莫教飛鳥盡，留取報恩

⓫ 飛鴉：「鴉」字原作「雅」，徑改。

⓬ 煞嘛嘛，克喇喇：蒙古語。驚叫聲，喊殺聲。

⓭ 小小：別本或作「小丑」。

⓮ 腥臊：亦作「腥臊氣」，喻指敵寇、叛軍等，為蔑視語。唐杜甫喜聞官軍已臨賊寇二十韻：「誰云遺毒螫，已是沃腥臊。」

⓯ 天山：此天山指的是祁連山。蒙古語祁連是天的意思。參見第十六齣注㉗。

⓰ 報恩環：用黃雀銜環報恩事。漢楊寶九歲時，在華陰山北面，見一黃雀受傷落於樹下，遂將其小心置於巾箱中，精心餵養百日，待其羽翼豐滿，放飛之。當天夜裡，有黃衣童子以白玉環四枚相送，曰：「令君子孫潔白，位登

環。是了，飛鳥盡，良弓藏⑰。看來龍莽也是一條好漢，且留著他。（回介）此山名為何山？（眾）是天山。（生）玉門關過來多少？（眾）九百九十九里。（生）怎生少一里？（眾）天山上一片石占了一里。（生）從來有人征戰至此者乎？（眾）從古未有。（生笑介）怪的古詩云：空留一片石，萬古在天山⑱。吾今起自書生，仗⑲聖主威靈，破虜至此，足矣。眾將軍，可磨削天山一⑳片石，紀功而還。

（眾應磨石介）

【園林好犯】㉑頭直上天山那高，打摩崖刨鉏剷鍬，向中間平治了一道㉒。山似紙筆如

三事，當如此環矣。」童子自稱西王母使者，感謝楊寶救命之恩。後楊家子孫果然位登三公。事詳後漢書楊震傳唐李賢注引南朝梁吳均續齊諧記。

⑰ 飛鳥盡二句：語出史記淮陰侯列傳：「果若人言：『狡兔死，良狗烹；高鳥盡，良弓藏；敵國破，謀臣亡。』」亦見史記越王句踐世家。

⑱ 空留一片石二句：出自唐劉長卿平番曲三首（其三）。原詩後二句為：「空留一片石，萬古在燕山。」這裡易燕山為天山。又，後魏高歡戰敗爾朱兆於韓陵山，建定國寺，立碑記之，碑文由「北地三才子」之一的溫子昇所撰。晉庾信使北見碑，讀而寫其本。南人問北地文士如何？信曰：「惟有韓陵一片石堪共語。」見唐張鷟朝野僉載卷七。

⑲ 仗：朱墨本誤作「使」。

⑳ 一：別本或無此「一」字。

㉑ 園林好犯：錢南揚於此校云：「葉譜題作〔園林帶一封書〕，謂〔園林好〕犯〔一封書〕。」

㉒ 打摩崖刨鉏剷鍬二句：謂打磨崖石以便於刻字。鉏，同鋤；剷，同鏟。均是加工使崖面平整之意，用作動詞。「向

刀，把元帥高名插九霄。

（生）待我題名。（念介）大唐天子命將征西，出塞千里，斬虜百萬，至於天山，勒石而還。作鎮萬古，永永無極。開元某年某月某日，征西大元帥邯鄲盧生題。（放筆笑介）眾將軍，千秋萬歲後，以盧生為何如？（眾應介）是。

【忒忒令犯】㉓（眾）上題著大唐年開元聖朝，下題著大元帥征西的爵號。直接上了祁連一道，折抹了黃河數套㉔。雖則這幾行題，一片石，千椎萬鑿。這壁廂唐家盡頭，那壁廂番家對交，萬千年天山立草為標㉕。

（生）題則題了，我則怕莓苔風雨，石裂山崩，那時泯沒我功勞了。（眾）聖天子萬靈擁護，大將軍八面威風㉖，自然萬古鮮明，千秋燦爛。

中間」的「中」字，別本俱作「平」字，誤。「平治了一道」，謂整治出一大塊平面，以備書丹、鐫刻。

㉓ 忒忒令犯：錢南揚校云：「葉譜題作〔桃紅令東風〕，謂〔桃紅菊〕犯〔忒忒令〕、〔沉醉東風〕。」

㉔ 折抹了黃河數套：折抹，即「折末」，亦作「折莫」、「折麼」。為不管、無論或任憑之意。金董解元西廂記諸宮調卷一：「折莫老的、小的、俏的、村的，滿壇裏熱荒。」黃河數套，指黃河改道變遷。所謂九曲黃河，其曲折處稱之為「河套」。這句是說在高山上矗立懸崖功德碑，任憑黃河如何變遷（數套），摩崖勒字卻可傳千秋萬代。

㉕ 立草為標：立草，指迎風挺立的勁草。引申矗立不倒。北史崔浩傳：「東出潼關，席捲而前，威震南極，江淮以北無立草矣。」此喻盧生所題與天山共存，永世不倒。

㉖ 聖天子萬靈擁護二句：此為元明戲曲小說習用熟語。明馮夢龍編纂警世通言卷二十一趙太祖千里送京娘：「公子

【雙蝴蝶】㉗（生）㉘便風雨莓苔的氣不消，一字字雁行排天際遙。也未必蚤晚間山移石爆，長則在關河㉙上星迴日耀，但望著題名記神驚鬼叫。便做到沒字碑，也磨洗認前朝㉚。

（報上）故國山河闊，新恩日月高。稟老爺：聖上看了捷書，舉朝文武大宴三日；封老爺定西侯，食

放步前行。正是：『聖天子百靈相助，大將軍八面威風』。」又，湯顯祖牡丹亭第五十齣鬧宴：「聖天子萬靈擁輔，老君侯八面威風。」

㉗雙蝴蝶：錢南揚校云：「葉譜題作〔勝皂神〕，謂〔勝葫蘆〕犯〔皂角兒〕、〔安樂神〕。」

㉘生：此處原無「生」字，據別本補。

㉙關河：此指潼關、黃河。史記蘇秦列傳：「秦四塞之國，被山帶渭，東有關河，西有漢中。」亦泛指關塞與河山。宋柳永〔八聲甘州〕：「漸霜風淒緊，關河冷落，殘照當樓。」

㉚便做到沒字碑二句：沒字碑，出處非止一端。泰山玉皇頂廟前有一無字巨碑，傳為秦始皇時所立。宋趙鼎臣遊山錄：「摩挲始皇巨碑久之。碑高數丈，石瑩然如玉而表裏通同，無文字銘識，俗號沒字碑。」明郎瑛七修類稿辯證上泰山沒字碑：「泰山沒字碑，秦始皇所建。」經後人考證，此碑為漢武帝時所立。陝西西安的乾陵亦有一沒字碑，是武則天與唐高宗合葬墓碑。另，據新五代史任圜傳載，後唐明宗問諸臣，誰可為相？樞密使安重誨推薦了崔協，任圜不以為然，曰：「天下皆知崔協不識文字，而虛有儀表，號為沒字碑。」此外，舊五代史安叔遷傳云：「叔遷其人狀貌堂堂而不通文字，所為鄙陋，時人謂之『沒字碑』」。磨洗認前朝，出自唐杜牧赤壁：「折戟沉沙鐵未消，自將磨洗認前朝。」二句意思是即使立一無字碑，也可以經歲月的「磨洗」，於後代存留下自己的功績。便做到，有縱然、即便之意；沒字碑，用意雙關，不無諷刺意味。

邑㉛三千戶，欽取還朝，加太子太保兵部尚書㉜同平章軍國大事。聖旨差官迎取已到，望老爺即便班師。（眾賀介）（生）聞此聖恩，便當不俟駕㉝而回。但塞外之事，須處置停當。自天山至陽關，千里之內，起三座大城，墩臺連接，無事屯田養馬，有事聲援㉞策應，不許有違。

【沈醉東風】㉟**守定著天山這條，休賣了盧龍一道**㊱**。少則少千里之遙，須則要號頭**

㉛ 食邑：亦稱「采邑」、「封地」。天子賜與皇族或臣屬的封邑，使其享受封邑中的稅賦等，一般可以世襲，世代以采邑為食祿，故稱。史記曹相國世家：「參出擊，大破之，賜食邑於寧秦。」唐宋時亦作為一種賜予宗族或功臣的榮譽性加銜。唐李公佐南柯太守傳：「王甚重之，賜食邑，錫爵位。」

㉜ 太子太保兵部尚書：太子太保與太子太師、太子太傅統稱「三師」，均負責教習太子，屬東宮官職，品級很高，從一品。唐代多為賜予重臣的榮譽性的官銜，有銜無職，明清因之。兵部尚書為六部尚書之一，是統管全國軍事的行政長官。新唐書百官志一：「兵部：尚書一人，正三品。」

㉝ 不俟駕：論語鄉黨：「君命召，不俟駕，行矣。」意思是國君召見，臣子不必等備好車駕，立即步行前往。後遂以指急於應召。宋洪咨夔送崔少蓬南歸（其四）：「詔來不俟駕，世事猶可為。」

㉞ 有事聲援：「援」字朱墨本誤作「振」。

㉟ 沈醉東風：錢南揚校云：「葉譜題作〔雙醉令交枝〕，謂〔沉醉東風〕犯〔忒忒令〕、〔醉翁子〕、〔玉交枝〕。」

㊱ 休賣了盧龍一道：盧龍，關塞名。古盧龍道是漢唐時期河北通往東北的咽喉要道，其關隘口在今燕山東段喜峰口至遷西縣一帶，是古代兵家必爭之地。晉陳壽三國志載，曹操北征烏桓，田疇獻策自盧龍口進軍，果獲大勝。論功行賞時，田疇拒絕受賞，曰：「豈可賣盧龍塞以易賞祿哉！」唐陳子昂送別崔著作東征：「莫賣盧龍塞，歸邀麟閣名。」

明，烽暸遠，常川看好㊲。（眾跪介）承教，現放著軍政司㊳條例分毫，但欽依小將們知道。

（生）這等，就此更衣了。（內捧幞袍㊴上）（更衣介）

【錦花香】㊵（生）你既然承託，我敢違宣召？好些時夢魂飛過了午門橋。（歎介）拜辭這金戈鐵馬，卸下了征袍。和你三載驅勞，一時拋調，慘風烟淚滿陽關道。（行介）

㊲ 須則要號頭明三句：號頭，本指號頭官，明代京軍三大營各於提都內臣、武臣之下設掌號頭官二人。這裡指號令。烽暸遠，謂烽火信號要暸望得遠。烽，指烽煙，也稱「狼煙」。古代邊塞於高處所設置報警信號臺。常川，亦作「長川」。本指川流不息，借喻為通常、依例。元鄭光祖三戰呂布第一折：「上的馬去，常川不濟；聽的廝殺，帳房裡推睡。」

㊳ 軍政司：指兵部四司中的「職方司」。唐代三省六部制下二十四司之一。其職掌包括城池堡塞軍事設施的規劃以及地圖文檔等，邊戍烽堠亦在其職掌之中。三國演義第四十六回：「瑜大喜，喚軍政司當面取了文書，置酒相待曰：『待軍事畢，自有酬勞。』」

㊴ 幞袍：指幞頭和襴袍。幞頭，古代男子的一種頭巾，亦作「襆頭」，又稱「折上巾」、「軟裹」。因其所用紗羅為青黑色，故亦稱「烏紗」，俗稱「烏紗帽」。為隋唐間男子較常用的頭飾。襴袍，也稱「袍衫」，為唐宋有代表性的男子外衣。宋王明清玉照新志卷二：「隆興間，北使往天竺燒香，過太學門……有直學程宏圖者，襴襆立於其下。」幞，音ㄈㄨˊ。

㊵ 錦花香：錢南揚校云：「葉譜題作〔桂香八月襲嬌袍〕，謂〔桂枝香〕犯〔八聲甘州〕、〔月上海棠〕、〔步步嬌〕、〔皂羅袍〕。」

【錦水棹】陽關道，來回到。長安道，難輕造㊶。便做我未老得還朝，被風沙也朱顏半凋。從軍苦也從軍樂，聽了些孤雁橫秋，畫角㊷連宵。金鉦奏，金鉦奏㊸，畫鼓敲，嘶風戰馬把歸鞍蹻㊹。人爭看霍飄姚，留不住漢班超㊺。（鼓吹介）

【尾聲】㊻滿轅門擂鼓回軍樂，擁定個出塞將軍入漢朝。（生）列位將軍，休要得忘了俺

㊶ 難輕造：謂難得輕易還朝。造，造訪。

㊷ 畫角：古代源自西羌的管樂器，形似竹筒，頂端略粗大，以竹木或皮革製成，表面塗有彩繪，故稱。多用於軍中，以其激厲高亢振士氣、肅軍容，亦可報警戒備。宋秦觀〈滿庭芳〉：「山抹微雲，天連衰草，畫角聲斷譙門。」

㊸ 金鉦奏二句：此處葉譜本不疊。金鉦，古代行軍用樂器，亦稱「丁寧」，因其多與「金鼓」併用，以示軍隊進退，故稱。其形似鐘而較長，有手柄可執，擊之而鳴。下文畫鼓，亦稱「金鼓」或「鉦鼓」。或云金、鼓一也。漢書司馬相如傳上：「摐金鼓，吹鳴籟。」唐顏師古注：「金鼓為鉦也。」清王先謙補注：「鉦，鐃也。其形似鼓，故名金鼓。」又，呂氏春秋不二：「有金鼓，所以一耳。」漢高誘注：「金，鐘也，擊金則退，擊鼓則進。」

㊹ 蹻：音ㄑㄧㄠ，同「蹺」，舉足行高也。此指上馬的動作。

㊺ 人爭看霍飄姚二句：霍飄姚，指西漢中期名將霍去病。「飄姚」二字寫法不同，或作「剽姚」，或作「票姚」，取意武將彪悍勁疾。他曾六次出擊匈奴，控制了河西走廊地區，立下赫赫戰功。官至驃騎大將軍，拜大司馬。二十四歲即英年早逝，漢武帝追諡其為景桓侯。唐李白胡無人：「漢家戰士三十萬，將軍兼領霍嫖姚。」班超，東漢名將，曾多次擊敗匈奴及西域各部族侵擾，三十多年裡，收復西域五十多個地區。官至西域都護，封定遠侯，世稱「班定遠」。唐許渾獻鄜坊丘常侍：「蓬萊每望平安火，應奏班超定遠功。」

數載功勞，把一座有表記的天山須看的好㊼。
許國從來徹廟堂，連年不為在疆場。
將軍天上封侯印，御史台中異姓王㊽。

㊻ 尾聲：原作〔鴛鴦煞〕，誤，據葉譜本改。錢南揚校本於此有案語，曰：「尾聲首兩句，當屬眾唱，其上似應補『眾』字。」

㊼ 把一座有表記的天山須看的好：表記，猶標誌、銘記，指盧生的題名記勒石。看，守護、看管。此句中的「天」字，他本或作「名」。

㊽ 許國從來徹廟堂四句：這四句下場詩襲用唐高適九曲詞三首（其一），唯末句的「中」字原詩為「上」。此外，別本於「許國」二字上有「集唐」二字，實誤。「集唐」者，指將不同的唐人詩句集結起來，這裡只是用了高適一人一首詩，當是「襲用」，或稱「引用」。御史台，見第五齣注⑯。

第十八齣　閨喜

【桃源❶憶故人】（旦引老旦貼❷上）盧郎未老因緣大，贅居❸崔氏清河。夫貴妻榮堪賀，忽地把人分破。（合）問天天方便些兒箇，歸到畫堂清妥❹。

【長相思】博陵崔，清河崔，昔日崔徽今又徽❺，今生情為誰？去關西❻，渡河西，你南望相思我向北相❼思，丁東風馬兒❽。姥姥，一從盧郎征西，杳無信息，不知彼中征戰若何？（老）仗皇家福

❶桃源：朱墨本「源」字誤作「園」。

❷貼：原本無「貼」字，據下文補。

❸贅居：指盧生入贅崔家。贅，指男子就婚於女家或改為女家姓氏，即所謂「贅婿」。

❹清妥：清和適意。唐唐彥謙九日遊中溪：「何知是節序，風日自清妥。」

❺博陵崔三句：此為崔氏以崔徽自況。昔日崔徽，指博陵崔徽。今又徽，是清河崔氏自指。崔徽事見第十齣注❻。

❻關西：漢唐時泛指函谷關或潼關以西地區，包括今陝西和甘肅大部區域。唐置關西驛，位於今陝西華陰市東。唐李端題故人莊：「塞北征兒誼用劍，關西宿將許登壇。」

❼相：別本或作「也」。

❽丁東風馬兒：丁東，象聲詞，猶「叮咚」。風馬兒，亦稱「鐵馬兒」，俗稱「風鈴」。指懸於簷間的鈴鐸或金屬片，風吹搖動而作響。元王實甫西廂記第二本第四折：「莫不是裙拖得珮環叮咚？莫不是鐵馬兒簷前驟風？」

力，必然取勝，則是姐姐消瘦了幾分。

【攤⑨破金字令】（旦）不茶不飯，所事慵粧裹。（老）他是為官。（旦）為官身跋涉，把令政成拋躲⑩。（老）遠路風塵，知他是怎麼？（旦）則為他人才得過，聰明，又頗好「功名」兩字生折磨。（合）春光去了呵，秋光即漸多。扇掩輕羅，淚點層波，則為他著人兒那些情意可⑪。

【夜雨打梧桐】（旦）拈整翠鈿窩⑫，悶把鏡兒呵。（貼）後花園走走跳跳。（旦）待騰那⑬，和你花園遊和。（行介）做一個寬擡瘦玉，慢展凌波，耍兒間蹬著步怎那⑭？（旦住

---

⑨ 攤：原誤作「擲」，據葉譜本改。下曲同。

⑩ 把令政成拋躲：令政，亦作「令正」。舊時以原配嫡妻為正室，稱令政。明汪廷訥種玉記拂券：「老旦：『家中有令政麼？』生：『紅鸞信尚遙。』」說唐第十回：「只今月內第十三封書，不是令堂寫的，是令正寫的。書中說令堂有恙，不能修書。」

⑪ 著人兒那些情意可：句式倒裝，即那些情意討人喜歡。可，可人，可意。

⑫ 翠鈿窩：翠鈿，亦稱「花鈿」。古代女子用珠翠製成的一種首飾。鈿窩，指面頰上貼花鈿的地方。窩，頰上酒窩。元于伯淵〔點絳唇〕套曲：「柳情花意媚東風。鈿窩兒粘曉翠，腮斗兒上暈春紅。」或又指衣上飾品。元王實甫西廂記第二本第三折：「則將指尖兒，輕輕的貼了鈿窩。」王季思校注：「鈿窩，當即鈿窠。鈿窠，衣上飾品，見元史輿服志。」

⑬ 騰那：謂移步慢行。那，同「挪」。湯顯祖牡丹亭第十一齣慈戒：「更晝長閒不過，琴書外更有好騰那，去花園

介）（老）似這水紅花也囉，不為奴哥，花也因何？（合）甚情呵，夏日長猶可，冬宵短得麼⑮？

（老）梅香，取排簫絃子，鼓弄一番，和姐姐消遣。（貼眾吹彈介）（旦）歇了。

【攤破金字令】砌⑯一會品簫絃索，慄的人沒奈何。少待我翠屏⑰深坐，靜打磨陀⑱，這好光陰閒著了我。（貼）看你營勾了身奇⑲，受用了情哥。還待恁般尋索，特地吟哦，有一般兒孤寡教怎生過？（合）春光去了呵，秋光即漸多。扇掩輕羅，淚點層波，則為

怎麼？」

⑭ 做一個寬擡瘦玉三句：謂情緒慵慵，懶於行動。寬擡瘦玉，緩緩移步。寬，這裡是緩慢之意。瘦玉，喻女足。慢展凌波，言輕移步履。凌波，即所謂「凌波微步，羅襪生塵」（曹植洛神賦）。參見第十四齣注㉔。那，葉譜本作「挪」，怎那，猶言如何擡得動腳啊？

⑮ 夏日長猶可二句：謂夏天晝長夜短尚能消受，冬天晝短夜長難以忍耐。意為相思所苦，恨不得冬夜能短一些。

⑯ 砌：音ㄑㄧㄝˋ，本指宋元雜劇中滑稽性表演。永樂大典戲文三種之張協狀元第一齣：「若會插科使砌，何吝搽灰抹土，歌笑滿堂中。」故引申指串演。這裡是「搊弄」、「彈奏」之意，與上文「鼓弄」互文。

⑰ 翠屏：寢室中的綠色屏風。明沈愚烏夜啼：「明燈照影翠屏深，聲聲似聽夫君琴。」

⑱ 磨陀：亦作「磨跎」，謂消磨時光。元楊朝英〔殿前歡〕和阿里西瑛韻：「醉時林下和衣臥，半世磨陀，富和貧爭甚麼。」

⑲ 營勾了身奇：營勾，猶勾引。見第六齣注❷。身奇，亦作「身己」，即身體。這句是梅香調侃崔氏引誘得到了盧生。

他著人兒那些那些⑳情意可。

【夜雨打梧桐】（旦）盼離鞍，你何日歸來和我。渺關河㉑，淡烟橫抹。（老）懶去後花園，向㉒前門而望，儻有邊報，亦未可知？（旦）正是，正是。（行介）（內打歌介）雖咱青春傷大，幽恨偏多，聽青青子兒㉓誰唱歌？（貼）略約倚門睃，翠閃了雙蛾㉔，擡頭望來，兀自你鳳釵微嚲㉕。（合）甚情呵，夏日長猶可，冬宵短得麼？

（扮將官上）羽檄飛三捷，恩光下九重㉖。報上夫人：老爺用兵得勝，飛奏朝廷。萬歲十分歡喜，著

⑳ 那些那些：錢南揚校云：「案：前曲合頭『那些』二字不疊，這裏的『那些』疊字疑衍。」

㉑ 關河：見第十七齣注㉙。

㉒ 向：朱墨本作「同」，誤。

㉓ 青青子兒：元夏庭芝青樓集引劉婆惜〈雙調・清江引〉：「青青子兒枝上結，引惹人攀折。其中全子仁，就裡別滋味，只為你酸留意兒難棄舍。」此曲當是在民歌基礎上創製的時調小曲，青青子兒或指梅子。宋張榘〈水龍吟〉：「看殘梅飛盡，枝頭微認，青青子、些兒大。」

㉔ 翠閃了雙蛾：頭上的珠翠偏斜，遮擋雙眉。蛾，蛾眉。唐白居易酬劉和州戲贈：「雙蛾解珮啼相送，五馬鳴珂笑卻回。」

㉕ 嚲：音ㄉㄨㄛˇ，亦寫作「軃」。垂下的樣子。元王實甫西廂記第三本第二折：「晚妝殘，烏雲嚲，輕勻了粉臉，亂挽起雲鬟。」烏雲，髮髻也。

㉖ 羽檄飛三捷二句：羽檄，軍中插上羽毛的加急文書。文選左思詠史八首之一：「邊城苦鳴鏑，羽檄飛京都。」三捷，指盧生平番大捷。恩光，指皇帝的嘉獎封賜。九重，指天子，亦指宮禁、朝廷。唐盧綸秋夜即事：「九重深

大小文武官員，宴賀三日；封老爺為定西侯，食邑三千戶。馬上差官欽取還朝，掌理兵部尚書，加太子太保同平章軍國大事，蚤晚見朝也。（旦）這等，謝天謝地！

【尾聲】（旦）喜蛛兒頭直上弔下到裙拖，天來大喜音熱壞我的耳朵㉗，則排比十里笙歌接著他。

去時兒女悲，歸來笳鼓競。
借問行路人：何如霍去病㉘？

鎖禁城秋，月過南宮漸映樓。」

㉗ 喜蛛兒頭直上弔下到裙拖二句：喜蛛兒，一種紅色小蜘蛛，古稱「蠨蛸」，民間則稱作「喜子」。古以見其織網為吉兆。耳熱則是有人惦念，或被人牽掛。清翟灝風俗通卷三十八雜占云：「午鵲噪而行人至，蛛蜘集而百事喜。」元鄭光祖倩女離魂第三折：「喜蛛兒難憑信，靈鵲兒不誠實，燈花兒何太喜。」宋辛棄疾〈定風波〉〈自和〉：「從此酒酣明月夜，耳熱，那邊應是說儂時。」

㉘ 去時兒女悲四句：這四句下場詩出自南史卷五十五曹景宗傳所引，題作光華殿侍宴賦競病韻詩，亦見逯欽立輯先秦漢魏晉南北朝詩中梁詩卷五。笳鼓，胡笳和金鼓，均為古軍中樂器。明沈采千金記囊沙：「笳鼓震天鳴，旌旗耀日明。」霍去病，見第十七齣注㊺。

第十九齣　飛語

【秋夜月】（淨引眾上）四馬車，纔下的這東華路❶。但是官僚多俯伏，有一班兒不睹事❷難容恕。（笑介）敢今番可圖，敢今番可圖。

（淨）深喜吾皇聽不聽❸，一朝偏信宇文融。今生不要尋冤業，無奈前生作耗蟲❹。自家宇文融，當朝首相。數年前，狀元盧生不肯拜我們下，心常恨之。尋了一個開河的題目處置他，他到奏了功，開

❶ 東華路：指東華門前的道路。東華門是宋以後的稱謂，唐代稱東門。宋史地理志卷八十五載：「宮城周四五里，南三門：中曰乾元（明道二年改稱宣德），東曰左掖，西曰右掖。東西兩門曰東華、西華，北一門曰拱宸。」宋孟元老東京夢華錄大內：「（文德殿）前東西大街，東出東華門，西出西華門。近里又兩門相對，左右嘉肅門也。」

❷ 不睹事：猶不懂事，不明事理。指不諳官場規矩。

❸ 聽不聽：本指耳聾或聽力不濟。此指用事不明，偏聽偏信。

❹ 今生不要尋冤業二句：冤業，亦稱「冤孽」。佛家語，謂因惡行而遭到報應。西遊記第十一回：「盡是枉死的冤業，無收無態不得超生。」耗蟲，指老鼠，又稱「耗子」。古人以為天開於子時，不耗其氣則不開。是時也，夜尚未央，恰鼠得令之候，故謂其「耗於子時也」。此自稱自己「耗蟲」，乃自嘲之謂也。

河三百里。俺只得又尋個西番征戰的題目處置他，他又奏了功，開邊一千里，聖上封為定西侯，加太子太保，兼兵部尚書，還朝同平章軍國事。到如今再沒有第三個題目了。沈吟數日，潛遣❺腹心之人，訪緝他陰事，說他賄賂番將，佯輸賣陣，虛作軍功。到得天山地方，雁足之上，開了番將私書，自言自語，即刻收兵，不行追趕。（笑介）此非通番賣國之明驗乎？把這一個題目下落❻他，再動不得手了。我已草下奏稿在此，只為近日蕭嵩同平章❼事，本上要連他簽押，恐有異同。我已排下機謀，知他可到？

【西地錦】（蕭上）**同在中書相府，平章兩字何如？**（笑介）**喜盧生歸到握兵符，和咱雙成玉柱❽。**

（見介）❾（蕭）平明登紫閣，（淨）日晏下彤闈。（蕭）擾擾朝中子，（淨）徒勞歌是非❿。（蕭）老平

❺ 潛遣：私下秘密指使。

❻ 下落：猶發落、處置。此指構陷、傷害。元永嘉書會才人編劉知遠白兔記第二十二齣送子：「（淨）你哥哥不仁不義，一定要下落他性命，怎麼養得到五十歲？」

❼ 平章：此二字下別本或有「軍國」二字。平章軍國事，見第十四齣注❸。

❽ 玉柱：即所謂「擎天白玉柱」之略文。見第十五齣注㉖。

❾ 見介：原本無此二字，據文意依別本補。

❿ 平明登紫閣四句：出唐楊貴時興詩，載全唐詩卷二〇四。惟第二句尾字原本作「圍」，據原詩及別本改。第三句原詩作「路傍子」；第四句首字原詩作「無」。平明，黎明。紫閣，指唐代內閣中書省，亦泛指權貴之所在。參

章，是非從何而起？（淨）你不知滿朝說盧生通番賣國，大逆當誅。若不奏知，干連政府。（蕭）怎見得？（淨）你說他為何到得天山，竟然轉馬？原來與番將熱龍莽交通賄賂，接受私書。（蕭）盧生是有功之臣，未可造次⓫。

【八聲甘州】（淨笑介）他欺君賣主，勾連外國，漏洩機謨⓬。（蕭）怕沒有此事，此乃番將聞風遠遁，成此大功也。（淨笑介）那龍莽呵，佯輸詐敗，就裏都難料取。既不呵⓭，兵臨虜穴乘勝取，為甚天山看帛書。（合）躊躇，這事體非小可之圖⓮。

【前腔】（蕭）有無，這中間情事，隔邊庭弔遠，要審個真虛。（淨）千真萬真；既不呵，得了番書，合當奏上。（蕭）那將在軍中呵，隨機進止，況收復了千里邊隅。（淨怒介）你朋黨⓯欺君。（蕭）我甘為朋黨相勸阻，肯坐看忠臣受枉誅。（合前）

見第六齣注⑳。日晏，傍晚。彤闈，宮門朱漆，故稱。亦借指宮廷。唐李嶠門：「日日彤闈下，煌煌紫禁限。」

⓫ 造次：輕率、無端。三國演義第七十六回：「但言山城初附，民心未定，不敢造次興兵，恐失所守。」

⓬ 機謨：猶機謀、計策。元無名氏馬陵道「楔子」：「別卻荒山往帝都，萬言書上顯機謨。」

⓭ 既不呵：亦作「既不沙」、「既不索」等。猶否則，不然。元王實甫西廂記第五本第二折：「寫時管情淚如絲，既不呵，怎生淚點兒封皮上漬。」

⓮ 非小可之圖：謂事體重大，非比尋常。圖，謀劃。

⓯ 朋黨：指因政見和利益不同而形成的相互傾軋的宗派。宋歐陽修朋黨論：「臣聞朋黨之說，自古有之。惟幸人君辨其君子、小人而已。」

（淨笑介）原來你為同年⑯，不為朝廷。這事我已做下了，有本稿在此，你看。（蕭看念介）中書省平章軍國大事臣宇文融、同平章事門下侍郎⑰臣蕭嵩一本，為誅除奸將事：有前征西節度使今封定西侯兼兵部尚書同平章軍國事盧生，與吐蕃將熱龍莽交通獻賄，龍莽佯敗而歸，盧生假張功伐。到於天山地方，擅接龍莽私書，不行追勦。通番賣國，其罪當誅。臣融臣嵩頓首頓首謹奏。呀，這等重大事情，老平章不先通聞畫知，朦朧具奏。雖然如此，也要下官肯押花字⑱。（淨怒介）蕭嵩，你敢教三聲不押花字麼？（蕭叫三聲不押介）（淨笑介）好膽量！教中書科⑲取過筆來，添你一個「通同賣國」四字，待你伸訴去。（蕭背歎介）同刃相推，俱入禍門⑳，此事非可以口舌爭之。下官表字㉑一忠，平時

⑯ 同年：科舉時代同科考中者相互間的稱謂。唐代特指同榜進士。唐李肇國史補卷下：「（進士）俱捷，謂之同年。」唐劉禹錫送張盥赴舉詩：「永懷同年友，追想出谷晨。」

⑰ 侍郎：本為漢代郎官的一種。東漢時尚書的屬官，初任稱郎中，一年後稱尚書郎，滿三年稱侍郎。唐以後中書、門下、尚書三省各部均以侍郎為長官之副，較唐前侍郎的官階更高。

⑱ 押花字：即「花押」。指簽名畫押。唐以後逐漸符號化。清翟灝通俗編文學引東觀餘論：「唐令群臣上奏，任用真草，惟名不得草，後人遂以草為花押。」或以為這是太宗朝的規定，實際上唐代已有草書或稱花押的簽署，唐人唐彥謙詩云：「公文持花押，鷹隼駕聲勢。」觀宋人手札，花押署名已很普遍，甚至徽宗皇帝也喜用之。宋周密癸辛雜識後集押字不書名：「古人押字謂之花押印，是用名字稍花之，如韋陟五朵雲是也。」韋陟早於唐彥謙，蓋調花押始於宋，盛於元，未必確切之論。周密的說法主要指篆刻，手書亦如是也。可知花押之法，不調唐之後始有。

⑲ 中書科：官署名。明代始置，屬內閣。掌書寫誥敕、銀冊、鐵券等事宜。此泛指中書省屬官。

奏本花押，草作「一忠」二字，今日使些智術，於花押上「一」字之下，加他兩點，做個「不忠」二字，向後可以相機而行。（回介）老平章息怒，下官情願押花。（押介）（淨笑介）我說你沒有這大膽。明日蚤朝，齊班奏去㉒。

功臣不可誣，奸黨必須誅。

有恨非君子，無毒不丈夫㉓。

⑳同刃相推二句：語出史記趙世家：「夫小人有欲，輕慮淺謀，徒見利而不顧其害，同類相推，俱入禍門。」刃，通「仞」，仞又通認。淮南子內篇卷十八人間訓：「非其事者勿仞也，非其名者勿就也。……仞人之事者敗，無功而大利者後將為害。」二句乃言如認同對方陰謀，聯名上奏，將以同謀而被禍。

㉑表字：古代男子成年後，於本名之外要取一表示德行和與本名涵意相關的別稱，即字。別人稱呼時為表示尊敬不便直呼其名，往往以字相稱，是為「表字」。清孔尚任桃花扇聽稗：「小生姓侯，名方域，表字朝宗，中州歸德人也。」

㉒齊班奏去：「去」字別本或作「上」。

㉓有恨非君子二句：宋元市井熟語。又作「恨小非君子，無毒不丈夫」元馬致遠漢宮秋第一折：「教他苦受一世，正是：恨小非君子，無毒不丈夫。」或云二句原本作「量小非君子，無度不丈夫」則意義完全不同。這四句下場詩首句上有一「蕭」字，二句上有一「淨」字。

第二十齣　死竄

（堂候官❶上）鐵券山河國，金牌將相家❷。自家定西侯盧老爺府中堂候官便是。我家老爺掌管天下兵馬數年，同平章軍國事，文武百官，皆出其門。聖恩加禮，一日之內，三次接見。看看日勢向午，將次朝回，不免伺候。早則夫人到來也。（旦引老旦貼上）奴家崔氏是也。俺公相領謝天恩，位兼將相。欽賜府第一區，朱門畫戟，紫閣雕簷❸。皆因邊功重大，以致朝禮尊隆。休說公相，便是為妻子

❶ 堂候官：簡作「堂候」，亦稱「祗候」，古代供高官或權貴之家役使的堂吏。主要負責府上迎來送往、書劄傳遞等雜務。明馮夢龍編纂醒世恒言卷十一蘇小妹三難新郎：「忽一日，宰相王荊公著堂候官請老泉到府與之敘話。」

❷ 鐵券山河國二句：極言權勢府第之氣派。鐵券，亦稱「鐵契」，與金牌均指皇帝賜與功臣享有特權的憑證，傳始於漢高祖時。鐵券上的皇命契詞以丹砂填字，稱「丹書鐵券」。後又以銀填字，隋時更填以金，稱「金書鐵券」、「金牌」等。明代又有所謂「免死金牌」，是明太祖頒賜功臣的最高待遇。明湯式〈南呂・一枝花〉贈人：「一人下萬人上，鐵券丹書姓名香，萬代輝光。」

❸ 朱門畫戟二句：指權貴宅第朱漆大門，院內兵器插架，亭臺樓閣，雕梁畫簷。戟是古代一種兵器，其桿上有彩繪，故稱畫戟。宋何夢桂〈八聲甘州〉感興：「說甚封侯萬里，待朱門畫戟，大第崇墀。」紫閣，唐代稱中書省為紫薇省，中書令為紫薇令，故稱宰相府第為紫閣。明高明琵琶記第十三齣官媒議婚：「紫閣名公，黃扉元宰，三槐位裏排列。」

的，說來驚天動地。奴家是一品夫人；養下孩兒，但是長的，都與了恩蔭❹，真是罕稀也。（內作瓦裂聲介）（旦驚介）老嬤嬤❺，甚麼響？（老旦看介）是堂簷之上，一片鴛鴦瓦，碎下來了。（旦驚介）呀，鴛鴦瓦為何而碎？（貼望介）哎喲，一個金彈兒抛打烏鴉，因而碎瓦。（旦嘆介）聖人云：烏鴉知風，蟲蟻知雨。皮肉跳而橫事來，裙帶解而喜信至❻。鴛鴦者，夫婦之情也；烏鴉者，晦黑之聲也；落彈者，失圓之象也；碎瓦者，分飛之意也❼。天呵，眼下莫非有十分驚報乎？

---

❹ 恩蔭：亦稱「門蔭」、「蔭補」、「世賞」等。指因祖父輩有功而給予下輩入仕等方面的特殊待遇。此制度始盛於唐代，然蔭補數量有限，且非常例。宋代則名目繁多，其制趨於泛濫，明清因之，積弊愈甚。明海瑞治安疏：「內之宦官宮妾，外之光祿寺廚役，錦衣衛恩蔭，諸衙門帶俸，舉凡無事而官者亦多矣。」

❺ 老嬤嬤：老年婦女的通稱，亦可以專指乳母，此指老年僕婦。紅樓夢第二十九回：「還有幾個粗使的丫頭，連上各房的老嬤嬤奶媽子，並跟著出門的媳婦子們，黑壓壓的站了一街的車。」

❻ 烏鴉知風四句：宋元市井俗語。謂觀物變可預兆某事。漢王充論衡卷二十六實知篇：「巢居者先知風，穴居者先知雨。」又，明張岱夜航船卷十九物理部物類相感有云：「鴉風鵲雨」；「蟻聚及移窠者，天必暴雨」。皮肉跳而橫事來，舊以眼皮跳動為禍福兆，民間有左眼跳財右眼跳災的說法。元無名氏謝金吾第三折：「這幾日只管眼跳，常言道眼睛跳，悔氣到，難道有甚悔氣到的我家裏？」裙帶解而喜信至，舊俗以婦女無意間裙帶脫落將有喜事降臨。唐王建宮詞一百首（其五十一）有句云：「忽地下階裙帶解，非時應得見君王。」

❼ 鴛鴦者八句：古代市井間往往將外界一些自然現象與人的吉凶禍福聯繫在一起，具有心理暗示的迷信色彩。且不論其這種聯繫有無科學根據，民俗中卻廣泛存在著，古籍中亦不乏物類感應的相關記載，文學作品，特別是小說戲曲中亦時有描寫。如這裡的「彈落失圓」、「瓦碎分飛」，就很有趣。至於鴛鴦、烏鴉，更是常見的明喻暗譬。

【賞花時】俺這裏戶倚三星❽展碧紗，見了些坐擁三台❾立正衙。樹色遶簷牙，誰近的鴛鴦翠瓦，金彈打流鴉？

（內響道介）（旦）公相朝回，看酒伺候。（生引隊子上）下官盧生，在聖人跟前平章了幾樁機務，喫了堂飯❿，回府去也。

【么】俺這裏路轉東華倚翠華，佩玉鳴金宰相家。新築舊堤沙⓫，難同戲耍，春色御溝⓬花。

❽ 三星：即「參宿三星」，民間稱作「福、祿、壽」三星。冬夜最明亮的三顆星，民諺曰：「三星高照，新年來到。」詩經唐風綢繆：「綢繆束薪，三星在天。」漢鄭玄箋：「三星，謂心星也。」唐李商隱當句有對：「三星自轉三山遠，紫府程遙碧落寬。」

❾ 三台：「台」字原作「臺」，據別本改。此「三台」指星名，與上文三星對舉，故不作「臺」。三台亦稱「三能」，共六星，屬太微垣。六星分上台、中台、下台各二星。晉書天文志一：「三台六星，兩兩而居，起文星列抵太微，一曰天柱，三公之位也，在人曰三公，在天曰三台，主開德宣符也。」唐杜甫送李八祕書赴杜相公幕：「南極一星朝北斗，五雲多處是三台。」又，宋趙長卿〔醉蓬萊〕：「夢草池塘，暖風帘幕。昨夜三台，燦天邊芝角。」

❿ 堂飯：亦稱「堂食」、「堂饌」。唐朝政事堂的公膳。唐李肇國史補卷下：「每朝會罷，宰相百僚會食都堂。」元無名氏賺蒯通第一折：「為官的吃堂食，飲御酒，多少快活。」此句「飯」字，朱墨本作「食」。

⓫ 新築舊堤沙：唐宋時新任宰相所經官道，要用黃沙新鋪路面，以免髒污鞋襪、馬蹄。唐白居易官牛：「昨來新拜右丞相，恐怕泥塗污馬蹄。」宋趙師俠〔水調歌頭〕：「袞繡公歸去，宰路築沙堤。」

（見介）（旦）公相朝回，奴家開了皇封御酒，與相公把一杯。（生）生受了。（內奏樂介）俺先與夫人對飲數杯，要連聲叫乾，不乾者多飲一杯。（旦）奉令了。（生飲介）夫榮妻貴酒，乾。（旦看介）公相乾了，到奴家喚：夫貴妻榮酒，乾。（生笑介）夫人欠乾。（旦笑飲介）這杯到乾了，正是小槽酒滴珍珠紅⓭。（生笑介）夫人，你的槽兒也不小了。（內鼓介）報，報，聽說人馬鎗刀，打東華門出，未知何故也？（生）由他，俺與夫人唱乾飲酒。（旦飲介）妻貴夫榮酒，乾。（生）夫人倒在上面了。這杯乾的緊，待我喚：妻貴夫榮酒，乾。（旦）公相有點了。（生）夫人，這是酒瀉金莖露涓滴。（旦笑介）相公，你的莖長是涓的⓮。（生笑介）（內鼓介）（堂候官上介）報，報，外面人馬自東華門出來，填街塞巷，好不喧鬧也。（生）且由他，俺與夫人叫第三乾。（兒子走上哭介）老爺，老夫人，人馬鎗刀，濟濟排排，將近府門來也。（生驚起介）

【北醉花陰】這些時直宿⓯朝房夢喧雜，整日假紅圍翠匝⓰。鈴閣⓱遠靜無譁，是潭

⓬ 御溝：流經皇宮的河道。亦稱「楊溝」，謂植垂楊於河岸。南朝齊謝脁入朝曲：「飛甍夾馳道，垂楊蔭御溝。」

⓭ 小槽酒滴珍珠紅：此句出自唐李賀將進酒。原句為：「琉璃鐘，琥珀濃，小槽酒滴真珠紅。」見全唐詩卷三九三。「槽」，別本或誤作「糟」。

⓮ 莖長是涓的：科諢語。涓的，細小的流水。此句與上句「金莖露涓滴」均為隱意插科打諢。

⓯ 直宿：值夜。唐郭震同徐員外除太子舍人寓直之作：「除榮辭會府，直宿總書坊。」

⓰ 整日假紅圍翠匝：整日假，猶整日的。假，當作價，讀輕聲，語助詞。紅圍翠匝，謂被紅男綠女簇擁著。宋毛滂〔剔銀燈〕：「又何似、紅圍翠簇，聚散悲歡箭速。」

潭⑱相府人家，敢邊廂大行踏⑲？（聽介）（內呼喝叫拿拿介）（生）不住的，叫拿拿。敢是地方走了賊，反了獄？既不呵，怎的響刀鎗人鬧馬？

（眾扮官校持鎗索上）（叫眾軍圍住介）（貼老旦驚走）（生惱介）誰敢無禮！

【南畫眉序】（眾）聖旨著擒拿，（生）是駕上差來的，請了。（眾）奏發中書到門下。（生慌介）門下為誰？（眾）竟收拿公相，此外無他。（生怕介）原來是差拿本爵，所犯何罪？（眾）中書丞相奏老爺罪重哩，這犯由不比常科⑳，干係著重情軍法。（生）有何負國？而至於斯。（官）下官不知，有駕票㉑在此，跪聽宣讀。（生旦跪）（官念介）奉聖旨：前節度使盧生，交通番將，圖謀不軌。即刻拿赴雲陽市㉒，明正典刑，不許違㉓誤。欽此！（生旦叩頭起哭天介）波查㉔，禍起天來大，怎

---

⑰ 鈴閣：指翰林院以及將帥或州郡長官辦事的場所。晉書卷三十四羊祜傳：「祜之始至也，軍無百日之糧，及至季年，有十年之積。……在軍常輕裘緩帶，身不披甲，鈴閣之下，侍衛者不過十數人，而頗以畋漁廢政。」唐竇牟奉使至邢州贈李十八使軍：「今宵鈴閣內，醉舞復何如。」

⑱ 潭潭：形容宅院之深廣清幽。宋黃景說古風賀周益公休致：「潭潭之居移氣體，新年七十兒童似。」又，宋司馬光送劉儀先輩大名尉：「潭潭相府開，旌旗擁三台。」

⑲ 行踏：往還，行走。元張養浩〔雁兒落兼得勝令〕：「我愛山無價，看時行踏，雲山也愛咱。」

⑳ 這犯由不比常科：犯由，即犯罪的事實，亦即罪狀。常科，本為唐朝科舉的科目名，亦稱「常選」，指一般的科第，與「制舉」相對。這裡借指通常的犯罪。當是作者有意為之，既含嘲謔意味，亦活躍了劇場氣氛。

㉑ 駕票：亦稱「駕帖」、「票旨」等。指秉承皇帝旨意，由刑科簽發的逮捕人的帖子。相當於後世的「逮捕令」。

泣奏當今鑾駕？

（生）這事情怎的起呵？

【北喜遷鶯】走的來風馳雷發，半空中沒個根芽。待我面奏訴冤。（眾）閉㉕上朝門了。（生）爭也麼差㉖，著俺當朝闌駕，你省可的㉗慢打商量咱到晚衙。（眾）有旨不容退衙。（生哭介）夫人，夫人，吾家本山東，有良田數頃，足以禦寒餒，何苦求祿，而今及此？思復衣短裘，乘青駒，行

㉒ 雲陽市：雲陽，古代縣名，故址在今陝西淳化縣西北。市，即「鬧市」。史記秦始皇本紀：「韓非使秦，秦用李斯謀，留非，非死雲陽。」李斯後來亦被罪，死於非命。漢桓寬鹽鐵論：「李斯相秦，席天下之勢，志小萬乘，及其囚於囹圄，車裂於雲陽之市。」後世戲曲小說遂常以雲陽市指行刑之處。元馬致遠陳摶高臥第三折：「哎，這便是死無葬身之地，敢向那雲陽市血染朝衣。」

㉓ 違：別本或作「遲」。

㉔ 波查：困苦、折磨，亦指災禍。這裡是用作歎詞，驚恐、歎喟之意也。清洪昇長生殿埋玉：「事出非常堪驚詫，已痛兄遭戮，奈臣妾又受波查。」錢南揚校本於此處云：「案：此南北合套，生主唱北套，此『波查』三句應屬旦唱，在『波查』上疑應補（旦）字。」

㉕ 閉：朱墨本誤作「閑」。

㉖ 爭也麼差：即爭差，差錯、意外。也麼，曲中語助詞，無實際意義。清洪昇長生殿驛備：「此奉欽遵，切休得有爭差。」

㉗ 省可的：亦作「省可」、「省可裏」。猶言休得要、沒必要。此句是說到了晚衙時一切自明，用不著商量了。即盧生自以為無罪。金董解元西廂記諸宮調卷六：「省可裏晚眠早起，冷茶飯莫吃，好將息，我倚著門兒專望你。」

邯鄲道中，不可得矣。取佩刀來，**顛不喇自裁刮**㉘。（生作刎）（旦救介）（眾）聖旨不准自裁，要明正典刑哩。（生）是了，是了，大臣生也明白，死也明白。夫人，牽這些業畜，午門㉙前叫冤，俺市曹㉚去也。**遲和疾剛刀一下，便違聖旨，除死無加。**（下）

（高力士上）吾為高力士，誰救老尚書？今日為斬功臣，閉了正殿，看有甚麼官員奏事來。（旦同兒上）相公市曹去了，俺牽兒子午門叫冤去。十步當一步，前面正陽門㉛了。（叫介）萬歲爺爺，冤苦哪！（高）萬歲爺為斬功臣，掩了正殿，誰敢囉唣！（旦）奴家是盧生之妻，誥封一品夫人崔氏，領這一班兒子，來此叫冤呵。（高背歎介）滿朝文武，要他妻兒叫冤，可憐人也。（回介）盧夫人麼，有何冤枉？就此鋪宣。（旦叩頭介）萬歲，萬歲，臣妾崔氏伸冤：

【南畫眉序】宿世舊冤家㉜，當把盧生活坑煞。有甚駕前所犯？喫幾個金瓜㉝。把通番

㉘ 顛不喇自裁刮：顛不喇，亦作「顛不剌」、「顛不辣」。謂顛狂、昏亂。清洪昇長生殿彈詞：「直弄得個伶俐的官家顛不剌、懵不剌、撇不下心兒上。」自裁刮，即自盡。

㉙ 午門：亦稱「午朝門」。是紫禁城正門，因其居中向陽，位當子午，故名。是頒發皇帝詔書及群臣候旨之處，明朝皇帝處罰大臣的「廷杖」也在此施行。

㉚ 市曹：市中商店集中、人群稠密之處，古代處決犯人往往選擇於此，便於對觀者以儆效尤。京本通俗小說錯斬崔寧：「押赴市曹，行刑示眾。」

㉛ 正陽門：指正殿正門。宋汴京的宣德門，元大都的麗正門，明北京內城的正南門，都曾稱正陽門。明清之正陽門，即今俗稱之前門。元馬致遠漢宮秋第一折：「你向正陽門改嫁的倒榮華。」

罪名暗加，謀叛事關天當耍。(合)波查，禍起天來大，怎泣奏當今鑾駕。

(高哭介)可憐，可憐，你在此候旨，俺為你奏去。(旦)在此撮土為香，禱告天地。(拜介)崔氏在此叫冤，天天，撥轉聖人龍威，超拔兒夫狗命呵。這許多時，還未見傳旨。(高同裴光庭上)聖旨到：既盧生有冤，著裴光庭領赦，往雲陽市，免其一死。遠竄廣南崖州鬼門關㉞安置，即刻起程。謝恩！

(高哭介)可憐，可憐，唳鶴無情聽，啼烏有赦來㉟。(下)(內鼓介)(眾綁押生囚服裹頭上)

㉜宿世舊冤家：宿世，佛教語，指前生、前世。冤家，反語，用以昵稱所愛的人，或作「業冤」。宋石孝友〈惜奴嬌〉：「宿世冤家，百忙裏、方知你。」又，元王實甫西廂記第一本第一折：「呀！正撞著五百年前風流業冤。」王季思校注：「業冤，猶云冤家，愛極之反語。」

㉝金瓜：本指天子儀仗之仗器，見第十三齣注㊷。這裡是被錘打之意。喫，即喫打。

㉞遠竄廣南崖州鬼門關：遠竄，指貶謫。廣南，宋置廣南路，分廣南東路和廣南西路。東路治所在廣州，西路治所在桂州(今桂林)。崖州，南北朝起，建制崖州，治所在義倫縣(今海南儋州市西北)；唐復置，治所在舍城縣(今瓊山市東南)。鬼門關，古關隘名，亦稱「鬼關」，在今廣西北流縣西，古代為交通要衝。舊唐書地理志載：「(北流)縣南三十里，有兩石相對，其間闊三十步，俗號鬼門關。」因其地多瘴癘之氣，去者罕有生還者，故名。唐沈佺期入鬼門關：「昔傳瘴江路，今到鬼門關。土地無人老，流移幾客還。」

㉟唳鶴無情聽二句：晉陸機於吳亡入洛之前，常與其弟雲遊華亭四野中。後隨成都王司馬穎討伐長沙王司馬乂，河橋兵敗，為人所讒，被司馬穎所殺。臨刑前長歎曰：「華亭鶴唳，豈可復聞乎！」事詳晉書陸機傳。後世遂以「鶴唳」喻被罪行刑前之歎喟。南北朝庾信哀江南賦：「華亭鶴唳，豈河橋之可聞！」啼烏有赦來，用唐元稹妻拜烏祈禱事。元稹於元和元年(西元八〇六年)因直諫為丞相所忌，謫為河南尉。傳說其妻祈拜烏鴉，鴉啼而元

【北出隊子】（生）**排列著飛天羅刹**㊱，（扮劊子尖刀向前叩頭介）（生）甚麼人？（劊）是伏事老爺的劊子手。（生怕介）嚇煞俺也，**看了他捧刀尖勢不佳**。（劊）有個一字旗兒，稟老爺插上。（生看介）是個甚麼字？（眾）是個「斬」字。（生）恭謝天恩了。盧生只道是千刀萬剮，卻只賜一個「斬」字兒，領戴，領戴。（下鑼下鼓插旗介）（生）蓬席之下，酒筵為何而設？（眾）光祿寺㊲擺有御賜囚筵，一樣插花茶飯。（生）是了，這旗呵，**當了引魂旛，帽插宮花**。鑼鼓呵，**他當了引路笙歌赴晚衙**。這席面呵，**當了個施餕口的功臣筵上鮓**㊳。

（眾）趁早受用些，是時候了。（生）朝家茶飯，罪臣也喫勾了。則黃泉無酒店，沽酒向誰人㊴。罪臣

積穫赦還朝。元稹聽庾及之彈烏夜啼引有句云：「歸來相見淚如珠，惟說閒宵長拜烏。君來到舍是烏力，妝點烏盤繳女巫。」（元稹集卷九）烏鴉為慈烏，古人謂其能帶來吉祥。

㊱ 羅刹：佛教中的惡鬼，全稱作「羅叉娑」或「羅乞察娑」。最早見於古印度頌詩梨俱吠陀。南朝宋釋慧琳一切經音義二十五：「羅刹，此云惡鬼也，食人血肉，或飛空，或地行，捷疾可畏也。」

㊲ 光祿寺：隋唐時九寺之一，設卿、少卿、丞、主簿各一人。卿掌祭祀、朝會、宴饗酒澧膳饈之事。參見第八齣注❶。

㊳ 當了個施餕口的功臣筵上鮓：施餕口，餕口是佛教中的餓鬼，放餕口是一種佛事儀式，施食給餓鬼餕口。後逐漸演變為對死者追薦的法事。鮓，是一種腌製的魚。這句是說本為功臣的盧生一時有如餓鬼般等待施捨，又自比筵席上的鮓。

㊴ 黃泉無酒店二句：化用明號稱「嶺南明詩之始」孫蕡的臨刑詩。孫蕡受牽連為明太祖所殺，臨刑時口占一絕：

跪領聖恩一杯酒。(跪飲介)怎咽下也!

【公】暫時間酒淋喉下,還望你祭功臣澆奠茶。(眾)相公領了壽酒行罷。(生叩頭介)罪臣謝酒了。(眾)咦,看的人一邊些,誤了時候。(生綁行介)一任他前遮後擁鬧嚌喳,擠的俺前合後偃走踢踏,難道他有甚麼劫場的人也則看著耍。

(眾叫鑼鼓介)(生問介)前面旛竿何處?(眾)西角頭㊵了。

【南滴溜子】旛竿下,旛竿下,立標為罰。是雲陽市,雲陽市,風流洒角㊶。(眾)休說老爺一位,少甚麼朝宰功臣這答,套頭兒不稱孤便道寡㊷。用些膠水摩髮,滯了俺一手吹毛,到頭也沒髮㊸。(生惱介)(掙斷綁索介)

「鼉鼓三聲急,西山日又斜。黃泉無客舍,今夜宿誰家?」另,傳南朝陳後主臨終前有一首絕筆詩,後二句為:「黃泉無客主,今夜向誰家。」見日本奈良時代釋智光淨名玄論略述卷一。此外五代後漢江為也有一首臨刑詩,文字略有不同。

㊵ 西角頭:明代京師行刑之處。角頭,指胡同口拐角處。明張爵京師五城坊巷胡同集:「能仁寺西院,勾闌胡同、磚塔胡同、西角頭、羊肉胡同……」可知西角頭當在今北京西四牌樓附近。

㊶ 風流洒角:風流,指曾風光得意於一時。洒角,猶洒家。宋元關西方言,男子自稱,謂自家、咱。別本「洒」或作「傻」,「傻角」,意為傻瓜,獃漢。元王實甫西廂記第一本第三折:「這聲音便是那二十三歲不曾娶妻的那傻角。」

㊷ 少甚麼朝宰功臣這答二句:意謂無端被罪者在朝宰功臣中並非個例,還有許多。這答,猶這樣的、如此這般的。套頭兒不稱孤便道寡,是說所有人都以為自己是個案。套頭兒,全都是,所有的。稱孤道寡,以為自己是唯一的。

【北刮地風】呀，討不的㊹怒髮衝冠兩鬢花。（劊做摩生頸介）老爺頸子嫩，不受苦。（生）咳，把似你試刀痕俺頸玉無瑕，雲陽市，好一抹淩烟畫㊺。（衆）老爺也曾殺人來。（生）哎也，俺曾施軍令斬首如麻，領頭軍該到咱。（衆）這是落魂橋了。（生）幾年間回首京華，到了這落魂橋下。（內吹喇叭介）（劊子搖旗介）時候了，請老爺生天。（生笑介）則你這狠夜叉也閒弔牙㊻，刀過處生天直下。哎也，央及你斷頭話須詳察，一時刻莫得要爭差。把俺虎頭燕頷㊼高提下，怕血淋浸展污了俺袍花。

㊸ 髮：各本俱作「法」。據上下文，此「髮」字當意在雙關。

㊹ 討不的：謂做不到，沒法子。

㊺ 淩烟畫：唐太宗貞觀十七年（西元六四三年）二月，李世民懷念起當年一同打天下的功臣，命閻立本繪製了二十四位功臣的圖像，親自作贊，褚遂良題字，置於淩烟閣。此後又有四個皇帝為功臣畫像，使閣中圖像達百人以上。事詳唐劉肅大唐新語褒錫。後世遂以淩烟閣或淩烟畫喻指功勳卓著或仕進至高位者。這裡是盧生發牢騷，謂自己是功臣，上不了淩烟閣，反而要被殺頭。既是自嘲，也是譏諷當朝皇帝。

㊻ 狠夜叉也閒弔牙：夜叉，梵文音譯，又譯作「閱叉」或「夜乞叉」。民間傳說中的意思是「捷疾鬼」、「能咬鬼」等，總之是吃人的惡鬼。閒弔牙，猶閒嗑牙，即說不著邊際的閒話。

㊼ 虎頭燕頷：亦作「燕頷虎頸」、「虎頭燕額」。南朝宋范曄後漢書班超傳中說，班超行詣相者，相者指曰：「生燕頷虎頸，飛而食肉，此萬里侯相也。」後班超投筆從戎建功西域，果被封為定遠侯。清龔自珍〔水龍吟〕：「虎頭燕頷書生，相逢細把家門說。」

（眾）老爺跪下。（生跪受綁）（劊磨刀介）（內風起介）（劊）好風也，刮的這黃沙。哎喲，老爺的頸子在那裏？（摩介）有了，老爺挺著。（生低頭）（劊子輪刀介）（內急叫介）聖旨到，留人！留人！（裴領旨同旦急上）

【南雙聲子】天恩大，天恩大，鳴冤鼓由人打。皇宣下，皇宣下，雲陽市告了假。省刑罰，省刑罰。躭驚嚇，躭驚嚇㊽。一刻絲兒㊾，故㊿人刀下。

聖旨到：盧生罪當萬死，朕體上天好生之德，量免一刀，謫去廣南鬼門關安置，不許頃刻停留。謝恩！（放綁介）（生倒地叩頭萬歲介）生受51聖人大恩了。來者是誰？（裴）是小弟裴光庭。（生）賢弟，賢弟，俺的頭可有也？（裴）待我瞧瞧了。（拍52介）老兄好一個壽星頭。

【北四門子】（生）猛魂靈寄在刀頭下53，荷，荷，荷，還把俺嶮頭顱手自抹54。裴年

㊽ 省刑罰四句：葉譜本均不疊。

㊾ 一刻絲兒：謂差一點兒。

㊿ 故：朱墨本作「放」。

51 生受：猶承受。這裡是承謝、感恩之意。

52 拍：別本或誤作「怕」。

53 猛魂靈寄在刀頭下：是說突然間命懸刀頭，有意料不到之意。此句葉譜本疊一句。

54 還把俺嶮頭顱手自抹：謂摸了摸自己的頭看是否還在。與前文「俺的頭可有也」相呼應。嶮，山勢高峻的樣子，此可理解為仰首。

兄，俺閒口相問：奏本秉筆者宇文公，也要蕭年兄肯畫知。（歎介）要題知「斬」字下連名，他相伴著中書怎押花？（裴）敢蕭年兄也不知。（生）難道，難道，則怕老蕭何，也放的下這淮陰胯55？（風起歎介）看了些法場上的沙，血場上的花，可憐煞將軍戰馬。

（裴）老兄與嫂嫂在此敘別，小弟回聖上話去。小心煙瘴地，回頭雨露天56。請了。（下）（旦哭介）怎生來話兒都說不出來？奴家有一壺酒，一來和你壓驚，二來餞行。（生）卑人見過那些御囚茶飯，早醉飽也。（旦）兒子都在午門叩頭去了，等他來瞧一瞧去。（生）由他，由他，他來徒亂人意。夫人，不要他來相見罷了。（旦哭介）俺的天呵，也把一杯酒，略盡妻子之情。

【南鮑老催】唏唏嚇嚇57，（酒杯驚跌介）（旦哎喲介）戰兢兢把不住臺盤滑。撲生生58遍體

55 則怕老蕭何二句：意為只怕蕭何也未必不放過韓信。蕭何，沛郡豐邑（今江蘇豐縣）人，漢初宰相，楚漢相爭中輔佐劉邦奪得天下，史稱「蕭相國」。蕭何曾薦淮陰韓信為大將軍，後又助劉邦翦除異姓諸侯，使韓信被誅。此以蕭何喻指蕭嵩。淮陰胯，指韓信胯下受辱事，見史記淮陰侯列傳。

56 小心煙瘴地二句：盧生被貶謫嶺南，即所謂的煙瘴地。煙瘴，亦寫作「煙障」，指南方熱帶雨林中的濕熱之氣，中醫稱作「瘴氣」，可浸淫人體致病瘧，故言「小心」。元關漢卿竇娥冤第四折：「賽盧醫不合賴錢勒死平民，又不合修合毒藥，致傷人命，發烟障地面，永遠充軍。」回頭雨露天，謂期待皇恩赦免方能返回。雨露，喻皇帝恩典。

57 唏唏嚇嚇：象聲詞，指哭聲連連。後文「吸廝廝」同。

58 撲生生：猶「撲的」，即「陡然的」。生生，語助詞。

上寒毛乍，吸廝廝也，哭的聲乾啞。（內鼓介）（內）盧爺，快行，快行。有旨著五城59催促，不可久停。（末小旦扮兒子哭上）我的爹呵！（旦）這都是你兒子，怎下的去也！（生）是你婦人家，不知朝廷說我圖謀不軌，如今安置我在鬼門關外。罪配之人，限時限刻。天呵，人非土木，誰忍骨肉生離？則怕累了賢妻，害了這幾個業種60，到為不便。（兒扯要同去介）（生）去不得也，兒。（同哭介）眼中兒女空鉤搭61，腳頭夫婦難安劄62，同死去做一榻。（旦悶倒）（生扯介）

【北水仙子】呀，呀，呀，哭壞了他。扯，扯，扯，扯起他且休把望夫山立著化63。（眾兒哭介）（生）苦，苦，苦，苦的這男女煎喳64。痛，痛，痛，痛的俺肝腸激刮。我，

59 五城：指京城。明代北京城分東、西、南、北、中五城。明張居正請停止輸錢內庫供賞疏：「不行嘉靖舊錢，小民甚以為苦，近該五城榜示曉諭，民情少定。」據明史職官志，南北兩京並設五城兵馬司，掌京師巡捕盜賊、管理囚犯以及清理街道溝渠、火禁等事宜。後改稱五城兵馬指揮司。這裡的五城，指監督行刑的京城巡捉使。

60 業種：佛教謂惡業惡報，善業善報，善惡有如種子，必得其果。盧生負罪，因稱其子為業種。元李致遠還牢末第二折：「這兩個業種是哪裏來的？」

61 鉤搭：即鉤連，這裡指親近，是說盧生的子女捨不得與父離別。

62 腳頭夫婦難安劄：腳頭夫妻，亦作「指腳夫妻」，猶結髮夫妻。元張國賓羅李郎第二折：「吱，連你這嬌滴滴腳頭妻，也這般灑灑瀟瀟。」又，元關漢卿竇娥冤第二折：「這不是你那從小兒年紀指腳的夫妻。」安劄，亦寫作「安札」，即安身、安頓。元無名氏盆兒鬼第一折：「喒則去那汪汪的犬吠處尋安劄。」

63 休把望夫山立著化：望夫山，亦稱「望夫臺」、「望夫石」。見第四齣注78。化，即「久之化為石」。

我，我，我，瘴江邊死沒了渣。你，你，你，做夫人權守著生寡。（旦）你再瞧瞧兒子麼。（生）罷，罷，罷，兒女場中替不的咱。好，好，好，這三言半語告了君王假。我去，請了。（旦哭介）相公那里去？（生）去，去，去，去那無雁處海天涯65。（虛下）

（旦哭介）兒子回去罷。難道為妻子的，不送上他一程？

【南鬭雙雞】君恩免殺，奴心似剮。沒個人兒和他，和他把包袱打。大臣身價，說的來長業煞66。

（生上見介）夫人，你怎生又趕上來？（旦）為你沒個伴當，放心不下。我袖了半截銀錁子，你路上顧覓。

（生）罪人誰敢相近？我獨自覓食而行。你還拿這半截錁子回去，買柴糴米，休的苦了兒女呵。

【北尾】罪人家顧不出個人兒罷？我還怕的有別樣施行咱67。夫人，夫人，你則索小心

64 煎喳：即「煎聒」，謂喧囂、哭鬧。這裡指妻子、兒女們的哭喊、悲泣。

65 去那無雁處海天涯：無雁處，指五嶺之南。古有衡陽雁斷之說，謂大雁南飛不過衡山回雁峰。南北朝梁劉孝綽：賦得始歸雁：「洞庭春水綠，衡陽旅雁歸。」此句「處」字，別本或誤作「虛」。「海」字下，朱墨本有「角」字，疑原本奪「角」字。海角天涯，亦作「天涯海角」、「天涯地角」，形容極偏遠的地方。宋張世南游宦紀聞卷六：「今之遠宦及遠服賈者，皆曰天涯海角，蓋俗談也。」今之海南三亞灣和紅塘灣之間岬角上的天涯海角，古代是貶謫官僚和流放囚犯之處所，現在是著名的旅遊勝地。

66 大臣身價二句：指身為重臣，突遭變故，想必是前世（長）宿業。含悔恨之意。長業煞，猶言長久作孽。

兒守著我萬里生還也朝上馬。

十大功勞誤宰臣㊳，鬼門關外一孤身。

流淚眼觀流淚眼，斷腸人送斷腸人㊴。

㊲ 怕的有別樣施行咱：是盧生擔心宇文融再使別的計謀陷害自己。

㊳ 十大功勞誤宰臣：謂有功勞反被功勞誤。元無名氏賺蒯通第四折，蒯通向蕭何數列韓信所謂「十罪」，實際上是正語反說，所列舉的恰是韓信的十大功勞。時漢高祖欲加韓信謀反之罪名，蒯通仗義而言，替韓信辯誣。又，宋元間有闕名南戲十大功勞（今佚），亦敷衍此事。這裡是盧生以韓信自況，言自家冤屈。

㊴ 流淚眼觀流淚眼二句：宋元戲曲小說習用語。明蘭陵笑笑生金瓶梅詞話第六十二回：「那迎春聽見李瓶兒囑咐他，接了首飾，一面哭的言語都說不出來。正是：流淚眼觀流淚眼，斷腸人送斷腸人。」又，明高明琵琶記第二十八齣、明西周生醒世姻緣傳第三十七回等均有此語。

第二十一齣　讒快

【縷縷金】（宇文笑上）口裏蜜，腹中刀❶。奸雄誰似我，逞英豪？來的遵吾道。那般癡老❷，一萬重烟瘴怎生逃？家門盡休了❸。

學生讒臣宇文融便是。一不做，二不休，盧生那廝開河三百里，開邊一千里，可謂扶天翊聖❹大功臣矣。被我奏他通番謀叛，押斬市曹。可恨他妻子清河崔氏，奏免其死，竄居海南煙瘴地方。那里有個鬼門關，怎生活的去？中吾計也，中吾計也。則那崔氏，雖一婦人，留在外間，還怕有他蕭、裴同年，撥❺置生事。我昨密奏一本：崔氏乃叛臣之妻，當沒為官婢❻；其子叛臣之種，俱應竄去遠方。

❶ 口裏蜜二句：即成語「口蜜腹劍」。謂嘴上甜言蜜語，內心陰險毒辣。宋司馬光資治通鑑唐玄宗天寶元年：「（李林甫）尤忌文學之士，或陽與之善，啖以甘言而陰陷之。世謂李林甫『口有蜜，腹有劍』」。

❷ 那般癡老：指盧生及朝中群臣。癡老，指城府不深無心機之人。明史忠雜詩四首（其四）：「癡老平生性癖疏，胸中塵垢半星無。」

❸ 家門盡休了：猶言一家人都受苦蒙難。此句葉譜本疊一句。

❹ 扶天翊聖：即輔佐天子。翊，擁戴輔弼。唐錢起送王相公赴范陽：「翊聖銜恩重，頻年按節行。」

❺ 撥：別本或作「處」。

聖旨准奏，其子隨便居住，崔氏沒入外機坊織作。得了此旨，我即刻差京城巡捉使❼，星夜將崔氏囚之機坊，將他兒子撚❽出京城去。好來回話也。（大使上）兼充五城使，未入九流官❾。稟老爺回話。

（宇）拿崔氏到局坊❿去了？（使）容稟：

【黃鶯兒】半老尚多嬌，聽拘拿粉淚漂，我穿通⓫駕上人⓬驚倒。家私盡抄，兒女盡逃，則一名犯婦今收到。（合）好輕敲，把寃家散了，長是樂陶陶。

（宇）你這個官兒到能事，記你一功，送吏部紀錄去。（使叩頭謝介）

---

❻ 官婢：指因罪被籍沒官府作奴婢的女子。新唐書嚴武傳：「（嚴武）卒，母哭，且曰：『而今而後，吾知免為官婢矣。』」

❼ 即刻差京城巡捉使：「差」字下朱墨本有一「官」字。京城巡捉使，即五城兵馬指揮使。見第二十齣注㊴。

❽ 撚：同「攆」，驅趕、斥逐。元秦簡夫東堂老第四折：「哇，下次小的每，與我撚這兩個光棍出去！」

❾ 兼充五城使二句：從「未入九流官」句看，這個「五城使」當是五城兵馬指揮使屬下的小吏役。

❿ 局坊：明設織造局，由太監督造各種絲織品供皇室和朝臣專用。局坊為織造局管轄的織造作坊。局坊分內外，前文稱崔氏沒入外機坊織作，不同於宮中的「內織染局」。此外，織造局在南京、蘇州、杭州等地還設有分局。

⓫ 穿通：即疏通皇帝指派的人。

⓬ 駕上人：指傳詔令的黃門侍郎或宮中禁衛官之類人物。明馮夢龍編纂古今小說卷三十六宋四公大鬧禁魂張：「天子准奏，口傳聖旨，使駕上人去捉拿太尉石崇下獄，將石崇應有家資皆沒入官。」

殺人須見血，立功須要徹。都是會中人，不勞言下說。⓭

⓭殺人須見血四句：四句下場詩，別本首句上或有「宇」字，二句上有「使」字。宋元戲曲小說習用語。本作「殺人須見血，為人須為徹」。元關漢卿望江亭第三折：「官人，你救黎民，為人須為徹；拿濫官，殺人須見血。」又，水滸傳第九回：「魯智深道：『殺人須見血，為人須為徹。』洒家放你不下，直送兄弟到滄州。」此緣劇情改變了後句。會，謂會心、會意，即彼此心中有數。

第二十二齣 備苦

（淨扮賊上）臉上幾根毛，僭號❶「鬼頭刀」。小子連州❷人，一生翦徑❸。這幾日空閒，有個兄弟在古梅村，尋他幹事去。（行介）兄弟在家麼？（丑扮賊上）半生光浪蕩，混名「下剔上」。（淨）怎生叫做下剔上？（丑）但是討寶，沒有的，不管死活，從頦下一剔剔上去。（淨）快當❹，快當。兄弟，這幾日空過怎好？（內虎吼介）（丑）虎來了，和哥哥前路等人去。誰知虎狼外，更有狠心人。（下）（生傘上）行路難，行路難。不在水，不在山。朝承恩，暮賜死。行路難，有如此❺。我盧生，身居將相，立大功勞。免死投荒，無人敢近。一路乞食而來，直到潭州❻。州守同年，偷送一個小廝❼，小名呆

❶ 僭號：僭，本指超越本分，謂地位在下者冒用地位在上者名義、禮儀以及器物等。僭號，則指冒用帝王稱號。此調笑戲謔之語也。

❷ 連州：即今粵北連州市。唐代嶺南三州（廣州、連州、韶關）之一。唐劉禹錫送曹璩歸越中舊隱：「郊溪若問連州事，唯有青山畫不如。」

❸ 翦徑：即截道攔路搶劫。

❹ 快當：猶爽快、暢快。永樂大典戲文三種張協狀元第十一齣：「丑：『我得老婆便去。』末：『且是快當！』」

❺ 行路難二句：化用唐白居易太行路借夫婦以諷君臣之不終也：「行路難，難於山，險於水。不獨人間夫與妻，近代君臣亦如此。」

打孩❽，背負而來。過了連州地方，與廣東接界，只得拚命前去。那小廝也走動些麼？（叫介）呆打孩，呆打孩。（童擔上）走乏了，秀才挑了去。（生）你再挑一程兒麼。（行介）

【江兒水】❾眼見得身難濟❿路怎熬？凌雲臺⓫畫不到這風塵貌，玉門關想不上厓州⓬道。（童）腦領上黑碌碌的一大古子⓭來了。（生）禁聲！那是瘴氣頭，號為瘴母⓮。（歎介）**黑碌碌瘴**

---

❻ 潭州：即今湖南長沙。隋開皇九年（西元五八九年）改湘州為潭州。隋煬帝時又改為長沙郡，轄區縮小。唐武德三年（西元六二一年），又改長沙郡為潭州，轄域相當於今湖南東北大部分地區。

❼ 州守同年二句：州守，唐代州的行政長官稱刺史，郡的行政長官稱太守，潭州介於州郡間，故稱。同年，指同科中試者。偷送一個小廝，悄悄送一個小僕人。

❽ 呆打孩：亦作「呆答孩」、「呆打頦」，指呆笨、不精明。戲曲小說中用以形容發楞發呆，或因驚恐、凝思而不知所措的神情。元無名氏硃砂擔第二折：「諕的我呆打頦空張著口，驚急力怕擡頭。」此借用作人名，猶俗言傻小子。

❾ 江兒水：葉譜本作〔雁過江〕，指〔雁過聲〕犯〔江兒水〕。

❿ 身難濟：謂身體難以支撐。濟，成也，即可以（做到）。難濟，即不濟。左傳昭公四年：「求逞於人，不可；與人同欲，盡濟。」

⓫ 凌雲臺：即凌雲閣。見第二十齣注㊺。

⓬ 厓州：厓，同崖。見第二十齣注㉞。

⓭ 大古子：即大股子，或大箍子，痕跡也。此指所謂的「瘴母」。

⓮ 瘴母：指瘴氣。亦稱「瘴毒」、「瘴癘」。指熱帶山林中濕熱蒸騰之氣，可使人致病。唐劉恂嶺表錄異卷上：「嶺

影天籠罩。和你護著嘴鼻過去。（走介）好了，瘴頭過了。（童）又一個瘴頭。（生）怎了？怎了？**這裏有天難靠，北地裏堅牢，偏到的南方壽夭⑮。**（內虎嘯介）（童哭介）大蟲來了，走不動。（生）著了瘴麼？有甚麼大蟲？（童）那不是大蟲？（虎跳上）

（生驚介）天也！天也！

【忒忒令】是不是山精野貓？覷模樣定然為豹。古語云：刀不斬無罪之漢，虎不食無肉之人。咱盧生身上無肉也。（童）呆⑯打孩一發瘦哩。（生）**瘦書生怎做得這一餐東道？賽得過撲趙盾小神獒⑰。**（虎跳介）（生）**怎生不轉額，前來跳？意兒不好。**

表或見物自空而下，始如彈丸，漸如車輪，遂四散。人中之即病，謂之瘴母。」宋楊萬里送彭元忠縣丞北歸：「黃茅起烟如黃沙，瘴母照永曼陀花。」

⑮ 北地裏堅牢二句：意謂在北方生活得很舒適，何故到南方來尋死。堅牢，踏實牢靠。壽夭，夭折、短命。紅樓夢第五回十二釵判詞又副冊晴雯判詞：「壽夭多因毀謗生，多情公子空牽掛。」

⑯ 呆：此字上朱墨本有一「我」字。

⑰ 撲趙盾小神獒：趙盾，即趙宣子，嬴姓，趙氏，名盾，謚號「宣」，春秋時晉國卿大夫。獒，猛犬也。左傳宣公二年云，晉靈公設宴，陰伏甲兵，欲加害趙盾。趙盾「其右提彌明知之」，「公嗾夫獒然，明搏而殺之」。「盾曰：『棄人用犬，雖猛何為。』鬥且出，提彌明死之」。晉靈公使獒撲趙盾，提彌明以死護主，傳為義勇佳話。元紀君祥據此情境，敷演為佞臣屠岸賈使神獒撲殺趙盾情節，即趙氏孤兒大報仇雜劇。

虎有三步打⑱，待咱張起傘來。（張傘作鬬介）（內叫）畜生，不得無禮！（虎咬童下）（生哭介）大蟲拖去呆打孩了，且獨自行去。（行介）我閒想起來，朝中黃羅涼傘⑲，不能勾遮護我身，這一把破雨傘，到遮了我身；滿朝受恩之人，不能替我的命，到是呆打孩替了我命；看來萬物有緣哩。（丑淨持刀趕上）漢子那裏去？（生驚介）往海南的。（丑）討寶來，討寶來。（生）貧子有甚麼寶？

【五供養】雨衣風帽，念盧生出仕在朝。（淨）在朝一發有寶了。（生）**些須⑳曾有寶，盡被虎狼饕㉑。**（丑）難道老虎連金銀都喫去了？討打！討打！討打！（刀背打介）（生）不要打，小生也是個有意思的人㉒。（丑）要你有意思做甚麼㉓？（生）小生是個有功勞之人。（丑）功勞甚麼用？討寶來。（生嘆

---

⑱ 虎有三步打：猛虎撲鬥，俗稱有三個大動作。水滸傳第二十三回描寫武松打虎，寫了武松「三閃」之後云：「原來那大蟲拿人只是一撲，一掀，一翦；三般捉不著時，氣性先自沒了一半。」此句中的「打」字，別本或作「走」。

⑲ 黃羅涼傘：即「黃羅傘蓋」，簡稱「黃傘（繖）」。本為皇帝的儀仗之一，後世官員儀仗亦可用之，知府以上用黃傘，知府以下用藍傘，以不同顏色區別品級高下。清吳敬梓儒林外史第十八回：「今日是一把黃傘的轎子來，明日又是七八個紅黑帽子的吆喝了來，那藍傘的官不算，就不由的不怕。」

⑳ 些須：猶些許，謂少也。

㉑ 饕：貪食。猶饕餮，本為傳說中一種怪獸，引申為貪婪、暴食。

㉒ 有意思的人：謂不是一般人，是有身分、有地位的人。此為盧生討饒時的自我標榜。

㉓ 做甚麼：猶言有甚麼用？「麼」字別本或作「那」。

介）咳，我想諸餘不要，則買身錢荷包在腰。誰人知意思？何處顯功勞？罵你一聲黑心賊盜。

（丑）沒有寶，又罵我賊，下剮上宰了。（殺生介）（生作死介）（丑）前生有今日，來歲是周年。（下）

（生醒介）哎喲，這頸子歪一邊去，濕淋侵怎的？（看介）是血哩，誰在我頸頦下抹了一刀。喜的不曾斷喉，且把頸子端正起來。（踴起正頭叫疼介）呀，原來大海子㉔。（望介）（疼介）恰好一隻船兒也。

（舟子上）何來血腥氣，觸污海潮風。漢子，救你一命。（眾不許生上介）（舟子勸上介）

【玉劄子】（眾）是烏艚還是白艚㉕？浪崩天雪花飛到。（內風起介）（眾）颶風起了，惡風頭打住篷㉖梢，似大海把針撈。浮萍一葉希，帶我殘生浩渺。

（生）好了，前面青山一帶，是海岸了。（舟）哎喲，鯨魚曬翅黑了天，這船人休了。（眾哭介）

【江神子】㉗則道晚山如扇插雲高，怎開交？遇鯨鼇。則他眼似明珠，攝攝的㉘把人

㉔ 海子：指湖泊、水潭。源自蒙古語「達來」。將內陸水域稱作海子始於元代，蒙古人久居草原，渴望大水，故稱。藏語則稱「措」，亦是海的意思。

㉕ 是烏艚還是白艚：均指南粵大船，烏艚主要用於運糧鹽，白艚主要用於捕魚。若有戰事，亦可用作戰船。清屈大均廣東新語卷十八舟語操舟戰船：「其飄洋者曰白艚、烏艚，合鐵力大木為之，形如槽然，故曰艚。首尾又狀海鰍，白者有兩黑眼，烏者有兩白眼，海鰍望見，以為同類，不吞噬。」

㉖ 篷：原本誤作「蓬」，據朱墨本改。

㉗ 江神子：錢南揚校云：「葉譜題作〔石榴鎗〕，調〔石榴花〕犯〔急三鎗〕。」

瞧。翅邦㉙兒何處落？纔一閃，命秋毫。

（內普魯空空㉚聲介）（眾）壞了！（船覆眾下介）（生得木板漂走哭上介）哎喲，天妃聖母娘娘㉛，一片木板兒，中甚用呵？（風起介）好了，好了，一陣颶風來，前面是岸，儘力跳上去。（跳介）謝天謝地！（內大風吼介）（生抱頸介）哎，緊巴著這頸子，可吹不去呢。（風吼哭介）吹去頸子怎好？靠著石亭子倒了去也。（倒介）（扮眾鬼上）（各色隨意舞弄介）（末扮天曹㉜上）眾鬼不得無禮！呀，此人有血腥氣。（看介）原來頦下刀傷，將我一股髭鬚，替他塞了刀口。（鬼替撏㉝鬚塞口諢介）（天曹）盧生，聽吾分付：二十年丞相府，一千日鬼門關。（下）（生醒介）哎喲，好不多的鬼也！分明一人將髭鬚塞了頦下刀口，又報我二十年丞相府，一千日鬼門關。呀，真個長下髫子了。（扮二樵夫黑臉蓬頭繩扛打

㉘ 攝攝的：猶閃閃的。攝，同懾，這裡是閃爍著明亮的眼睛，使人驚恐。

㉙ 翅邦：即翅膀。「邦」字葉譜本作「帮」。

㉚ 普魯空空：象聲詞，擬船傾覆之響聲。

㉛ 天妃聖母娘娘：即媽祖，又稱「天后」、「娘媽」等，為東南沿海一帶民間海神信仰。媽祖原名林默，宋都巡檢林願的女兒，農曆三月二十三日生於福建莆田湄洲島。少遇異人授以「玄微真法」，後又得「天書」，相傳能出元神救助海上遇難船隻。據正統道藏洞神部載，太上老君看到翻舟覆船，海難頻仍，乃命妙行玉女於三月二十三日降生人間，扶難拔苦，救助生民，是為天妃。林默成仙昇天後，身穿紫衣，雲遊海上，遇有海難，則顯靈救之。

㉜ 天曹：道教所稱之天庭官署，亦泛指仙官。唐薛用弱集異記衛庭訓：「歲暮，神謂庭訓曰：『吾將至天曹，為兄問祿壽。』」

㉝ 撏：音ㄒㄧㄢˊ，撕扯，拔（毛髮）。紅樓夢第二十九回：「再多說，我把你這胡子還撏了呢！」

歌上）打柴打柴打打子柴，萬鬼堂㉞前一樹槐。（生驚介）又兩個鬼來了。（樵）是黑鬼。（生）一發嚇殺我也！（樵）我們是這崖州蠻戶㉟，生來骨髓都黑，因此州裏人都叫做黑鬼。我是砍柴的。（生）原來這等。你這裏白日有鬼？（樵）你不看亭子大金字？（生看念介）呀，盧生到了鬼門關，眼見無活的也。（樵）你是何等人，自來送死。（生）我是大唐功臣，流配㊱來此。（樵）州裏多見人說：有大官宦趕來，不許他官房住坐，連民房也不許借他。（生）好苦！（樵）可憐，可憐，我磵房㊲住去。（生）怎生叫做磵房？（樵）你是不知，這鬼門關大小鬼約有四萬八千，但是颶風起時，白日裏出跳。則是鬼矮的離地三寸，高的不上一丈，下面住鬼打攪得荒，我們山崖樹杪架些排欄㊳，夜間護著個四德狗子睡。（生）怎生叫四德狗子？（樵）他一德咬賊，二德咬野獸，三德咬老鼠，四德咬鬼。（生）罷了，罷了，沒奈何護著狗子睡了。則我被傷之人，磵不上去。（樵）繩子擡罷。（擡介）

【清江引】狗排欄架造無般㊴妙，個裏難輕造。山崖斗㊵又高，棘刺兒尖還俏，黑碌碌

㉞ 萬鬼堂：「堂」字朱墨本作「臺」。

㉟ 崖州蠻戶：指崖州土著。唐薛能邊城作：「管排蠻戶遠，出箐鳥巢孤。」

㊱ 流配：流放發配，指被貶謫到偏遠地方。續資治通鑑宋高宗建炎四年：「自今官吏犯贓雖未加誅戮，若杖脊流配，不可貸也。」

㊲ 磵房：用亂石壘砌的房屋，因其外觀類於磵堡，故稱。明楊慎滇海曲（其六）：「磵房草閣瞰夷庭，側島懸崖控絕徑。」

㊳ 樹杪架些排欄：樹杪，樹木末梢。排欄，架在樹木枝杈上的圍欄，可供人偃仰睡臥，實為簡易的樹上弔屋。

的回回㊶直上到杪。

【前腔】八人擡坌煞那團花轎，這樣還波俏㊷。草繩繫著腰，黑鬼兒梭梭跳，這敢是老平章到頭的受用了？

逃得殘生命，鷦鷯寄一枝㊸。
情知不是伴，事急且相隨㊹。

㊴ 般：朱墨本作「邊」。

㊵ 斗：當作「陡」，即陡峭之意。

㊶ 回回：指崖州蠻戶，即上文所稱之「黑鬼」。湯顯祖常以「番」、「回」連用，並非專指信奉伊斯蘭教之人。如牡丹亭第二十一齣謁遇中苗舜賓於廣州香山嶴多寶寺鑑寶時云：「叫通事，分付番回獻寶。」可知在其筆下，「番回」、「回回」一也，泛指邊地之少數民族。

㊷ 八人擡坌煞那團花轎二句：坌，同「笨」。那團花轎，戲稱蠻戶的排欄。波俏，漂亮、俊俏，元馬致遠青衫淚第二折：「小子金銀又多，又波俏。你不陪我，卻伴那樣人。」此亦戲語，是對蠻戶人豬同臥的排欄作調侃。

㊸ 鷦鷯寄一枝：語出莊子逍遙遊：「鷦鷯巢於深林，不過一枝。」後遂以「鷦鷯一枝」喻棲身簡陋亦無可奈何。唐白居易我身：「窮則為鷦鷯，一枝足自容。」

㊹ 情知不是伴二句：宋元戲曲小說習用語。「情知」，亦作「明知」。明成化本白兔記第七齣下場詩：「工是情知不是伴，事急且相隨。」又，明周朝俊紅梅記第十齣誘禁：「我且暫時應承，改日再辭。正是：明知不是伴，事急且相隨。」

第二十三齣　織恨

（末扮機坊大使官上）平生不作皺眉事，天下應無切齒人❶。自家京城巡捉使❷，為抄劄❸盧家有功，超升外織作坊一個大使，此乃當朝宰相宇文老爺之恩也。老爺還要處置盧家，但是他夫人織造粗惡❹，未完事件，都要起發❺他一場。想起來也是個一品夫人，大使官多大，去凌辱他。（想介）有計

❶ 平生不作皺眉事二句：宋元俗語謠諺，謂一生不做使人惱怒唾棄之事，就不會有對自己忌恨的人。語本宋邵雍的詩句。清袁枚隨園詩話卷九：「世上口頭俗語皆出名士集中。『平生不作皺眉事，天下應無切齒人。』邵康節詩也。」二句屢見後世戲曲小說中，如京本通俗小說碾玉觀音以及金瓶梅詞話第二十五回、八十七回中等。亦見於增廣賢文（上）中。

❷ 京城巡捉使：見第二十齣注59。

❸ 抄劄：亦作「抄札」，即查抄沒收。水滸傳第五十八回：「把慕容知府一家老幼盡皆斬首，抄劄家私，分表眾軍。」

❹ 但是他夫人織造粗惡：只要他夫人織出的東西質量不佳。但是，凡是，只要是。清納蘭性德〔浣溪沙〕：「但是有情皆滿願，更從何處著思量，篆烟殘燭併回腸。」

❺ 起發：訛詐，撈取。明周楫西湖二集卷二十巧妓佐夫成名：「看見財主之人，便叫粉頭用計起發他的錢財，將來送與當事有勢力之人。」

了：督造太監將到，攛掇❻他去淩辱便了。在此伺候。（丑扮內官❼上）本是南內❽押班使，帶作西頭供奉官❾。吾乃掌管織造穿宮內使❿便是，好幾個月不曾下局。大使何在？（末見介）公公下局，小官整備茶飯伺候。（丑）你知近日朝廷有大喜事麼？（末）不知。（丑）乃是吐蕃國降順中華，帶領西番一十六國侍子⓫來朝，所費錦段賞犒不貲⓬，故來催儹。你可知事？（末）小官知事，只是外機坊

❻ 攛掇：慫恿鼓動別人去做某事。元石君寶秋胡戲妻：「他那裏口口聲聲，攛掇先生，不如歸去。」

❼ 內官：與下文的「內家人」，皆指宦官太監。唐李德裕長安秋夜：「內官傳詔問戎機，載筆金鑾夜始歸。」

❽ 南內：唐玄宗改舊宅造興慶宮，在大明宮（東內）之南，因稱南內。清洪昇長生殿第四十五齣雨夢：「朕自幸蜀還京，退居南內，每日只是思想妃子。」

❾ 西頭供奉官：供奉官，為唐代從官之名號。永徽年間皇帝常居於大明宮，便另設從官，稱作「東頭供奉官」，西宮大內原從官則稱作「西頭供奉官」。所謂從官，乃指皇帝身邊供差使的內供奉官。唐代內供奉官是五品及五品以下供奉官和皇帝近身侍從官員編外的特殊任職形式。

❿ 穿宮內使：指持有自由出入宮禁穿宮牌的太監。元無名氏抱妝盒楔子：「天子准奏，可著穿宮內使陳琳傳示六宮去。」參見第七齣注㉑。

⓫ 西番一十六國侍子：舊唐書地理志三安西大都護府：「乃於于闐以西、波斯以東十六國皆置都督。」十六國，即五胡十六國，亦即東晉十六國，唐代時已屬安西都護府，其地域仍沿舊稱。侍子，指西域屬國之王或首領遣其子入朝陪侍天子，學習漢族禮儀文化，所遣之子稱作侍子。後漢書光武帝紀（下）：「鄯善王、車師王等十六國，皆遣子入侍奉獻，願請都護。帝以中國初定，未遑外事，乃還其侍子，厚加賞賜。」

⓬ 不貲：指數目很多，不可計量。

錢糧有限，無可孝敬公公。（丑惱介）不孝敬公公麼？多大孫孫子哩！（末）不敢說，有一場大孝敬，只要老公消受得。（丑）怎麼大孝敬？（末）老公公半年不到此間，有個織婦，係盧尚書妻小，那尚書積貫⓭通番，得些寶玉珍珠，都在那妻子手裏。（丑）難道他雙手送來？（末）馬不弔不肥，人不弔不招。弔將起來就招了。（丑）我內家人心慈。（末）小官打耳睬子⓮。（丑）著，憑仗太監公公，欺負盧家媽媽。（下）（旦貼抱錦上）

【破齊陣】一旦內家奴婢，十年相國夫人。零落歸坊，淋漓當戶，織處寸腸挑盡。怎禁得咿軋機中語⓯？待學個回環錦上文⓰，殘啼雙翠顰⓱。

〔殢人嬌〕小織機坊，煙鎖幾重簾箔。挑燈罷，停梭夢著。流人江嶺，半夜歸來飄泊。宮牆近也，又被啼烏驚覺。望斷銀河心緬邈⓲，恨蓬首居然織作。天寒翠袖，試綵鴛⓳雙掠。正脈脈秦川⓴，迴文

⓭ 積貫：謂經常、一貫。

⓮ 打耳睬子：即裝聾作啞，心照不宣，只管去做。

⓯ 咿軋機中語：織機的響聲彷彿在訴說。咿軋，象聲詞，同「咿呀」。

⓰ 回環錦上文：用晉蘇蕙織錦回文事。晉書竇滔妻蘇氏傳云：竇妻蘇蕙善屬文，竇被徙流沙，蘇蕙苦思之，織錦為回文「璇璣圖」詩。其詩回環往復讀之，均可成誦，「詞甚淒婉，凡八百四十字」。後世稱之為「回文詩」，簡稱「回文」。

⓱ 殘啼雙翠顰：殘啼，朱墨本作「啼殘」。雙翠，喻指女子的雙眉。顰，皺也。此句指淚盡之愁苦容顏。

⓲ 緬邈：遙遠。這裡是瞻望懷遠，思念渺杳之意。晉潘岳寡婦賦：「顧影兮傷摧，聽響兮增哀，遙逝兮逾遠，緬邈

淚落。奴家盧尚書之妻清河崔氏。兒夫罪投煙瘴，奴家沒入機坊，止許梅香一人相隨。暗想公相在朝，夫榮妻貴，府堂之內，奴婢數百餘人。奴有金貂，婢皆文繡。誰知一旦時事變遷？這也不在話下了。只是夫離子散，好不傷心呵。

【漁家傲】機房靜織婦思夫痛子身，海南路歎孔雀南飛㉑，海圖難認。（貼）**到宮譜宜男雙鴛處，怕鈿愁暈㉒。**梅香呵，**昔日個錦簇花圍，今日傍宮坊布裙。**（合）**問天天，怎舊日今朝今朝來是兩人？**

兮長乖。」

⑲ 綵鴛：指鴛鴦。此句「試」疑為「似」之訛。唐溫庭筠博山：「粉蝶團飛花影轉，綵鴛雙泳水生紋。」

⑳ 脈脈秦川：脈脈，含情貌，此指思念之情不絕如縷。秦川，泛指秦嶺以北的關中平原地區，號稱八百里秦川。前文織錦回文的蘇蕙為始平人，地屬秦川，故亦稱「秦川女」，後世以其喻指女子思念遠別的丈夫。此為崔氏以蘇蕙自況。唐李白烏夜啼：「機中織錦秦川女，碧紗如烟隔窗語。」

㉑ 孔雀南飛：指漢樂府詩孔雀東南飛，以其喻夫婦遠別離也。

㉒ 到宮譜宜男雙鴛處二句：宮譜，指織錦紋樣圖譜。宜男，多年生草本植物，即萱草。舊俗以為孕婦佩戴宜男草則可生男孩。晉周處風土記：「宜男，草也，高六尺，花如蓮，懷妊人戴佩，必生男。」這裡宜男、雙鴛，均指織錦上的圖案。另，〔宜男草〕也是詞牌名，雙調五十八字，上下片各四句，三仄韻。詞見宋范成大石湖詞。湯顯祖此處用意微妙，極見文心之巧。崔氏既思念丈夫，亦牽掛兒女。怕鈿愁暈，謂情愁間織錦，生怕眩暈。鈿，即翠鈿、花鈿，古代女子的首飾。鈿與愁在古詩詞中往往連用，即鈿愁。如五代李珣〔酒泉子〕：「孤帆早晚離三楚，閒理鈿箏愁幾許。」又，明劉基憶王孫十二首集句（其六）：「情愁無意理花鈿，萬事傷心在目前。」

（旦）在此三年，滿朝仕宦，沒個替相公表白冤情。（貼）好苦！好苦！

【攤破地錦花】（旦）大冤親，把錦片似前程刌㉓。一謎謎塵，白日裏黑了天門。待學蘇妻，織錦迴文。（合）奏明君，倘然間有見日分㉔。

（貼）夫人，織錦迴文，獻上御覽，召還相公，亦未可知。筆硯在此，先填了詞，好上樣錦。（旦寫介）宮詞二首，調寄〔菩薩蠻〕。待我鋪了金縷朱絲，梅香班織㉕。（貼）是如此。（旦鋪錦上織介）

【剔銀燈】無情緒絲頭亂廝引，無斷倒挑絲兒廝認。一縷縷金襯著一絲絲柔腸恨，一字字詩隱著一層層花毬暈㉖。（合）迴文玉纖拋損，一溜溜梭兒攛過淚墨痕。

（內喝介）（貼）催錦的官兒將到，夫人趲㉗起些。

【麻婆子】（旦）㉘織就織就官錦上，辭兒受苦辛。蟋蟀蟋蟀天將冷，停梭悵遠人。穿花錦滴淚眸昏，一勾絲到得天涯盡。（內喝介）（合）促織人催緊，愁殺病官身㉙。（末同丑

㉓ 刌：音ㄘㄨㄣˇ，斷送。

㉔ 倘然間有見日分：意為或許有辨誣平冤的時候。間有，或有。見日，猶撥雲見日。分，分辨清楚。

㉕ 班織：安排織作。班，此為布置、準備之意。爾雅釋言：「班，賦也。」注：「謂布與。」

㉖ 花毬暈：花毬指織錦上的圖案。暈，謂字字詩句彷彿隱含在圖案中。暈的本意指日月之光折射形成的光圈，引申指迷離模糊，如「墨暈」、「紅暈」等。此指織錦圖案在光的作用下產生的光暈。

㉗ 趲：趕快。參見第十四齣注⑭。

㉘ 旦：此處原無「旦」字，據文意依別本補。

嚮道上)

【粉蝶兒】帽帶餛飩，高帶著牙牌風韻㉚。

(末)已到機坊。(丑)還不見機戶迎接，可惡！可惡！(貼慌介)督造內使來到，夫人，患難之中，只索㉛迎接。(旦)我乃一品夫人，有體面的，你去便了。(貼應跪接介)機戶迎接公公。(丑笑介)好好，起來，起來，起來。你就是盧夫人哩？(貼)機戶叫做梅香。(丑問末介)怎麼叫做梅香？(末)梅香者，丫頭之總名也。春間討的是春梅，冬天討的是冬梅，頭上害喇驢的叫做喇梅。不知㉜是盧尚書那一時討的？總名梅香。(丑笑介)梅香，梅香，有甚香處？(末)梅香者，暗香也。都在衣服裏下半截。(低介)弔起，那一陣陣香，滿屋竄來。(丑低)你纔說珠寶一事，這丫頭可知？(末)他是盧尚書的通

㉙促織人催緊二句：促織人，指來催促織錦的官吏，然上文已言及蟋蟀，這裡的促織便是雙關之意。天冷人逼，愁上添愁。官身，多指教坊司中的官妓。參見第八齣注⑲。元關漢卿謝天香第二折：「謝大姐，老爺題名兒叫你官身哩！」亦指沒入官奴的男女罪犯。元無名氏藍采和第二折：「誤了官身，大人見罪，見今拘喚，須索見咱。」此是崔氏自指。

㉚帽帶餛飩二句：指京城巡捉使與內官的裝束。唐人頭上的幞頭結扣形狀頗似餛飩。牙牌，明代官吏進出宮禁的標識牌，始於洪武年間。其製以象牙為之，刻官職名姓於其上。即穿宮入殿牌，參見第七齣注㉑。

㉛只索：只得、只能。此有不得不為之，勉為其難之意。元高文秀黑旋風：「我只索陪著笑臉相迎，那廝鼻中殘涕望著我這耳根邊噴。」

㉜不知：此二字上朱墨本有一「這」字。

房㉝，怎生不知？（丑歎介）則他便是盧尚書通房，其實欠通。（末）不要管他，只聽我說一句，你發作一番便了。（丑）領教了。（見介）盧家的那裏？（旦）公公少禮。（丑惱介）哎喲，你是管下的機戶，不磕頭，卻教公公少禮。難道做公公的你處磕頭不成？且擡犒賞夷人㉞的錦段來瞧。（末）千字文㉟編號，有個八段錦，犒賞夷人字號：宣威沙漠，臣伏戎羌㊱。每個字號該錦八疋，八八六十四疋。（丑）呈樣來。（貼呈錦介）這宣威沙漠的樣錦。（末耳語介）（丑）呀，錦文囂薄，不中，不中。（貼又呈錦介）這是臣伏戎羌的錦。（末耳語介）（丑）忒軟了。（貼）公公是不知，這宣威沙漠字號的錦，就要紗㊲一般薄；臣伏戎羌的錦，就要絨一般軟軟的；都是欽降錦樣兒。（丑問末介）敢是欽降的？你去㊳點數來。（末點介）只㊴有七七四十九疋，少造了八八六十四疋。（丑惱介）好打哩！（做打介）（貼

㉝ 通房：婢女被主人納為侍妾之謂。明馮夢龍編纂警世通言金令史美婢酬秀童：「遇個貴人公子，或小妾，或通房，嫁他出去。」

㉞ 夷人：古代對華夏族之外各少數民族的通稱，有所謂東夷、西戎、南蠻、北狄。唐馬戴送呂郎中牧東海郡：「海鶴空庭下，夷人遠岸居。」

㉟ 千字文：南朝梁武帝命給事郎周興嗣以一千個不同的字組成一篇四字句韻文，署「梁員外散騎侍郎周興嗣次韻」。後成為童蒙識字讀本。後多以其字序作為編排序號。

㊱ 有個八段錦四句：八段錦本為方士健身術的一種，此導引術功法起源於北宋。將其功法以錦緞喻之，取意為五顏六色，華美絢麗。「宣威沙漠，臣伏戎羌」，出於千字文。

㊲ 紗：原誤作「沙」，據各本改。

㊳ 你去：此二字上原有（丑）字，衍，據朱墨本刪。

遮）（旦哭介）

【普天樂犯】⑩錦官院⑪把時光儘，織作署風雷迅。（末耳語介）（丑）是哩，這錦上絲文長是斷的，且不打正身，打這丫頭傷春懶慢。（旦）他作官身甚傷春？到是俺縷金絲腸斷懷人。（末耳語介）（丑）是哩，懷人便是傷春，傷春便是懷人，好打，好打。（旦背哭介）織錦字字縈方寸，怎覷的一絲絲都是淚痕滾？（回身指末介）恨無端貝錦胡云⑫，（指錦介）似這官錦如雲，甚干忙，要巴巴羯羯⑬你這內家人。

（末背嘴介）婦人罵老公公哩。罵你巴，又罵你羯狗⑭，好發作了。（丑惱介）呀，偏我巴，你不巴！

㊴只：別本或作「見」。

⑩普天樂犯：錢南揚校云：「葉譜題作〔普天樂〕犯〔玉芙蓉〕。」

⑪錦官院：即織造局，下句「織作署」互文亦同。參見第二十一齣注⑩。

⑫貝錦胡云：指羅織罪名陷害他人的讒言。貝錦，本指貝螺形圖案的織錦，喻編造誣陷之言。語出詩經小雅巷伯：「萋兮斐兮，成此貝錦。」宋朱熹詩集傳：「言因萋斐之形，而文致之以成貝錦，以比讒人者因人小過而飾成大罪也。」宋張栻讀李邕碑：「豈關貝錦有成禍，只恐干將不自奇。」

⑬巴巴羯羯：戲曲小說中常見「巴巴結結」、「巴巴劫劫」、「巴巴急急」，多作辛苦勞作解，如京本通俗小說錯斬崔寧：「光陰迅速，大娘子在家巴巴結結將近一年。」或亦解作勉強、拮据。細繹上下文，這裡當理解為巴結、攀附，即不願向太監示弱屈服。

⑭羯狗：詈語。羯，特指閹過的公羊。此猶言去勢的公狗。

我羯，你不羯！本待不尋思你，不怕不尋思你，待我親自問他。那因婦過來，聽見你丈夫交通番回㊺，有寶玉珍珠多少，拿送公公鑲帽頂、鬧粧㊻鸞帶可好？（旦）家私都打沒了，那討哪？（末耳介）（丑）是了，馬不弔不肥，人不打不招。先把梅香弔起來。（弔介）（末假救介）老公公休打他，他自招來。（丑打）（貼不伏介）哎喲，寶貝都沒有了，珍珠到有些兒。（丑）在那裏？（貼）裙窩裏溜的。（貼尿諢介）（丑）這是梅香下截的香竄將出來了。（內喝道）（丑末慌介）司禮監㊼公公響道了。（走介）（高上）

【金雞叫】帽擁貂蟬㊽，紅玉帶蟒袍生暈。可憐金屋裏有向隅人㊾，何日金雞傳信㊿？

㊺聽見你丈夫交通番回：「見」字朱墨本作「是」；「回」字朱墨本作「國」。交通，猶裡通外國。

㊻鬧粧：亦寫作「鬧裝」、「鬧妝」，即裝飾。古代指用金銀珠翠裝飾腰帶及鞍、轡等。明蘭陵笑笑生金瓶梅第四十八回：「西門慶這裏是鑲玉寶石鬧妝一條，三百兩銀子。」

㊼司禮監：明置官署名，始於洪武間，是內庭管理宦官和宮內事務的「十二監」之一，號稱宮中「第一署」。司禮監由太監掌管，權勢日隆，明中期後，秉筆太監可代帝「批紅」。劉瑾、馮寶等都曾擔任過司禮監主管，魏忠賢曾任秉筆太監。據明史卷七十四職官三宦官：「凡內官司禮監掌任，權如外廷元輔。」

㊽貂蟬：貂尾與蟬紋金鐺，冠飾。蟬，古書上謂類於虎的一種猛獸。唐代門下省侍中及皇帝近身寵臣官帽上的裝飾。參見第十三齣注㊴。

㊾向隅人：孤苦失落之人。隅，屋角。南朝梁徐悱贈內：「豈忘離憂者，向隅心獨傷。」

㊿金雞傳信：亦稱「金雞消息」。指朝廷降詔大赦。新唐書百官志三：「赦日，樹金雞於仗南，竿長七丈，有雞高四尺，黃金飾首，銜絳幡七尺，承以彩盤，維以絳繩。」明屠隆彩毫記妻子哭別：「浮生逐馬蹄，遇的是山精木

自家高力士便是。（歎介）我與平章盧老先生交遊有年，一旦遠竄烟方，妻子沒入外機坊織作。（歎介）好些時不曾看得他，知他安否？（丑末跪接介）督造機坊內使大使叩頭，迎接老爺。（高）去。（進見介）（高）夫人拜揖。（旦）不知老公公出巡，妾身有失迎接。（高）幾番遣人送些醬菜時鮮，可到呢？

（旦）都領下了。（哭介）老身好苦也！

【朱奴兒犯】(51)機絲脆怕彄(52)忙摘緊，機絲潤看雨暄風熅(53)。又怕展污了幾夜殘燈燼，奴便待儘時樣花文帖進。（高）使得，使得。（旦）奴家還有一言告稟：官錦之外，奴家親手製下粉錦(54)一端，迴文宮詞二首，獻上御覽，也表白罪婦一片苦心。（高）這不妨，便與獻上御前，或有回天之喜。（合）**淒涼運，憑誰問津？問天公怎偏生折罰罰這弄梭人？**

（貼哭叫介）老公公饒命！（高）夫人，饒了這丫頭罷。（旦）不是老身難為他，不敢訴聞，都是貴衙門督造內使。（高）怎的來？（旦）到這(55)也不催錦，也不看錦，只是打鬧，討寶貝若干，珍珠若干。

魅，何日裏蒙雨露赦金雞。」

(51) 朱奴兒犯：錢南揚校云：「葉譜題作〔朱奴芙蓉〕，謂〔朱奴兒〕犯〔玉芙蓉〕。」

(52) 彄：音ㄎㄡ，本指弓弩兩端繫弦之處。此用作動詞，猶折斷。

(53) 機絲潤看雨暄風熅：謂蠶絲潮濕了要以溫火或暖風烘乾。暄風，暖風也。熅，音ㄩㄣ，微火或無燄之火。漢書蘇武傳：「鑿地為坎，置熅火，覆武其上，踏其背以出血。」唐顏師古注：「熅，謂聚火無焱者也。」宋晏幾道〔浣溪沙〕：「臥鴨池頭小苑開，暄風吹盡北枝梅。」

(54) 粉錦：即素白之錦，以便於織迴文。

老公公，你說罪犯之婦，那討呵？（高惱介）原來這等，小的兒，快放下來。（丑忙鬆綁介）（高）軍校，帶著小的，衙門伺候。（拿丑下介）也是大使作弄他56。（高）連那大使拿著。（拿介）

【尾聲】（高）縷金箱點數了且隨宜進。（旦）聒殺57人那促織兒聲韻。（高）夫人，老尚書呵，終有日衣錦還鄉你心放穩。

抛殘紅淚58溼窗紗，織就龜文59獻內家。

但得絲綸60天上落，猶如錦上再添花。

---

55 到這：「這」字下朱墨本有一「裏」字。

56 也是大使作弄他：此句當為崔氏語。錢南揚校云：「句上應補（旦）字。」所校誠是。

57 聒殺：謂吵鬧煩擾，聒噪得令人難受。

58 紅淚：指女子與親人離別時的眼淚。典出晉王嘉拾遺記。薛靈芸被選入宮，離別父母時以玉唾壺承淚，壺呈紅色。及至京師，壺中淚凝如血。元王實甫西廂記第四本第三折：「淋漓襟袖啼紅淚，比司馬青衫更濕。」

59 龜文：本指古文字，這裡借指織錦迴文。漢蔡邕篆勢：「文體有六篆，巧妙入神，或象龜文，或比龍鱗。」龜，徐朔方校云：「疑當作『回』。」

60 絲綸：指帝王的詔書。語出禮記緇衣：「王言如絲，其出如綸。」唐孔穎達疏：「王言初出，微細如絲，及其出行於外，言更漸大，如似綸也。」絲，細縷。粗於絲者為綸。唐楊炯為劉少傳謝敕書慰勞表：「虔奉絲綸，躬親政事。」

第二十四齣　功白

【六么令】（字文同蕭上）（字）龍顏光現，探龍珠怕醒龍眠。（蕭）五雲❶高處共留連，黃閣老，紫微仙❷。（字）萬年枝上葫蘆纏，萬年枝上葫蘆纏❸。

（蕭）老相公怎麼說個葫蘆纏？（字笑介）腳不纏不小，官不纏不大哩。今日諸番侍子來朝，聖主御樓受賀，實乃滿朝之慶也。（蕭）恰❹好裴年兄以中書侍郎掌四夷館❺事，前來引奏，必有可觀。

❶ 五雲：即五色瑞雲，古以其為吉祥的徵兆，亦指皇帝所在之地。雲，別本或作「臺」。唐王建宮詞一百首（其十）：「丹鳳樓門把火開，五雲金輅下天來。階前走馬人宣尉，天子南郊一宿回。」

❷ 黃閣老二句：唐人稱中書及門下兩省舍人年資俱久者為閣老。舊唐書楊綰傳：「舍人年深者謂之閣老。公廨雜科，歸閣老者五之四。」著一「黃」字，謂老人髮黃也。爾雅釋詁：「黃髮、齯齒、鮐背、耇老，壽也。」紫薇仙，對中書省長官的尊稱。唐開元初曾改中書省為紫薇省，中書令改稱紫薇令。後雖恢復舊稱，但「紫薇」之稱往往習用。

❸ 萬年枝上葫蘆纏：此句原不疊，據朱墨本、葉譜本改。下曲「長呼萬歲」疊句同。

❹ 恰：朱墨本奪此字。

❺ 四夷館：明永樂五年所設專門負責翻譯邊疆少數民族及鄰國語言文字的機構。初屬翰林院，後隸於太常寺少卿提都館事。明史職官志三：「提都四夷館，少卿一人（正四品），掌譯書之事。」

【前腔】（裴上）天朝館伴，盡華夷押入朝班。雕題❻侍子漢衣冠，同舞蹈❼，拜金鑾，長呼萬歲天可汗❽，長呼萬歲天可汗。

（裴）二位平章老先生請了。今日侍子趨朝，君王受賀，舊規光祿寺排筵宴，織作坊賜文錦，俱已齊備，恭候駕臨。（宇）眾侍子禮當丹墀❾站立。（各侍子上）古魯古魯，力喇力喇❿。近隨漢使千堆寶，少答戎王萬疋羅⓫。（宇）分付諸番侍子，門外候駕。（各侍下）（內響仗介）（上引高力士眾上）

❻ 雕題：即雕額紋身。雕，刻鏤；題，額頭也。古代南方少數民族的一種習俗。此泛指邊地少數民族。唐段成式酉陽雜俎前集卷八：「越人習水，必鏤身以避蛟龍之患。今南中繡面佬子，蓋雕題之遺俗也。」

❼ 同舞蹈：朱墨本無「蹈」字。

❽ 天可汗：可汗，是古代北方遊牧民族所建立汗國領主的稱號，史書亦稱「可寒」，原意為「國王」，有別於匈奴領主「單于」（天之子）稱號。此是侍子們稱呼唐天子，加一「天」字，以示頂禮膜拜之意。

❾ 丹墀：亦作「丹陛」。皇宮殿前的石階塗以紅色，故稱。宋陸游送呂彥昇參謀：「楚塞蕭條久宿師，參謀承詔上丹墀。」

❿ 古魯古魯二句：為侍子們拜見唐天子時的歡呼聲。湯顯祖牡丹亭第四十七齣圍釋：「（老笑倒介）古魯古魯。（淨叫貼問介）他要娘娘什麼東西，古魯古魯不住的。」可知「古魯」猶「咕嚕」，或「咕噥」，象聲詞，謂只聞聲音，未知其意。又，湯氏南柯記第二十齣御餞：「（雙聲子）（眾）力力喇，力力喇，都是些人和馬。嚌嚌咋，嚌嚌咋，兩下裏吹和打。」繹文意，「力力喇」亦象聲詞。

⓫ 近隨漢使千堆寶二句：出自唐杜甫喜聞盜賊蕃寇總退口號五首（其四），原句為：「舊隨漢使千堆寶，少答胡王萬疋羅。」

【夜行船】日華高罩長明殿，遶垂旒⑫萬里江山。五國單于，三韓侍子⑬，都俯伏在丹墀北面。

（孛蕭見介）（裴見介）中書侍郎掌四夷館事臣裴光庭謹奏我王：有吐蕃國侍子，領西番諸國侍子朝見。（高）傳旨：侍子丹墀下聽旨。（裴呼萬歲介）（孛蕭裴）恭賀萬歲，天威遠播，臣等謹排御筵，奏上千秋萬壽。（進酒介）

【好事近】花舞⑭大唐年，罄歡⑮心太平重見。喜一天鋪滿，和風甘雨祥烟。齊天福壽，聽海外，謳歌來朝獻。御樓前細樂⑯風傳，玉盞內金盤露偃。

---

⑫ 垂旒：又稱「冕旒」，指古代天子冠冕前後垂懸的玉串。亦借指天子。明呂碩園還魂記耽試：「聖主垂旒，想汝玉遺珠一網收。」唐韓愈江陵途中寄三學士：「昨者京師至，嗣皇傳冕旒。」旒，音ㄌㄧㄡˊ。

⑬ 五國單于二句：五國，這裡是泛指西域各部族。單于，匈奴部族首領的稱號。三韓，指漢唐時的東夷韓國。後漢書東夷傳：「韓有三種：一曰馬韓，二曰辰韓，三曰弁韓。」宋蘇軾送楊傑并序：「三韓王子西求法，鑿齒彌天兩勍敵。」

⑭ 花舞：唐宋宮廷舞蹈名。唐段安節樂府雜錄舞工：「古之能者，不可勝記。即有健舞、軟舞、字舞、花舞、馬舞。」宋顧文薦負喧雜錄傀儡子：「花舞者，著綠衣偃身，合成花，即今拓枝舞，有花心者是也。」唐盧照鄰元日抒懷：「人歌小歲酒，花舞大唐春。」

⑮ 罄歡：猶盡歡。罄，盡也。

⑯ 細樂：指絲竹管弦樂，是與鑼鼓樂相對而言。元王實甫麗春堂第四折：「夫人，你執壺，我與眾官每把一盃酒。左右，動起細樂。」

（內唱）諸番侍子進酒。（侍子上）古魯古魯，力喇力喇。吾乃吐蕃大將熱龍莽之子，俺父親當年戰敗，為盧元帥追勦，危急之際，白雁題書⑰，求他撥轉馬頭，放條歸路。書云：莫教飛鳥盡，留取報恩環。今日遠聞盧元帥到為咱父親之故，負罪銜冤。父親不忍，啟奏番王，著咱充為侍子，領帶各番侍子來朝，奏對之際，辯雪其冤。報恩之環，正在此矣。今當見駕，不得造次。（眾古魯介）（俯伏呼萬歲萬歲萬萬歲叩頭起舞介）

【千秋歲】好堯天⑱，單照著唐朝殿，十二柱金龍爪齊現。疊鼓⑲聲喧，闌單單，做一字兒壽星來獻⑳。回回舞，婆羅旋㉑。錦帽上，花枝低顫。舞袖班闌捲，做獅蹲象跪，俯伏堦前。

⑰白雁題書：即求降書，見第十六齣結尾：「不免裂帛為書，繫於雁足之上，央他放我一條歸路。」

⑱好堯天：論語泰伯：「巍巍乎，唯天為大，唯堯則之。」稱帝堯聖明，法天而教化。後世遂以堯天稱頌帝王開明和盛世太平。宋李清照皇帝閤端午帖子：「日月堯天大，璇璣舜曆長。」

⑲疊鼓：重疊的鼓聲。宋歐陽修送祝熙載之東陽主簿：「疊鼓山間響，高帆鳥外飛。」

⑳闌單單二句：闌，通「欄」。單，一也。闌單單，謂如欄杆般一字兒排列整齊。壽星來獻，為「來獻壽星」之倒裝語。

㉑回回舞二句：泛指西域少數民族的舞蹈。婆羅旋，即胡騰、胡旋一類舞蹈。傳胡騰源出石國，胡旋出於康國。唐白居易胡旋女：「胡旋女，出康居。弦歌一聲雙袖舉，回雪飄飄轉蓬舞。左旋右轉不知疲，千匝萬周無已時。」

侍子們上天可汗萬萬歲一杯酒。（上）勞你們國中遠來，寡人何德致此？各言其故。（侍）以前諸國，倚恃山川，自外王化。自經盧元帥西征，諸番震恐，方知螢火難同日光。敬遣小臣，瞻天朝賀。（上）原來如此。豈非前節度使盧生乎？叫內侍，將欽賞花文錦匹，唱數分給了，赴四夷館筵宴。（高唱禮介）侍子朝門外領賞，叩頭。（侍子叩頭呼萬歲介）自識天朝禮，方知將帥功。（下）（高數錦介）侍子跪聽頒錦：細法真紅大百花四疋，緋紅天馬六疋，青紫飛魚八疋，翠池獅子錦十疋，八答雲雁錦二十疋，簇四金鵰錦二十疋，大窠馬打毬錦四十疋，天下樂錦五十疋，犒設紅錦一百疋㉒。啟萬歲爺：夷人官錦欽依散完。官錦之外，餘下一端。（上）取來寡人觀之。（看介）原來織成幾行字在上面。（念介）詞寄〔菩薩蠻〕：○梅題遠色春歸得，遲鄉瘴嶺過愁客。孤影雁回斜，峯寒逼翠紗。窗殘抛錦室，織急還催織。錦官當夕情，啼斷望河明。○還生赦泣人天望，雙成錦匹孤鸞帳。獨泣見誰憐，流人苦瘴烟？生親還棄杼，鴛配關河戍。遠心天未知，人道赦來時。（裴跪介）臣覽此詞，可以迴文讀之：（念介）明河望斷啼情夕，當官錦織還催急。織室錦抛殘，窗紗逼翠寒。峯斜回雁影，孤客愁過嶺。瘴鄉遲得歸，春色遠題梅。○時來赦道人知未？天心遠戍河關配。鴛杼棄還親，生烟瘴苦人。流憐誰見泣？獨帳鸞孤匹。錦成雙望天，人泣赦生還。（上）奇哉，奇哉。看錦尾必有名姓。是了，外織作坊機戶臣妾清河崔氏造進。呀，清河崔氏，何人也？（裴）前征西節度使盧生之妻。（上）呀，原

㉒ 細法真紅大百花四疋九句：這九種錦之名稱多見於元費著歲華紀麗譜蜀錦譜（欽定四庫全書之史部地理類載）。宮錦名稱自宋至明變化不大，費著所著錄蜀錦品類，為宋乾道間名目。湯顯祖這裡或據蜀錦譜所著錄者。「簇四金鵰錦二十疋」句中「二」，各本俱作「三」。

來盧生家口㉓，入官為奴。傷哉此情，可以赦之。（上）蕭卿以為何如？（蕭）聽此侍子之言，盧生乃功臣也。（宇文惱介）呀，蕭嵩為臣，反復不忠，萬歲可併誅之。（上）他如何反復不忠？（宇）論盧生本頭㉔，有蕭嵩名字。（蕭）臣並無押花。（宇）臣袖有原本在此，呈上。（高接本）（上覽介）平章軍國大事臣宇文融，同平章事門下侍郎臣蕭嵩謹奏。呀，是有蕭卿㉕之名。再看奏尾，呀，蕭卿押有花字，何得推無？（蕭）此非臣之真正花押。（上）怎生是真正花押？（蕭）臣嵩表字一忠，平日奏事，花押草作「一忠」二字。及搆陷盧生事情，宇文融預先造下連名奏本，協同臣進。臣出無奈，押此一花，暗于「一」字之下「忠」字之上，加了兩點，是個「不忠」二字。見得宇文此奏，大為不忠，非臣本意。（宇）萬歲，看此人賣友欺君，當得何罪？（上怒介）呀，宇文融與盧生同時將相，掩蔽其功，譖㉖以大逆，欺君賣友，非融而誰？高力士，與我拿下！（高綁宇介）（宇）哎喲，這難題目輪到我做了。到頭終有報，來早與來遲。（下）（上）蕭、裴二卿傳旨：差官星夜欽取盧生還朝，拜為當朝首相；妻崔氏即時放出，復其一品夫人，仍賜官錦霞帔㉗

㉓ 家口：即家屬、家室。此指妻子。

㉔ 本頭：奏章。元楊梓敬德不伏老第二折：「老夫明日作本頭，就保他還朝也。」

㉕ 卿：朱墨本作「嵩」。

㉖ 譖：即譖言，謂以不實之辭中傷、嫁禍於他人。詩小雅巷伯：「彼譖人者，誰適與謀。」唐柳宗元罵尸蟲文：「譖上謾下，恒其心術，妒人之能，幸人之失。」

㉗ 官錦霞帔：即所謂「鳳冠霞帔」，古代朝廷命婦的御賜禮服。宋史外戚傳劉文裕傳：「封其母清河郡太夫人，賜

一襲；諸子門蔭如故。（歎介）寡人若非吐蕃諸侍子之言呵，

【尾聲】十大功臣㉘不雪的冤，且和俺疎放㉙他滿門良賤。（眾）這是主聖臣忠道兩全。

盆下無由見太陽，南冠君子竄遐荒。

忽然漢詔還冠冕，計日應隨鴛鷺行㉚。

翠冠霞帔。」元關漢卿望江亭第三折：「珠冠兒怎戴者，霞帔兒怎掛者，這三檐傘怎向頂門遮？」

㉘ 十大功臣：即「十大功勞」，見第二十齣注68。

㉙ 疎放：即釋放。明馮夢龍編纂警世通言卷二十八白娘子永鎮雷峰塔：「理重者決杖免刺，配牢城營做工，滿日疏放。」

㉚ 盆下無由見太陽四句：此四句下場詩上，別本或有〔集唐〕二字。首句出自劉長卿罪所上御史惟則，載全唐詩卷一五一。謂冤案不能伸訴。次句出自李白流夜郎聞酺不預，載全唐詩卷一八四。「南冠」，指囚犯。第三句出自王維既蒙宥罪旋復拜官伏感聖恩竊書鄙意兼奉簡新除使君等諸公，載全唐詩卷一二八。「忽然」，原詩作「忽蒙」。第四句出自錢起送裴迪侍郎使蜀，載全唐詩卷二三九。「隨」，原詩作「追」。「鴛鷺行」，亦作「鴛行」、「鵷行」，指上朝官員排列而行。

第二十五齣　召還

【趙皮鞋】（丑司戶官❶上）出身原在國兒監❷，趁食❸求官口帶饞。蛇羹蚌醬飽腌臢❹，海外的官箴過得鹻❺。

❶丑司戶官：此處原無「丑」字，據下文補。司戶官，主民戶之官，漢魏以降稱戶曹掾，北齊稱戶參軍。唐代府稱戶曹參軍，州稱司戶參軍，縣稱司戶佐。舊唐書職官志三：「戶曹、司戶掌籍、計帳、道路、逆旅、婚田之事。」

❷國兒監：即國子監。此易「子」為「兒」，意在戲謔。晉武帝司馬炎始設國子學，隋煬帝時改稱國子監。至唐、宋時，作為最高學府和教育管理機構，國子監統轄下設國子學、太學以及四門學等部門，設祭酒一人負責管理。後代大體因之。

❸趁食：猶謀生，俗謂養家糊口。明何良俊四友齋叢說史三：「昔日原無遊手之人，今去農而遊手趁食者又十之二三矣。」

❹腌臢：本意為骯髒、齷齪，這裡指貪吃濫食。

❺官箴迥得鹻：這裡是說官箴之類教條在邊遠地區特別淡泊（味下者），置若罔聞也。官箴，本指居官訓戒的格言類著作，亦泛指做官的規範與戒條。明沈鯨雙珠記棄官尋父：「制行難行期畫虎，事親肯被官箴縛，盡孝何愁世網嬰。」鹻，鹻瘠也。宋戴侗六書故卷七：「鹻，鹵之凝著者，并州末鹽刮鹻煎煉，味最下者。」鹻瘠與膏腴相對相反，謂味淡也。

小子崖州司戶，真當海外天子。長夢做個高官，忽然半夜起水❻。好笑，好笑，一個司戶官兒，怎能巴到❼尚書閣老地位？不想天弔下一個盧尚書來此安置，長說他與朝廷相知，還有欽取之日，小子因此再也不難為他。誰想上頭沒有他的路？昨日接了當朝宇文丞相密旨，說他最恨的是盧尚書，叫我結果了他的性命，許我欽取還朝，不次重用❽。思想起來，八品官做下這場方便事，討了欽取，有甚不好？今早缺官署印❾，盧生可來參見也。

【步蟾宮】（生上）喫盡了南州❿青橄欖，似忠臣苦帶餘甘。三年憔悴甚江潭⓫，有百十倍的帶圍清減⓬。

❻ 起水：本意浮水湧動，突出水面。引申為發跡變泰。廣東一些地區俗語指發財、好運。

❼ 巴到：即巴結到，巴望到。

❽ 不次重用：不按常規次序，破例提拔任用。明沈德符萬曆野獲編兵部兵事驟遷：「嘉靖間，不次用人。」

❾ 缺官署印：指地方官正職空缺或尚未到任，由副職或其他佐職代為掌任，管理地區行政事務。即是下文所謂「州無正官，便是司戶官兒署掌」。

❿ 南州：此泛指五嶺以南兩粵地區。楚辭遠遊：「嘉南州之炎德兮，麗桂樹之榮。」姜亮夫校注：「南州猶南土地，此當指楚以南之地言。」

⓫ 三年憔悴甚江潭：江潭，即江邊。楚辭漁父：「屈原既放，遊於江潭，行吟澤畔，顏色憔悴，形容枯槁。」這裡的「江潭」，代指屈原，意謂三年貶謫之苦甚於流放行吟的屈原。

⓬ 帶圍清減：即瘦削了很多，猶言「衣帶漸寬」。清減，猶消瘦。元王實甫西廂記第四本第三折：「昨宵今日，清減了小腰圍。」

俺盧生，有罪流配此州。州無正官，便是司戶官兒署掌，也不免過去見他。（見介）司戶先生拜揖，請了。（丑惱介）呀，你是何人？（生）長在此相見的盧生。（丑）你不說是盧生罷，盧生流配之人，目今掌印，便是你收管衙門，不應得你叩頭站立伺候？叫我一聲司戶，就請了去。好打，好打。（生）誰敢？（丑）便叫牢子打哩。（眾拖生打介）（生）有何罪過呵？（丑）還不知罪！

【紅衲襖】打你個老頭皮不向我門下參⑬，打你個硬骹兒⑭不向我庭下跕⑮。打你個蠢流民儘著嘍⑯，打你個暗通番該萬斬。（生）宇文融⑰可恨，可恨。（丑）宇文相公甚麼樣好人，你也罵他，**打你個罵當朝一古子⑱的談。**（生）不要哩，朝廷有用我之時。（丑）**打你個仗當今一塊子的膽⑲。**（生笑介）（丑）**打的你皮開肉綻還氣岩岩也。打了呵，還待火烙你頭皮鐵寸嵌。**

---

⑬ 下參：屈尊參拜。

⑭ 硬骹兒：骹，泛指從腿到腳。說文：「骹，脛也。」段玉裁注：「脛，膝下也。凡物之脛皆曰骹。」這裡著一「硬」字，乃言盧生不肯屈膝折腰參拜對方。

⑮ 跕：降落。此可解作伏低、屈服。

⑯ 嘍：同「婪」。本義為貪食，此指為官貪婪。

⑰ 宇文融：「融」字原作「公」，據朱墨本改。

⑱ 一古子：即俗語之「一籠統」、「一古腦兒」。

⑲ 仗當今一塊子的膽：猶言依仗朝廷逞大膽。一塊子，指朝廷。這裡是那廂、那一邊之意。

【前腔】（生）我分的大朝家辯諂讒，怎到你小官司行對勘⑳？則道住的是狗排欄身自躭㉑，誰想過了鬼門關刑較慘？罷了，罷了，既在矮簷下，怎敢不低頭？撲著口三千段朝家事一謎的緘㉒，搶著頭十二分你本官前再不敢。你打的我血淋侵達喇的痛鑱鑱㉓也，怎再領得起你那十指鑽鉗潑火燂㉔？（鐵鈴生頭火烙生足介）（使臣帶將官捧朝服上）

【縷縷金】將雨露，灑烟嵐。皇宣催請急，舊新參㉕。一點三台㉖路，海風吹暗。堂堂天使此停驂㉗，過來的鬼門站。

⑳ 對勘：猶對質。清蒲松齡聊齋志異卷十席方平：「當堂對勘，席所言皆不妄。」

㉑ 身自躭：謂姑且安身。躭，同「耽」，即「耽帶」。

㉒ 撲著口三千段朝家事一謎的緘：閉上嘴種種朝廷之事均不談論了。一謎，猶一概。金董解元西廂記諸宮調卷一：「重簷相對，一謎地是寶粧就。」緘，即「緘口」，不言也。元吳西逸〔蟾宮曲〕山間書事：「玩青史低頭袖手，問紅塵緘口回頭。」

㉓ 血淋侵達喇的痛鑱鑱：形容血流浸衣滴落下來，疼痛刺骨。淋侵，猶淋淋。達喇，俗語語綴，猶「樣子」。鑱鑱，本指尖銳的鋒芒，這裡謂刺痛。

㉔ 燂：音ㄒㄩㄣˊ，又音ㄑㄧㄢˊ，置於火上燒烤。考工記弓人：「撟角欲孰於火而無燂」。鄭玄注：「燂，炙爛也。」別本或作「燀」。

㉕ 舊新參：謂詔命盧生官復原職。參，任職也。

㉖ 三台：「台」字原作「臺」，據朱墨本改。參見第七齣注❸。

（內上報介）天使到來，欽取宰相回朝。（丑驚喜介）我的宇文老爺，小官還不曾替你幹的事，就蒙你欽取我拜相回朝，領戴，領戴。且把老頭兒監候。（作接使臣不跪）（使問介）是甚麼官兒，不跪？（丑）天㉘使來取司戶回朝拜相，體面不跪。（使）咄！快起去，盧老爺那裏？（丑慌取生出介）（使）盧老先生憔悴至此！有欽賜朝服。（生更衣）（戶慌介）（使讀詔介）皇帝詔曰：咨㉙爾前征西節度使兵部尚書盧生，以朕一時不明，陷汝三年邊障。宇文融今已伏誅，賜汝定西侯爵邑如故。欽取還朝，尊為上相，兼掌兵權。馬頭所到，先斬後奏。欽哉！謝恩。（使見介）敢問老先生到此多年了！

【紅芍藥】（生）**有三年，不到朝參，雲陽市別了妻男。僥倖煞天恩免囚轞㉚，日南㉛珠滿淚盤。沾糝㉜，受盡熱和鹹，纔記起風清河淡㉝。**（合）**喜重歸相府潭潭㉞，有的這**

㉗ 停驂：即駐馬。驂，一車三駕馬。元吳仁卿〔大石調．青杏子〕閨情：「窗下塵蒙青鸞鑑，問章台何處停驂？」

㉘ 天：別本或作「大」。

㉙ 咨：此也（爾雅釋詁）。同「茲」。

㉚ 囚轞：即囚車。轞，音ㄐㄧㄢˋ，車上四周圍起，如檻形。

㉛ 日南：郡名。漢武帝元鼎六年（西元前一一一年）設置，在今越南中部，治西卷縣。東漢末之後，為林邑國（占婆國）所有。唐改稱驩州，但轄地不同，且日南一直作為驩州的別稱。北魏酈道元水經注云：「區粟（日南被林邑占領後的名字）建八尺表，日影度南八寸，自此影以南，在日之南，故以郡名。」這裡當是泛指盧生貶所一帶，非為具體確指。

㉜ 沾糝：承上文謂汗滴和淚珠融合在一起之意。糝，以米和羹。漢劉向說苑雜言：「七日不食，藜羹不糝。」

㉝ 受盡熱和鹹二句：謂吃盡貶謫南方之苦，想起在朝為官時的享樂。「風清」與「熱」對舉，「河淡」與「鹹」照

青天湛湛。

（丑自綁上）（請罪介）那裏知朝廷真有用他之時？宇文公，宇文公，弄得我沒上沒下的，只得前去請死。

（見介）司戶小人，有眼不識太山，綁縛堦前，合當萬死。（生笑介）起來，此亦世情之常耳。

【紅衫兒】㉟是則是世間人，都扯淡㊱。有的閒窺瞰，也著些兒肚子包含。都不計較你了。**自羞慚，把你那絮叨叨口業都除懺㊲。**（丑）老爺縱饒狗命，狗心不穩，顛倒號令施行㊳了

應，形成鮮明的反襯。

㉞ 潭潭：形容宅院深廣清幽。參見第二十齣注⑱。

㉟ 紅衫兒：葉譜作〔耍孩兒〕。

㊱ 是則是世間人二句：雖說世人喜講些閒言碎語。是則是，雖然如此。宋無名氏〔喝馬一枝花〕：「紫綬金章，是則是，官高顯。五更忙上馬，爭如我仙家，日午柴門猶掩。」扯淡，為明代的市井口語，流行於杭州一帶，指說些不著邊際的閒話。明田汝成西湖遊覽志餘卷二十五委巷叢談：「杭人有以二字反切一字以成音者……言胡說曰扯淡。」清孔尚任桃花扇修札：「無事閑扯淡，就中滋味酸甜。」

㊲ 絮叨叨口業都除懺：指司戶曾惡意對待盧生的言行皆須懺悔。口業，惡業的一種，指妄言惡語等。佛教有所謂身、口、意「三業」之說，身業指所作，口業指所說，意業指所想。明李贄與周友山書：「況於文字上添了許多口業，平生愛國憂民上又添了許多善業。」除懺，亦作懺除，即懺悔。華嚴經普賢行願品：「復次善男子，言懺除業障者。」清端木埰〔齊天樂〕五十首（其三十八）：「綺語文人，懺除休更待。」

㊳ 顛倒號令施行：猶言還是不要饒過。盧生已言「不計較你了」，司戶自知有錯，故而有此語。這是求盧生改變主

罷。（生笑介）疑惑我後來麼？大人家說過了無欺蘸㊴，頭直上青天監。（丑叩）天大肚子的老爺，叩頭㊵，千歲千千歲！（生）君命召，就此起行了。（黑鬼三人上）黑鬼們來送老爺。（生）勞苦你三年了。

【會河陽】地折底㊶走過，瓊、厓、萬、儋㊷。謝你鬼門關口來，相探。（丑）地方要起老爺生祠，千年萬載。（生）要立生祠，立在他狗排欄之上，生受他留我住站。我魂夢遊海南，把名字他碉房嵌。司戶，我去後好看覷黑鬼，要他黑爺兒，穩著那樵歌擔；蛋夫妻㊸，穩著那魚船纜。

意，懲罰自己。

㊴ 欺蘸：猶欺哄。此為食言之意。

㊵ 叩頭：朱墨本無此二字。

㊶ 地折底：猶天之涯，地之角。指貶謫生涯有如陷入地獄。地折，葉譜本作「地坼」。坼，裂開，意似更恰。湯顯祖江山圖詩中有句云：「地折東南一半無，天傾西北幾雄都。」可知地折與地坼意相彷彿。

㊷ 瓊厓萬儋：瓊，即瓊州，故址在今海口市。厓，同崖，崖州，即今三亞市崖州區。萬，萬州，今海南省東部的萬寧縣。儋，儋州，今海南省西北部的儋縣。

㊸ 蛋夫妻：粵地水上人家被稱作「蛋戶」或「蛋民」。蛋亦寫作「疍」或「蜑」。宋周去非嶺外代答：「以舟為室，視水為陸，浮生江海者，蛋也。」清屈大均蛋戶（其一）：「蛋戶紛無數，為生傍水村。食魚多子女，在艇有雞豚。」

我去也。（行介）

【紅繡鞋】皇宣一紙鸞緘44，鸞緘。車塵馬足⿺走參⿺走覃45，⿺走參⿺走覃。笑奸貪，枉愚濫。把時情憾，皇恩感。烏頭醮，舊朝簪46。

【尾聲】讒痕妬迹無沾嵌47，向鳳凰池48洗淨征衫。今後呵，海外山川長則是畫屏風邊際覽。

---

44 鸞緘：鸞，也稱青鳥、青鸞。漢武故事中謂其是傳書遞簡的神鳥，古代詩詞中遂以其作為信使之典故。緘，束也，本指書信封口，亦代指書信。此指皇帝的詔書。

45 ⿺走參⿺走覃：音ㄘㄢ ㄊㄢˊ，車馬驅馳奔逐的樣子。玉篇走部：「⿺走參⿺走覃，驅步。」唐溫庭筠拂舞詞：「神椎鑿石塞神潭，白馬⿺走參⿺走覃赤塵起。」

46 烏頭醮二句：烏頭，指烏紗官帽。醮，即醮眼，形容光彩耀眼。朝簪，朝廷官員的冠飾，亦代指京官重臣。宋王禹偁朝簪：「一戴朝簪已十年，半居謫宦半榮遷。」舊朝簪，朱墨本疊一句。

47 沾嵌：喻指牽連、罪過。沾，浸染。嵌，有險峻義。

48 鳳凰池：禁苑中的池沼，中書省所在處，故唐宋以降往往用以指代中書省和宰相。唐李頎聽董大彈胡笳兼寄語弄房給事：「長安城連東掖垣，鳳凰池對青瑣門。」

海外流人去，朝中宰相歸。
舉頭紅日近，回首白雲低㊾。

㊾ 舉頭紅日近二句：傳為宋寇準八歲時所作華山詩詩句。原詩為：「只有天在上，更無山與齊。舉頭紅日近，回首白雲低。」詳明彭大翼山堂肆考卷一〇八神童吟華山詩。

第二十六齣　雜慶

【大迓鼓】(工部大使❶上)小官工作場，功臣甲第❷，蓋造牌坊。魯班❸墨線千年樣，高閣樓臺金玉裝。(合)賞犒無邊，願他官高壽長。

自家工部營繕所❹一個大使，奉旨蓋造盧老爺大功臣坊、勅書閣、寶翰樓、醉錦堂、翠華臺、湖山、海子❺，約二十八所。各工奏完，盧府賞銀三千錠，花酒❻不計其數，好氣概也。

❶ 工部大使：工部負責具體事務的官員。工部為中央官署六部之一，掌管工程營造等。唐代工部設尚書、侍郎各一人，下設所、司、庫等辦事機構，各以所正、所副、大使、副使、提舉、副提舉領之。明清大體因之。後文各部大使相類，均為負責各種不同事務的事務官。

❷ 甲第：豪門貴族所居之高等宅院。史記卷十二孝武本紀：「賜列侯甲第，僮千人。」唐于濆擬古諷：「洛陽大道傍，甲第何深邃。」

❸ 魯班：古代著名工匠，春秋時魯國人，姬姓，公輸氏，名般，因亦稱魯般或魯盤。「般」與「班」同音，古通用，故習慣上稱其魯班。後世工匠奉其為祖師。

❹ 營繕所：工部下屬機構。明史職官志工部營繕：「營繕典經營興作之事。」「繕」，別本或作「膳」，誤。

❺ 海子：湖泊之類水域，此指人造池苑。參見第二十二齣注㉔。

❻ 花酒：指以花或水菓釀製的色酒。宋史外國傳佛齊國：「有花酒、椰子酒、檳榔酒、蜜酒，皆非麴蘖所醞，飲之

【前腔】（廄馬大使上）小官羣牧坊，功臣賜馬，夜白飛黃⑦。方圓肥瘦都停當，穩稱他一路鳴珂裊袖香⑧。（合前）

學生飛龍廄⑨一個管馬大使，萬歲爺御樓上見盧府各位公子，朝馬肥瘦不一，詔選⑩內廄馬三十匹，送到盧府乘坐。蒙盧府賞我大使官一秤馬蹄金⑪，押馬的九十餘人，各賞金錢一百貫，好不興也。

亦醉。」古代花酒品類繁多。神農本草經中記載了菊花酒的製作方法，明高濂遵生八箋中謂：「凡一切有香之花，如桂花、蘭花、薔薇，皆可仿此為之。」

⑦夜白飛黃：兩種良馬。夜白，即「照夜白」，產於西域的寶馬名，因其雪白高大，故名。或以為即汗血馬。唐代畫馬名家韓幹曾應詔畫照夜白圖，唐張彥遠歷代名畫記：「時主好藝，韓君間生，遂命悉圖其駿，則有玉花驄、照夜白等。」又唐杜甫觀曹將軍畫馬圖：「曾貌先帝照夜白，龍池十日飛霹靂。」飛黃，又名乘黃，傳說中的神馬名。淮南子覽冥訓：「青龍進駕，飛黃伏皂。」漢高誘注：「飛黃，乘黃也，出西方，狀如狐，背上有角，壽千歲。」宋歐陽修再和聖俞見答：「飛黃伯樂不世出，四顧驤首空長嘶。」

⑧鳴珂裊袖香：鳴珂，馬頭上的飾物。顯貴坐騎以玉為飾，馬行則撞擊鳴響，故名。裊袖香，形容騎在馬上得意之神態，風吹拂袖，幽微花氣襲人。葉譜本於此句下疊「賞犒無邊，願他高官壽長」二句，後文兩〔前腔〕曲亦復疊此二句。

⑨學生飛龍廄：學生，古代官場上和書生的自謙稱謂。清孔尚任桃花扇媚座：「（淨）個個是學生提拔，如今皆成大僚。」飛龍廄，唐代御廄名，即飼御騎之馬廄。唐顧況露青竹杖歌：「飛龍閑廄馬數千，朝飲吳江夕秣燕。」清袁枚隨園隨筆唐翰林學士最榮：「唐學士入直，許借飛龍廄馬。」

⑩詔選：「選」字朱墨本作「賜」。

【前腔】（戶部大使上）小官冊籍廊，為功臣田土，詔撥皇莊。山田水碓⑫何為廣？更有金谷名園⑬勝洛陽。（合前）

小子戶部黃冊庫⑭大使，奉旨齎送欽賜田園數目：田三萬頃，園林二十一所，送到盧府。蒙賞契尾錢一萬緡，好利市也⑮。

---

⑪ 一秤馬蹄金：馬蹄金為稱量貨幣，始於漢武帝時期，因其為橢圓形，狀如馬蹄，故名。一個馬蹄金重相當於漢代的一斤，今之半斤。一秤，這裡當是虛指，或指「一些」或「一個」。因一秤是十五斤，似太重。孔叢子衡：「斤十謂之衡，衡有半謂之秤，秤二謂之鈞。」雖古代不同時期衡量有變，但一秤金作為賞賜，亦嫌誇而失信。

⑫ 水碓：利用水力舂米的器械。古代水碓分地碓與船碓，後者明代才有。唐岑參晚過盤石寺禮鄭和尚：「岸花藏水碓，谿水映風爐。」明宋應星天工開物攻稻：「凡水碓，山國之人居河濱者所為也。攻稻之法，省人十倍。」

⑬ 金谷名園：晉石崇的園林別業，因造於洛陽金谷而得名，曾聲名遠播，繁華一時。唐時園已荒蕪，成為文人雅士歌詠憑弔的處所。唐代詩人韋應物、張繼、杜牧等皆有詩作詠懷。

⑭ 黃冊庫：掌管戶口簿籍之官署。黃冊制度是明代管理戶口、徵調賦役的重要依據，明太祖洪武三年（西元一三七〇年）開始推行。因地方布政司呈報戶部的戶籍冊必須用黃紙為封面，以趨統一，故名。一說無論男女，始生均稱為黃，因稱。明京師應天府（南京）後湖（今玄武湖）有黃冊庫，是專門收貯賦役檔案最大的檔案庫。

⑮ 蒙賞契尾錢一萬緡二句：契尾錢，即契尾稅。官府在買賣雙方辦理過戶稅手續之後，要在契約上黏貼統一印刷的契尾，同時加鈐印信，再交納一次稅金，稱「契尾錢」或「契尾金」。實則就是最後一筆稅金，亦可稱「契尾稅」。這裡因是欽賜盧生田園，理應免稅。故將相當於契尾錢的數目賞給黃冊庫大使。緡，穿銅錢之繩，亦作量詞，一千文（紋）為一緡。好利市，猶言好運氣，好犒賞。錢南揚校本於此校云：「獨深本，在工部、廄馬、戶

【前腔】（樂官綠衣⑯花帽上）小官內教坊⑰，要功臣行樂，賜與糟糠。（內）連龜婆⑱都去了。（樂）偷賣了一個粉頭⑲，老婆替哩。吹彈歌舞都停當，只怕夫人是個喫醋王。（合前）賤子是新襲職的龜官兒，萬歲爺賜功臣女樂，欽撥仙音院⑳二十四名，以按二十四氣，蒙禮部裴老爺差委，送去盧府。女妓都留著用，賞賤子研光插花帽㉑一頂，百花衣一件，金錢一千貫，好不興也。（唱合前）

部三大使白語之下，又都有『合前』二字，蓋重唱合頭一次，與下文樂官同。」

⑯ 樂官綠衣：樂官，掌管音樂的官署或官員，其地位低微，著低等的綠色官服。綠衣泛指地位卑微的官吏。宋蘇軾送黃師是赴兩浙憲：「白首沉下吏，綠衣有公言。」

⑰ 內教坊：唐代宮廷教習樂舞之所。舊唐書職官志二：「武德以來，置於禁中，以按習雅樂，以中官人充使。則天改為雲韶府，神龍復為教坊。」參見第八齣注⑲。

⑱ 龜婆：即妓院鴇母，後文龜官為其丈夫。此是宮廷內教坊樂舞班，樂官以市井妓院稱謂相呼，乃戲劇詼諧之科諢也。

⑲ 粉頭：宋元市井對妓女或戲子的稱謂。元關漢卿金線池第二折：「如今又纏上一個粉頭，道強似我的多哩。」

⑳ 仙音院：泛指掌管宮中樂舞及戲曲演出事宜的機構。唐代稱宜春院，又稱仙韶院。仙音院本是蒙古汗國於中統元年設立的宮廷樂舞機構，元朝建立後又改稱玉宸院。元馬致遠漢宮秋第四折：「猛聽仙音院鳳管鳴，更說甚簫韶九成。」

㉑ 研光插花帽：亦稱砑絹帽。用研光絹綢製成的舞帽。唐南卓羯鼓錄記載，汝南王李璡，寧王長子，小字花奴，善羯鼓。「璡常戴砑絹帽打曲，上自摘紅槿花一朵，置於帽上笪處，二物皆易滑，久之方安，遂奏舞山香一曲，而花不墜落。」宋蘇軾仇池筆記卷上載，元豐初知徐州，通判李陶有子十七八，詠落花詩云：「流水難窮目，斜陽

（與前三官見介）（樂）三位老先唱偌㉒。（眾惱介）反了，反了，臭龜官敢來唱偌。（樂）你官多大？（眾）更不大，也是一考三年，三考九年，朝廷㉓大選，六品行頭㉔，出去為民之父母。你何等樣？開口唱偌。（打介）也罷，不要打他，瞧他家小娘㉕兒去。（樂）老先，老先，我家小娘，連娘都牽在盧府去了。（眾）這等，權把你當小娘，唱個小㉖曲兒。唱的好，罷；不然，呈告禮部堂上，打碎你的殼。（樂）也罷，便做小娘，唱個銀紐絲兒㉗：（唱介）愛的是奴家一貌也花，親親姊妹送盧家，好奢華。獨自轉回衙，風吹了綠帽紗㉘，斜簪一朵花，小攢金衲軟靴兒乍㉙。撞著嘴脣皮疙癩㉚，臭冤

易斷腸。誰同研光帽，一曲舞山香。」其父驚問：「若有物憑附者？」云：「西王母宴群仙，有舞者戴研光帽，帽上簪花，舞山香一曲，曲未終，花皆落去。」

㉒ 老先唱偌：老先，參見第七齣注⑫。唱偌，亦作「唱喏」。古時與人相見寒暄，拱手作揖口裡發出喏、喏之聲，以示致意。

㉓ 朝廷：別本於此二字下或有「正氣」二字。

㉔ 行頭：本指戲曲演員的服裝，亦泛指戲曲演出用具。這裡則是指職位、頭銜。清無名氏平山冷燕第三回：「有個江西故相的公子姓晏名文物，以恩蔭官來京，就選考了一個知府行頭，在京守候。」

㉕ 小娘：古代對歌女或妓女的稱謂。此是稱呼樂官之妻。唐元稹箏：「急揮舞破催飛燕，慢逐歌詞弄小娘。」

㉖ 小：朱墨本作「干」，誤。

㉗ 銀紐絲兒：亦作「銀絞絲兒」、「銀紐線兒」。明代流行的民間曲調，每調多作四十八字，平仄通押，可加襯字，內容則多為情歌。其調牌曲中亦常用之。清蒲松齡聊齋俚曲中即有「銀紐絲」曲。

㉘ 綠帽紗：即所謂「綠頭巾」。傳說唐朝的李封為延陵令時，官吏有罪，不加杖罰，但令以綠頭巾裹其頭，以示羞

家，把咱背克喇㉛，鑽通鬭不著也他。我的外郎夫呵，喇龜兒我龜兒喇㉜。（眾）唱的好，再唱，再唱。（樂）罷了。（眾諢）（內響道介）（眾）太老爺下朝房了，走，走，走。正是：

人逢開口笑，花插滿頭歸㉝。（下）

辱，隨所犯罪輕重決定頂戴時間長短。事見唐封演封氏見聞錄卷九奇政。後遂以戴綠頭巾或綠帽子譏諷妻子有外遇之人。元明間規定樂伎和娼妓之夫亦須戴綠紗帽或綠頭巾。綠幘為賤服由來已久。唐李白古風五十九首（其八）：「綠幘誰家子，賣珠輕薄兒。」明何孟春餘冬序錄：「教坊司伶人制，常服綠色巾，以別士庶之服。」

㉙ 乍：或又寫作「詐」或「窄」，意為俏麗、漂亮。亦有光鮮、耀眼之意。元王實甫西廂記第三本第三折：「打扮的身子乍，準備著雲雨會巫峽。」元無名氏鴛鴦被第二折：「帽兒光光，今日做個新郎；帽兒窄窄，今日做個嬌客。」

㉚ 皮疙癩：猶皮疙瘩，指痞、疣類皮膚病。插科語。

㉛ 背克喇：方言，即無人處的角落裡。

㉜ 喇龜兒我龜兒喇：褻語，亦科諢也。

㉝ 人逢開口笑二句：化用唐杜牧九日齊安登高句：原句為：「塵世難逢開口笑，菊花須插滿頭歸。」

第二十七齣　極欲

【感皇恩】（旦引貼上）依舊老平章，平沙堤❶上，宴罷千官擁門望。歸來袍袖，長是御爐烟颺。皇恩深幾許？如天廣。（貼）御宿田園，御書樓榜，御樂仙音整排當。（旦）滿牀簪笏❷，盡是綺羅生長。年光休去也，留清賞❸。

【集句】遙見飛塵入建章，紅英撲地滿筵香。誰知不向邊城苦？為報先開白玉堂❹。相公自嶺海歸

❶平沙堤：古代拜相，新任宰相所經官道，用沙鋪路。參見第二十齣注⓫。

❷滿牀簪笏：滿牀，猶滿座、滿榻。簪，冠簪，既可作筆用，亦是一種冠飾。天子近臣，隨時抽筆記事。笏，即朝笏，亦即記事版，以品級不同，或玉製，或象牙製。簪笏，可視為達官顯要身分的的象徵。

❸年光休去也二句：年光，年華、時光。此指美好的時光。清賞，享受幽靜的光景。南朝齊謝朓和何議曹郊遊（其一）：「江陲得清賞，山際果幽尋。」

❹遙見飛塵入建章四句：首句出自王昌齡青樓曲，見全唐詩卷一四三。建章，漢宮名，漢武帝太初元年建造。次句出自李乂侍宴桃花園詠桃花應制，見全唐詩卷九十二。第三句出自王維少年行，見全唐詩卷一二八。「誰知」原詩作「孰知」，「邊城」原詩作「邊庭」。第四句出自無名氏〈水調歌・入破第三〉，見全唐詩卷二十七雜曲歌辭。白玉堂，喻顯貴人家府第。參見第十四齣注(75)。

來，二十年當朝首相，今日進封趙國公，食邑五千戶，官加上柱國太師❺。先蔭兒男一齊陞改：長子僔，翰林侍讀學士；次子倜，吏部考功郎❻；三子儉，殿中侍御史；四子位，黃門給事中❼。這梅香伏侍相公，也養下一子，叫做盧倚，因他年小，掛選尚寶司丞❽。孫子十餘人，都著送監讀書。恩榮至矣。幾日前父子侍宴御樓之上，萬歲爺憑闌，望見我家朝馬肥瘦不齊，即便選賜御馬三十匹。宴罷之際，聞得老相公家中少用女樂，即便分撥仙音院女樂二十四名，以應二十四氣。又賜田園樓館，形勝非常。此時相公出朝，我教排設家宴，想俱整齊。相公早到。(眾擁生上) 向曉入金門❾，侍宴龍樓

❺ 食邑五千戶二句：「五」，各本俱作「九」。食邑，見第十七齣注㉛。上柱國太師，舊唐書職官志一：「上柱國，勳官。武德令有尚書令，龍朔二年省。自是正第二品無職事官。」太師，位列「三公」之首，正一品。次為太傅、太保，均為御賜榮譽職官，即所謂「勳官」。

❻ 長子僔四句：翰林侍讀學士，唐翰林院置集賢殿侍讀學士，正五品。宋始稱翰林侍讀學士，正七品。唐侍讀學士主要負責質史籍疑義，校理勘輯典籍等。吏部考功郎，應稱考功員外郎，屬吏部，掌官吏考課稽察事宜，從六品上。僔，音ㄗㄨㄣˇ。

❼ 三子儉四句：殿中侍御史，唐御史台所屬官員，掌糾察朝儀、庫藏出納及宮門內事，從六品下。黃門給事中，唐門下省要職，掌分判本省事務，審議封駁詔令章奏等，正五品上。

❽ 尚寶司丞：唐改前代符璽郎為符寶郎，職掌天子八寶及符璽等事，從六品上。明置尚寶司，司卿一人，少卿一人，司丞三人，所職在禁廷守寶璽、符牌、印章而辨其所用，有事請於內，既事奉而藏之。宰相之子有初授即為尚寶司丞者。

❾ 金門：即金馬門，參見第六齣注⑳。

下。身惹御爐煙，歸來明月夜⑩。我盧生，出將入相，五十餘年。今進封趙國公，食邑五千戶，四子盡陞華要⑪。禮絕百寮之上，盛在一門之中。侍宴方闌，下朝歸府。不免緩步而行。

【北中呂粉蝶兒】⑫**錦繡全唐，真乃是錦繡全唐。鬧堂餐**⑬**偏醉上我頭廳宰相**⑭**，有那些伴飲班行**⑮**。壓沙堤，歸軟馬**⑯**，是我到有些美懷佳量。轉東華驀著我庭堂，又逼札**⑰**的我那夫人酬唱。**

（見介）夫人，恭喜了，進封為趙國夫人。侍宴而歸，不覺梨花月上。（旦）妾因御賜樓臺幾所，因此

---

⑩ 身惹御爐煙二句：化用唐宋人詩句。唐賈至早朝大明宮呈兩省僚友：「劍佩聲隨玉墀步，衣冠身惹御爐香。」宋釋慧遠頌古四十五首（其十八）：「醉後歸來明月夜，笙歌引入畫堂前。」

⑪ 陞華要：陞，本義為帝王宮殿的臺階，亦指皇宮。華要，顯要，指占據要津的官位。

⑫ 北中呂粉蝶兒：錢南揚校本云：「自〔粉蝶兒〕以下，葉譜注『中呂合套』。為明白起見，據二十齣之例，在曲牌上分注『南』、『北』。」本書從之。

⑬ 堂餐：見第八齣注❺。

⑭ 頭廳宰相：亦作「頭廳相」、「頭庭相」。最高行政機構的宰相，即頭名宰相。元關漢卿玉鏡台第一折：「幾時得出為破虜三軍將，入為治國頭廳相？」

⑮ 班行：指朝臣同僚。唐張籍送鄭尚書出鎮南海：「班行爭路送，恩賜不時來。」

⑯ 軟馬：用乾蒲草裹馬蹄，既避響聲，亦令人感到緩衝而舒適。

⑰ 逼札：亦作「逼匝」、「逼拶」。本為逼迫之意，這裡是促使、引動之意。元曾瑞〔南呂・一枝花〕：「見別人有破綻著冷句兒填札，見別人生科泛著笑話兒逼匝。」

開紅粧宴，上翠華樓，陪公相盡通宵之興。（生）少待，少待，你四個兒子，都擺著一路頭踏⑱，鳴珂珮玉而回。（四子冠帶上）兄弟同日陞蔭，拜見老爺老夫人去。（見禮介）禮樂衣冠地，文章富貴家。南山開壽域，東海溢流霞⑲。爹娘在上，容孩兒們敬上一杯賀酒。（進酒介）

【南泣顏回】列桂⑳捧瓊觴，滿冠蓋青雲成浪。穿朝入苑，無非戚畹宮牆㉑。老爺，你把朝堂穩坐，一家兒，門戶山河壯。保蒼生你大古裏㉒馳名，荷㉓皇封小的兒沾賞。

（旦）院子，請官兒堂上㉔飲酒。（四子跪介）稟老爺老夫人，兒子荷爹娘福庇，新受皇恩，各衙門俱有公宴。（生）正是，衙門公宴，不可遲遲。（四子打躬退介）暫赴鴛行席，長趨燕喜堂㉕。（下）（內作

---

⑱ 頭踏：亦作「頭達」、「頭答」。古代官員出行時的前導儀仗。元張國賓薛仁貴第四折：「俺孩兒便得來家，你看他參隨人馬甚頭踏。」

⑲ 流霞：神話傳說中神仙所飲美酒，亦泛指美酒。明徐復祚投梭記敘飲：「雪花釀流霞滿壺，烹葵韭香浮朝露。」

⑳ 列桂：古以科舉及第稱蟾宮折桂，列於折桂者中即能加官進爵，故下文云「滿冠蓋青雲成浪」，謂滿門皆青雲直上。盧生五子是恩蔭賜官，稱列桂乃嘲諷之筆也。

㉑ 戚畹宮牆：戚畹，指外戚聚居之處，宮牆，則指皇宮朝廷，此謂盧家結交的俱是皇親國戚，朝廷顯貴。清洪昇長生殿第三齣賄權：「榮誇帝里，恩連戚畹，兄妹都成天眷。」

㉒ 大古裏：亦作「大古來」、「特古裏」、「待古裏」等，意為多半是、一定是。元楊景賢劉行首第二折：「你向尊前席上逞妖嬈，粧圈套，大古裏色是殺人刀。」

㉓ 荷：承受、承載。此處為承蒙意。書信中荷為表示感激之辭，如「感荷」、「為荷」，故這裡有承恩感戴之意。

㉔ 堂上：「上」原誤作「下」，據朱墨本改。

樂）（生歎美介）（旦）老公相不知，此乃皇恩頒賜女樂二十四名，按二十四氣，吹彈歌舞，可謂妙矣。（生）哎喲，我只道是家常雅樂，原來教坊之女，咱人不可近他。（旦）怎生不可近他？（生）尋常女子，有色無聲，名為啞色。其次有聲而未必有色，能舞而未必能歌。只有教坊之女，攛箏琶，舞霓裳，喬合生，大迓鼓，醉羅歌，調笑令㉖，但是標情奪趣，他所事皆知。所以君子可視也，不可陷也；可棄也，不可往也㉗。且其幼色取自鮮妍，假母㉘教其精細。容止則光風霽月，應對則流水行雲。加之粉則太白，加之朱則太赤。高一分則太長，低一分則太短。詩家說道：月出皎兮，美人嫽兮。巧笑倩兮，美目盼兮㉙。那一盼你道是甚麼盼，把你的心都盼去了。那一笑你道是甚麼笑？把人

㉕暫赴鴛行席二句：鴛行，亦作「鴛鷺行」。指朝官行列，亦指當朝同僚。唐楊巨源春日奉獻聖壽無疆詞十首（其十）：「鳳掖嘉言進，鴛行喜氣隨。」又，唐錢起和王員外雪晴早朝：「紫微晴雪帶恩光，繞仗偏隨鴛鷺行。」燕，通「宴」。燕喜堂，猶喜堂宴。

㉖攛箏琶六句：指教坊樂工諸種技藝。攛，彈奏。箏琶，均為搊彈類胡樂器。舞霓裳，即唐樂舞「霓裳羽衣曲」。喬合生，唐代的合聲是一種歌詠並伴隨舞蹈的技藝，亦稱合笙；至宋則融入滑稽戲謔表演，或云合生即院本雜劇也。喬，妝扮也。一說合聲是指物題詠，應命輒成。大迓鼓，即傳為宋人王子純始創的「迓鼓戲」，當時頗為流行，其曲調後為南曲曲牌。醉羅歌，歌舞名，亦是南曲曲牌名。調笑令，本為酒筵小令，後既是詞牌名，又是曲牌名。後三種非唐代教坊曲。

㉗所以君子可視也四句：論語雍也：「君子可逝也，不可陷也；可欺也，不可罔也。」這裡套用其句式，用意卻完全不同。此謂對教坊諸技藝可以觀看，然不可陷（沉迷）於其中；可棄之於一邊，不可前往（耽於其中）。

㉘假母：本指養母、乳母、繼母以及妓院中的鴇母等，此指教坊中女官或年長的師輩女技藝人。

那魂都笑倒了。故曰：皓齒蛾眉，乃伐性之斧；鶯聲燕語，乃叫命之梟；細唾黏津，乃腐腸之藥；翻牀跳席，乃蹶痿之機㉚。老子曰：五色令人目盲，五音令人耳聾㉛。所以小人戒色，須戒其足。君子戒色，須戒其眼㉜。相似這等女樂，咱人再也不可近他。（旦）這等，公相可謂道學之士，何不寫一奏本，送還朝廷便了。（生笑介）這卻有所不可。禮云：不敢虛君之賜㉝。所謂卻之不恭，受之惶愧

㉙ 月出皎兮四句：語出詩經。「月出」二句，出自陳風月出。皎，潔白明亮。美人嫽兮，原句作「佼人僚兮」。佼人，義同美人；「嫽」與「僚」通，義為美好。「巧笑」二句，出自衛風碩人。倩，美麗，毛傳釋「倩」曰：「好口輔。」盼，本為黑白分明貌，喻美目流轉。嫽，各本均誤作「了」。

㉚ 皓齒蛾眉八句：語本呂氏春秋卷一孟春紀本生：「出則以車，入則以輦，務以自佚，命之曰招蹶之機；肥肉厚酒，務以自強，命之曰爛腸之食；靡曼皓齒，鄭衛之音，務以自樂，命之曰伐性之斧。」漢枚乘七發中亦有相類表述，當是源自呂氏春秋。梟，同鴞，鳥名，俗稱貓頭鷹。蹶，跌倒昏迷。說文釋蹶為「僵」。痿，痹也。說文疒部：「痿，痹疾也。」段玉裁注：「古多痿痹連用，因痹而痿。」蹶痿，四肢疾患。

㉛ 五色令人目盲二句：語出老子道德經第十二章，五色，古以青、黃、赤、白、黑為正色，亦泛指繽紛的色彩。五音，原指宮、商、角、徵、羽五聲音階，亦泛指華麗的音樂。唐代使用合、四、乙、尺、工以代之。

㉜ 所以小人戒色四句：其說亦本老子道德經之意。道德經第十二章云：「馳騁畋獵，令人心發狂；難得之貨，令人行妨。」行妨，指傷害操行。故此言小人戒色在於戒足，即不去做違背操行之事。老子又說：「是以聖人為腹不為目，故去彼取此。」腹，指溫飽之後過一種簡單寧靜的生活，可知「為腹」即無欲。不為目，謂只求簡易安飽，不求縱情於聲色犬馬之樂。故這裡說戒其眼，眼不見，心自靜，便避其誘惑。

㉝ 不敢虛君之賜：意為既是國君所恩賜，不可卻之。論語鄉黨：「君賜食，必正席先嘗之。」宋蔡節輯論語集說卷五於此集東溪劉氏曰：「賜生必畜之者，待有事而後殺，不以遺人，不敢虛君之賜也。」虛，此為遜拒、虛謝之意。

了㉞。（旦）公相，聽你說白一篇，到耽誤了幾個曲兒。叫女樂近前，勸公相酒。（女樂叩頭介）（生）你們都是奉旨來的，請起，請起。唱的唱，舞的舞。

【北上小樓】（樂）我則望仙樓排下這內家粧㉟，步寒宮出落的紫霓裳，一個個清歌妙舞世上無雙。把紅牙兒撒朗，羯鼓兒繃邦㊱。間的是吉琤琤的銀鴈兒打的冰絃嘵㊲，吸烏烏洞簫聲悠漾㊳。把我這截雲霄㊴不住的歌喉放，唱一個殘夢到黃粱㊵。（生）怎說起黃

㉞ 所謂卻之不恭二句：孟子萬章下中有「卻之卻之為不恭，何哉」之語，後世遂將「卻之不恭」與「受之有愧」連用，成為收受禮品時的客套話。明蘭陵笑笑生金瓶梅第七回：「又買禮來，使老身卻之不恭，受之有愧。」

㉟ 我則望仙樓排下這內家粧：望仙樓，唐代宮苑名。舊唐書武宗本紀：「神策奏修望仙樓五百三十九間功畢。」唐薛逢宮詞：「十二樓中盡曉妝，望仙樓上望君王。」內家粧，內廷宮女妝束。此指教坊女模仿內廷妝。明孟稱舜桃花人面第二齣：「年少盈盈試錦裳，風流學得內家妝。」

㊱ 把紅牙兒撒朗二句：紅牙，古代吟唱時所用的綽板，即拍板。因其用紫檀木製成，故名。元白樸梧桐雨第四折：「常記得碧梧桐陰下立，紅牙箚手中敲。」撒朗，拍板聲。羯鼓兒，西域傳入之打擊樂器，盛於唐代，形似漆桶，以兩小杖敲擊，故又稱兩杖鼓。繃邦，象聲鼓響。

㊲ 間的是吉琤琤句：間的，間或，夾雜。急琤琤，象聲金屬撞擊聲。銀鴈兒，喻指斜列如鴈行的古箏弦柱，亦指古箏。清姚燮軍營賦柳二首（其二）：「醉無箏柱挑銀鴈，夢有梅花怨玉門。」

㊳ 吸烏烏洞簫聲悠漾：吸烏烏，象洞簫聲。悠漾，猶悠揚。

㊴ 把我這截雲霄：此六字葉譜本疊。截雲霄，用秦國善歌者秦青歌聲「響遏行雲」事。列子湯問云，歌者秦青於郊野「撫節悲歌，聲振林木，響遏行雲」。截，猶「遏」。

粱？（眾）不是，唱一個殘韻繞虹梁㊶。

【南泣顏回】（生）軒昂，氣色滿華堂，立宮花濟楚珠珮玲琅。謝夫人賢達，許金釵十二成行㊷。插花筵畔捧蓮杯㊸，笑立嬌模樣。蚤餐他鳳髓龍肝，卻沾承黛綠蛾黃㊹。

（旦）啟相公得知：還有酒在翠華樓，為今夜暖樓㊺之宴。（生）賢德夫人也。淡月籠雲，玉堦之上可

㊵ 黃粱：「粱」，別本或誤作「梁」。

㊶ 虹梁：虹霓，即彩虹。其形彎如橋梁，故稱。宋姜夔〈惜紅衣〉：「虹梁水陌，魚浪吹香，紅衣半狼藉。」

㊷ 金釵十二成行：南朝梁武帝蕭衍河中之水歌：「河中之水向東流，洛陽女兒名莫愁……頭上金釵十二行，足下絲履五文章。」唐白居易酬思黯戲贈同用狂字：「鍾乳三千兩，金釵十二行。」自注：「思黯自誇前後服鍾乳三千兩，甚得力，而歌舞之妓頗多。來詩謔予羸老，故戲答之。」後遂以金釵十二行喻歌舞家姬眾多。元鄭光祖王粲登樓第一折：「你看為官的列金釵十二行。」

㊸ 蓮杯：亦稱蓮花杯，杯式之一種，最早見於南北朝青瓷蓮花杯，至宋始有刻花、印花等多種形製。又，古代疏狂文士將酒杯置女子綉鞋中行酒，亦稱蓮杯，蓋因女足舊稱金蓮之故也，這裡或指後者。

㊹ 蚤餐他鳳髓龍肝二句：鳳髓龍肝，亦作「龍肝鳳髓」，即所謂「八珍」中的兩珍，亦泛指珍饈美味。明時的八珍，見於明張九韶群書拾唾，鳳髓龍肝本屬子虛烏有，便以錦雞雄雉之髓和白馬（或蛇）之肝充之。此喻指御宴上的珍奇菜餚。西遊記第七十五回：「行者暗笑道：『老孫五百年前大鬧天宮時，吃老君丹，玉皇酒，王母桃，及鳳髓龍肝，那樣東西我不曾吃過？』」又，三國演義第三十六回：「雖龍肝鳳髓，亦不甘味。」黛綠蛾黃，喻指二十四歌姬。

㊺ 暖樓：即民間俗稱之「暖房」。指人家住進新居時，邀請親朋故舊宴飲，祝賀喬遷之喜。

以翫賞。侍女們燃百十枝絳紗燈，細樂導引，我與夫人緩步遊賞一回。（貼眾燈籠細樂行介）

【北門鶺鶉】㊻踢蕩蕩的蹬道三條，滴溜溜的平川一掌㊼。藹溶溶的淡月長空，高簇簇的紗籠翠晃。抵多少銀燭朝天紫陌㊽長。（笑跌介）待不笑呵，不是他紅生生翠袖雙扶，把我脆設設的肝腸一踹㊾。

（內奏樂笑聲響道介）（生）前面幾十對紗燈响道㊿，問是誰家？（貼眾問介）（內應介）便是我家四位官兒宴歸私宅。（生笑介）好人家也。前面翠華樓了。

【南撲燈蛾】(51)靄青青烟裊袖鑪香，廝琅琅落花御溝漾。唧喳喳晚風飄細樂，齊怎怎千步廊回向(52)。高豔豔的金牌玉榜，軟幽幽粉樓下垂楊。密札札雕簷畫戟(53)，雄赳赳有笑

㊻ 北門鶺鶉：原誤作〔黃龍袞犯〕，據葉譜本改。

㊼ 踢蕩蕩的蹬道三條二句：踢蕩蕩，象踏階梯聲。蹬道三條，踏階多級。三，概數，可理解為多。滴溜溜，形容平坦。平川一掌，猶平野一方。此謂上得樓放眼望去。下文多用疊字句，或象聲或形容，特色鮮明。

㊽ 紫陌：指京師郊野的道路。唐賈至早朝大明宮呈兩省僚友：「銀燭朝天紫陌長，禁城春色曉蒼蒼。」

㊾ 脆設設的肝腸一踹：脆設設，形容「笑跌」剎那間的一閃。肝腸一踹，謂心中一悸，下意識挽動身體。踹，猶「蹲」。玉篇足部：「踹，踞也。」

㊿ 响道：即「喝道」。官員出行時，差役在前面喝令行人讓路，以顯示威勢。清孔尚任桃花扇第十三齣哭主：「遠遠喝道之聲，元帥將到，不免設起席來。」

(51) 南撲燈蛾：「蛾」字下原有一「犯」字，衍，據葉譜本刪。

天獅，門外滾毬場。

（到介）（旦）公相，你看翠華樓前面，欽賜碧蓮湖三十六景。（生）真乃神仙景致。女樂們扶我與夫人上樓去。（上介）（生）大觥灑酒來，與夫人痛飲。

【北上小樓】(54)展嵬嵬登了閣，砌臻臻遊了房(55)。真乃是倚著紅雲，踏著紅蓮(56)，逗著紅妝。（旦）老爺請酒。（做酒翻溼袖介）（生）笑的來酒影花枝，酒搖燈暈，酒生袍浪，越顯的這風清也似月朗(57)。

（旦）高樓良夜，相公可以盡懷。（樂爭持生介）（生）聽我分付：今夜便在樓中派定，此樓分為二十四

(52) 齊怎怎千步廊回向：齊整長廊的轉彎處。齊怎怎，猶齊整整。千步廊，明代朝廷貯存奏章底本的地方。明沈德符萬曆野獲編六科廊章奏：「嘉靖乙丑春，千步廊毀於火，先朝所貯疏稿底本俱成煨燼。」亦泛指長廊。清徐松唐兩京城坊考宮城：「城之東北隅，有紫雲閣，其南有山水池閣，西為南北千步廊。」回向，轉彎處。

(53) 畫戟：見第二十齣注❸。

(54) 北上小樓：「樓」字下原有一「犯」字，衍，據葉譜本刪。

(55) 展嵬嵬登了閣二句：展嵬嵬，形容精神抖擻的樣子。展，伸動。嵬嵬，高聳貌。砌臻臻，依次到。砌，階砌。臻，至也。此謂一一到遊之意。

(56) 紅蓮：此指織有蓮花圖案的毛毯。

(57) 風清也似月朗：即「風清月朗」，亦作「月朗風清」，形容夜色美好。清洪昇長生殿第二齣定情：「此夕歡娛，風清月朗，笑他夢雨暗高唐。」亦喻人品高潔。元王實甫西廂記第一本第三折：「俺先人甚的是渾俗和光，真一味風清月朗。」

房，每房門上掛一盞絳紗燈為號，待我遊歇一處，本房收了紗燈，餘房以次收燈就寢。倘有高興，兩人三人臨期聽用。（樂笑應介）

【南撲燈蛾】[58]**拍拍紅喧翠嚷，匝匝情深意廣**[59]**。沈沈的玉漏稀，娟娟的風露涼**[60]**。悉的悉喇**[61]**宿鳥兒湖上，閃閃開紅紗繡窗。一個個待枕席生香，落落滔滔取情兒翫賞**[62]**。笑笑笑人生幾百歲，醉煞錦雲鄉**[63]**。**

（旦）夜闌了，相公將息貴體。（生）夫人，吾今可謂得意之極矣。

---

[58] 南撲燈蛾：原誤作〔疊字犯〕，據葉譜本改。

[59] 拍拍紅喧翠嚷二句：謂姬妾們相爭說笑。拍拍，猶陣陣。匝匝，環繞。匝，本作「帀」，正韻：「俗譌作匝。」三國曹操短歌行：「繞樹三匝，何枝可依？」

[60] 沈沈的玉漏稀二句：玉漏稀，指夜遲更深。參見第十四齣注[7]。娟娟，幽遠深邃。宋毛滂〔清平樂〕：「娟娟月滿，冉冉梅花暖。」

[61] 悉的悉喇：象鳥雀翅膀搧動聲。

[62] 落落滔滔取情兒翫賞：不止息地盡情玩賞。翫，同「玩」。

[63] 錦雲鄉：猶溫柔富貴之鄉。元楊維楨折枝海棠：「金屋銀釭照宿妝，一枝分得錦雲鄉。」

【尾聲】論功名，為將相，也是六十載擎天架海梁64。夫人，向後呵，我則把這富貴榮華和咱慢慢的享。

美景天將錦繡開，昇平元老醉金杯。
夜夜笙歌歸院落，朝朝燈火下樓臺65。

64 擎天架海梁：喻安邦定國的棟梁之臣。參見第十五齣注26。

65 夜夜笙歌歸院落二句：化用唐白居易宴散句，原句為：「笙歌歸院落，燈火下樓臺。」

第二十八齣　友歎

【掛真兒】（蕭上）生意❶盡憑黃閣❷下，歎元寮❸病染霜華。紫禁烟花❹，玉堂風月❺，長好是精神如畫❻。

故交君獨在，又欲與君離。我有新愁淚，非關秋氣悲❼。下官蕭嵩，忝同平章事。有首相盧老先生，

❶ 生意：猶生涯，此指操持政務。

❷ 黃閣：指丞相聽事閣，唐代門下省亦稱黃閣。漢丞相、太尉和漢以後的三公官署避用朱門，其廳門塗作黃色，以區別於天子。宋史禮志二：「三公之與天子，禮秩相亞，故黃其閣，以示謙不敢斥天子，蓋是漢來制也。」後遂以黃閣代指宰相官署和宰相。唐張繼奉送王相公赴幽州：「黃閣開幃幄，丹墀拜冕旒。」

❸ 元寮：元，老也，大也。同官曰寮。此指盧生。唐盧肇漢堤詩：「惟汝元寮，僉舉明哲。」

❹ 紫禁烟花：烟花，本指妓者，紫禁城中烟花，當指欽賜之內教坊女樂。

❺ 玉堂風月：指盧生獲二十四女樂後的恣意風流。玉堂，指翰林院，這裡代指盧生。

❻ 長好是精神如畫：長好是，亦作「暢好是」、「唱好是」，猶正是、恰是。精神如畫，謂精神頗佳，是因盧生染病而回憶起以前盧生的精神狀態，有反差很大、出乎意料之意。

❼ 故交君獨在四句：出自唐暢當別盧綸詩，原詩為：「故交君獨在，又欲與君離。我有新秋淚，非關宋玉悲。」見全唐詩卷二八七，亦見於明高棅唐詩品彙卷四十二。

乃同年至交，年今八十有餘，忽然一病三月，重大事機，詔就牀前請決。皇上恩禮異常，至遣禮部官各宮觀建醮禳保❽。那禮部堂上是裴年兄，上香而回，必然到此。（裴上）

【番卜算】元老病能瘥❾，聖主心縈掛。（見介）（蕭）年兄，這一番祈禱是如何？要作從長話。

年兄，盧老先生平日精神甚好，因何一病纏緜？

【風入松】（裴）略知元老病根芽，說起一場新話。（蕭）是閣中機務所勞？（裴）非關閣下傷勞雜，是房中有些兒兜荅❿。（蕭）呀，難道盧老先生此時還有餘話⓫？（裴）好採戰⓬說長生事大，皇恩賜女嬌娃。

---

❽ 建醮禳保：亦作「建醮祈禳」。建醮，指道教為人祈禱誦經的所謂水陸道場。禳保，祈求鬼神保佑消除病患等災難。此指為生病的盧生做道場。明代宮中由太監掌道教建醮祈禳之事。明劉若愚酌中志內臣職掌記略：「凡建醮做好事，亦於隆德、欽安等殿，張掛幡榜，穿羽流服色，而雲璈清雅，儼若仙音。」

❾ 元老病能瘥：元老，指盧生。瘥，病痊癒。

❿ 兜荅：亦作「兜答」、「兜搭」。謂難以對付或難以說明之事。元秦簡夫東堂老第一折：「這老兒可有些兜搭難說話。」此隱指盧生耽於房事。

⓫ 餘話：「餘」字別本或作「這」。

⓬ 採戰：指採女術，即道教所謂的採陰補陽之術。此術稱御女多可煉純陽，可攝生長壽。宋劉克莊雜詠一百首素女：「素問無人讀，流為採戰方。」

（蕭）有這等的事，老夫人怎不阻他？（裴）都道彭祖年高八百⑬，也用採女之術。

【前腔】（蕭）老年人似紙烘殘蠟，能禁幾陣風花⑭。千年彭祖今亡化，顛倒著⑮折本生涯。（裴）盧年兄富貴已極，止想長生一路了。（蕭）便是，論吾儕⑯都是八旬上下，遲和蚤幾爭差⑰？

盧老先既有此失，勢必蹺蹊⑱。且喜年兄大拜⑲在即了。（裴）不敢。

病到調元老，朝家少國醫。
惟餘一枝樹，留與後來棲。

⑬ 彭祖年高八百：彭祖，古代傳說中的仙人，姓籛，名鏗，傳為堯舜時人，大彭國第一代國君，被封於彭城（今江蘇徐州），子孫以國為氏。漢劉向列仙傳稱其謂「帝顓頊之玄孫，陸終氏之中子，歷夏至殷末，八百餘歲」。相傳殷王曾使採女問道於彭祖，得攝身養生之術，見晉葛洪神仙傳。

⑭ 風花：這裡喻指男女房中之事。

⑮ 顛倒著：猶本末倒置。導致事與願違。

⑯ 吾儕：猶我輩。

⑰ 幾爭差：即差不了多少，謂差別不大。

⑱ 蹺蹊：亦作蹊蹺，意謂奇怪，可疑。

⑲ 大拜：指拜相。清孔尚任桃花扇第十六齣設朝：「若論迎立之功，今日大拜，自然讓馬老先生了。」

第二十九齣　生寤

【金蕉葉】（旦愁容上）愁長恨長，天樣大門庭怎放？就其間有話難詳。天，天，天，怎的我老相公一時無恙？

事不三思，終有後悔。我老相公夫婦齊眉❶，極富極貴；年過八十，五子十孫；此亦人間至樂矣。以前止是幾個丫鬟勸酒，老身時時照管，不致疎虞❷。近因皇帝老兒，沒緣沒故送下幾個教坊中人，歌舞吹彈，則道他老人家飲酒作樂而已。誰想聽了個官兒，他希求進用，獻了個採戰之術。三月以前，偶然一失，因而一病蹺蹊。所仗聖眷轉深，分遣禮部官于各宮觀建醮祈禱，王公國戚以次上香，可謂得君之至矣。只恐福過災生，未肯天從人願。天呵，不敢望他百歲，活到九十九也罷了。（兒子走上報介）老夫人，老夫人，老爺不好了！分付請他出堂而坐。（兒子、梅香扶生病上）

❶ 齊眉：同壽。喻夫妻白頭偕老。明陳士元俚言解：「夫婦偕老曰齊眉。」漢揚雄方言：「眉、黎，老人之稱。」詩豳風七月：「為此春酒，以介眉壽。」余冠英注：「眉壽指老人，人老眉上有毫毛，叫秀眉。」唐李紳趨翰苑遭誣構四十六韻：「俯首安羸業，齊眉慰病夫。」

❷ 疎虞：亦作「疏虞」。疏忽、失誤。宋蘇軾畫車詩二首（其一）：「上易下難須審細，左提右契免疏虞。」元楊梓豫讓吞炭第二折：「傳與二位用心防守，勿致疎虞。」

【小蓬萊】八十身為將相，如今幾刻時光。猛然惆悵，丹青易老，舟楫難藏❸。

【集唐】將相兼權似武侯，誰人肯向死前休？臨堦一盞悲春酒，野草閒花滿地愁❹。夫人，我病勢沈沈，精魂散亂，多因罷了。思想當初，孤苦一身，與夫人相遇。登科及第，掌握絲綸。出典❺大州，入參機務。一竄嶺表，再登台輔❻。出入中外，迴旋臺閣，五十餘年。前後恩賜，子孫官蔭，甲第田園，佳人名馬，不可勝數。貴盛赫然，舉朝無比。聖恩未報，一病郎當❼。夫人，我和你以前歷

---

❸ 丹青易老二句：丹青，本指丹、青二色顏料，亦借指繪畫。此處丹青喻指公卿。漢桓寬鹽鐵論卷五相刺第二十：「文學曰：『天設三光以照記，天子立公卿以明治。故曰：公卿者，四海之表儀，神化之丹青也。』」舟楫，本指船槳，亦代指船。這裡則喻指宰輔。書說命上：「命之曰：朝夕納誨，以輔台德。若金，用汝作礪；若濟巨川，用汝作舟楫；若歲大旱，用汝作霖雨。」難藏，謂賢人難以隱匿不出山，即「行藏」之「藏」。易繫辭上：「顯諸仁，藏諸用，鼓萬物而不與聖人同憂，盛德大業至矣哉！」孔穎達疏：「藏諸用者，潛藏功用，不使物知。」論語述而：「用之則行，舍之則藏。」宋蘇舜欽又答范資政書：「此大君子之行藏屈伸，非罪戾之人所可為也。」

❹ 將相兼權似武侯四句：首句出自唐王建送裴相公上太原，見全唐詩卷三〇〇，「似」字原詩作「是」。次句出自唐杜荀鶴秋宿臨江驛，見全唐詩卷六九二，「休」字原詩作「閒」。第三句出自唐韓偓惜花，見全唐詩卷六八一，「堦」字原詩作「軒」。末句出處未詳，或以為出於唐顧雲詠柳二首中「閑花野草總爭新」句，或以為出於古琴歌（不同於宋周文璞的古琴歌），歌中有句：「將軍戰馬今安在，野花閒草滿地愁。」待考。

❺ 出典：出任、出理。典，主持、主管。三國魏應璩與趙叔潛書：「入侍華幄，出典禁闈。」

❻ 台輔：即三公宰相之位。唐杜甫奉送嚴公入朝十韻：「公若登台輔，臨危莫愛身。」

過酸辛，兒子都不知道。豈知我八十而終，皆天賜也。

【勝如花】寒窗苦滯選場，瘦田中蹇驢來往。猛然間撞入卿門，平白地天門看榜。命直著簸箕無狀⑧，手爬沙去開河運糧，手提刀去胡沙戰場。險些兒劍死雲陽，貶炎方⑨受瘴。又富貴八旬之上。（合）⑩算從前勞役驚傷，到如今疾病災殃。

（旦）老相公，你此病雖然天數，也是自取其然。八十歲老人家，怎生採戰那？（生惱介）採戰，採戰，我也則是圖些壽算，看護子孫，難道是瞞著你取樂？

【前腔】（旦）你年過邁自忖量，說採戰混元修養。為朝廷燮理陰陽⑪，自體上不知消長，這一病可能停當？老相公，平安罷了，有些差池，就要那二十四個丫頭償命。（生惱介）少道，少道。（眾子）老夫人言詞太搶⑫，老相公尊性兒廝強⑬。俺孝順兒郎，爹爹揀口兒⑭咱盡

---

⑦ 郎當：頹唐、萎靡的樣子，此指病重的精神狀態。明周清原西湖二集卷十二吹鳳簫女誘東牆：「汝怎生一病郎當至此？莫不是胸中有隱微之事，可細細與我說知。」

⑧ 命直著簸箕無狀：謂命該遭逢磨難。民間迷信說法，謂人的手指指紋若呈簸箕狀，即命運不濟，如呈斗（螺）狀，則有財運，日進斗金。故下文有「手爬沙」云云。直著，這裡是「呈現」、「顯示」之意。無狀，此猶不濟。

⑨ 炎方：炎熱的南方。此指盧生被貶謫之地。唐李白古風五十九首（其三十四）：「怯卒非戰士，炎方難遠行。」

⑩ 合：原誤作「旦」，據別本改。

⑪ 燮理陰陽：猶言治理政事。書周官：「茲惟三公，論道經邦，燮理陰陽。」元無名氏延安府第二折：「俺為官的，則要調和鼎鼐，燮理陰陽。」

情供養。（生）不想喫呵。（眾子）這等有湯藥在此。（跪進藥介）嘗了藥進些無恙。（生惱介）還喫甚藥！（合前）

（內報介）報，報，報，閣下裴老爺蕭老爺問安到堂。（旦）怎好⑮相待？（生）長兒子答應去，你說有勞蕭叔叔裴叔叔，晚些下朝，請來有話。（長子應下）（內介）公侯駙馬伯各位老皇親問安到堂。（生）次兒子答應去，這都是四門親家，說有勞了，容病起叩謝。（次應下）⑯（內介）五府六部都通大堂上官⑰共八十員名，稟帖問安⑱到堂。（生）三的兒答應去，你說有勞了。（三子應下）（內介）小九卿⑲

---

⑫ 搶：這裡同「戧」，讀去聲，指言語過激，含指責、怪罪之意。金董解元西廂記諸宮調卷四：「花言巧語搶了俺一頓，俺耳邊佯不聞。」

⑬ 強：音ㄐㄧㄤˋ，同「犟」，即強嘴。指固執己見與人辯解。元無名氏盆兒鬼第三折：「你還強哩，到明日和你整理。」又，元武漢臣生金閣第三折：「我兒也，你還強嘴哩！」

⑭ 揀口兒：指挑選可口的食物。元喬吉揚州夢第二折：「可體樣春衫親手兒縫，有滋味珍饈揀口兒供。」

⑮ 怎好：「好」字別本或作「生」。

⑯ 次應下：「下」字原作「介」，誤。據各本改。

⑰ 五府六部都通大堂上官：指朝廷各官署所有的正職官員。五府是漢代的稱謂，此為泛指尚書、門下以及中書三省等機構。六部，指吏、戶、禮、兵、工、刑部。都，指都察院。通，指明代始設的通政使司。大堂，本指中央政府各機構處理政務的正廳，亦代指各機構的正印官。

⑱ 稟帖問安：稟帖為下級官員向其上級官員言事的書帖，亦可以書帖的形式請安。清吳敬梓儒林外史第二十四回：「因把他這些話，又寫了一個稟帖，稟按察使。」

堂上官共一百八十員名，腳色⑳問安到堂。（生）第四的答應去，你說知道了。（小應下）（內介）合京大小各衙門官三千七百員名，連名手本問安，門外伺候。（生）堂候官，分付都知道了。（官應下）（內介）報，報，報，萬歲爺欽差高公公，領了御醫來到。（旦慌介）（生）快取冠帶加身，夫人接旨。（高領御醫上）

【滴溜子】驃騎㉑的，驃騎的，駕前排當。領聖旨，領聖旨㉒，御醫前往。直到平章宅上，他病患有干係㉓，無虛誑。俺比他富貴無聊㉔，他百寮之上。

---

⑲ 小九卿：九卿為古代中央行政官署九個高級官職，亦可視為主要權力機構行政長官的總稱，各朝代名稱有所不同。如東漢三公以下九卿為太常、光祿勳、衛尉，由太尉所領；太僕、廷尉、大鴻臚，由司徒所領；宗正、大司農，由司空所領。是為三公九卿。隋唐或又稱九寺：太常寺、光祿寺、衛尉寺、太僕寺、大理寺、太府寺、宗正寺、鴻臚寺、司農寺。明清始將九卿分作大小，明之大九卿指六部尚書及都察院都御史、大理寺卿、通政司使；小九卿指太常寺卿、太僕寺卿、光祿寺卿、詹事、翰林學士、鴻臚寺卿、國子監祭酒及苑馬寺卿、尚寶寺卿。

⑳ 腳色：指註明個人履歷的名帖，或稱手本。清袁枚隨園隨筆：「宋制：百僚選者具腳色，似即今之投履歷矣。」京本通俗小說卷十碾玉觀音：「寫了他地理腳色與來人，到臨安府尋見他住處，問他鄰舍，指道：『這一家便是。』」

㉑ 驃騎：高力士加「驃騎大將軍」名號。此銜為武散官名稱，漢置，歷代相沿，唐代為從一品。

㉒ 領聖旨：原非疊句，此據葉譜本補。

㉓ 病患有干係：謂盧生老年尚行採戰事致病的隱諱說法。

㉔ 俺比他富貴無聊：高力士是太監，受過宮刑，故言與盧生相比，同樣富貴卻無法享受二十四姬妾之歡。

（到介）聖旨到，跪聽宣讀。詔曰：卿以俊德，作朕元輔。出雄藩垣㉕，入贊緝熙㉖。昇平二紀㉗，實卿是賴。比㉘因疾累，日謂痊除。豈遽沈頓，良深憫默。今遣驃騎大將軍高力士就第省候，卿其勉加針灸㉙，為朕自愛。深冀無妄，期於有喜。謝恩！（旦謝恩起介）（生）老公公，學生多蒙聖恩，有勞貴步，何以為報！（高）宮監事煩，不得頻來看望老先生。萬歲爺甚是懸掛，以前雖遣中使㉚時常問安，還不放心，以此特差本監，領這御醫視藥調膳。叫你千萬寬養，以付㉛眷懷。且著御醫診視。（診脈介）

㉕ 出雄藩垣：指盧生出師戰勝吐蕃，勒功而還。此句朱墨本作「出鎮藩服」。藩垣，本指藩籬和垣牆，亦泛指屏障，引申喻指衛國守土之封疆大吏或藩鎮，亦稱「藩閫」。詩大雅板：「价人維藩，大師維垣。」毛傳：「藩，屏也；垣，牆也。」唐韓愈與鳳翔邢尚書書：「今閣下為王爪牙，為國藩垣，威行如秋，仁行如春，戎狄棄甲而遠遁，朝廷高枕而不虞，是豈負大丈夫平生之志願哉！」

㉖ 入贊緝熙：猶言入朝輔佐帝王光被天下。贊，助也，即輔佐。緝，或以為是「熠」字的假借（見清朱駿聲說文通訓定聲）。熙，光明。詩大雅文王：「穆穆文王，於緝熙敬止。」清戴震曰：「按緝熙者，言續其光明不已也。」南朝梁蕭衍贈逸民詩二：「緝熙朝野，體邦經始。」

㉗ 二紀：古以十二年為一紀，二紀即二十四年。唐元稹夢遊春七十韻：「當年二紀初，嘉節三星度。」

㉘ 比：即比及、等到。

㉙ 針灸：朱墨本作「調養」。

㉚ 中使：皇帝所遣宮廷中的使者，往往指太監。

㉛ 付：本指付出、給予。此謂報答、奉謝之意，即不辜負。

【榴花泣】（御）貴人擡手指下細端詳，手背上汗亡陽32。呀，魚遊雀啄33去佯佯，喜心經有脈絃長34。老爺，下官太素35最精，老爺心脈洪大，眼下有加官蔭子之喜，下官不勝欣賀！（生笑介）難道，難道。（御背36高介）盧老爺脈息欠好了，魂飛散揚，爭些兒37，要得身亡喪。（高哭介）可憐盧老先，幾十載裏外同心，霎兒間形影分張。

（御）老爺，容下官處方呈上。可憐醫國手，空費藥籠心。（下）（生）老公公，俺高年重病，醫療多

32 亡陽：中醫術語，指汗出不止，體內的陽氣嚴重衰竭，導致生命垂危的一種病理變化，即所謂亡陽癥。傷寒論：「病人脈陰陽俱緊，反汗出者，亡陽也。」

33 魚遊雀啄：喻指病人奇異的脈象。明朱橚普濟方卷四載有十怪脈名，其二云：「魚翔之狀。宛如魚遊於水面，但尾掉而身首不動，其脈浮於膚上，不進不退。」其七云：「雀啄之狀。來而急數，頻絕而止。良久，准前復來，若雀啄食之狀。蓋來三而去四也。」

34 喜心經有脈絃長：此為不實之語，與後文背躬語「心脈洪大」等皆是醫者寬慰病人的套話。脈絃，中醫診斷把脈時脈象的一種，按之有如琴弦，端直而長，張力較大，故名。

35 太素：中醫書名。即隋楊上善所撰黃帝內經太素的簡稱。原書三十卷，今僅存二十三卷殘本。此書為注釋黃帝內經早期傳本之一。

36 御背：錢南揚校本校云：「『背』字下疑奪一『語』字。」背，即「背躬」語，戲曲表演中表示自言自語的心理活動，或說與觀眾不使其他角色知情的曲白稱「背」。此是御醫與高力士的耳語。

37 爭些兒：亦作「爭些」、「爭些子」。意為差不多、大概是。元無名氏氣英布第三折：「明明是覰的咱如糞土，爭些兒一氣一個死。」

難。頂戴皇恩，沒身無報。

【前腔】書生何德毫髮聖恩光，垂老病賜仙方。微臣要掙挫做姜公望㊳，八旬外恁的郎當。老公公，老臣不能下牀，只在枕頭上叩首謝恩了。（三叩首介）萬歲萬歲萬萬歲。天恩敢忘，願來生，做鬼也向丹墀傍。老公公，蕭、裴二公雖係同年同官，還仗老公公青目㊴。（高）這是交情在前了。（生）要緊一事，俺六十年勤勞功績，老公公所知。怕身後蕭、裴二公總裁國史，編載不全。（高）這個朝家自有功勞簿，逐一比對，誰敢遺漏？（生）保家門全仗高公，紀功勞借重同堂。

（生）請問老公公：身後加官贈謚㊵何如？（高）自有聖眷，不必掛心。咱去也。（生哭介）哎喲，還有話：老夫有個孽生之子㊶盧倚年小，叫來拜了公公。（扮小公子出拜介）好個公公，好個公公，公公青目你孫子些兒。（生笑介）孩子到賊㊷哩。（高）小哥注選尚寶中書㊸了。（生）本爵止敘邊功，還有

㊳ 微臣要掙挫做姜公望：掙挫，亦作「掙揣」、「[illegible]」、「掙[illegible]」。猶掙扎、撐起。此為振作意。元鄭光祖倩女離魂第二折：「孩兒，你掙挫些兒。」姜公望，即周文王遇於渭水之濱的呂尚，亦即俗稱姜太公的姜子牙。姜姓，呂氏（一說封於呂地），子牙為其字，號飛熊，河內汲縣人。周朝開國元勳，拜太師。輔佐文王姬昌建立霸業，助武王姬發滅商。封齊侯，為呂氏齊國的締造者。亦曾輔佐周公旦，成就成康之治。周康王六年，卒於鎬京。

㊴ 青目：猶青眼、青睞。謂另眼看待，分外眷顧。清吳敬梓儒林外史第十三回：「小弟補廩二十四年，蒙歷任宗師的青目，共考過六七個案首。」

㊵ 贈謚：帝王為朝廷功臣死後追封的稱號。逸周書謚法解：「謚者，行之迹也。號者，功之表也。」

㊶ 孽生之子：此指通房婢女梅香所生之子。古以正妻之外媵妾所生子女為「庶出」，微於「嫡出」，故有此稱。

河功未敘，意欲和這小的兒再討個小小蔭襲44，望公公主持。（高）謹記在心，不敢久停了。（生叩頭哭介）千萬奏知聖上，老臣再不能勾瞻天仰聖了。（哭介）（高）要知忍死求恩澤，且盡餘生答聖明。（下）（生）哎喲，哎喲，我汗珠兒滾下來了。絲筋寸骨都是疼的，好冷，好冷哩。是了，這叫做風刀解體45，誰替的我呵？叫大兒子，將文房四寶，掃席焚香，待我寫下遺表，謝了朝廷，便死瞑目矣。（旦）公相不煩自寫。（生）你不知，俺的字是鍾繇法帖46，皇上最所愛重。俺寫下一通，也留與大唐家作鎮世之寶。（長兒上）老得文園病，還留封禪書47。焚香在此，老爺草表。（生叩頭，旦扶頭正衣冠

---

42 賊：俗語指機敏伶俐，如賊精、賊靈等。是為反語，有「特」或「忒」義。

43 注選尚寶中書：注選，通過薦舉注冊獲待授某官職的資格。尚寶中書，無此職官，此或有舛誤。案：盧倚已掛選尚寶司丞（見前二十七齣開場旦白及注8），這裡又謂「注選尚寶中書」，司丞為正六品，中書則從七品，情節前後齟齬。且前既已定，盧生何故又重複提出舊事？存疑待考。

44 蔭襲：亦作「襲蔭」。指因祖輩有功勳或權重，循例使後輩受封賜而得官。明凌濛初初刻拍案驚奇卷五：「有個姓劉的，是個蔭襲公子，到京師襲蔭求官，數年不得。」蔭，他本俱作「廕」。

45 風刀解體：佛教語。謂人臨死時，地、水、火、風，「四大」解體，體內有風鼓動，如刀刺身。法苑珠林卷一〇四引大智度論：「持戒之人，壽終之時，風刀解身，筋脈斷絕，心不怖畏。」

46 鍾繇法帖：鍾繇，字元常，豫州潁川人。漢末至三國魏著名書法家。其書法博採眾長，兼擅各體，尤精於隸、楷，被譽為「楷書鼻祖」，在書法史上影響深遠。後人將其與晉王羲之並稱「鍾王」。其書被列為「上品之上」，唐張懷瓘在書斷中更是將其稱作「神品」。惜今鍾書真跡已失傳，宋以後之法帖俱為後人摹本。這句是說盧生在書法上是以臨習鍾繇法帖見長的。

寫介）

【急板令】儘餘生丹心注香，盼堦前斜陽寸光。呀，手戰寫不得。罷了，起個草，兒子代書。待親題奏章，待親題奏章，俺戰戰兢兢，寫不成行。你整整齊齊，記了休忘。（長歎落筆介）（合）從今後大古裏㊽分張，窮富貴在何方？

（生短氣介）不要聒噪，大兒子念表文俺聽。（長念介）臣本山東書生，以田圃為娛。偶逢聖運，得列官序。過蒙榮獎，特受鴻私㊾。出擁旄鉞，入升鼎輔㊿。周旋中外，綿歷歲午51。有忝恩造，無裨聖

㊼ 老得文園病二句：文園，指漢代辭賦家司馬相如，因其曾拜為孝文園令。他患「消渴」病（即今之糖尿病）而終，這裡非指盧生亦患此病，僅借「病」字文面而已。唐杜牧為人題贈詩二首（其一）：「文園終病渴，休詠白頭吟。」封禪書，亦稱封禪文，為司馬相如遺作。六臣注文選卷四十八符命封禪文唐李善注：「史記曰：長卿病甚，武帝使所忠往求其書，及至，長卿已卒。其妻曰：長卿未死時，為一卷書，曰：『有使來求書，奏之。』其遺札書言封禪事，所忠奏言。」封禪書實為一篇賦，傳漢武帝含淚誦讀，大為感動，此後多次登泰山封禪。所謂封禪，是指古代帝王祭祀天地的大型典禮，封為祭天，禪為祭地。司馬相如認為封禪既是遵循古之慣例，也是順應天道地意必行之事。宋王安石寄友人三首（其一）：「一篇封禪才難學，三畝蓬蒿勢易求。」

㊽ 大古裏：亦作「大古來」、「特古裏」。意為大概、總之。元楊景賢劉行首第二折：「你向尊前席上逞妖嬈，粧圈套，大古裏色是殺人刀。」又，元秦簡夫東堂老第一折：「大古來前生注定，誰許你今世貪饕。」

㊾ 鴻私：鴻恩，多指皇恩。宋王禹偁謫居感事：「重瞳念孤寂，一第忝鴻私。」

㊿ 出擁旄鉞二句：旄鉞，白旄與黃鉞，喻指掌握軍權。旄，古以牦牛尾裝飾旗子。鉞，古代形製似斧的一種兵器。書牧誓：「王左仗黃鉞，右秉白旄以麾。」麾，指揮。鼎輔，即首輔，宰相。

化。負乘致寇，履薄臨兢52。日極一日，不知老之將至。今年八十餘，位歷三公。鐘漏並歇，筋骸俱敝。彌留沈困，殆將溘盡。顧無誠效，上答休明53。空負深恩，永辭聖代。臣無任感戀之至！謹奉表稱謝以聞。

（生）是了，俺氣盡之後，端正寫了奏上。夫人，你和俺解了朝衣朝冠，收在容堂54之上，永遠與子孫觀看。（換舊衣巾嘆介）人生到此足矣。呀，怎生俺眼光都落了？俺去了也。（死向舊睡處倒介）（衆哭介）

【前腔】老天天把相公命亡，老爺爺俺天公壽喪。且立起容堂，且立起容堂，把一品夫人，哭在中央；列位官生55，哭在邊傍。（合前）

---

51 周旋中外二句：任職於朝廷和地方歷時多年。明黃道周節寰袁公傳：「孫樞輔滯塞外，久請陛見，中外洶洶，以為志在君側。」綿歷，猶綿延，謂延續時間長久。唐吳筠建業懷古：「綿歷已六代，興亡互紛綸。」

52 負乘致寇二句：「負乘」句語本易繫辭上：「負且乘，致寇至。負也者，小人之事也；乘也者，君子之器也。小人而乘君子之器，盜思奪之矣。」意謂因才德不稱其位而導致賊寇侵犯。「履薄」句語本詩小雅小旻：「戰戰兢兢，如臨深淵，如履薄冰。」亦作「履薄臨深」。宋田錫進瑞雪歌：「才微任重副憂勤，履薄臨深守廉慎。」二句為自謙之詞。

53 休明：清明美好，喻明君盛世。此指當朝皇帝。六臣注文選謝朓始出尚書省：「惟昔逢休明，十載朝雲陛。」唐李善注：「休明，謂齊武皇帝也。」唐孟浩然送袁太祝尉豫章：「何幸遇休明，觀光來上京。」

54 容堂：指安放祖宗遺像和牌位的廳堂，亦指靈堂。容，本指容顏，此指遺容（像）。

55 官生：官員蒙蔭襲其子所得之官稱官生，此指盧生諸子。明初因前代任子之制，文官一品至七品，皆得蔭一子以

（眾哭介）（旦暗去生鬚拍生背哭介）盧郎好醒呵。（下）（生作驚醒看介）哎喲，好一身冷汗。夫人那裏？（丑扮前店主上）甚麼夫人？（生叫介）盧傅、盧倜、盧儉、盧位、小的盧倚呢？咳，都在那裏去了？（丑）叫誰那？（生）我的兒子。（丑）你有幾個兒子那？（生）五個哩。咳，都往前面敕書閣寶翰樓56耍子。（丑）便只是小店。（內驢鳴介）（生）三十疋御賜的名馬，可餵些料？（丑）只一個蹇驢在放屁。（生）啊，我脫下了朝衣朝冠。（丑）破羊裘在身上。（生）嗄！好怪，好怪，連我白鬚鬍子那裏去了？（看介）你是誰？不是崔家院公麼？（丑）甚麼崔家院公。趙州橋57店小二，煮黃粱飯你喫哩。（生想介）是哩，飯熟了麼？（丑）還饒一把火兒。（生起介）有這等事！

【二郎神】難酬想，眼根前不盡的繁華相。當初是打從這枕兒裏去。（提枕介）**枕兒內有路分明留去向，向其間打滾，影兒歷歷端詳。難道這一星星58都是謊？怎教人不護著這枕兒心快？**（歎介）**忽突帳59，六十年光景，熟不的半箸黃粱60。**

（呂上笑介）山靜似太古，日長如小年61。盧生，睡的可得意麼？（生）老翁，太奇，太奇。俺一徑

世其祿。後漸加嚴格，三品以上高官方能請蔭，謂之官生。事詳明史選舉志一。

56 敕書閣寶翰樓：皇家藏書及珍藏字畫、法帖的處所。

57 趙州橋：見第四齣注2。

58 一星星：此猶「一件件」、「一樁樁」。

59 忽突帳：即胡塗帳。

60 半箸黃粱：箸，筷子。此極言少，謂將筷子插到米中，米僅及一半。

的62搶中了唐家狀元，替唐天子開了三百里河路，打過了一千里邊關哩。（呂笑介）咦，多少功勞！（生）老翁不知，小生也不敢訴聞。恁大功勞，還聽個讒臣宇文丞相之言，賜斬咸陽都市63。喜得妻兒哭救，遠竄嶺南，直走到崖州鬼門關外。（呂）僥倖，僥倖。後來？（生）後來有得蕭裴二位年兄辯救，欽取還朝，依舊拜為首相。金屋名園，歌兒舞女，不記其數。親戚俱是王侯，子孫無非恩蔭。仕宦五十餘年，整整的活到八十多歲。（呂）你說大丈夫當建功樹名，出將入相，列鼎而食，選聲而聽，使宗族茂盛而家用肥饒，然後可言得意。如子所遇，豈不然乎？此際尋思，得意何在？（生想介）便是呢，黃粱飯好香也。（呂）子方列鼎而食，希罕此黃粱飯乎？

【玉鶯啼】你堂餐64多飽，鼻尖頭還新廚飯香。（生）黃粱恁般難熟。（呂）**這黃粱是水火勾**

---

61 山靜似太古二句：出自宋唐庚（字子西）醉眠詩，見宋羅大經鶴林玉露卷四。太古，遠古。明王寵且發胥口經湖中瞻眺：「渾沌自太古，漭泱開吳天。」渾沌，也寫作「混沌」，可追溯到開闢時代，故道家又以太古為靜、虛、空境界。小年，是短暫之謂，非指民間臘月裡之小年。莊子逍遙遊：「朝菌不知晦朔，惠蛄不知春秋，此小年也。」可知湯顯祖於此處用唐子西這兩句詩，是別有用意的。盧生夢中經歷之虛空迷幻，不過如朝菌惠蛄一樣，須臾間耳。

62 一徑的：亦作「一徑地」。猶徑直、一路。元關漢卿望江亭第一折：「姑姑，你侄兒除授潭州為理，一徑的來望姑姑。」金董解元西廂記諸宮調卷二：「衝軍陣，鞭駿馬，一徑地西南上迓。」

63 咸陽都市：別本或作「雲陽市」。

64 堂餐：見第八齣注5。

當65，好枕兒邊問你那崔氏糟糠。可還挑黃粱半箸，與你那兒郎豢養66。（生想介）好多時候哩。（呂笑介）終不然水米無交，蚤滾熟了山河半餉67。你希68迷想，怎不把來時路玉真69重訪？

（生笑介）老翁，教我把玉真重訪，難道來時路還在這枕眼70裏？（再看枕歎介）咳，枕兒，枕兒，你把我盧生有家難奔，有國難投。別的罷了，則可惜俺那幾個官生兒子呵！（呂笑介）你那兒子，難道是你養的？（生）誰養的？（呂）是那店中雞兒狗兒變的。（生）咳，明明的有妻，清河崔氏，坐堂招夫。（呂）便是崔氏也是你那胯下青驢變的，盧配馬為驢。（生想介）這等，一輩兒君王臣宰，從何而

65 水火勾當：道教內丹家煉丹時，講究水火既濟。此借指煮黃粱。

66 豢養：此指餵養牲畜。後文呂洞賓告訴盧生，他夢中的兒子們皆雞兒狗兒所變的。

67 終不然水米無交二句：終不然，猶總不會。水米無交，謂黃粱飯未曾煮好。蚤滾熟了山河半餉，言煮黃粱不過半餉時間，盧生已經歷了複雜多變的一生。山河，在此猶滄桑。另，「水米無交」與內丹家之「水火既濟」之間隱約相聯繫，似意在雙關。此外，「水米無交」又喻指為官清廉，不取民物。如元關漢卿謝天香第四折：「老夫在此為理三年，治百姓水米無交，於天香秋毫不染。」元孫仲章勘頭巾第二折也有類似用例。故此處之「水米無交」具有多義性。

68 希：別本或作「休」。

69 玉真：亦作「仙真」。指仙人，亦指美人。此借指盧生夫人清河崔氏。唐李白玉真仙人詞：「玉真之仙人，時往太華峰。」此以仙人喻玉真公主也。

70 眼：原誤作「根」，據朱墨本改。

來？（呂）都是妄想遊魂，參成[71]世界。（生歎介）老翁，老翁，盧生如今惺悟了。人生眷屬，亦猶是耳，豈有真實相乎？其間寵辱之數，得喪之理，生死之情，盡知之矣。

【簇御林】[72]**風流帳，難算場。死生情空跳浪，埋頭午夢人胡撞。剛等得花陰過窗，雞聲過牆，說甚麼張燈喫飯**[73]**纔停當？**罷了，功名身外事，俺都不去料理他，只拜了師父罷。（拜介）**似黃粱，浮生稊米**[74]**，都付與滾鍋湯。**

【啄木兒】（呂）**成驚恍忒遽忙，敲破了枕函我也無伎倆。**你拜了我，便要跟我雲遊了。（生）便跟師父雲遊去。（呂）求道之人，草衣木食，露宿風餐，你做功臣的人怎生享用的？（生）師父又取笑了，（呂）還一件，徒弟有參差[75]的所在，師父當頭拄杖，就打死了，眉也不許皺一皺。（生）弟子雲陽市上都不曾瞅[76]個眉，怎怕的師父打？（呂笑介）**你雖然寐語星星**[77]**，怕猛然間舊夢遊揚。**（生）

[71] 參成：參差錯落而成。參，夾雜、相間。

[72] 簇御林：葉譜本作〔御林鶯〕，謂〔簇御林〕犯〔黃鶯兒〕。

[73] 張燈喫飯：宋元俗諺，詳見本齣後注[82]。

[74] 浮生稊米：浮生，意為人生虛幻空無，飄浮不定。莊子外篇刻意第十五：「其生若浮，其死若休。」稊，音ㄊㄧˊ，指一種似稗的野草，結實如小米。稊米，喻渺小也。莊子秋水：「計中國之在海內，不似稊米之在太倉乎？」

[75] 參差：本指不齊貌，此指差錯、差池。

[76] 瞅：猶「皺」。

白日青天，還做甚麼夢也？師父。（呂）你果然比黃齏(78)苦辣能供養，比餐刀痛澀能回向(79)，也還要請個盟證先生和你議久長。

（生）便隨師父尋個證盟師去。

【滴溜子】跟師父，跟師父，山悠水長。那證盟的，證盟的，他何人那方？不離了，邯鄲道上，一匝眼(80)煮黃粱，鍋未響。六十載光陰，唱好(81)是忙。

【尾聲】（生）俺識破了去求仙日夜忙。師父，證盟師在那裏？（呂）有個小庵兒喚做蓬萊方丈。（生）這等快行，快行。（丑）黃粱飯熟，可喫了去。（生）罷了，罷了，待你熟黃粱又把俺那一枕遊仙擔誤的廣。（下）

（丑）好笑，好笑，一個活神仙度了盧秀才去了。

(77) 雖然寱語星星：「雖然」下朱墨本有一「是」字。寱語星星，猶謂夢話連篇。星星，指滿天星斗，此喻其多也。

(78) 黃齏：切碎腌製的鹹菜，借指粗劣的飲食和艱苦的生活。金董解元西廂記諸宮調卷三：「我見舂了幾升陳米，煮下半瓮黃齏。」

(79) 回向：佛教語。指將所修功德、智慧及善行等不獨享，而是回轉歸向佛果與眾生同享。即所謂回自向他，回因向果。唐孟浩然臘月八日於剡縣石城寺禮拜：「下生彌勒見，回向一心歸。」

(80) 一匝眼：即一眨眼。形容時間短暫，猶一瞬間。

(81) 唱好：亦作「暢好」，見第四齣注(27)。

生死長安道，邯鄲正午炊。
蚤知燈是火，飯熟幾多時[82]。

[82] 蚤知燈是火二句：本為佛教禪語，後成俗諺，謂貧窮落魄遭冷遇或不覺間錯過機會。宋釋普濟五燈會元卷十八建隆慶禪師法嗣云，平江府泗州周元禪師問禪於建隆禪師，頓領宗旨。「開堂日，……問：『朝參暮請，成得甚麼邊事？』師曰：『祇要你歇去。』曰：『蚤知燈是火，飯熟已多時。』」宋蘇軾石塔寺：「雖知燈是火，不悟鐘非飯。」此用唐王播「飯後鐘」事。相傳王播少孤貧，客揚州惠明寺木蘭院，隨僧人齋食。日久，僧厭之，改飯前敲鐘於飯後，播苦之。後播鎮揚州，訪舊處題詩曰：「上堂已了各西東，慚愧闍黎飯後鐘。」事見五代王定保唐摭言卷下。

第三十齣　合仙

【清江引】（鍾離❶上）漢鍾離半世有神仙分❷，道貌生來坌❸。（曹舅❹上）那雖然國舅親，富貴做尋常論。（合）世上人，不學仙真是蠢。

【前腔】（鐵拐❺上）這拐兒是我出海撩雲棍，一步步把蓬萊寸❻。（采和❼上）高歌踏踏

❶ 鍾離：即鍾離權，見第三齣注❻。

❷ 半世有神仙分：「世」字別本或作「老」。分，緣分。

❸ 坌：猶笨。參見二十二齣注㊷。

❹ 曹舅：即曹國舅，傳說中八仙之一。相傳其名友，是宋仁宗曹太后之弟，曾入深山修道，後被鍾離權和呂洞賓度脫，引入仙班，案，宋史中所載曹太后之弟名佾，並無修行經歷，當屬附會。一說其蟬蛻於徐州玉虛觀，而江南通志仙釋又謂玉虛觀在安徽蕭縣。

❺ 鐵拐：即鐵拐李。傳說中八仙之首。相傳其姓李名玄，因遇太上老君而得道。後於神遊時肉身誤被徒弟火化，其魂只得附於餓死者而起，故蓬頭垢面，坦腹跛足，以水噀所倚竹杖，化作鐵拐。或傳說其為古巴國津琨（即今重慶江津區石門鎮李家村）人，名洪水，或凝陽，自號李孔目。老子騎牛雲遊時見其有宿緣而點化之。或又附會是宋人李八百屍解而成仙，見宋史陳從信傳。元岳伯川有呂洞賓度鐵拐李雜劇，將鐵拐李名改作李岳，故事則多有虛構。

春，爨弄的隨時諢❽。（合前）

【前腔】（韓湘❾上）小韓湘會造逡巡醞，把頃刻花題韻❿。（何姑⓫上）我笊籬兒漏洩

❻ 一步步把蓬萊寸：謂距蓬萊已很近了。寸，可引申為極短。

❼ 采和：即藍采和。亦傳說中八仙之一。相傳其姓許名堅，或名傑，字伯通，藍采和當為其自號或藝名。常衣破藍衫，一足跣行，手持大拍板，行於鬧市，乘醉而歌。其豪飲不醉，且精通釀酒技術，自釀自飲。後踏歌壕梁間，忽於笙簫聲中有雲鶴輕舉雲際，擲靴衫、腰帶、拍板，冉冉而去。詳見南唐沈汾續神仙傳。或云聚仙會時應鐵拐李之邀於石笋山仙苑列入八仙。一說為鍾離權所度脫，元雜劇中有無名氏的漢鍾離度脫藍采和。

❽ 爨弄的隨時諢：爨弄，金元院本的別稱，亦泛指表演。相傳宋徽宗見爨國來朝，衣裝鞋履巾裹，敷朱粉，使優人效之以為戲，故名。元陶宗儀南村輟耕錄、夏庭芝青樓集均載有其目。諢，戲曲表演中的詼諧調笑之曲白，即插科打諢，簡稱「科諢」。

❾ 韓湘：即韓湘子，傳說中八仙之一。他是八仙中比較年輕且風度翩翩的斯文公子，善吹簫，手持用南海紫竹林中一株神竹製成的紫金簫。史載韓湘字清夫，是唐代大文學家韓愈的侄孫，曾考取進士並於中唐時期作過官，然並無修道經歷。民間傳說則說他自幼學道，後為鍾離權和呂洞賓度脫而成仙。事詳唐韓若雲韓仙傳及明楊爾曾韓湘子全傳等。此外，唐段成式酉陽雜俎、宋劉斧青瑣高議還記載了一些關於韓湘的神奇傳聞。

❿ 小韓湘會造逡巡醞二句：逡巡醞，即傳說中神仙釀造的一種頃刻而成的酒，稱之謂「逡巡酒」。逡巡，指極短時間。頃刻花題韻，謂能使不時之花瞬間綻放。據韓仙傳載，韓愈與同僚宴集，韓湘亦卒，欲勸韓愈棄官修道，乃呈愈詩曰：「解造逡巡酒，能開頃刻花。」愈甚驚異。此詩亦見全唐詩卷八六〇韓湘言志詩。元無名氏翫江亭第一折：「此人神通廣大，變化多般，能造逡巡酒，善開頃刻花。」

⓫ 何姑：即何仙姑，見第一齣注⓫。

春⑫，撈不上的閒愁悶。（合前）（眾仙起手⑬介）（何笑介）鍾離公，著你高徒洞賓子奉東華道旨，下界度引真仙，還不見到，好悶人也。（拐打何介）啐，做仙姑還有的想⑭，我一拐打斷你笊籬根。（漢笑介）大家蟠桃花下走跳去。漢鍾離到老梳丫髻，曹國舅帶醉舞朝衣。李孔目⑮拄著拐打磕睡，何仙姑拈針補笊籬。藍采和海山充樂探⑯，韓湘子風雪棄前妻⑰。兀那張果老五星輪的穩⑱，算定著呂純陽三醉岳陽回。（眾下）（呂引生

⑫ 我笊籬兒漏洩春：笊籬兒，一種用竹或柳條製成的炊具，長柄勺狀，可從湯水中撈物。元無名氏來生債第三折：「我一日編十把笊籬，著靈兆孩兒貨賣。」漏洩春，謂萌發男女之情。

⑬ 起手：即拱手作揖。

⑭ 做仙姑還有的想：與上文「漏洩春」相聯繫，此是鐵拐李斥責何仙姑，不該妄生塵俗之念，動男女私情。參見第三齣注㉓。

⑮ 李孔目：即鐵拐李。元岳伯川鐵拐李雜劇謂鐵拐李名岳，前世曾作過六案都孔目，故稱。孔目，為掌管文書簿籍的吏役。六案，指六部之文案卷宗。

⑯ 海山充樂探：海山，詞山曲海之縮語，借指演藝生涯。樂探，即優伶，樂伎。藍采和曾側身勾欄，後被鍾離權度脫，故言。

⑰ 韓湘子風雪棄前妻：傳說韓湘子「九度文公十度妻」，據傳他終於說服了最後一個妻子香女與其飛昇，將到南天門時，香女想起家裡所孵一窩小雞無人看管，堅持要回去，韓湘子無奈，將拂塵一甩，將妻子趕回凡間。所謂風雪棄妻，則是戲曲小說中根據民間傳說敷衍的故事。

⑱ 張果老五星輪的穩：張果老，見第三齣注⑬。五星，又稱「五緯」，指水、木、金、火、土五大行星。史記天官

上）

【仙呂點絳脣】一片紅塵，百年銷盡，閒營運。夢醒逡巡⑲，蚤過了茶時分。

（生）師父，前面一簇高山流水是那裏？（呂）此乃蓬萊滄海，大修行之處也。（生）那裏有甚麼景致？

【混江龍】（呂）這裏望前征進，明寫著碧桃花下海仙門⑳。到時節三光㉑不夜，那其間四季長春。（生）呀，望見大海那蓬萊方丈了。那山上敢也有虎？便是這海子又有鯨鼇。（呂笑介）就裏這海濤中，有三番十五眾鼇魚轉眼㉒。到的那山島上，止一斤十六兩白虎騰身㉓。

書：「天有五星，地有五行。」五星配合五行，周而復始，形成陰陽五行學說，可循天地萬物運行規律。古代星命術士則以人的生辰所值五星位置來推算祿命，故五星又指人的運命。元無名氏凍蘇秦第一折：「偏則是我五星、直恁般時乖命蹇不通亨。」這句謂張果老對五星運行規律熟稔於心。

⑲ 逡巡：遷延、猶豫。唐白居易重賦：「里胥迫我納，不許暫逡巡。」

⑳ 碧桃花下海仙門：碧桃花，見第三齣注㉓。海仙門，指群仙聚會於海上仙山之山門。

㉑ 三光：指日、月、星。史記天官書：「衡、太微、三光之廷。」唐司馬貞索隱引宋均曰：「三光，日、月、五星也。」唐孟郊送草書獻上人歸廬山：「萬物隨指顧，三光為回旋。」

㉒ 三番十五眾鼇魚轉眼：三番十五眾，指蓬萊、方丈。相傳東海有一深壑，中有神仙所居之五山。然山浮於海，隨波而動。天地乃命禺彊使巨鼇十五，分作三批（番），輪流負山，五山始屹立不動。事詳列子湯問。此句倒裝，謂轉眼即到海上仙山，是呂洞賓對盧生「望見大海那蓬萊方丈了」以及「這海子又有鯨鼇」的回答。

㉓ 一斤十六兩白虎騰身：此亦是對盧生「那山上敢也有虎」之問的答覆，然此答卻是科諢，不失調侃意味。這裡的

（生）海船那裏？（呂）你背著師父去。（生怕介）（呂）你合著眼㉔過去。（生背介）一匝眼過了海也。（望介）喜的沒有颶風。赫赫，海子外沒個州郡，淒涼人也！（呂）你道是仙人島有三萬丈清涼界㉕全無州郡，比你那鬼門關八千里烟瘴地遠惡州軍。（生）可有翦徑的？（呂）翦徑的無過是走傍門，提外事貪天小品㉖。（生）也有跳鬼的？（呂）跳鬼的有得那出陽神㉗，抛伎

白虎非指瑞獸，而是指中醫藥方劑「白虎湯」。其配方需一斤十六兩石膏（碎）、知母六兩、甘草二兩（炙）、粳米六合。此方清熱生津，主治氣分熱盛所引起諸癥，如大葉肺炎等。騰身，謂此劑須合而煮沸，文火煎熬。見漢張仲景傷寒論、明朱橚普濟方等。

㉔合著眼：即閉上眼睛。

㉕清涼界：釋、道兩家均以超脫塵世煩擾、身心疏放之境界為清涼界。金元間全真祖師王喆〈八聲甘州〉：「處清涼界，迥然間、別開一家風。」

㉖提外事貪天小品：提，即梵語菩提，意為覺悟、智慧，開啟頓悟真理之正途。提外事，謂正道之外事，無益於修行。亦可解為「題外」，修行正題之外，便是左道旁門。貪天小品，即貪婪的小人。說文：「品，眾庶也。」又，韻會：「品格也。」禮檀弓：「品節斯，斯之謂禮。」疏：「品，階格也，節制斷也。」故小品可釋為下品，即小人品流之所為也。

㉗出陽神：道教內丹家術語，即俗稱之靈魂出竅。道教丹術以純陽無陰者為陽神，陰陽相雜者為陰神，純陰無陽者為鬼神。相對而言，人的肉體是陰，靈魂是陽。出陽神是修行一個階段後體內元神活動的景象。據說功夫到時，陽神聚而成形，散則成氣。既出，可在太空中逍遙快樂，飛騰自如，高踏雲端，俯山觀海；或遊戲人間，千變萬化，從心所欲。然出陽神並非修行的最高境界，只能算作是已入修行之門。詳南宋無名氏丹經極論中出神以及南

子散地全真㉘。（生望介）呀，雲端之下，是有人家。怎生穿紅穿綠，跏的跛的，老的小的？是怎的起㉙有這等一班人物？（呂）都是你的證盟師㉚了。數你聽：有一個漢鍾離雙丫髻，蒼顏道扮；一個曹國舅八采眉，象簡朝紳㉛；一個韓湘子棄舉業，儒門子弟；一個藍采和他是個打院本，樂戶官身㉜；一個拄鐵拐的李孔目，帶些殘疾；一個荷飯笊何仙姑，挫過了殘

懷瑾我說參同契等。

㉘ 拋伎子散地全真：道教內丹修行功夫的一個階段，即出陽神後所達到的境界。伎子，本指伎藝人，如樂伎、優伶等。此指人的肉體。拋伎子，即脫卻凡胎，肉身轉化成氣身，如彩虹般既能顯現，也可消失，便是所謂「虹化」。於是，生命就可以超越物質運動規律的羈絆，自由自在，成為永恒存在了。在出陽神基礎上，繼續修煉，臻於全真。道教的「全真」，是最高的境界。元牛道淳析疑指迷論析疑：「或問曰：何謂全真？答曰：即爾之一念未萌之前也。……釋教謂之圓覺，又云圓空。太上所謂混成，又云圓通。故南華經云：未始有物者，至矣盡矣，不可以加矣。此之謂歟。」

㉙ 起：朱墨本作「豈」。

㉚ 證盟師：即見證人。元無名氏抱妝盒第三折：「今日箇，指、指、指，道陳琳是箇證盟師。」「盟」字原作「明」，誤，據朱墨本改。

㉛ 八采眉，象簡朝紳：舊謂聖人或帝王眉分八色。傳說帝堯陶唐氏「身修十尺，眉分八采」。見藝文類聚卷十一帝王部。宋柳永〈御街行〉聖壽：「九儀三事仰天顏，八彩旋生眉宇。」象簡，指象牙製成的朝笏，朝廷大臣上朝時手執之紀事板。朝紳，即朝服。

㉜ 打院本二句：打，即演出。院本，金元時行院演出戲曲的底本，體制與宋雜劇相類，或又稱作「五花爨弄」。元

春。（生）他們日夜在這所在貴幹？（呂）他們無日夜演禽星看卦氣，抽添水火㉝。有時節點殘碁㉞斟壽酒，笑傲乾坤。（生）這都是生成的神仙，怕修行的不能勾？（呂）雖則是受生門㉟，綠眼睛紅腦子，仙風道骨。也恰向修行路，按尾閭通夾脊㊱，換髓移筋。（生）弟子小可

陶宗儀南村輟耕錄中著錄有院本名目六百九十餘種。此為泛指各種演出形式。樂戶官身，古以罪犯及其妻室沒入官府，從事歌舞或戲曲演出活動，隸於教坊樂籍，官府可隨時招喚其承應，是為樂戶官身。

㉝ 演禽星看卦氣二句：古代術數家將陰陽五行及各禽與二十八星宿相配和，以占卜吉凶，稱之謂「翻禽演宿」，民間則稱「禽星術」。道教內丹以推演禽星之術引入修行功夫中，主要功用在調和其氣，有如陰符經中所言「禽之制在氣」。卦氣，指用易的八卦來表象陰陽對立統一的靜態屬性和動態屬性，即將六十四卦與四時、月令、朔晦、時辰、氣候相配，以洞察和預測天機時運。抽添水火，道教內丹家術語。指修煉中處理心火與腎水之間的關係。心腎相交，水火既濟，乃是最佳狀態。抽是減去，添是增加。金王喆重陽真人金關玉鎖訣：「火者，真陽；水者，真陰。此功者，是抽添加減之法。訣曰：抽者，從上收真氣；添者，從下進暖氣入丹田。若人腎宮暖者，萬病消除。」元劉志淵〔如夢令〕：「萬法心頭可可，偃月抽添水火。淘煉結金晶，迸出圓明珠顆。」

㉞ 殘碁：中斷或將盡的棋局。碁，同棋。清錢謙益金陵後觀棋絕句：「白頭燈影涼宵裏，一局殘棋見六朝。」

㉟ 受生門：生門，猶囟門，即新生兒頭頂前面中間顱蓋骨結合部之縫隙處。道法會元卷八十五先天一炁論：「性繫生門，寄體於心，自然之道，即先天也。命繫腎，寄體於脾，即後天也。生門者，小孩腦門未合，所以由繫。」「炁」，同「氣」。此以小孩囟門喻得道之人腦門，謂其自然歸元也。金王喆〔臨江仙〕：「蒙追薦，你受生門，戶別開玄妙，做人同和天尊。」另，道教修行中「生門」也指下丹田前面，與「密戶」相對。密戶指腎。

㊱ 按尾閭通夾脊：煉內丹者的運氣方法。謂沿脊椎自下向上運氣。尾閭，亦稱骶端，即尻骨，位於尾骨端與肛門之

能到此？（呂）你可也有福力開了頭崔氏宅夫榮妻貴，無業障揭了腳㊲唐家地蔭子遺孫。可是你三轉㊳身單注著邯鄲道祿盡衣絕，一睫眼㊴猛守的清河店米沸湯渾。（生笑介）弟子一生躭閣了個情字。（呂）蚤則是火傳薪半竈的燒殘情榾柮㊵，卻怎生風鼓鞴㊶一鍋兒吹醒睡餛飩？也因你有半仙之分能消受，遇著我大道其間細講論。（望介）（生）兀那來的老者眉毛多長。（呂）眼睜著張果老，把眉毛褪。雖不是開山作祖，仙分裏為尊。

【清江引】（果老上）看蟠花兩度唐堯運㊷，甲子何勞問㊸。蓬山好看春，只要有神仙

間。夾脊，位於背腰部，當第一胸椎至第五腰椎兩側，其正中位稱「黃中」或「神寶」，運氣時所謂元神即在其位昇降。

㊲ 無業障揭了腳：謂生前無罪孽而得以善終。業障，佛家語，指妨礙修行的種種罪愆。法苑珠林：「能受持者，業障消除。」揭了腳，猶撂了腳，俗謂「直腳」，即亡故。

㊳ 三轉：即佛家所說的三世轉生，亦即前生、今生和來生。

㊴ 一睫眼：猶「一眨眼」。言時間極短暫。

㊵ 榾柮：音ㄍㄨˇ ㄉㄨㄛˋ，樹根上的疙瘩，木材段。亦泛指根。前蜀貫休深山逢老僧：「衲衣線粗心似月，自把短鋤鋤榾柮。」

㊶ 風鼓鞴：皮製鼓風用具。參見第三齣注68。

㊷ 唐堯運：唐堯，傳說中上古時期部落首領，「五帝」之一。帝嚳之子，姓伊祁，名放勳。堯「封於唐」，「遊於堯」，稱陶唐氏。其法天而行教化，後因以「堯天」或「堯運」稱頌帝王盛德及太平盛世。

分。（合）世上人，不學仙真是蠢。

（呂稽首叫生後跪迎介）（呂）張仙翁，呂巖稽首。（張）後面跪的何人？（生）前唐朝狀元丞相趙國公盧生叩參。（張笑介）請起，老國公，老丞相，這等寒酸了。（生）做夢哩。（張笑介）可是夢哩？也虧你奈煩[44]了五十年人我是非，詫異，詫異。（生）是也。（張）盧生前來。（生跪介）（張）你雖然到了荒山，看你癡情未盡，我請眾仙出來提醒你一番，你一樁樁懺悔者。（生應介）（眾仙漁鼓簡子唱上介）上鵲橋，下鵲橋。天應星，地應潮[45]。響綳綳漁鼓鬧雲樵，酒暖金花[46]採著藥苗。青童笑來玉女嬌[47]，

---

[43] 甲子何勞問：古以天干地支紀年，甲為天干之首，子為地支之首，甲子相配，六十年為一輪，稱一甲子。此指年歲。傳說中張果老自稱帝堯時代侍中，至唐代，已活了三千多歲，故謂之。

[44] 奈煩：此為忍受之意。

[45] 上鵲橋四句：當為明代民間說唱歌詞。明李時珍奇經八脈考中「李穎湖」條引崔希範天元入藥鏡，曾載此歌詞。亦或與內丹修煉乃至中醫藥物相關聯。

[46] 金花：道教內丹術語，亦稱「金華」。當指所謂藥金，即心中元陽之精華。明李真人望江南：「金花道，世上少人知。莫弄黑鉛將造化，淮南金秘在華池。」

[47] 青童笑來玉女嬌：青童，道教稱侍奉仙真的童子。亦指「青童神」，即道教所說的「肝神」。黃庭內景經肝部章第十一：「肝部之中翠重裏下有青童神公子。」唐梁丘子注：「肝，東方木位，主青，故曰青童。」此用作雙關。玉女，指仙女。唐李商隱寄遠：「姮娥擣藥無時已，玉女投壺未肯休。」這裡的玉女當亦雙關，因道教外丹術語中的「姹女」，指朱砂（主要成分為硫化汞），故姹女往往與嬰兒（鉛）對舉，說的是汞與鉛的關係。另，道士亦可稱青童，女真自可稱玉女。如此，此句則具多義性。

火候傷丹細細的調。轉河關撒手正逍遙，莫把海山春躭誤了。（見介）張翁稽首了。（何見介）洞賓先生引的這癡荅漢來了。（呂）仙姑，恰好蟠桃宴時節哩。（生）師父，只說你是回48道人，原來便是呂洞賓活神仙，我拜的著也。（張）眾仙真，可將他夢中之境，逐位點醒他，證盟一番，方好收度。（眾仙翁主見極明，癡人跪下。（六仙依次責問）（生跪介）

【浪淘沙】（漢）甚麼大姻親？太歲花神，粉骷髏門戶一時新49。那崔氏的人兒何處也？你個癡人。（生叩頭答介）（合）50我是個癡人。

【前腔】（曹）甚麼大關津51？使著錢神，插宮花御酒笑生春。奪取的狀元何處也？你個癡人。（生叩頭答介）（合前）

【前腔】（李）甚麼大功臣？掘斷河津，為開疆展土害了人民。勒石的功名何處也？你個癡人。（生叩頭答介）（合前）

【前腔】（藍）甚麼大冤親？竄貶在烟塵，雲陽市斬首潑鮮新。受過的悽惶何處也？你

48 回：原誤作「何」，據朱墨本等改。

49 太歲花神二句：太歲，即太歲神，民間舊俗中被視為凶煞之神。粉骷髏，謂容顏佼好的女子不過是傅粉的骷髏，是對所謂女色的蔑稱。元石君寶曲江池第一折：「央及粉骷髏，也吐不出野狐涎。」二句喻指夢中崔氏。

50 合：原缺此字，據朱墨本補。

51 大關津：關津本指陸路關口和水路渡口，引申指仕途關節與要津。此喻指盧生使錢疏通，謀得科舉及第。

個癡人。（生叩頭答介）（合前）

【前腔】（韓）甚麼大階勳？賓客填門，猛金釵十二醉樓春。受用過家園何處也？你個癡人。（生叩頭答介）（合前）

【前腔】（何）甚麼大恩親？纏到八旬，還乞恩忍死護兒孫。鬧喳喳孝堂何處也？你個癡人。（生叩頭答介）（合前）

（張）且住，盧生被眾仙真數落，這一會他敢醒也？（生）弟子老實醒也。（張）盧生聽吾法旨52：你本是邯鄲道儒生未遇，為功名想得成癡。幸直著小二店乾坤逆旅53，過去了八十載人我是非。掙醒來端然54一夢，道人間飯熟多時。誰信道趙州橋半夜水漲，剛打到丞相府白日鬼迷。你和那崔氏女拋殘午夢，虧了洞賓子攛弄天機。黃粱飯難消一粒，葫蘆藥到用的刀圭55。垂目睡加工水汞，自心息把東金鍊齊。心生性吾心自悟，一二三主人住持56。饑時節和你安壚57作竈，醒了後又怕你苦眼鋪眉58。

52 法旨：佛、道、神仙祖師的命令。西遊記第八回：「今領如來法旨，上東土尋取經人去。」

53 乾坤逆旅：謂人生如旅行，天地可作旅舍。宋林正大〈臨江仙〉：「須信乾坤如逆旅，都來一夢浮生。」

54 端然：果然，正是。明馮夢龍編纂醒世恒言卷十三勘皮靴單證二郎神：「可霎作怪，自從許下心願，韓夫人漸漸平安無事。將息至一月之後，端然好了。」此二字朱墨本作「炊人」，誤。

55 刀圭：古代量具，長柄，刀形，用於稱取藥物；亦借指藥物。明李時珍本草綱目序例引南朝梁陶弘景名醫別錄合藥分劑法則：「凡散藥有云刀圭者，十分方寸匕之一，準如梧桐子大也。」匕，匙也。宋張伯端悟真篇有詩句云：「敲竹喚龜吞玉芝，鼓琴招鳳飲刀圭。」

叫鐵拐子把思凡枕葫蘆提[59]拄碎，請仙姑女把那殘花帚欛柄子傳題[60]。直掃得無花無地非為罕，這其間忘帚忘箕[61]不是癡。那時節騎鸞鶴朝元證聖[62]，纔是你跨驢駒入夢便宜。（呂）盧生領了帚，拜謝仙翁。（生領帚拜介）

【沈醉東風】[63]再不想烟花故人，再不想金玉拖身。（呂）你三生[64]配馬驢，一世行官

---

[56] 垂目睡加工水汞四句：此用俗稱「拆白道字」法，即諸字拆開再合起來，每句還要構成完整意義。如垂目是一睡字，工水是一汞字，自心為一息字，東金即一鍊字等。前二句意為修道須不捨晝夜，靜心煉丹。東金本為星命家語，內丹家借指藥物。第三句謂修行須依本性，真心不二，方能開悟。末句依老子道德經第四十二章一二三之宇宙觀，謂應遵循天尊祖師法旨，專心致志修煉，方能徹悟，從而得成正果。

[57] 壚：別本或作「鑪」。

[58] 苫眼鋪眉：亦作「鋪眉苫眼」。本為裝腔作勢，擠眉弄眼的樣子。這裡指盧生夢醒後不知所措、一臉茫然的神情。元高文秀誶范叔第一折：「但有個好穿著，好靴腳，出來的苫眼鋪眉，一個個納胯挪腰。」又，元戴善夫風光好第四折：「我則道你是鋪眉苫眼真君子，你最是昧己瞞心潑小兒。」苫，原誤作「苦」，各本均誤，徑改。

[59] 葫蘆提：意為糊塗。見第六齣注[27]。

[60] 把那殘花帚欛柄子傳題：欛柄子，即把手。傳題，即傳交。

[61] 忘帚忘箕：「帚」字別本或作「掃」。

[62] 朝元證聖：亦作「證果朝元」。謂修行悟道後去拜見師尊。朝元，指道教徒拜見仙人。證聖，指教徒修成正果。元譚處端〔神光燦〕：「功行滿，跨祥雲歸去朝元。」

[63] 沈醉東風：原於「沈醉」上有一「北」字，衍。據葉譜本刪。

運，碑記上到頭難認。（漢曹）富貴場中走一塵，只落得高人笑哂。【前腔】（生）雲陽市餐刀嚇人，鬼門關掙脫了這殘生。（呂）這等驚惶你還未醒，苦戀著三台印65，那其間多少冤親？（拐藍）日未殅西蚤欠申66，有甚麼商量要緊？【前腔】（生）做神仙半是齊天福人，海山深躲脫了閒身。（呂）你揿開肉弔窗67，蘸破花營運68，賣花聲喚醒迷魂。（韓何）眼見桃花又一春，人世上行眠立盹69。（生掃花介）

64 三生：道教稱三界之人有三生，與佛教之三生不同。洞玄靈寶諸天世界造化經諸天世界大洞品第四：「道言：三界之人，凡有三生。一者花生，二者化生，三者胎生。花生者，積福深厚，於蓮花中生，為彼天人；化生者，福有神力，於變化中生；唯有胎生者，福德微淺，為最下劣，托身肉形，年壽短促，不如天人。」

65 三台印：為宰輔之印信，借指官位。三台，古代朝廷內閣尚書、中書、門下三省。

66 日未殅西蚤欠申：謂不待日落早些歇息。殅，見第一齣注9。欠申，本指打哈欠、舒展腰肢，此指安歇、休息。申，同伸。

67 肉弔窗：指人的眼皮。眼睛開合，猶窗戶之啟掩，故稱。元石君寶曲江池第一折：「常則是肉弔窗放下遮他面，動不動便抓錢。」

68 蘸破花營運：猶言看破女色誘惑。蘸，沒也。引申為透徹。花營，即錦陣花營，指風月場所，如青樓、勾欄等，亦指美色。清李玉占花魁第二十三齣：「墮入花營錦陣，花營錦陣，鸞鳳混鵮鴉。」

69 行眠立盹：形容極度疲倦，站立和行走都在睡覺。這裡用意是譏誚世人渾渾噩噩，不能超脫凡間羈絆。元馬致遠陳摶高臥第二折：「若做官後，每日價行眠立盹。休、休，枉笑殺淩烟閣上人。」

【前腔】（生）除了籍看茱⑳黍邯鄲縣人，著了役掃桃花閬苑童身㉑。老師父，你弟子癡愚，還怕今日遇仙也是夢哩。雖然妄蚤醒，還怕真難認。（眾）你怎生只弄精魂㉒？便做的癡人說夢兩難分，畢竟是遊仙夢穩。

（張）朝東華帝君去。（眾鼓板行介）

【清江引】儘榮華掃盡前生分，枉把癡人困。蟠桃瘦作薪，海水乾成暈。那時節一翻身，敢黃粱鍋待滾？

【尾聲】㉓度卻㉔盧生這一人，把人情世故都高談盡，則要你世上人夢回時心自忖。

---

⑳ 茱：此字疑誤。葉譜本作「秫」。

㉑ 閬苑童身：閬苑，傳說中西王母居住的地方，亦泛指神仙居所。亦稱「閬風苑」、「閬風之苑」。元李好古張生煮海第二折：「你看那縹緲間十洲三島，微茫處閬苑蓬萊。」童身，這裡指盧生初入仙班，剛剛接了仙境掃花人之位，猶仙山神童。

㉒ 精魂：精神魂魄。宋曾豐題盤古山二首（其二）：「想與南安白衣老，三生元是一精魂。」

㉓ 尾聲：原作〔北尾〕，據葉譜本改。

㉔ 度卻：即度脫成功。度脫，釋、道均指超度解脫塵世生死苦難，進入仙佛之極樂世界。

莫醉笙歌掩畫堂，暮年初信夢中長。
如今暗與心相約，靜對高齋一炷香[75]。

[75] 莫醉笙歌掩畫堂四句：這四句下場詩上別本均有〔集唐〕二字。首句出自許渾宿松江驛卻寄蘇州一二同志（一作宿望亭驛寄蘇州同遊），見全唐詩卷五三五。次句亦出自許渾詩，題作滄浪峽，原詩「長」作「忙」，見全唐詩卷五三三。第三句出自高駢寫懷（其二），見全唐詩卷五九八。末句出自曇域懷齊己，原詩「高」作「茅」，見全唐詩卷八四九。

附錄一

邯鄲記傳奇之本事(1)

枕中記

唐李泌撰

開元十九年道者呂翁經邯鄲道上，邸舍中設榻施席，擔囊而坐。俄有邑中少年盧生，衣短裘，乘青駒，將適于田，亦止邸中，與翁接席，言笑殊暢。久之，盧生顧其衣裝弊褻，乃歎曰：「大丈夫生世不諧，而困如是乎。」翁曰：「觀子膚極腴，體胖無恙，談諧方適，而歎其困者，何也？」生曰：「吾此苟生耳，何適之為？」翁曰：「此而不適，於何為適？」生曰：「當建功樹名，出將入相，列鼎而食，選聲而聽，使族益茂而家用肥，然後可以言其適。吾志於學而游於藝，自惟當年朱紫可拾，今已過壯室，猶勤田畝，非困而何？」言訖，目昏思寐。是時主人蒸黃粱為饌，翁乃探囊中枕以授之，曰：「子枕此，當令子榮適如志。」其枕瓷，而竅其兩端。生俛首就之，寐中見其竅大而明，若可處，舉身而入，遂至其家，娶清河崔氏女，女容甚麗，而產甚殷。由是衣裘服御，日以華侈。明年，舉進士，登甲科，解褐授校書郎。應制舉，授渭南縣尉，遷監察御史起居舍人，為制誥，三年即真，出典同州，尋轉陝州。生好土功，自陝西開河八十里，以濟不通。邦人賴之，立碑頌德。遷汴州，嶺南道採訪使，入京為京兆尹。是時神武皇帝方事夷狄，吐蕃新諾羅龍莽布攻陷瓜沙，節度使王君㚟新被敗死，河湟震恐。帝思將帥之任，遂除生御史中丞，河西隴右節度使。大破戎虜七十級，開地九百里，築三大城以防要害，北邊賴之，以石紀功焉。歸朝策勳，恩禮極崇。轉御史大夫吏部侍郎，物望清重，羣情翕習，大為當時宰相所忌，以飛語中之，貶端州刺史。三年徵還，除戶部尚書。未幾，拜中書侍郎，同中書門下平章事，與蕭令嵩裴侍中光庭同掌大政十年。嘉謨密命，一日三接，獻替啟沃，號為賢相。同列者害之，遂誣與邊將交結，所圖不軌。下獄。府吏引徒至其門，追之甚急，生惶駭不測，泣謂妻子曰：「吾家本山東，良田數頃，足以禦寒餒，何苦求祿？而今及此，思復衣短裘，乘青駒，行邯鄲道中，不可得也。」引刀欲自裁，其妻救之得免。共罪者皆死，生獨有中人保護，得減死論，出授驩牧。數歲，帝知其冤，復起為中書令，封趙國公。恩旨殊渥，備極一時。生有五子，儔倜儉位倚。儔為考功員外；儉為侍御史；位為太常丞；季子倚最賢，年二十四為右補闕。其姻媾皆天下族望，有孫十餘人。凡兩竄嶺表，再登台鉉，出入中外，迴翔臺閣。三十餘年間，崇盛赫奕，一時無比。末節頗奢蕩，好逸樂，後庭聲色皆第一。前後賜良田甲第，佳人名馬，不可勝數。後年漸老，屢乞骸骨不許。及病，中人候望，接踵於路，名醫上藥畢至焉。將終，上疏曰：「臣本山東書生，以田圃為娛，偶逢聖運，得列官序，過蒙榮獎，特受鴻私，出擁旄鉞，入昇鼎輔，周旋中外，綿歷歲年，有忝恩造，無裨聖化，負乘致寇，履薄臨兢。日極一日，不知老之將至。今年逾八十，位歷三公，鐘漏並歇，筋骸俱弊。彌留沈困，殆將溘盡。顧無誠效，上答休明，空負深恩，永辭聖代，無任感戀之至。謹奉表稱謝以聞。詔曰：「卿以俊德，作朕元輔，出雄藩垣，入贊緝熙，昇平二紀，實卿是賴。比因疾累，日謂痊除，豈遽沈頓，良深憫默。今遣驃騎大將軍高力士，就第候省，其勉加針灸，為朕自愛，譏冀無妄，期于有喜。」其夕卒。盧生欠伸而寤，見方偃於邸中，顧呂翁在旁，主人蒸黃粱尚未熟，觸類如故。蹶然而興曰：「豈其夢寐耶？」翁笑謂曰：「人世之事，亦猶是矣。」生然之良久，謝曰：「夫寵辱之數，得喪之理，生死之情，盡知之矣。此先生所以窒吾欲也，敢不受教。」再拜而去。

據虞初志卷三校以叢書集成新編及舊小說乙集所收本

邯鄲記傳奇之本事(2)

枕中記

唐沈既濟撰　據文苑英華校錄

開元七年，道士有呂翁者，得神仙術，行邯鄲道中，息邸舍，攝帽弛帶，隱囊而坐。俄見旅中少年，乃盧生也。衣短褐，乘青駒，將適於田，亦止於邸中，與翁共席而坐，言笑殊暢。久之，盧生顧其衣裝敝褻，乃長歎息曰：「大丈夫生世不諧，困如是也！」翁曰：「觀子形體，無苦無恙，談諧方適，而歎其困者，何也？」生曰：「吾此苟生耳。何適之謂？」翁曰：「此不謂適，而何謂適？」答曰：「士之生世，當建功樹名，出將入相，列鼎而食，選聲而聽，使族益昌而家益肥，然後可以言適乎？吾嘗志於學，富於游藝，自惟當年青紫可拾。今已適壯，猶勤畎畝，非困而何？」言訖，而目昏思寐。時主人方蒸黍。翁乃探囊中枕以授之，曰：「子枕吾枕，當令子榮適如志。」其枕青瓷，而竅其兩端。

生俛首就之，見其竅漸大，明朗，乃舉身而入，遂至其家。數月，娶清河崔氏女。女容甚麗，生資愈厚。生大悅，由是衣裝服馭，日益鮮盛。明年，舉進士，登第；釋褐祕校；應制，轉渭南尉；俄遷監察御史；轉起居舍人，知制誥。三載，出典同州，遷陝牧。生性好土功，自陝西鑿河八十里，以濟不通。邦人利之，刻石紀德。移節汴州，領河南道採訪使，徵為京兆尹。是歲，神武皇帝方事戎狄，恢宏土宇。會吐蕃悉抹邏及燭龍莽布支攻陷瓜沙，而節度使王君㚟新被殺，河湟震動。帝思將帥之才，遂除生御史中丞，河西道節度。大破戎虜，斬首七千級，開地九百里，築三大城以遮要害。邊人立石於居延山以頌之。歸朝冊勳，恩禮極盛。轉吏部侍郎，遷戶部尚書兼御史大夫。時望清重，群情翕習。大為時宰所忌，以飛語中之，貶為端州刺史。三年，徵為常侍。

未幾，同中書門下平章事。與蕭中令嵩、裴侍中光庭同執大政十餘年，嘉謨密令，一日三接，獻替啟沃，號為賢相。同列害之，復誣與邊將交結，所圖不軌。制下獄。府吏引從至其門而急收之。生惶駭不測，謂妻子曰：「吾家山東，有良田五頃，足以禦寒餒，何苦求祿，而今及此，思衣短褐，乘青駒，行邯鄲道中，不可得也。」引刃自刎。其妻救之，獲免。其罹者皆死，獨生為中官保之，減罪死，投驩州。

數年，帝知冤，復追為中書令，封燕國公，恩旨殊異。生五子：曰儉，曰傳，曰位，曰倜，曰倚，皆有才器。儉進士登第，為考功員外；傳為侍御史；位為太常丞；倜為萬年尉；倚最賢，年二十八，為左襄。其姻媾皆天下望族，有孫十餘人。兩竄荒徼，再登台鉉，出入中外，徊翔臺閣，五十餘年，崇盛赫奕。性頗奢蕩，甚好佚樂，後庭聲色，皆第一綺麗。前後賜良田、甲第、佳人、名馬，不可勝數。後年漸衰邁，屢乞骸骨，不許。病，中人候問，相踵於道，名醫上藥，無不至焉。

將歿，上疏曰：「臣本山東諸生，以田圃為娛。偶逢聖運，得列官敘。過蒙殊獎，特秩鴻私，出擁節旌，入昇台輔。周旋中外，綿歷歲時。有忝天恩，無裨聖化。負乘貽寇，履薄增憂，日懼一日，不知老至。今年逾八十，位極三事，鐘漏並歇，筋骸俱耄，彌留沈頓，待時益盡。顧無成效，上答休明，空負深恩，永辭聖代。無任感戀之至。謹奉表陳謝。」詔曰：「卿以俊德，作朕元輔。出擁藩翰，入贊雍熙。昇平二紀，實卿所賴。比嬰疾疹，日謂痊平。豈斯沈痼，良用憫惻。今令驃騎大將軍高力士就第候省。其勉加鍼石，為予自愛。猶冀無妄，期於有瘳。」是夕，薨。

盧生欠伸而悟，見其身方偃於邸舍，呂翁坐其傍，主人蒸黍未熟，觸類如故。生蹶然而興，曰：「豈其夢寐也？」翁謂生曰：「人生之適，亦如是矣。」生憮然良久，謝曰：「夫寵辱之道，窮達之運，得喪之理，死生之情，盡知之矣。此先生所以窒吾欲也，敢不受教。」稽首再拜而去。

按沈氏此文，唐時已收入陳翰所編之異聞集。太平廣記八十二即據異聞集錄入，而題為呂翁者也。異聞集今已亡佚。據郡齋讀書志「以傳記所載唐朝奇怪事類為一書」之語推之，則其書亦彙集一時通行之散篇傳奇，猶後世廣記類說之類。故字句間時有典竄，與他本互見者迥異。本篇據文苑英華校錄，與廣記採自異聞集者，頗有異同。如此篇主人方蒸黍句，廣記作主人蒸黃粱為饌。後世相傳之黃粱夢一語，即本廣記。明人湯顯祖作邯鄲記劇本，傳誦一時，其事益顯。頗疑文苑英華所載，或猶是唐代通行之古本；而廣記所採自異聞集者，殆經陳翰改訂者也。

又按唐時佛道思想，遍播士流，故文學受其感化，篇什尤多。本文於短夢中忽歷一生，其間榮悴悲懽，刹那而盡；轉念塵世實境，等類齊觀。出世之想，不覺自生。影響所及，逾於莊、列矣。惟造意製辭，實本宋劉義慶幽明錄所記楊林一事；而唐人所記之櫻桃青衣（廣記二百八十一引，不載出處），與李公佐之南柯太守記，皆與此篇命意相同。今南柯太守傳既已別錄，而楊林櫻桃青衣二事，與此篇情節正同。附錄於下，以便互參。

太平廣記二百八十三引幽明錄云：

宋世焦湖廟有一柏枕，或云玉枕，枕有小坼。時單父縣人楊林為賈客，至廟祈求。廟巫謂曰：「君欲好婚否？」林曰：「幸甚。」巫即遣林近枕邊，因入坼中。遂見朱樓瓊室，有趙太尉在其中。即嫁女與林，生六子，皆為祕書郎。歷數十年，並無思歸之志。忽如夢覺，猶在枕旁。林愴然久之。（按太平寰宇記亦引此則，作干寶搜神記。今本搜神記無此條，當從廣記為是。）

太平廣記二百八十一櫻桃青衣一條云：

天寶初有范陽盧子，在都應舉，頻年不第，漸窘迫。嘗暮乘驢遊行，見一精舍中有僧開講，聽徒甚眾。盧子方詣講筵，倦寢。夢至精舍門，見一青衣攜一籃櫻桃在下坐。盧子訪其誰家，因與青衣同飡櫻桃。青衣云：「娘子姓盧，嫁崔家。今孀居在城。」因訪近屬，即盧子再從姑也。青衣曰：「豈有阿姑同在一都，郎君不往起居？」盧子便隨之。

過天津橋，入水南一坊。有一宅，門甚高大。盧子立於門下，青衣先入。少頃，有四人出門，與盧子相見，皆姑之子也：一任戶部郎中，一前任鄭州司馬，一任河南功曹，一任太常博士。二人衣緋，二人衣綠，形貌甚美。相見言敘，頗極歡暢。斯須，引入北堂拜姑。姑衣紫衣，年可六十許，言詞高朗，威嚴甚肅。盧子畏懼，莫敢仰視。令坐。悉訪內外，備諳氏族。遂訪兒婚姻未？盧子曰：「未。」姑曰：「吾有一外甥女子姓鄭，早孤，遺吾妹鞠養，甚有容質，頗有令淑，當為兒平章，計必允遂。」盧子遽即拜謝。乃遣迎鄭氏妹。有頃，一家並到，車馬甚盛。遂檢歷擇日，云後日大吉，因為盧子定。謝。姑云：「聘財、函信、禮席，兒並莫憂，吾悉與處置。兒有在城何親故，並抄名姓，並具家第。」凡三十餘家，並在臺省及府縣官。明日下函，其夕成結。事事華盛，殆非人間。明日拜席，大會都城親表。拜席畢，遂入一院。院中屏帷牀席，皆極珍異。其妻年可十四五，容色美麗，宛若神仙。盧生心不勝喜，遂忘家屬。

俄又及秋試之時。姑曰：「禮部侍郎與姑有親，必合極力，更勿憂也。」明春遂擢第。又應宏詞，姑曰：「吏部侍郎與兒子弟當家連官，情分偏洽。令渠為兒必取高第。」及牓出，又登甲科，授祕書郎。姑云：「河南尹是姑堂外甥。令渠奏畿縣尉。」數月，敕授王屋尉；遷監察，轉殿中；拜吏部員外郎，判南曹。銓畢，除郎中。餘如故。知制誥，數月即真。遷禮部侍郎。兩載知舉，賞鑒平允，朝廷稱之。改河南尹。旋屬駕車還京，遷兵部侍郎。扈從到京，除京兆尹，改吏部侍郎。三年掌銓，甚有美譽。遂拜黃門侍郎平章事。恩渥綢繆，賞賜甚厚。作相五年，因直諫忤旨，改左僕射，罷知政事。數月，為東都留守河南尹，兼御史大夫。自婚媾后，至是經二十年。有七男三女，婚宦俱畢。內外諸孫十人。

後因出行，卻到昔年逢攜櫻桃青衣精舍門。復見其中有講筵，遂下馬禮謁。以故相之尊，處端揆居首之重，前後導從，頗極貴盛，高自簡貴，輝映左右。升殿禮佛，忽然昏醉，良久不起。耳中聞講僧唱云：「檀越何久不起？」忽然夢覺，乃見著白衫服飾如故。前後官吏，一人亦無。迴遑迷惑，徐徐出門。乃見小豎捉驢執帽，在門外立，謂盧曰：「人驢并飢，郎君何久不出？」盧訪其時，奴曰：「日向午矣。」盧子惘然歎曰：「人世榮華窮達富貴貧賤，亦當然也。而今而後，不更求官達矣。」遂尋仙訪道，絕跡人世矣。

又按盧生於邯鄲所遇之呂翁。湯玉茗所作之邯鄲記，以呂翁為呂洞賓。其說沿宋人之誤，至今不改。實則洞賓以開成時下第入山，在開元后，時不相及。吳曾能改齋漫錄、趙與旹賓退錄，皆辨之甚悉。胡應麟玉壺遐覽卷三又證呂氏得道長生者，不僅趙氏所舉數人。皆能正流俗之誤，今錄於下。

吳曾能改齋漫錄卷十八云：

唐異聞集載沈既濟枕中記，云開元中道者呂翁經邯鄲道上邸舍中，以囊枕借盧生睡事，此之呂翁，非洞賓也。蓋洞賓嘗自序以為呂渭之孫，渭仕德宗朝，今云開元中，則呂翁非洞賓無可疑者。而或者以為開元，想是開成字，亦非也。開成雖文宗時，然洞賓度此時未可稱翁。案本朝國史，稱關中逸人呂洞賓年百餘歲，而狀貌如嬰兒，世傳有劍術，至陳摶室。若以國史證之，止云百歲。則非開元人明矣。雅言系述有呂洞賓傳，云：「關右人，咸通初舉進士不第，值巢賊為梗，攜家隱居終南，學老子法」云。以此知洞賓乃唐末人。

趙與旹賓退錄云：

吳虎臣辨唐異聞集所載開元中道者呂翁，經邯鄲道上邸舍中，以囊中枕借盧生睡事，謂呂翁非洞賓云云。（吳說，趙氏全錄。已見前，今略去。）此皆吳說。蕭東夫呂公洞詩云：「復此經過三十年，唯應巖谷故依然。城南老樹朽為土，簷外稚松青拂天。枕上功名衹擾擾，指端變化又玄玄。刀圭乞與起衰病，稽首秋空一劍仙。」第五句誤用呂翁事。又唐逸史程鄉、永樂兩縣連接，有呂生者居二邑間，為童兒時，畏聞食氣，為食黃精，日覺輕健，耐風寒，見文字及人語，率不忘。母及諸妹，每勸其食，不從，後以豬脂置酒中強使飲，生方固拒，已噓吸其氣。忽一黃金人長二寸許，自口出，即仆臥，困憊移時，方起。先是生年近六十，鬢髮如漆，至是皓首。恨惋垂泣，再拜別母，去之茅山，不知所終。此又一人也。何神仙多呂氏乎？

胡應麟玉壺遐覽云：

神仙家又有呂志真。又有呂恭、呂大郎俱得道長生。見仙鑑。蓋不止前數人也。又呂尚亦屍解，棺中惟六弢。見仙鑑。

據汪辟疆唐人小說迻錄

附錄二

邯鄲記傳奇見於著錄的版本

一、刻本

1. 明萬曆玉茗堂原刻本（佚）

（案：北京圖書館藏有萬曆刻本邯鄲夢二卷，王重民先生云：「余因疑此殆玉茗堂原本也。」）

2. 明萬曆吳興臧晉叔雕蟲館刊刻訂正玉茗堂四夢本

3. 明萬曆、天啟間金陵唐振吾刊鐫玉茗堂新編全相邯鄲夢記本

（案：此本藏日本京都立命館大學，為日本學者金文京所發現。見李曉、金文京邯鄲夢記校注附錄版本考。金文京稱此藏本「已經過後人補改，不是萬曆原刊本」。亦見上書附錄邯鄲夢記明萬曆間唐振吾刊本初探一文。）

4. 明末柳浪館刊刻批評玉茗堂邯鄲記本

5. 明天啟元年閔光瑜刊邯鄲夢記朱墨套印本

6. 明崇禎年間沈際飛刊獨深居點定玉茗堂四種曲本

7. 明末毛晉汲古閣原刊繡刻演劇十本所收二卷本，清初重刻改題六十種曲卯集繡刻邯鄲記定本

8. 明末馮夢龍刊墨憨齋定本傳奇本，題作重定邯鄲夢傳奇

9. 清初竹林堂輯刻玉茗堂四種曲所收二卷本，題作湯義仍先生邯鄲夢記

10. 清乾隆六年金閶映雪草堂覆刻明清暉本玉茗堂四種傳奇所收二卷本

11. 清葉堂納書楹曲譜所收玉茗堂四夢本

12. 貴池劉世珩校刻暖紅室彙刻傳奇所收本

二、影印本

1. 西元一九三五年開明書店排印本，上海，依六十種曲本，由胡墨林斷句。西元一九五四年，北京，文學古籍刊行社用開明版紙型重印，由吳曉鈴做了全面校勘訂補，恢復原刻面目。北京中華書局西元一九五八年、一九八二年先後兩次重印，為現今最流行的本子

2. 古本戲曲叢刊初集景印北京圖書館明天啟閔光瑜朱墨套印本。古本戲曲叢刊編輯委員會輯，西元一九五四年，上海商務印書館版

3. 王秋桂主編善本戲曲叢刊清沈自晉南詞新譜影印本第三輯第三冊所收本，臺北，西元一九八四年版

4. 哈佛燕京圖書館藏齊如山小說戲曲文獻彙刊（影印本）新編繡像邯鄲記二卷本，北京，國家圖書館出版社，西元二〇〇一年版

（案：齊藏本朱墨點至卷上三十頁半，後文仍是白文，點斷者當為後人。）

5. 明沈璟、清沈自晉重訂廣輯詞隱先生增定南九宮詞譜二十六卷本，影印浙江圖書館藏清初刻本，上海，上海古籍出版社，西元二〇〇二年版

6.清周祥玉、鄒金生等輯九宮大成南北宮詞譜本，影印續修四庫全書第一七五五冊，上海，上海古籍出版社，西元二〇〇二年版

7.北京大學圖書館編輯不登大雅文庫珍本戲曲叢刊影印本，北京，學苑出版社，西元二〇〇三年版

8.清呂士雄等合編新編南詞定律所收本（影印本），劉崇德主編中國古代曲譜大全第一冊，瀋陽，遼海出版社，西元二〇〇九年版

9.清葉堂編訂納書楹曲譜所收邯鄲記全譜本（影印本），劉崇德主編中國古代曲譜大全第四冊，瀋陽，遼海出版社，西元二〇〇九年版

三、今人校注本

中山大學中文系五六級明清傳奇校勘小組整理本邯鄲記，上海，中華書局上海編輯所編輯，西元一九六〇年二月版

錢南揚校點湯顯祖戲曲集（下）邯鄲記，上海，上海古籍出版社，西元一九七八年六月版

徐朔方箋校湯顯祖全集戲曲之五邯鄲記，北京，北京古籍出版社，西元一九九九年一月版

吳秀華校注湯顯祖邯鄲夢記校注，石家莊，河北教育出版社，西元二〇〇四年十一月版

李曉、金文京校注邯鄲夢記校注，上海，上海古籍出版社，西元二〇〇四年十二月版

徐朔方箋校湯顯祖集全編戲曲卷之邯鄲記，上海，上海古籍出版社，西元二〇一五年十二月版

附錄三

有關曲論家對邯鄲記傳奇之劇評輯要

明王驥德曲律卷四「雜論」第三十九（上）：

還魂、「二夢」，以虛而用實者也。以實而用實也易，以虛而用實也難。

同上（下）：

還魂、「二夢」，如新出小旦，妖冶風流，令人魂銷腸斷……南柯、邯鄲二記，則漸削蕪類，俛就矩度，布格既新，遣辭復俊，其掇拾本色，參錯麗語，境往神來，巧湊妙合，又視元人別一蹊逕，技出天縱，匪由人造。

明呂天成曲品：

邯鄲夢，窮士得意，興儘可仙。先生提醒普天下措大，功德不淺。即夢中苦樂之致，猶令觀者神搖，莫能使其約束和鸞，稍嫻聲律，汰其臢字累語，規之全瑜，可令前無作者，後鮮來喆，二百年來，一人而已。

明劉志禪邯鄲夢記題辭：

丙辰秋夕，夜氣初清，有客共坐。既久，余為客言：「道家以酒、色、財、氣為四賊，然非此四者，亦別無道。所謂從地蹶還從地起，舍是則必為旁門，為剪徑矣。臨川蚤識此者，將四條正路布於邯鄲一部中，指引自主。

證人悟時自度，詎謂渠為戲劇？」時許彥卿同吟之，嗤然歎曰：「邯鄲本以說夢，先生反以言真，何也？」余曰：「一夢六十年，便是實實事，何必死死認定盧生真倚枕也？不吟仙人丁令威去家千載，復來歸乎？計其時直華山道士一盹眠耳，乃城郭人氏幾桑田、幾滄海矣。將千年世界與六十年光景，孰夢孰真？識得此者，可與言道，可與言酒、色、財、氣。」客謝余曰：「余今乃知夢。」垂頭作睡。余起括帙，濡筆為記。四明天放道人劉志禪題。菰城玉蟾居士書。（明天啟元年朱墨套印本邯鄲夢記）

明閔光瑜邯鄲夢記小引：

刻是傳者，地在晟溪里，其室曰隆恩堂。主人夢迷生曰：「昔人有言，詩變為詞，詞變為曲，曲之意，詩之遺也。則若曲者，正當與三百篇等觀，未可以雕蟲小視也。元曲勿論，明則玉茗堂四種，紙貴三都，若邯鄲，若南柯，託仙託佛，等世界於一夢。從名利熱場一再展讀，如滚油鍋中一滴清涼露。乃知臨川許大功德，比作大乘貝葉可，比作六一金丹可，即與風、雅驂乘亦可，豈獨尋宮數調，學新聲，聞麗句已哉！雖然臨川說夢，夢也，余贅之繪像、批評、音釋，可謂夢中尋夢，迷之甚矣。因自號夢迷生。夢迷者誰？吳興閔光瑜韞孺氏。時天啟元年立夏日謹識。（同上）

明天啟元年朱墨套印本邯鄲夢記總評：

袁中郎云：一切世事俱屬夢境，互與南柯，可謂發揮殆盡矣。然仙道尚落，夢影畢竟如何方得大覺也？我不好言，當稽首問之如來。

許中翰云：邯鄲離合悲歡，倏而如彼，絕無頭緒，此都描畫夢境也。噫，可謂獨得臨川苦心者矣，可與讀玉茗堂中著述矣。

臧晉叔云：臨川作傳奇，常怪其頭緒太多，而邯鄲記不滿三十折，當是束於本傳，不敢別出己意故也。然使顧道行、張伯起諸人為之，即一字一句不能矣。

劉放翁云：臨川曲正猶太白詩，不用沈約韻，而晉叔苦束之音律，其不降心也，固宜。中間如〔夜雨打梧桐〕、〔大和佛〕等曲，及夫人問外補司戶吊場等關目，亦自青過於藍。（同上）

明沈際飛題邯鄲夢：

人生如夢，惟悲歡離合，夢有凶吉爾。邯鄲生忽而香水堂、曲江池，忽而陜州城、祁連山，忽而雲陽市、鬼門道、翠華樓，極悲，極歡，極離，極合，無之非枕也。狀頭可奪，司戶可笞，夢中之炎涼也。鑿陜行諜，置牛起城，夢中之經濟也。君臭喪元，諸番賜錦，夢中之治亂也。遠竄以酬悉那，死讒以報宇文，夢中之輪回也。臨川公能以筆毫墨瀋，繪夢境為真境，繪驛使、番兒、織女輩之真境為盧生夢境，臨川之筆夢花矣。若曰：死生，大夢覺也；夢覺，小生死也。不夢即生，不覺即夢，百年一瞬耳。奈何不泯恩怨，忘寵辱，等悲歡離合於漚心泡影，領取趙州橋面目乎？嗟乎，盧生蔗孽八十年，躑躅數千里，不離趙州寸步。又烏知乎諸仙眾非即我眷屬跳弄，而蓬萊島猶是香水堂、曲江池、翠華樓之變現乎？凡亦夢，仙亦夢，凡覺亦夢，仙覺亦夢。微乎，微乎，臨川教我矣。震峰居士沈際飛漫書。（明崇禎間獨深居點定玉茗堂四種曲本之邯鄲夢）

明馮夢龍邯鄲夢總評：

玉茗堂諸作，紫釵、牡丹亭以情，南柯以幻，獨此因情入道，即幻悟真，閱之令凡夫濁子俱有厭薄塵埃之想，「四夢」中推第一。世俗以「黃粱夢」為不祥語，遇吉事不敢演。夫夢則為宰相，醒則為神仙事，孰有吉祥於此者？通記極苦、極樂、極癡、極醒，描摹盡興，而點綴處亦復熱鬧，關目甚緊，吾無間然。惟填詞落調及失韻處，不得不為一竄耳。貴女安得獨處？花誥豈可偷填？招賢榜非一人可袖，千片葉非一人可刺。記中種種俱礙理，然不如此不肖夢境。東遊折向年串者，累桌掛彩以象龍舟，唐皇與群臣登之，采女周行棹歌，略如吳王採蓮折扮法，甚可觀，近見優童殊草草。（明末墨憨齋刊重定邯鄲夢傳奇）

明張岱瑯嬛文集卷三答袁籜庵：

湯海若初作紫釵，尚多痕跡，及作還魂，靈奇高妙，已到極處。蟻夢、邯鄲，比之前劇，更能脫化一番，學問較前更進，而詞學較前反為削色。蓋紫釵則不及，而「二夢」則太多，過猶不及，故總於還魂遜美也。

清黃周星製曲枝語：

曲至元人，尚矣。若近代傳奇，余惟取湯臨川「四夢」。而「四夢」之中，邯鄲第一，南柯次之，牡丹亭又次之。若紫釵，不過與曇華、玉合相伯仲，要非臨川得意之筆也。

清梁廷枏曲話卷二：

湯若士邯鄲夢末折合仙，俗呼為「八仙度盧」，為一部之總匯，排場大有可觀，而不知實從元曲學步，一經指摘，則數見不鮮矣。〔混江龍〕云：「一個漢鍾離雙丫髻蒼顏道扮，一個曹國舅八采眉象簡朝紳，一個韓湘子棄舉業儒門子弟，一個藍采和他是個打院本樂戶官身，一個拄鐵拐的李孔目又帶些殘疾，一個荷飯笊何仙姑挫過了殘春，眼睜著張果老把眉毛褪。」通曲與元人雜劇相似。然以元人作曲，尚且轉相沿襲，則若士之偶爾從同者，抑無足詆譏矣。

又云：玉茗「四夢」，牡丹亭最佳，邯鄲次之，南柯又次之，紫釵則強弩之末耳。

清焦循劇說卷二引雋區云：

若湯若士之邯鄲夢，屠緯真之曇花，別是傳奇一天地。

清劉世珩邯鄲記跋：

邯鄲記傳盧生遇道士呂翁事，長沙楊明海（恩壽）詞餘叢話謂：「自枕中記，湯若士演為院本。」枕中記者，明初谷子敬所作雜劇也。會稽陳甫雲（棟）論曲云：「南柯、邯鄲斂才就範，風格遒上，前無古人，後無來者。」列朝詩集小傳：「若士晚年師旴江而友紫柏，翛然有度世之志。」邯鄲記託寄靈幻，陶寫胸中魁（塊）壘，要於洗滌情塵，消歸空有，則其微尚所存，略可見矣，惜原刻本不可得。臧晉叔刻本往往竄詞就律，不無點竄失真，變易廬山面目。此據獨深居本寫付梓人，併合汲古閣本、竹林堂本、舊刻巾箱本、「十二種曲」本參互讎勘，折衷一是。其圖畫影橅臧晉叔所刻，臧於扮色又獨詳備，並為參酌眉批，間亦採錄，而以「臧曰」別之。曲牌正襯，以葉懷庭（堂）譜一一校正，信稱善本。刻入彙刻傳奇，得與還魂、紫釵、南柯合成一集，並行於世。庶幾「四夢」之傳，無毫髮遺憾。天壤間有此精槧，豈非藝林中一大快事耶？況乎黃粱未熟，丹枕遽驚，而紛紛蝸角蠅頭，每於繁絃急筦時，更安得一服清涼散也。宣統乙卯閏夏楚園主人病起漫識。（暖紅室彙刻傳奇臨川四夢之邯鄲記）

近代吳梅中國戲曲概論卷中：

邯鄲：臨川傳奇，頗傷冗雜，惟此記與南柯皆本唐人小說為之，直捷了當，無一泛語，增一折不得，刪一折不得，非張鳳翼、梅禹金輩所及也。記中備述人世險詐之情，是明季宦途習氣，足以考萬曆年間仕宦況味，勿粗魯讀過。蓋臨川受陳眉公媒孽下第，因作此泄憤，且藉此喚醒江陵耳。

附錄四

所見關於湯顯祖邯鄲記研究論文索引

1. 略論湯顯祖和他的邯鄲記　譚行　廣州，中山大學學報，西元一九五八年第二期
2. 論湯顯祖邯鄲記的思想與風格　侯外廬　載論湯顯祖劇作四種，北京，中國戲劇出版社，西元一九六二年版
3. 試論湯顯祖和他的邯鄲記　王纘叔　寶雞，寶雞師範學院學報，西元一九七九年第二、三期合刊
4. 邯鄲記與紅樓夢　徐扶明　北京，紅樓夢學刊，西元一九八一年第四期
5. 論邯鄲記中的丑角　孫小英　臺北，中外文學，西元一九八二年第十卷第九期
6. 從夢幻意識看湯顯祖的二夢　郭紀金　上海，上海古籍出版社，中華文史論叢，西元一九八三年第二期
7. 邯鄲記新探　郁華、萍生　北京，戲曲藝術，西元一九八三年增刊
8. 南柯記、邯鄲記思想傾向辨　劉雲　南昌，江西社會科學，西元一九八三年第六期
9. 邯鄲記的喜劇情調　陳方英　臺北，中外文學，西元一九八四年第十三卷第一期
10. 邯鄲記的喜劇意識讀後　汪志湧　臺北，中外文學，西元一九八四年第十三卷第二期
11. 應當重新評價南柯夢和邯鄲夢　何蘇仲　載湯顯祖研究論文集，北京，中國戲劇出版社，西元一九八四

年版

12. 厭逢人世懶生天——湯顯祖晚年思想及二夢創作芻議　楊忠、張賢蓉（同上）

13. 怵目驚心的噩夢鮮血淋漓的現實——論湯顯祖的南柯記和邯鄲記　徐洪火、謝劍飛　成都，天府新論，西元一九八五年第五期

14. 論邯鄲記的道教故事題材和社會批判主題　徐翠先　北京，中華戲曲半年刊，西元一九九九年第一期

15. 邯鄲記本事考及主要版本　李曉　南京，藝術百家，西元一九九九年第三期

16. 湯顯祖及其邯鄲記　李曉　北京，戲曲研究，西元二〇〇〇年第七期

17. 論邯鄲記和南柯記中夢的作用　李淑平　福州，福建教育學院學報，西元二〇〇二年第四期

18. 英譯邯鄲記研究　汪榕培　錦州，錦州師範學院學報，西元二〇〇三年第一期

19. 鄰侯枕中親說法　玉茗堂前邯鄲夢——邯鄲記故事來源改編釋疑　吳建軍　南昌，江西省文藝學會編二〇〇三年年會論文集文藝論叢年刊

20. 解讀人生何其悲——試論湯顯祖邯鄲記的思想意蘊　吳秀華　石家莊，河北師範大學學報，西元二〇〇四年第五期

21. 「枕中一夢」的嬗變——從楊林、枕中記到邯鄲記　吳海燕　邯鄲，邯鄲學院學報，西元二〇〇五年第一期

22. 二十世紀對南柯記、邯鄲記研究概述　毛小曼　瀋陽，遼寧教育學院學報，西元二〇〇五年第九期

23. 略論邯鄲記中的盧生　王允亮　長春，戲劇文學，西元二〇〇六年第四期

24. 湯顯祖邯鄲記的成就及其影響　趙山林　北京，戲曲研究，西元二〇〇七年第一期

25. 論邯鄲記　鄭豔玲　邯鄲，河北工程大學學報，西元二〇〇七年第四期

26. 簡析邯鄲記中的盧生　鄭豔玲　邯鄲，邯鄲學院學報，西元二〇〇七年第四期

27. 邯鄲記的世俗內容與文人體驗　鄭豔玲　石家莊，河北科技大學學報，西元二〇〇八年第二期

28. 經濟視角下的邯鄲記解讀　鄭豔玲　北京，戲劇（中央戲劇學院學報），西元二〇〇八年第二期

29. 解讀湯顯祖邯鄲記中的女性形象　鄭豔玲　蘭州，蘭州學刊，西元二〇〇八年第六期

30. 配角也精采——雙性同體理論下邯鄲記中崔氏的重新解讀　白豔紅　濟南，時代文學，西元二〇一〇年第一期

31. 邯鄲記出評　鄒自振　福州，閩江學院學報，西元二〇一〇年第三期

32. 世上人夢回時心自忖——評邯鄲記　鄒自振　福州，閩江學院學報，西元二〇一一年第一期

33. 舉世方熟邯鄲一夢——邯鄲記述評　王德保、尹蓉　福州，閩江學院學報，西元二〇一二年第六期

34. 邯鄲記與地域文化　鄭豔玲　唐山，唐山師範學院學報，西元二〇一三年第一期

35. 評點者對「後二夢」的接受　王省民、陳志雲　臨汾，山西師範大學學報，西元二〇一三年第四期

36. 異體同構的古典文學精品——漫談邯鄲記與金瓶梅　鄭豔玲　成都，四川戲劇，西元二〇一三年第七期

37. 邯鄲記與枕中記的對照及情節特色　鄭豔玲　江門，五邑大學學報，西元二〇一四年第三期

38. 從邯鄲記改編論馮夢龍崇北尊古的曲論觀　涂玉珍、施琴　南昌，東華理工大學學報，西元二〇一四年第四期

39. 邯鄲夢記的道教表現與淡化　鄭豔玲　哈爾濱，北方論叢，西元二〇一四年第三期

40. 從邯鄲記與繁華夢看兩性之差異　毛劼　杭州，藝術科技，西元二〇一四年第四期

41. 邯鄲記：「臨川四夢」戲曲文本敘事的巔峰之作　王琦、劉松來　南昌，江西財經大學學報，西元二〇一五年第五期

42. 湯顯祖的追夢人生　胡新平　北京，中華遺產，西元二〇一五年第十二期

43. 李泌傳與邯鄲記——管窺湯顯祖歷史意識與時代感受的交互關係　董上德　南昌，東華理工大學學報，西元二〇一六年第三期

44. 唱一個殘夢到黃粱——論邯鄲記的飲食和語言　華瑋　載湯顯祖研究論文集粹，周育德、鄒元江主編，北京，人民出版社，西元二〇一六年版

45. 湯顯祖邯鄲記簡論　李曉　（同上）

46. 邯鄲記演出考述　江巨榮　（同上）

47. 新加坡歌仔舞臺上「大將軍和小巫婆」和邯鄲夢　（新加坡）蔡曙鵬　（同上）

48. 試論昆劇身段（舞蹈）之再創造——以邯鄲夢・掃花為例　周象耕　（同上）

49. 副文本理論對典籍英譯的啟示——以湯顯祖邯鄲記英譯本為例　李燕　濟南，新校園，西元二〇一六年第四期

50. 湯顯祖邯鄲記・行田〔柳搖金〕曲「克膝的短裘，掩不住沙塵刮」點斷及釋意商榷　黃武松　上海，辭書研究，西元二〇一七年第二期

51. 邯鄲記在明清時期的文本傳播研究　楊桐、王省民　嘉應，嘉應學院學報，西元二〇一八年第六期

52. 邯鄲記在明清時期的演出傳播　楊桐、王省民　成都，四川戲劇，西元二〇〇九年第二期

專家校注考訂　古典小說戲曲大觀

世俗人情類

紅樓夢　曹雪芹撰　饒彬校注

脂評本紅樓夢　曹雪芹原著　脂硯齋重評　馬美信校注

金瓶梅　笑笑生原作　劉本棟校注　繆天華校閱

老殘遊記　劉鶚撰　田素蘭校注　繆天華校閱

平山冷燕　天花藏主人編次　張國風校注　謝德瑩校閱

品花寶鑑　陳森著　徐德明校注

野叟曝言　夏敬渠著　黃珅校注

綠野仙踪　李百川著　葉經柱校注

禪真逸史　方汝浩撰　黃珅校注

海上花列傳　韓邦慶著　姜漢椿校注

九尾龜　張春帆著　楊子堅校注

醒世姻緣傳　西周生輯著　袁世碩、鄒宗良校注

三門街　清・無名氏撰　嚴文儒校注

花月痕　魏秀仁著　趙乃增校注

孽海花　曾樸撰　葉經柱校注　繆天華校閱

魯男子　曾樸著　黃珅校注

遊仙窟　玉梨魂（合刊）　張鷟、徐枕亞著　黃瑚、黃珅校注

筆生花　心如女史著　黃明校注　亓婷婷校閱

浮生六記　沈三白著　陶恂若校注　王關仕校閱

玉嬌梨　天藏花主人編撰　石昌渝校注

好逑傳　名教中人編撰　石昌渝校注

啼笑因緣　張恨水著　束忱校注

歧路燈　李綠園撰　侯忠義校注

公案俠義類

水滸傳　施耐庵撰　羅貫中纂修　金聖嘆批　繆天華校注

兒女英雄傳　文康撰　饒彬標點　繆天華校注

三俠五義　石玉崑著　張虹校注　楊宗瑩校閱

七俠五義　石玉崑原著　俞樾改編　楊宗瑩校注　繆天華校閱

小五義　清・無名氏編著　李宗為校注

續小五義　清・無名氏編著　文斌校注

蕩寇志　俞萬春撰　侯忠義校注

綠牡丹　清・無名氏著　劉倩校注

羅通掃北　鴛湖漁叟較訂　劉倩校注

楊家將演義　紀振倫撰　楊子堅校注　葉經柱校閱

萬花樓演義　李雨堂撰　陳大康校注

粉妝樓全傳　竹溪山人編撰　陳大康校注

七劍十三俠　唐芸洲著　張建一校注

包公案　明・無名氏撰　顧宏義校注　謝士楷、繆天華校閱

海公大紅袍全傳　清・無名氏撰　楊同甫校注　葉經柱校閱

施公案　清・無名氏編撰　黃珅校注

乾隆下江南　清・無名氏著　姜榮剛校注

歷史演義類

三國演義　羅貫中撰　毛宗崗批　饒彬校注

東周列國志　馮夢龍原著　蔡元放改撰　劉本棟校注　繆天華校閱

東西漢演義　甄偉、謝詔編著　朱恒夫校注　劉本棟校閱

隋唐演義　褚人穫著　嚴文儒校注　劉本棟校閱

說岳全傳　錢彩編次　金豐增訂　平慧善校注

大明英烈傳　楊宗瑩校注　繆天華校閱

神魔志怪類

西遊記　吳承恩撰　繆天華校注

封神演義　陸西星撰　鍾伯敬評　楊宗瑩校注　繆天華校閱

濟公傳　王夢吉等著　楊宗瑩校注　繆天華校閱

三遂平妖傳　羅貫中編　馮夢龍增補　楊東方校注

南海觀音全傳　達磨出身傳燈傳（合刊）　西大午辰走人、朱開泰著　沈傳鳳校注

諷刺譴責類

儒林外史　吳敬梓撰　繆天華校注

官場現形記　李伯元撰　張素貞校注　繆天華校閱

文明小史　李伯元撰　張素貞校注　繆天華校閱
鏡花緣　李汝珍撰　尤信雄校注　繆天華校閱
二十年目睹之怪現狀　吳趼人著　石昌渝校注
何典　斬鬼傳　唐鍾馗平鬼傳（合刊）
張南莊等著　鄔國平校注　繆天華校閱

擬話本類

拍案驚奇　凌濛初撰　劉本棟校注　繆天華校閱
二刻拍案驚奇　凌濛初原著　徐文助校注
繆天華校閱
喻世明言　馮夢龍編撰　徐文助校注　繆天華校閱
警世通言　馮夢龍編撰　徐文助校注　繆天華校閱
醒世恒言　馮夢龍編撰　廖吉郎校注　繆天華校閱
今古奇觀　抱甕老人編　李平校注　陳文華校閱
豆棚閒話　照世盃（合刊）
艾衲居士、酌元亭主人編撰
陳大康校注　王關仕校閱
石點頭　天然癡叟著　李忠明校注　王關仕校閱
十二樓　李漁著　陶恂若校注　葉經柱校閱
西湖佳話　墨浪子編撰　陳美林、喬光輝校注
西湖二集　周楫纂　陳美林校注

型世言　陸人龍著　侯忠義校注

著名戲曲選

竇娥冤　關漢卿著　王星琦校注
漢宮秋　馬致遠撰　王星琦校注
梧桐雨　白樸撰　王星琦校注
琵琶記　高明著　江巨榮校注　謝德瑩校閱
第六才子書西廂記　王實甫原著　金聖嘆批點
張建一校注
牡丹亭　湯顯祖著　邵海清校注
荊釵記　柯丹邱著　趙山林校注
荔鏡記　明・無名氏著　趙山林等校注
長生殿　洪昇著　樓含松、江興祐校注
桃花扇　孔尚任著　陳美林、皋于厚校注
雷峰塔　方成培編撰　俞為民校注
倩女離魂　鄭光祖著　王星琦校注

牡丹亭　湯顯祖／著　邵海清／校注

明代大戲劇家湯顯祖的代表作《牡丹亭》是可與元代王實甫的《西廂記》媲美爭勝的古典戲曲名著。它通過夢幻死生的浪漫主義情節，演繹了杜麗娘和柳夢梅曲折離奇的戀愛故事。其中有許多曲詞優美動人，歷來膾炙人口，使它一問世，即不脛而走，贏得了「家傳戶誦，幾令《西廂》減價」的美譽。本書首次以存世最早的國家圖書館藏《牡丹亭》善本（明萬曆四十五年石林居士序本）為底本，參照其它重要版本精心校勘，注釋詳明（難字並加注音），極便於讀者的閱讀和鑒賞。書中穿插有暖紅室刊本精美插圖四十幅；書前校注者撰有長篇引言和考證；書後附錄有關湯顯祖的傳記、《牡丹亭》據以改編的話本小說以及各本的序跋題詞等，為讀者的深入瞭解和研究提供了彌足珍貴的參考資料。

梧桐雨　白樸／撰　王星琦／校注

《梧桐雨》敘述唐玄宗與楊貴妃之間的愛情故事，是元代著名雜劇作家白樸的代表作。內容從兩人七夕定情的深情繾綣，到馬嵬之變的分離哀痛，最後結於玄宗凝望貴妃畫像，襯以秋夜雨打梧桐之境，抒盡玄宗內心失落、幻滅之情，餘意綿邈不盡。全劇結構嚴謹，情節緊湊集中，曲詞流麗典雅，深獲古今曲論家讚揚。本書校勘以王季思《全元戲曲》為本，同時參考各家版本，審慎斟酌，擇善而從。注釋部分，簡明扼要，務求貫通，有利讀者深入領會《梧桐雨》的動人之處。

桃花扇　孔尚任／著　陳美林、皋于厚／校注

《桃花扇》借復社文人侯方域與秦淮名妓李香君悲歡離合的愛情故事，反映了朱明王朝——特別是南明王朝覆滅的經過及其教訓。全劇結構嚴密，情節前後呼應，思想內涵及藝術表現皆臻上乘，具有至深的感人力量。作者孔尚任歷時十餘年，嘔心瀝血、三易書稿始完成此一不朽劇作，與洪昇所撰寫之《長生殿》齊名，而有「南洪北孔」之稱，被譽為中國戲曲史上之雙子星座。本書據暖紅室刻本整理、校注，並附有簡要注釋，至為精審。

竇娥冤　關漢卿／撰　王星琦／校注

《竇娥冤》是元代戲曲家關漢卿的代表作，也是中國古代經典悲劇。內容敘述一善良女子竇娥的坎坷遭遇。她本與婆婆過著平穩的孀居生活，卻平地風波，遭市井惡棍張驢兒父子糾纏、陷害以致慘受冤獄刑戮。全劇曲詞渾樸自然，生動凝鍊，情節則跌宕起伏，反映了當時社會、吏制的腐敗黑暗。竇娥臨刑前因悲憤而發的三樁誓願，筆墨奇崛，創造全劇的高潮，也使竇娥含冤不屈的形象深植人心，撼動世人，奠定《竇娥冤》一劇光輝的藝術價值。本書校勘以王季思《全元戲曲》為本，同時比對各家的校注，審慎斟酌擇善而從。注釋則顧及語詞出處以及時代用語，務求簡明扼要，以利讀者閱讀。透過此校注本，讀者當能更加深入領會此劇精湛之處。

國家圖書館出版品預行編目資料

邯鄲記／湯顯祖撰;王星琦校注.－－初版一刷.－－
臺北市：三民，2024
面； 公分.－－(中國古典名著)

ISBN 978-957-14-7767-1（平裝）

853.66 113002096

中國古典名著

邯鄲記

撰　者｜湯顯祖
校 注 者｜王星琦
責任編輯｜郭亮均
美術編輯｜李珮慈

創 辦 人｜劉振強
發 行 人｜劉仲傑
出 版 者｜三民書局股份有限公司(成立於 1953 年)

三民網路書店
https://www.sanmin.com.tw

地　址｜臺北市復興北路 386 號 (復北門市) (02)2500-6600
臺北市重慶南路一段 61 號(重南門市) (02)2361-7511

出版日期｜初版一刷 2024 年 5 月
書籍編號｜S821200
ISBN｜978-957-14-7767-1